Das Glückskind

EINE HEISSE LIEBESKOMÖDIE (CAROLINA CONNECTIONS – BUCH 3)

SYLVIE STEWART

ROLLING HEARTS PRESS

Deutsche Erstauflage Feb 2022

Lektorat / Korrektorat: Alexandra Hirsch, Reimund Kube, und Hannelore Weber

www.sylviestewartauthor.com

sylvie@sylviestewartauthor.com

ISBN (ebook): 978-1-947853-34-8

ISBN (paperback): 978-1-947853-38-6

Bücher von Sylvie Stewart

Werke von Sylvie Stewart mit deutschen Übersetzungen

E-Book und Taschenbuch (Bei Kindle Unlimited Mitgliedschaft kostenlos)

2022

The Fix / ***Die Baustelle*** (*Carolina Connections* #1)

The Spark / ***Der Funke*** (*Carolina Connections* #2)

The Game / ***Das Spiel*** (*Carolina Connections* Book 4)

The Way You Are / ***So wie du bist*** (*Carolina Connections* Book 5)

The Runaround / ***Ausflüchte*** (*Carolina Connections* Book 6)

The Nerd Next Door / *TBD* (*Carolina Kisses*, Book 1)

New Jerk in Town / *TBD* (*Carolina Kisses*, Book 2)

The Last Good Liar / *TBD* (*Carolina Kisses*, Book 3)

2023

Between a Rock and a Royal / *TBD* (*Kings of Carolina* #1)

Blue Bloods and Backroads / *TBD* (*Kings of Carolina* #2)

Stealing Kisses With a King / *TBD* (*Kings of Carolina* #3)

Game Changer / *TBD*

Then Again / *TBD*

About That / *TBD*

Full-On Clinger / TBD

Booby Trapped / TBD

Nuts About You / TBD

Über das Buch

Luck ist keine Lady … sie ist sogar ein richtiges Miststück.

JAKE:

Meine Heimkehr hätte eigentlich der Versuch einer Wiedergutmachung sein sollen. Stattdessen bin ich gezwungen, einer unwiderstehlichen Blondine hinterherzujagen, mit deren Sprunghaftigkeit und Unbeständigkeit nicht mal Jekyll und Hyde hätten mithalten können. Ich habe momentan zu viel am Hals, als dass ich mich wegen einer Frau, die nichts mit mir zu tun haben will, nervös machen ließe. Aber Bailey Murphy hält vielleicht den Schlüssel zu meiner Rettung, und ohne Kampf werde ich weder auf das eine noch das andere verzichten. Diese „Irin" mag ja mit Pokerface spielen, aber ich werde sie jetzt zwingen, Farbe zu bekennen … und ich hoffe wie verrückt, dass mir das Glück auch beisteht.

BAILEY:

Eines muss ich gleich mal klarstellen. Ich bin keine typische Frau. Klar, die Teile habe ich alle, aber ich bin seit meiner Geburt ein Wildfang, stur und respektlos wie ein Junge.

Deswegen ist es ja so komisch, dass ausgerechnet mein Herz so verdammt mädchenhaft ist. Es verliebt sich in null Komma nichts und hinterlässt mir die Scherben. Doch jetzt ist Schluss damit! Wenn Jake Beckett nach einer einzigen gemeinsamen Nacht meint, dass er irgendein Anrecht auf mich hätte, dann hat er sich aber getäuscht – auch wenn der Gedanke an diese Nacht schon reicht, dass ich wie ein verdammter Labrador hechle. Ich werde die Tür jetzt nicht öffnen und Jake einlassen. Aber vielleicht wird uns beiden diese Entscheidung ja noch abgenommen.

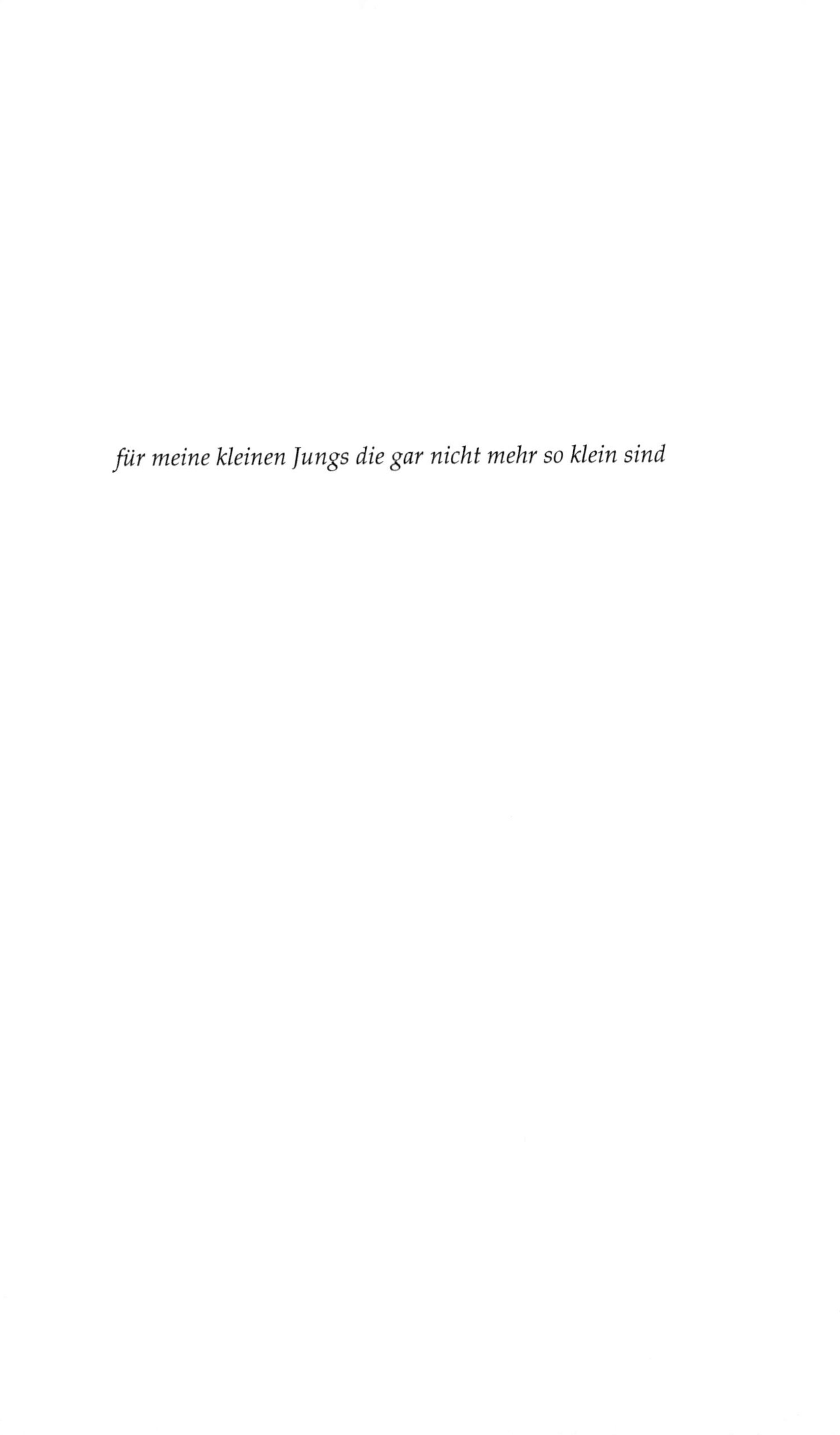

für meine kleinen Jungs die gar nicht mehr so klein sind

Murphys Gesetz:

Nichts ist so einfach, wie es aussieht.
Alles dauert länger, als man annimmt.
Und wenn etwas schiefgeht,
Dann im unpassendsten Moment.

Hallo, ich heiße Satan

BAILEY

»Ich schwöre, er schaut mir hinterher.«

»Ein wenig unheimlich ist das *schon*, mal ganz ehrlich«, sagte Mark, während er über meine Schulter blickte.

Ein Schaudern lief mir über den Rücken und die Härchen in meinem Nacken standen mir zu Berge.

Mark registrierte meine Miene – die sicherlich extremen Ekel anzeigte – und lachte mir direkt ins Gesicht, wobei seine ebenmäßigen weißen Zähne nicht mal versuchten, ihm auf die Zunge zu beißen. Das war ja nun gar nicht überraschend.

Mark ist erst zufrieden, wenn er mich irgendwie quälen kann. Er ist der Zwillingsbruder, den ich nie hatte und ganz bestimmt nie wollte. Ich habe bereits einen älteren Bruder, aber Mark hat sich irgendwie in mein Leben gezwängt und ich scheine ihn und seinen lächerlich massigen Körper nicht loswerden zu können, egal wie sehr ich mich bemühe.

Mark, der über mein Leid lachte, schüttelte den Kopf und

fragte: » Wenn er dich so verrückt macht, warum zum Teufel hast du dann ja gesagt?«

Ich starrte ihn an, die Hände an den Hüften. »Was zum Teufel hätte ich denn tun sollen?! Es gab Tränen! Feuchte, schmalzige Tränen!«

Das zähmte sein Lächeln in keiner Weise. »Du bist so ein leichtes Opfer«, flüsterte er mir ins Ohr, ehe er mich umkreiste und auf den gruseligen Scheißkerl zuging.

»Ha!«, rief ich aus und drehte mich um, völlig vergessend, meinen Blick erneut abzuwenden. »Zeigt, wie viel Ahnung du hast. Ich hab das Kind immerhin von einem Welpen runtergehandelt!« Ich war sogar recht stolz auf mich selbst, trotz meines Mangels an Vorbedacht.

Wie sich herausstellte, kann ich Echsen nicht ausstehen. Wer hätte das gedacht? Aber der freudige Gesichtsausdruck meines Neffen und das komplette Einstellen der Heulerei waren der Preis, über den ich mich freuen durfte.

Absolut das Ganze wert.

Ich habe bestimmt jede Babysitter-Regel verletzt, die es gibt, aber verzweifelte Situationen erfordern verzweifelte Maßnahmen. Wie es aussah, hatten mein Bruder und seine neue Ehefrau sich soeben einen Gecko als Haustier zugelegt.

Hoppla.

»Okay, kleiner Mann. Alles ist vorbereitet«, sagte Mark zu einem fast zitternden Rocco. »Die Leuchte wird ihn schön warmhalten, er hat in dem Baumstamm einen guten Platz zum Verstecken und deine Tante Bailey wird dir zeigen, wie du ihn mit Grillen füttern kannst.« Marks Lächeln wurde böse, als sein Blick meinen suchte und wieder fand.

Was in Gottes Namen hatte ich mir dabei bloß gedacht? Fairerweise muss man sagen, dass ich gedacht hatte, die Grillen würden tot sein, als der zwölfjährige Verkäufer sich die Brille auf der Nase hochgeschoben und erwähnt hatte, dass wir uns ein

Lager davon anlegen sollten. Als mir dann klarwurde, dass wir stattdessen einen Plastikbehälter nach Hause bringen würden, in dem es vor lebendigen Insekten nur so wuselte, war es bereits zu spät. Rocco, mein bezaubernder Neffe, hatte sich verliebt.

»Faustcheck«, erbat sich Mark von Rocco, dessen Aufmerksamkeit nur seinem neuen Haustier galt. Rocco streckte seine kleine Faust aus, ohne den Blick vom Terrarium abzuwenden. »Danke, Mark.«

»Gern geschehen«, erwiderte Mark und wuschelte in den dunklen Haaren des Kleinen. Dann zu mir: »Ich muss zurück zu Fiona.«

»Geht es ihr schon besser?«, fragte ich und lehnte mich an Roccos Kommode.

»Tja, schwer zu sagen.«

Mark sah bei dem Gedanken ein wenig beunruhigt drein, und ich wunderte mich zum x-ten Mal über die Verwandlung, die mein einst so liederlicher Freund durchgemacht hatte, seit er seine Freundin Fiona kennengelernt hatte. Nichts war mehr übrig von dem arroganten Hurenbock, und an seine Stelle war ein arroganter Fotzenknecht von einem Mistkerl getreten. Ach, wie wird einem da warm ums Herz.

»Ich habe ihr ein Antibiotikum geholt, das sollte also hoffentlich bald anfangen zu wirken«, sagte er, während er seine Sachen einsammelte.

Ich spürte einen Schmerz des Mitgefühls allein schon deswegen, weil ich an Fiona und ihren Anfall von Halsentzündung dachte. Ich verfluchte das verdammte Virus dafür, dass ich einspringen und auf Rocco aufpassen musste, während mein Bruder Nate und seine neue Ehefrau Laney in die Flitterwochen gefahren waren. Jenen Virus, der heute zu Tage brachte, wie schlecht ich tatsächlich dafür geeignet war, auf ein Kind aufzupassen, ohne die größte Trotteline der Menschheitsgeschichte zu werden. »Also sag ihr, ich hoffe, dass sie sich bald besser fühlt, und sie soll sich keine Sorgen wegen Rocco machen – ich komme zurecht.«

Mark blieb auf seinem Weg zur Tür abrupt stehen. Er neigte den Kopf, seine Augenbrauen gingen hoch und sein Mund verzog sich zu diesem verdammten Grinsen, dass ich ihm aus seiner blöden Fresse polieren wollte. »Ach ja, das sehe ich.«

Ich zeigte ihm den Stinkefinger, denn ich war mir sicher, dass Rocco woanders weilte.

Marks süffisantes Kichern hallte durch den Flur vor Roccos Schlafzimmer. »Ich finde schon alleine raus!«

»Ist gut, Buffy!« Arschloch.

Verdammt. Wieder nur ich und das Kind.

Nicht, dass ich Kinder nicht mögen würde – ich liebe meinen neuen Neffen. Ich fühle mich in der Nähe von winzigen Menschen nur eben nicht ganz so wohl. Ich glaube, ich warte immer darauf, dass sie mich beurteilen und irgendwie für unzulänglich befinden.

Ich bin die jüngste von zwei Kindern und ich war nie der Babysitter-Typ. Als Teenager habe ich meine Zeit mit zeichnen und lesen verbracht und Dinge ausgeheckt, mit denen ich Nate bei jeder Gelegenheit in Schwierigkeiten bringen konnte. Und ich bin ein totales Papa-Mädchen, daher habe ich nie irgendetwas, das Riordan Murphy als »mädchenhaft« betrachten würde, mit Eifer betrieben, was meine Mutter sehr enttäuschte. Babysitting, Make-up-Kurse und Ausflüge zum Einkaufszentrum wurden gemieden, dafür hing ich mit meinem Dad auf Baustellen herum und rockte beim Malen und Zeichnen zu Heavy Metal ab. Und obwohl mein Musikgeschmack sich bei meinem Erwachsenwerden weiterentwickelt hatte, blieb der Rest so ziemlich beim Alten.

Alles, was ich über Kinderbetreuung wusste, bestand aus den Lehren, die ich in den letzten vierundzwanzig Stunden nur durch Ausprobieren gezogen hatte.

Letzte Nacht hatte ich mich um meine eigenen

verdammten Angelegenheiten gekümmert, eine kalte Pizza verschlungen und zwischen den Sendern herumgezappt, als mein Telefon läutete. Ich wollte es auf die Mailbox springen lassen, als ich sah, dass es mein Bruder war. Ich tippte auf die Annehmen-Taste. Ich hätte es lieber auf die Mailbox springen lassen sollen.

»Was zum Teufel fällt dir ein, mich in deinen Flitterwochen anzurufen? Hat Laney deinen traurigen Arsch verlassen, weil sie zur Vernunft gekommen ist?«

»Ach, Gott sei Dank!« Nate klang außer Atem.

»Was ist denn mit dir los?« Ich legte meine Pizzascheibe zurück auf den Papierteller und setzte mich aufrecht hin auf der Couch.

»Mark hat gerade angerufen. Fiona hat Halsschmerzen, vermute ich, und sie hat Angst, sie könnte Rocco anstecken. Wir brauchen jemanden, der bei ihm wohnt.«

»Dann ruf doch Mom an«, riet ich ihm und schüttelte den Kopf wegen seiner Dummheit.

»Das hab ich schon, Dumpfbacke. Sie und Dad sind diese Woche auf den Keys.«

Ach ja, das hatte ich vergessen.

»Dann ruf doch Gavin an.« Ich lehnte mich erneut zurück, zuversichtlich, dass ich die Probleme der Welt gelöst hatte. Gavin ist Laneys Bruder, und er liebt seinen Neffen zu Tode. Er würde alles stehen und liegen lassen, sollte Rocco ihn brauchen.

Ich hörte ein deutliches Seufzen. »Bay, glaubst du wirklich, dass ich anrufen würde, wenn ich die anderen Möglichkeiten nicht schon alle ausprobiert hätte?«

Da war was dran.

»Ich nehme an, dass Gavin keine Zeit hat.«

»Keiner hat Zeit! Gavin ist in der Arbeit, Laneys Leute sind in Virginia, Mom und Dad sind in Florida, Mark kümmert sich um Fiona und vertritt mich in der Arbeit. Und wenn Laney es herausfindet, wird sie darauf bestehen, zurückzufliegen und unsere Flitterwochen sausen zu lassen! Das darf nicht passieren.«

»Also, ich will jetzt nicht gefühllos sein oder so, aber was ist mit Roccos eigentlichem Vater?«

»Willst du mich jetzt verarschen?!«

Zugegebenermaßen war es nicht meine beste Idee gewesen. Roccos biologischer Vater lebt in Kalifornien. Das ist ein verflucht langer Flug von North Carolina. Soviel ich weiß, sieht er Rocco nur einige Male im Jahr. Nicht die beste Lösung.

»Na gut.« Ich seufzte laut und wartete darauf, dass er weiterwetterte, während ich noch einen Bissen von meiner Pizza nahm.

»Sieh es doch so – ich werde dir mächtig was schuldig sein.«

Oh lá lá, so hatte ich es noch gar nicht betrachtet. »Ich höre«, murmelte ich, den Mund voller Pfefferoni.

»Mehr als das ist nicht drin, und das weißt du.« Seine Stimme triefte vor Verzweiflung.

»Stimmt. Okay, was muss ich tun?«

Er seufzte erleichtert auf. »Du kennst Rocco ja – er ist lässig. Mark und Fiona haben die ganzen Notizen, die Laney geschrieben hat. Befolge die einfach, dann wird das schon. Ich werde mit Rocco facetimen und dafür sorgen, dass er sich mit der Veränderung okay fühlt. Sollte er sich aufregen oder Sorgen machen, ruf einfach an, dann rede ich mit ihm. Fiona sollte es in ein paar Tagen wieder besser gehen, dann kann sie wieder übernehmen.« Dann fuhr er damit fort, dass er mir ein paar grundlegende Anweisungen gab und mir sagte, dass Mark in ihrem Haus bei Rocco sein würde, bis ich es dorthin schaffte.

»Viel Spaß in den Flitterwochen, Romeo, denn dein Arsch gehört mir, wenn du die Füße wieder auf amerikanischen Boden setzt.«

»Das hört sich sogar für dich schaurig an, Bailey.«

»Geh und ruf dein Kind an.« Ich legte auf und fing an, mir

im Kopf eine Liste mit allem zu machen, was Nate mir schuldete. Und das war wirklich kein Kunststück.

Als ich eine halbe Stunde später in Nate und Laneys Einfahrt bog, entdeckte ich Fiona, die auf dem Beifahrersitz von Marks schwarzem Pickup saß. Ich parkte und ging auf ihre Scheibe zu.

»Klopf, klopf!« Ich hämmerte mit den Fingerknöcheln an das Glas und jagte ihr einen Rotznasenschrecken ein. Fionas Kopf fuhr zurück auf die Nackenstütze und ihre blonden Haare flogen in alle Richtungen.

»Du?! Verflucht!«, kreischte sie und packte sich mit beiden Händen am Hals.

Ich hielt die Hand vor den Mund, um mein Grinsen zu verbergen, während sie ihre Scheibe herunterließ.

»Allein dafür werde ich dich anhusten!«, sagte sie heiser. Ich trat einen Schritt zurück.

»Du hörst dich scheiße an«, sagte ich ihr.

»Ja? Was du nicht sagst. Ich fühle mich auch scheiße.« Sie glättete ihre uncharakteristisch zerzausten Haare und holte sich ein Taschentuch aus einer Schachtel, die auf der Sitzbank stand.

»Also«, fing ich an und war plötzlich verlegen, »wie geht Rocco damit um, dass seine ahnungslose neue Tante bei ihm wohnen wird?«

Sie schnäuzte sich dezent, wie nur Fiona das fertigbrachte, und sah mich dann mit einem strafenden Blick an. »Bailey, er schafft das schon. Du wirst das auch schaffen. Mach dir nicht so viele Sorgen. Er ist sechs – das ist keine Hexerei.«

Pah! Fiona hat ein Talent für Kinder und sie kennt Rocco seit er ein Baby war. Ich hatte das Kind erst letztes Jahr kennengelernt, als Nate anfing mit Laney auszugehen. Zugegeben, Rocco ist seither zu einem Stammgast im Haus meiner Eltern geworden, aber auch die sind beide Naturtalente. Wieso habe ich dieses Gen nicht erhalten?

»Ja«, war die einzige Antwort, die mir einfiel, während ich

die Eingangstür des Hauses nervös beäugte. »Na dann wünsch mir Glück. Hoffe, du fühlst dich bald wieder gesund.« Ich wandte mich dem Haus zu.

»Denk nur daran – du bist diejenige, die das Sagen hat. Und ›nein‹ heißt ›nein‹! Aua«, krächzte sie, da sie offensichtlich wieder vergessen hatte, runterzuschalten.

»Ich glaube nicht, dass du diesen Satz wirklich verstehst, Fiona. Aber danke!«, rief ich ihr zu, als ich die Stufen der Verandatreppe hochstieg.

Und in den nächsten vierundzwanzig Stunden lernte ich, dass »nein« vieles bedeutet, nichts davon ist aber tatsächlich »nein«. Zum Beispiel: »Nein, roher Brownie-Teig kann dich krank machen« bedeutet eigentlich »Lass ihn uns kosten und schauen, was passiert!«. Und »Nein, du kannst nicht in deiner Unterwäsche hinausgehen« wird frei übersetzt in: »Bleib bloß im Garten.«

Wie sich herausgestellt hat, kann ich unheimlich gut »nein« sagen, aber schrecklich schlecht es auch meinen. Würden Preise verliehen für den größten Trottel, dann würde ich mit all euren Ärschen den Boden aufwischen!

Also haben Rocco und ich uns geeinigt. Er tat, was immer er verdammt noch mal mochte, und ich wiederholte den Satz »Erzähl es nur ja keinem« alle sechs Minuten. Was ziemlich gut funktionierte, bis ich den brillanten Einfall hatte, bei der Zoohandlung vorbeizuschauen, nur um »einen kurzen Blick hineinzuwerfen«.

Was denn?! Es hat mich doch niemand vorgewarnt, dass kleine Menschen nicht in der Lage sind, eine Zoohandlung zu verlassen, ohne irgendeine Art von kleinem Ungeziefer mitzunehmen oder davon zu schwärmen. Daher rührte nämlich unsere gegenwärtige Situation, die es erforderlich gemacht hatte, dass Mark zu Laney und Nates Haus zurückfahren und ein beschissenes Terrarium für ein mega-gruseliges Reptil hatte errichten müssen. Ach ja, und um mich aufzuziehen.

Ich stieß mich von der Kommode ab und schlich entlang der Wand, um auf Abstand zu bleiben. Rocco stand noch immer fasziniert vor dem Gecko.

»Also, äh, wie wirst du ihn nennen?«, fragte ich.

Er warf mir einen kurzen Blick zu. »Weiß nich'. Was meinst du? Wie sollen wir ihn nennen?«

»Äh, Satan?«, schlug ich vor.

Rocco lachte, obwohl ich keinen Witz gemacht hatte. »Sehr lustig, Tante Bailey.«

»Okay, dann lass *du* dir einen besseren Namen einfallen«, forderte ich ihn auf, nachdem ich endlich anfing, mich ein wenig zu entspannen in Satans Gegenwart.

Rocco verzog einen Mundwinkel und dachte nach, dann sagte er: »Gecko.«

»Ist das dein Ernst?« Ich konnte nicht anders.

»Was ist denn falsch daran?« Er war tatsächlich verdutzt.

»Das wäre, als würde deine Mom dich ›Mensch‹ nennen«, erklärte ich ihm.

Er kniff seine dunklen Augenbrauen zusammen. »Ach so. Na dann lass du dir was einfallen.« Er zuckte mit den Schultern.

»Quasimodo«, sagte ich lächelnd. Das war Gold.

»Quasi-was?«, fragte er, wobei das »s« aufgrund seines Lispelns als »*th*« herauskam.

Das war dann wohl ein Nein. »Na ja, es könnte ein Mädchen sein …«

»Nein«, sagte Rocco lakonisch und schüttelte einmal den Kopf.

Ich kicherte. »Also gut. Du denkst darüber nach und wir entscheiden dann später.«

Das schien akzeptabel zu sein, denn Satan erweckte wieder seine Aufmerksamkeit.

Mein Handy vibrierte in meiner Gesäßtasche und meldete eine Textnachricht. Ich sah nach, von wem sie kam, und wünschte mir sofort, ich hätte es nicht getan. Ich schnaufte und steckte das Handy zurück in meine Jeans. Ich ging nach der Theorie vor, dass der Anrufer aufgeben würde, wenn ich ihn ignorierte.

Ohne länger über den lästigen Anrufer nachdenken zu können, wurde ich an den Kniescheiben attackiert, von Rocco, der seine Arme in einer riesigen Umarmung um meine Beine wickelte.

»Wofür ist das denn?«, wollte ich wissen und fragte mich, ob mir noch eine riesige Babysitting-Panne zugeschrieben werden würde.

Er schielte mit großen braunen Augen und ernster Miene zu mir hoch. »Ich habe vergessen, für meinen Gecko danke zu sagen.«

Scheiße, jetzt würde ich noch eine Ladung Brownies machen müssen.

Später. Jetzt gerade brauchte mein Neffe erst mal eine Umarmung.

Zwei Stunden später befand sich Rocco sicher zugedeckt in seinem Bett, das noch unbenannte Reptil neben sich, während ich auf der Couch zusammensank. Dieses Babysitting-Ding war kein Spaß. Ich war total erschöpft.

Glücklicherweise musste ich nur noch einen einzigen Tag überstehen, dann fing die Schulwoche wieder an. Ich passte meinen Arbeitszeitplan so an, dass ich Rocco nachmittags vom Bus abholen konnte. Trotzdem hatte ich etliche kinderfreie Stunden für mich allein.

Da Nate die ganze Woche fort war, sprangen Mark und ein paar der anderen Jungs im Bau- und Vertragsunternehmen meiner Familie, Built by Murphy, bei der Arbeit ein. Nate, Mark und ich, wir arbeiten alle dort, zusammen mit Gavin, wobei der nur halbtags arbeitet.

Mein Vater hatte die Firma gegründet, als er in meinem Alter gewesen ist, und in den letzten etwas mehr als dreißig Jahren ist sie zu einem beträchtlich ansehnlichen Unternehmen mit einem herausragenden Ruf in der Umgebung herangewachsen. Nate und ich wussten von klein auf, dass unser Dad die Hoffnung hatte, er würde die Firma an uns weitergeben können, und wir haben wenig getan, um das zu verhindern – obwohl ich weiß, dass wir beide Bedenken hatten.

Nate hat seine Bedenken im letzten Jahr beigelegt, als unser Dad einen Herzinfarkt hatte und Nate gezwungen gewesen war, zurück in seine alte Heimat North Carolina zu kommen und den Konstruktionsteil des Geschäfts zu übernehmen. Nach ein paar Fehlstarts hatte er seinen Schwung gefunden und dann ging es für ihn ständig bergauf.

Ich hingegen habe mich mit meinen Ansichten hinsichtlich der Firma überhaupt nicht abgefunden. Vielleicht sollte ich das anders formulieren. Ich weiß haargenau, was ich davon halte – ich habe aber der bedeutendsten Person bisher nichts von meinen Gefühlen erzählt. Normalerweise kann ich das sehr gut, den Leuten ganz genau sagen, was ich denke – manchmal zu gut. Außer, wenn es sich um meinen Dad handelt.

Eines Tages werde ich meinen Mut zusammennehmen und meinem Dad sagen, dass ich die Firma verlassen und meine eigenen Träume verfolgen werde. Eines Tages.

Bis dahin hatte ich den Sonntag mit Satan und meinem Neffen zu überstehen.

Lecker

JAKE

Ihre Hand glitt über meine Brust hinab und streifte mein Brustbein auf dem Weg dorthin, wo ich es am meisten brauchte. Mein Schwanz pulsierte in ihrer Hand, als sie fester zupackte, und ich stöhnte ihr ins Ohr.

»Du bist so verdammt sexy«, sagte ich ihr.

Ich konnte spüren, dass sie über meine Schulter lächelte, und ich ließ meine Hände ihre perfekten runden Arschgloben erkunden. Meine Finger ließ ich im Gleichschritt mit meinem Schwanz spielen.

»Ich brauche dich«, flüsterte sie und knabberte an meiner Haut.

»Ich brauche dich auch«, gab ich zurück.

»Ich brauche dich, damit du zum Laden läufst, Jake. Unser Kaffee ist alle.«

WZT?

Ich schaute hin zu der blonden Göttin in meinen Armen, doch der Platz neben mir im Bett war leer.

Ich blinzelte.

»Tut mir leid, ich würde ja selbst hingehen, aber ich muss mich fertigmachen, damit ich Fiona heute bei der Lunch-Veranstaltung vertreten kann. Die arme Frau.«

Ich sah zum Eingang meines Schafzimmers und sah, wie meine Mutter sich ihren Morgenmantel richtete, während sie auf ihr Handy blickte.

Scheiße.

Ich schaute rasch in Richtung meines Gehänges, um sicherzugehen, dass mein Steifer nicht sichtbar war. Zum Glück verbarg das Bettzeug meine missliche Lage.

Verdammt. Ich hatte schon wieder diesen Traum gehabt.

Seit Nate und Laneys Hochzeitsnacht hatte ich immer wieder denselben Traum. Darin kam immer diese Blondine vor, und er ging nie so aus, wie ich es wollte.

»Was?« Ich schüttelte den Kopf, um ihn klar zu kriegen, und sah zu meiner Mom hin.

»Tut mir leid, mein Schatz. Ich muss heute bei einer Mittagsveranstaltung das Catering alleine machen, weil Fiona krank ist und nicht kommen kann. Der Kaffee ist alle und ohne Kaffein werde ich es nicht schaffen. Könntest du bitte rauslaufen und welchen holen? Bitte?«

Nachdem ich nur ungefähr zwei Drittel von dem, was sie gesagt hatte, registriert hatte, fuhr ich mir mit den Händen übers Gesicht und nickte zustimmend.

»Ich danke dir vielmals!« Meine Mom machte kehrt und eilte den Flur entlang zu ihrem Zimmer.

Ich musste mir eine eigene Bude suchen, und zwar pronto.

DIESER VERDAMMTE TRAUM wurmte mich zwanzig Minuten später noch immer, als ich im Food Lion den Gang mit dem Kaffee durchschritt.

Ein kurzer Blick auf mein Handy bestätigte mir, was ich bereits wusste – keine Antwort auf meine mehrfach gesendeten Textnachrichten.

Was zum Teufel war bloß los mit mir? Ich lief Frauen, die deutlich gemacht hatten, dass sie nichts mit mir zu tun haben wollten, nicht hinterher. Es war höchste Zeit weiterzuziehen.

Und dennoch … konnte ich mich dazu nicht überwinden.

Drei Wochen waren seit meinem Treffen mit Bailey Murphy vergangen. Drei Wochen der unerwiderten Telefonanrufe und Textnachrichten, die mich zu einem von »diesen« Kerlen gemacht hatten. Ich steckte mein Handy zurück in die Tasche, rieb mir mit den Händen übers Gesicht und fuhr mir durch die Haare.

Noch immer hatte ich mich nicht daran gewöhnt, wie lange meine Haare geworden waren. Seit ich gleich nach der Highschool zu den Marines gegangen war, hatte ich einen Igelschnitt getragen, und erst kürzlich hatte ich mich dazu entschlossen, sie ein wenig wachsen zu lassen. Das war nur eine von vielen Veränderungen, die ich jüngst vorgenommen hatte.

Vor einem kurzen Monat war ich von Clearwater, Florida, wo ich die letzten paar Jahre gewohnt und gearbeitet hatte, zurück nach Greensboro gezogen.

Allein schon der Umzug hatte mich Kraft gekostet. Ich war mit einem gemieteten LKW, der all mein persönliches Zeug enthielt, die ganze Nacht durchgefahren, obwohl ich den ganzen Tag lang gearbeitet hatte, um die noch offenen Probleme mit meiner Wohnung und meinem Betrieb zu lösen. Die vorangegangene Woche hatte ich damit verbracht, die Lieferung und Einlagerung der schweren Geräte zu koordinieren, und ich musste oft bei Sonnenaufgang aufstehen, um rechtzeitig zu Terminen mit meinem neuen Geschäftspartner hier in Greensboro zu erscheinen. Dann musste ich wieder zurück nach Florida fliegen, um meinen LKW zu holen und die zehnstündige Fahrt hierher zu machen.

Mein Rücken schmerzte, mein Kopf tat weh und ich hatte einen Haufen Papierkram zu erledigen. Aber anscheinend brachte mir das alles keine Aus-dem-Arrest-Karte ein, als der Sonnabend kam und mein Bruder Mark mich daran erinnerte, dass ich auf eine Hochzeit musste.

»Kannst du denen nicht einfach sagen, dass ich krank bin oder so?«, flehte ich meinen kleinen Bruder an.

»Wie alt bist du? Neun? Benimm dich wie ein Erwachsener und zieh dich an. Du wirst Mom zu dem Lokal chauffieren, in dem der Empfang stattfindet, weil das auf deinem Weg liegt. Sie macht das Catering.«

Diese Tatsache gab mir das Gefühl, ein wenig energiegeladener zu sein. Unsere Mom und Fiona, Marks megaverrückte feste Freundin, eröffneten zusammen ein Catering-Business – was ich für eine geile Idee hielt.

Abgesehen davon, dass man mit Fiona echt super abhängen konnte, war sie auch eine unglaubliche Köchin. Wäre es nicht so ein Spaß gewesen, ihr und Mark dabei zuzusehen, wie sie sich gegenseitig zu Tode nervten und dabei gleichzeitig nach einander lechzten, hätte ich total versucht, da auch rein zu kommen. Aber wenn jemand ein glückliches Ende verdiente, dann die beiden. Oder die drei, wenn man unsere Mom dazuzählt, die einen neuen Job bekam. Und die Tatsache, dass unsere Mom und Fiona sich so gut verstanden, war ein zusätzliches Plus.

Das Leben war für Mark und mich nicht toll gewesen, als wir heranwuchsen. Die Beziehung unserer Eltern war vergiftet gewesen, weil mein Dad ein riesiges Arschloch war, und wegen dieser Tatsache hatte unsere Mom mit Depressionen zu kämpfen gehabt, während sie die Rollen der Hauptverdienerin und Kinderbetreuerin hatte übernehmen müssen. Wir haben überlebt, aber ich bin, wie ich leider zugeben muss, so bald wie möglich nach meiner Graduierung von der Highschool abgehauen – und habe es meinem vierzehnjährigen Bruder überlassen, die Scheiße beisammenzuhalten.

Letztendlich ist alles gut geworden, allerdings werde ich immer bereuen, dass ich nicht für meine Familie eingetreten bin, als ich es hätte tun sollen. Was jedoch ein wenig half, meine Seele zu heilen, war zu sehen, dass mein Bruder in einen süßen kleinen Teufelsbraten verliebt war und meine Mom endlich eine Karriere startete, die ihr Freude bereitete.

Zu meiner Freude darüber, dass ich einer verdammten Hochzeit beiwohnen musste, trug das allerdings nicht bei.

Aber ich kannte Laney und Nate, denn sie hatten uns sehr geholfen, als wir uns vor ein paar Monaten in einer schlimmen Situation befunden hatten, ich musste also zumindest ihren ‚schönsten' Tag mit ihnen feiern und ihnen einen Toaster oder irgendwas in der Art kaufen.

So kam es also dazu, dass ich Anzug und Krawatte trug und auf einer Kirchenbank neben mir völlig fremden Menschen saß, während mein kleiner Bruder neben Nate und seinem zukünftigen Schwager Gavin stand. Ich hatte gerade beschlossen, früh nach Hause zu gehen, als die Musik anfing und die gesamte Gemeinde den Blick zum hinteren Ende der Kirche wandte.

Tatsächlich blieb mir der Atem weg und ich war kurz geneigt, mir die Faust in die Brust zu schlagen. Da stand eine der heißesten Miezen, die ich jemals gesehen hatte. Sie trug ein blaues trägerloses Kleid, zeigte massenweise cremeweiße Haut entlang ihres Halses und ihrer Schultern. Ein Paar saugeile Hacken betonten die längsten Beine, die ich jemals gesehen hatte.

Meine Pläne änderten sich noch im selben Augenblick. Ich würde vielleicht noch immer früh nach Hause gehen, hoffentlich aber nicht allein.

»ICH HABE DEINEN KAFFEE!«, rief ich meiner Mutter zu, als ich nach Hause zurückkehrte.

Sie kam vom hinteren Flur herbeigeeilt und griff nach mir, um mir einen Kuss auf die Wange zu setzten. »Du bist ein Lebensretter, Jake.«

»Ja, klar bin ich das«, erklärte ich ihr, als ich ihr die große Einkaufstasche und auch den großen Latte übergab, den ich an einem Drive-Through-Schalter auf dem Heimweg geholt hatte.

Sie stieß einen kleinen Freudenschrei aus und zuckte danach mit den Schultern. »Das wär's. Du bist jetzt mein Lieblingssohn.« Sie nahm beide Gegenstände in die Hand und zog sich in die Küche zurück.

»Was meinst du damit?«, rief ich ihr nach. »Ich dachte, ich wäre bereits dein Liebling!«

Sie drehte sich zu mir um und lächelte mich an, als ich ihr in die kleine Küche folgte. Ich sah zu, als sie den ersten kleinen Schluck nahm und ihre dünne Gestalt entspannt an die Arbeitsplatte lehnte.

»Und gibt's noch was, was ich tun kann? Scheint, als hättest du heute viel zu tun«, bot ich ihr an.

»Danke, aber nein. Ich glaube, ich habe alles im Griff. Es ist nur ein kleines Mittagessen und es sind Rezepte, die wir schon gekocht haben. Überwiegend kalte Speisen, die wir schon vorbereitet haben.«

Ich antwortete mit einem Nicken und setzte mich an den wackeligen Küchentisch. Sie musste das verdammte Ding loswerden. Es war der gleiche, mit dem ich aufgewachsen war, und es war höchste Zeit für einen Neuanfang.

»Ich bin nur wegen Fiona, dem armen Mädchen, so enttäuscht.«

»Was fehlt ihr denn?«

Sie winkte ab. »Ach, eigentlich nichts – sie hat nur eine Halsentzündung. Sie wird schon wieder, aber ich weiß, dass sie sich nicht nur wegen des Mittagessens, sondern auch wegen

Rocco ziemlich schlecht fühlt. Sie hätte auf ihn aufpassen sollen, während Nate und Laney weg sind.«

Ich hatte vergessen, dass das glückliche Paar ihre Flitterwochen verschoben hatte, um sicherzustellen, dass ihr Sohn Rocco einen guten Start in der Grundschule hatte. Ich fand, dass es recht anständig war, dass sie das getan hatten, und wahrscheinlich machte es auch Sinn, denn der Junge war irgendwie empfindsam.

»Das ist ätzend. Wer passt dann eigentlich auf Rocco auf?« Das Kind war zum Schießen – er hatte mehr Fragen als die Welt Antworten hatte, und er wusste alles, was es über Schildkröten zu wissen gab – sowohl die echten als auch die von der Sorte Ninja.

»Bailey, glaube ich. Nates Schwester. Du bist ihr vielleicht bei der Hochzeit begegnet.«

Ich verschluckte mich praktisch an meiner eigenen Zunge.

»Na ja, jedenfalls wird es Fiona hoffentlich bald besser gehen – aber bis dahin werde ich, glaube ich, sehr beschäftigt sein«, sagte sie mit einem Schulterzucken und ging, um sich fertigzumachen, wie ich vermutete.

Doch meine Gedanken drehten sich nicht mehr um den neuen Job meiner Mom und ihren ausgefüllten Tag. Nein, ich hatte neue Pläne für meinen Sonntag. Pläne, die sich um eine raffinierte Blondine drehten, die dachte, sie könnte mir durchs Netz gehen.

War mein Verhalten ein wenig *stalker*-isch? Vielleicht. Aber ich würde jetzt nicht auf Bailey und den besten Sex meines Lebens verzichten, ohne verdammt noch mal alles getan zu haben, um ein Date zu kriegen und wer weiß was noch alles – wenigstens eine Wiederholung wäre schön.

Was Frauen betrifft bin, ich ein gemäßigter Typ. Ja, der gelegentliche One-Night-Stand kommt vor, aber ich neige dazu, die Entscheidung der Frau zu überlassen. Mir selbst überlassen bin ich das, was man einen Serien-Verabreder nennen könnte. Ich liebe es, die Frauen auszuführen. Manchmal ist es nur ein nicht ganz jugendfreies Date ohne Folgeveranstaltung, dann wieder hängen wir ein paar Monate miteinander ab und gehen die ganze Bandbreite der Film-Bewertungsskala durch. Ob eine Frau nun eine Nacht oder sieben mit mir verbringen will, juckt mich kein bisschen – es macht mir einfach Spaß, mit einem weichen, geilen Körper neben mir im Bett aufzuwachen.

Und wem gefällt Sex am Morgen nicht? Die Kerle, die am Vorabend schon Reißaus nehmen, wissen nicht, was ihnen entgeht. Ich ziehe es vor, eine Beziehung ihren Lauf nehmen zu lassen und dann weiterzuziehen. Nicht, dass ich für eine längerfristige Beziehung nicht offen wäre – ich habe bloß noch keine Frau gefunden, die passt. Und ich suche auch nicht aktiv danach.

Ich bin Anfang dreißig. Ich denke, dass ich eines Tages dort hinkommen werde, aber es zahlt sich nicht aus, länger darüber nachzudenken – besonders, da sich momentan so viele andere Dinge in meinem Leben abspielen.

Aber Bailey Murphy? Sie war ich noch nicht gewillt aufzugeben. Ich erhob mich von dem billigen Küchenstuhl und ging zum Badezimmer neben dem Flur, um zu duschen und mich zu rasieren.

Es gab eine Frau, die ich besuchen musste.

Ich will verdammt sein, wenn ich nicht tatsächlich mit federnden Schritten ging.

Angesichts der unbeantworteten Texte und Anrufe dachte ich mir, dass ein unangemeldetes Erscheinen meinerseits vor Laneys und Nates Haus von meiner unwilligen Angebeteten nicht gut angenommen werden würde. Eine kleine Bestechung wäre vielleicht angebracht – und Burritos mag doch jeder, oder?

Während ich im Barberitos auf meine Take-away-Bestellung

wartete, versuchte ich einen Angriffsplan zu schmieden und Baileys Reaktion vorherzusehen. Die konnte ganz unterschiedlich ausfallen, von einem schüchternen Neigen des Kopfes und einem Hereinbitten bis hin zu einem abrupten Zuschlagen der Tür in mein Gesicht.

Vielleicht würden's die Burritos nicht bringen.

»Jake!« Der Junge am Tresen rief meinen Namen aus. Ich ging hin, um mir meine Bestellung abzuholen, als eine starke Hand mich an der Schulter packte. Ich drehte mich um und sah direkt in das überhebliche Grinsen meines neuen Geschäftspartners Jax Crosby.

»Dacht ich mir's doch, dass du das bist«, sagte er und streckte mir die Hand entgegen.

Jax war so ein Typ, der stets der Konkurrenz zwei Schritte voraus war und sich höllisch darüber freute. Ein überhebliches Grinsen war stets sein verlässlichster Begleiter unter den Gesichtsausdrücken.

»He, Mann, wie geht's?«, erwiderte ich und nahm seine Hand. Ich schnappte mir rasch meine Tüte mit den Speisen, während wir uns aus dem Weg begaben, um Platz für die anderen Kunden zu machen.

»Gut, gut«, sagte er mit seinem trägen Akzent. »Ich wollte dich heute Nachmittag anrufen.« Er kratze sich an seinem blonden Haarschopf und reckte mir das Kinn entgegen. »Hab Aussicht auf ein Landschaftsprojekt. Dachte mir, wir könnten es besprechen, falls du Zeit hast.«

Scheiße. Ich hatte eine Tüte mit heißen Burritos und eine sexy Frau, um die ich mich kümmern musste, aber das da war mein Job – mein brandneuer Lebensunterhalt. Nichts, womit man dumm rumspielte.

Er schien mein Zögern zu bemerken, ehe ich es verbergen konnte. Sein Blick wechselte zu der überdimensionalen braunen Tüte Leckereien in meinen Händen und sein Mundwinkel zuckte. »Aha, ich verstehe schon«, sagte er langgedehnt.

Dem Kerl entging auch gar nichts.

»Nee, Mensch, ist schon in Ordnung. Ich hab Zeit«, versuchte ich, mich zur Wehr zu setzen.

Er schüttelte den Kopf, ehe ich das erste Wort zu Ende sprechen konnte. Auf keinen Fall. Es liegt mir doch fern, einem Mann bei seiner Mission im Weg zu stehen.« Da war es wieder, dieses Grinsen.

Ich konnte nicht anders, als es zu erwidern. »Na ja, ich muss zugeben – ich habe da wirklich etwas ziemlich … Leckeres, das auf mich wartet.« Zur Bestätigung hob ich spaßeshalber die Tüte mit dem Essen in die Höhe.

»Mach weiter, Bruder.« Jax klopfte mir auf die Schulter und wandte sich zum Tresen. »Ruf an, wenn du fertig bist, und wir reden dann «, sagte er abschließend, während er hinüber ging, um seine Bestellung anzusagen.

»Mach ich.« Ich ging zur Tür hinaus und zu meinem Truck.

Meine Gedanken drehten sich noch eine Weile um unser kurzes Gespräch. Ein potenzieller Kunde war nichts, was man ignorierte, insbesondere weil ich in dieser Stadt für meine professionelle Arbeit noch nicht bekannt war. Ich hatte mir den Arsch aufgerissen, um alle Besonderheiten der Landschaftsplanungsindustrie zu erlernen, und ich war fest entschlossen, es hier in meiner Heimatstadt mit dem Job zu versuchen.

Als ich den Truck Richtung Norden lenkte, schwor ich mir, Jax anzurufen, sobald ich später in das Haus meiner Mutter zurückkam – was mich daran erinnerte, wieder einmal, dass es höchste Zeit war, dass ich mir meine eigene Wohnung suchte.

Aber es war nicht so, dass es eine Belastung gewesen wäre, bei meiner Mom zu wohnen. Ich liebte es, nach meiner langen Abwesenheit und den seltenen Besuchen in den letzten Jahren, geballte Zeit mit ihr verbringen zu können. Wenn man es genau betrachtete, war es unverzeihlich, dass ich meine Familie mied, aber ich war es dermaßen gewohnt gewesen, als mein Vater noch da war, dass ich nie wirklich zu normalen

Besuchen übergegangen war, nachdem er dann endlich fort war.

All das lag jetzt in der Vergangenheit und ich konnte die Zeit mit meiner Mom und meinem Bruder genießen. Doch das bedeutete nicht, dass ich permanent in meinem alten Bett inmitten von Plastiktrophäen von Redewettbewerben pennen musste, die meine Mom zu Ehren von Marks alten Zeiten als Teenager-Verlierer wie in einem Schrein aufbewahrte.

Verdammt, ich musste neuerdings aufpassen, was ich über meinen jüngeren Bruder sagte – der Typ könnte mir einen sauberen Tritt in den Arsch geben, wenn er Lust dazu hätte.

Ich fuhr in Laney und Nates Einfahrt und stellte meinen Truck auf Parken. Einmal tief Luft geholt, schon befanden sich die Burritos und ich auf unserem Weg zur vorderen Veranda. Doch noch bevor ich auch nur den Finger zur Türglocke heben konnte, zog sich ein ohrenbetäubender Schrei durch das Haus, woraufhin ich die Tüte auf den Beton fallen ließ. Automatisch trommelte ich mit den Fäusten an die Tür und forderte Eintritt.

Klischees und Chupacabras

BAILEY

»ALSO SCHÖN, wo hast du ihn zuletzt gesehen?«, fragte ich panisch und versuchte vergebens, nicht sichtlich durchzudrehen. Rocco, offenkundig genauso schuldbewusst wie am Boden zerstört, sah mit bebender Unterlippe zu mir hoch. »Ich … wollte ihn nur halten.«

Nein nein nein! Ich bin eine tote Frau. Nicht nur, dass ich meinem Neffen ein geschmuggeltes Haustier gekauft hatte, jetzt hatte ich auch noch versehentlich dem Jungen das Herz gebrochen! Obwohl: Ein klein wenig stolz auf mich selbst war ich schon, dass ich mir wegen dieser Probleme mehr Sorgen machte, als wegen einem anderen, nämlich dass eine *gottverdammte Echse* in derselben Behausung frei herumlief, in der ich heute Nacht schlafen sollte!

»Es wird ihm schon nichts passieren«, versprach ich mit völlig falscher Aufrichtigkeit. »Wir werden ihn finden.«

»Versprochen?«, fragte Rocco, sein Gesicht ein Bild der Verzweiflung.

Diesem Kind stand eine lukrative Karriere entweder als Bettler oder als Schauspieler bevor. So oder so würde er groß abräumen.

»Versprochen«, sagte mein Mund, während alle anderen Teile von mir schrien, dass ich verdammt noch mal die Schnauze halten und das Haus schleunigst verlassen sollte.

Nate würde mir ordentlich was schulden nach dieser Misere.

»Er hat wahrscheinlich nur Angst und versteckt sich irgendwo«, sagte ich zu dem Kind.

Er kapierte sofort und ging auf die Hände und Knie, um unter seinem Bett nachzusehen. »Meinst du?«

»Ja. Ganz sicher.« Ich gesellte mich zu ihm auf den Teppich hinunter, wobei ich darauf achtete, dass sein Gesicht dem möglichen Versteck des Teufels am nächsten war.

Was denn?! Er war schließlich derjenige, der das verdammte Ding haben wollte.

»Nicht da«, sagte Rocco, als er den Kopf hob und mich besorgt ansah.

Jetzt wo ich wusste, dass es sicher war, machte ich einen halbherzigen Versuch, ebenfalls unter das Bett zu schauen.

»Da ist er!!«, war das letzte, was ich hörte, bevor mein Kopf sich von alleine drehte und ich mich Auge in wachsame Augen mit der ledrigen Gestalt von Satan Quasimodo Heilige Scheiße Motherfucking Gecko befand.

Vage erinnere ich mich daran, mich noch gewundert zu haben, wer da so schreit, ehe schwarze Punkte vor mir schwammen und ein fürchterliches Trommelgeräusch durch mein Gehirn hallte. Danach war nichts mehr.

Ich vermutete, dass die Echse mein Gehirn gefressen hatte.

Wenigstens war mein Tod rasch eingetreten.

»Hat sie sich den Kopf an irgendwas gestoßen?«, hörte ich ein tiefes Brummen neben meinem linken Ohr. Ich bin mir relativ sicher, dass Echsen nicht sprechen können.

»Nein, sie war schon am Boden. Sie hat einfach nur wie ein Affe gekreischt und ist dann eingeschlafen. Das war unheimlich.« Die Stimme gehörte meinem Neffen, mit Sicherheit.

Wie es schien, lebte ich noch. Ich öffnete die Augen und als ich den Besitzer der brummigen Stimme sah, schloss ich sie sofort wieder. Wenn so etwas möglich ist, dann wurde mir sogar noch schwärzer vor Augen.

Mist. Ich konnte mich damit heute nicht befassen.

»Bailey«, rief die brummige Stimme.

Ich stellte mich tot.

»Ich weiß, dass du wach bist. Komm schon – ich mache mir Sorgen.« Einen besorgten Ton vernahm ich allerdings schon in diesem Brummen, also fühlte ich mich ein wenig verpflichtet, mich wie eine Erwachsene zu benehmen.

Ich öffnete die Augen erneut und sah wunderschöne haselnussbraune mich anstarren. »Ist schon okay. Mir geht's gut. Hier gibt's nichts zu sehen«, versuchte ich mich in Nonchalance.

Dann fiel mir der Gecko wieder ein und ich setzte mich wie der Blitz auf und stieß mir dabei den Schädel an Jake Becketts sehr kantigem, sehr sexy und sehr hartem Kinn.

»Aua«, sagten wir unisono.

»Verdammt, Weib.« Jake rieb sich sein dunkles stoppeliges Kinn. »Warum so eilig?«

Ich hielt meinen schmerzenden Kopf und sah mich verzweifelt nach Satan um. Sowohl den geilen Typen als auch mein Schwindelgefühl versuchte ich dabei zu ignorieren. *Prioritäten, Leute!*

»Rocco, wo ist er?«, wollte ich wissen.

»Er ist weggelaufen, als du geschrien hast. Ich glaube, er ist hinter der Kommode.«

»Würde mir jemand bitte erklären, was hier los ist?«, fragte Jake von seiner knieenden Position am Boden des Schlafzimmers aus. »Ich habe dich kreischen hören – du warst vollkommen weg, als ich reinkam. Hast du dir wehgetan?« Seine Stirn legte sich besorgt in Falten.

Seufz.

Ohne Erlaubnis schwenkte mein Blick von seinem Gesicht direkt zu seinen Schenkeln hinunter, die sich gegen die Enge des Denim-Stoffes, der sie bedeckte, auflehnten. Ich musste wieder die Augen schließen und mir innerlich einen Klaps auf die Birne geben.

Jetzt nicht an den sexy Mann denken. Nein! Werde erwachsen und atme wie ein normaler Mensch.

Ich räusperte mich und öffnete ein Auge.

»Äh hallo, Jake.«

Er hob nur eine Braue als Reaktion.

»Mir geht's gut. Wirklich. Wir haben nur nach Roccos Echse gesucht und sie hat mich erschreckt – mehr nicht.«

»Und du bist in Ohnmacht gefallen?«

Ich kicherte nervös. »Also ich weiß nicht, ob ich sagen würde, dass ich ›in Ohnmacht gefallen‹ bin. Ich habe mich nur mit geschlossenen Augen entspannt.« Ablenkung war angesagt. »Was machst du überhaupt hier? Moment mal – wie bist du reingekommen?«

Er warf mir einen kurzen strafenden Blick zu und legte erneut die Stirn in Falten. »Du hast die Eingangstür unversperrt gelassen. Ich habe mir erlaubt einzutreten, als es sich so anhörte, als wärst du von einem Chupacabra angegriffen worden.«

Der Mann grinste mich frech an.

Scheiße. Er war sexy, wenn er grinste. Und diese Wangenknochen … verdammt.

»Was ist eine Chupacabra?«, fragte Rocco, der jetzt hinter die Kommode lugte.

Jake schmunzelte. »Das ist dieses coole Wesen mit großen Fangzähnen und Zacken am Rücken. Er frisst gerne Ziegen.«

»Geil«, erwiderte Rocco, der versuchte, seinen Kopf zwischen die Wand und die Kommode zu quetschen.

Ich hob den Blick zur Decke. Jungs werde ich niemals verstehen. Oder Männer.

»Was machst du da?«, fragte Jake.

»Ich versuche, den Gecko hervorzulocken.«

»Seit wann hast du einen Gecko?«

Ich musste sofort wieder die Oberhand in dieser Situation gewinnen. Ich rief mein inneres Miststück an, das meist knapp unter der Oberfläche lauerte, genau dort, wo ich sie brauchte. Ich räusperte mich abermals. »Wie du also siehst, ist alles bestens hier bei uns. Ich bin mir sicher, dass du heute noch was zu erledigen hast.« Subtilität ist nicht meine Stärke, aber er musste einfach fort.

Ich versuchte aufzustehen, mein Kopf hatte jedoch andere Vorstellungen und beschloss, nach vorne zu kippen. Jake packte meine Arme, um zu verhindern, dass ich mit dem Gesicht auf dem Teppich aufschlug.

»Langsam.« Er stand auf und stützte mich, während er uns zu Roccos Bett führte. »Das Einzige, was ich heute zu erledigen habe, ist, dich zur Notaufnahme zu bringen.«

Scheiße.

Wieso hat die verdammte Echse mich nicht einfach erledigt?

»Also, nur dass ich das recht verstehe. Du hast gerade mal zwölf Stunden auf das Kind aufgepasst, dann hast du ihm schon ein Haustier um 200 Dollar als Bestechung gekauft? Wow. Einfach nur wow. Ich glaube, das ist ein Rekord.« Jake lehnte sich auf dem Stuhl im Warteraum zurück und verschränkte die Arme vor der Brust. Bei dieser Bewegung rutschten die Ärmel seines grauen T-Shirts nach oben und legten straffe, gebräunte Haut über den an der Stelle vorhandenen Muskeln frei.

Ich wimmerte ein wenig in mich hinein und verdrängte dann das Bild. Er war bloß ein Mann, um Himmels willen. Oder ein Gott, um Mannes willen? So oder so war er Liebeskummer, der sich ankündigte.

»Du hörst dich wie dein blöder Bruder an. Ich hab doch schon erzählt, dass Tränen geflossen sind. Ich hab Panik gekriegt, okay?«

Er dämpfte ein Lachen mit einem fingierten Kinnkratzen.

»Bailey Murphy?«, rief eine Krankenschwester durch eine offene Tür. Ich stand auf und bemerkte, dass Jake sich ebenfalls von seinem Sitz erhoben hatte. Ich blieb stehen und zeigte ihm meinen besten »Mensch, nicht doch«-Blick.

»Du machst also einen Alleinflug?« Er stoppte halb im Aufstehen.

Ich zeigte ihm ein emphatisches Kopfnicken und rannte hinüber zur Tür, ehe er und Rocco mir folgen konnten.

Konnte er eine Anweisung nicht befolgen? Was stimmte nicht mit ihm?

Leider war die Antwort darauf: nichts.

Ich folgte der Krankenschwester durch das Gängelabyrinth und wurde zu einem kleinen Raum geführt, wo sie meine Vitalwerte maß und mir eine Reihe von Fragen stellte – wann ich das letzte Mal gegessen hatte, ob ich schon einmal in Ohnmacht gefallen sei, was ich tat, als ich in Ohnmacht fiel (bei dieser Frage habe ich möglicherweise gelogen), ob ich vielleicht schwanger sein könnte, ob ich einen niedrigen Blutzuckerspiegel hätte. Bla bla bla.

Meine Antworten waren alle zufriedenstellend und es gab keinen Hinweis darauf, dass mir etwas fehlte. Also wartete ich im Anschluss daran fünfundvierzig Minuten auf den Arzt, der mich dann, als er kam, für gesund erklärte. Wie ich es ja gesagt hatte.

Ich wurde zurück in den Wartesaal geschickt und es wurde mir aufgetragen, viel Flüssigkeit und mehrere kleine Mahlzeiten über den Tag verteilt zu mir zu nehmen. All diese wunderbaren Ratschläge wurden mir für den niedrigen Preis von 75 Dollar plus der zusätzlichen Rechnung überlassen, die gewiss später noch eintreffen würde.

Man könnte sagen, dass ich wenig erfreut war. Wer kann mir also einen Vorwurf machen, wenn ich Jake auf dem Weg zurück zu Laney und Nates Haus mit Schweigen strafte?

»Was ich vergessen habe«, verkündete Nate von seiner Position hinter dem Lenkrad seines megaschicken Trucks aus. Anscheinend kapierte er die Regeln des strafenden Schweigens nicht. »Ich habe vorhin Barberitos für euch Leute mitgebracht. Ich glaube, die habe ich dann im Flur zurückgelassen beim Hineingehen.«

Hmm. Vielleicht könnte man ihm irgendwann vergeben.

»Ach ja?«, war alles, was ich ihm im Augenblick bot.

»Was ist ein Barbarito?«, fragte Rocco vom Rücksitz aus, wo er auf seinem Tablet herumspielte.

»Nur der beste Burrito der Stadt.« Jake lächelte und warf einen Blick nach hinten.

»Igitt.«

Über Geschmack ließ sich einfach nicht streiten.

Jake nahm es gelassen hin. »Ich werde deine essen, Kumpel.«

Ha! Als ich ob ich das zulassen würde.

Plötzlich kam mir wieder dieser Gedanke, dass alle auf dieser Welt gut mit Kindern konnten, nur ich nicht. Und wie unfair das war, dass Jake Beckett nicht nur scharf wie die Sünde war und ein Genie im Bett, sondern dass er auch noch nett zu kleinen Leuten und in Ohnmacht fallenden Frauen war.

Was sollte ich damit anfangen?

Endlich bogen wir in die Einfahrt ein und ich sprang rasch hinaus, um jegliche etwaige Hilfe zu umgehen, die möglicherweise angeboten werden würde. Jake, der keine Einladung zu benötigen schien, folgte uns hinein und schloss die Tür hinter uns.

Ich holte tief Luft und festigte meinen Rücken wie meine Entschlossenheit.

»Wie du sehen kannst, geht es uns gut. Ich weiß deine Hilfe zu schätzen – und die Burritos –, aber es ist alles unter Kontrolle. Wir werden unseren Tag fortsetzen und du kannst mit deinem weitermachen.« Ich streckte meine Hand in Richtung der Tür, wie so eine verdammte Restaurantempfangsdame.

»Mhm«, erwiderte er und hatte die Frechheit, sich an die Vorzimmerwand zu lehnen und die Hände in die Taschen zu stecken.

Was sollte das? Posierte er für einen Junggeselle-des-Monats-Kalender?

Oje!

Ich führte die Empfangsdamengeste erneut aus.

Dieses Mal wurde sie mit einem Grinsen belohnt.

»Was?!«, wollte ich wissen.

Er musterte mich von oben bis unten. »Mhm.«

In diesem Moment wurde ich auf meine Kleidung und mein allgemeines Aussehen schmerzlich aufmerksam. Ich konnte spüren, wie die Hitze in meine Wangen aufstieg.

Meine Haare waren zu einem schlampigen Pferdeschwanz zusammengebunden und ich trug sportliche Shorts und ein Männer-T-Shirt. Ich musste nicht nach unten sehen, um zu wissen, dass sich am Saum ein Ketchup-Fleck befand und ein Rad fahrender Dinosaurier auf der Vorderseite. Ich habe keine Erklärung dafür.

Ich legte mir eindringlich nahe, Jakes Miene zu ignorieren und nicht einmal zu versuchen, sie zu interpretieren.

Dieser Augenblick erfasste perfekt den Grund, weshalb alle Textnachrichten und Anrufe von Jake in den letzten drei Wochen unbeantwortet geblieben waren.

Er simste nicht *mich* an.

Er simste die Frau von der Hochzeit an.

Die Frau, die ich eine Nacht lang vorgab zu sein.

Die Frau, die ich niemals sein würde.

Diejenige, die zu sein ich mir nicht leisten konnte.

Es war nicht wirklich meine Schuld. Jeder Film, der jemals gedreht wurde, war daran schuld, jedes Buch, das jemals geschrieben worden war, und jede verdammte Gesprächssendung, die jemals produziert worden war. Wenn man Single ist, an der Dreißigerschwelle, und dein einziger Geschwisterteil heiratet, dann macht das etwas mit einem. Zum Beispiel, dass Uhren zu ticken anfangen, Unsicherheiten aufblühen, kleine grüne Dämonen sich in deinem Gehirn niederlassen – lauter Dinge, von denen man bis zu jenem Tag gar nicht wusste, dass sie in einem steckten.

So geschah es, dass ich am Tag von Nates und Laneys Hochzeit aufgewacht und nicht ganz ich selbst gewesen war.

Ein Teil des Grundes war, das wusste ich, dass man von mir verlangte, dass ich sowohl Make-up, als auch ein beschissenes Kleid zur Hochzeit trage. Bailey Murphy hatte nichts übrig für mädchenhafte Scheiße. Doch wenn eine winzige Naturgewalt einem droht, einem an den Kragen zu gehen, wenn man nicht die zugewiesene Kleidung trägt (und dabei lächelt), dann gehorcht man. Ich hatte Fiona schon mal wütend gesehen, und es war nicht lustig. Sie nahm ihre Verantwortung als Brautjungfer sehr ernst, und ich wollte sie nicht noch zusätzlich provozieren.

Ich war zu den Anproben erschienen, wie angewiesen, und

ich hatte die Braut (die in ihrem Kleid übrigens tatsächlich umwerfend aussah) mit Ohs und Ahs bewundert. Und ich hatte enthusiastisch an der Brautparty und am Junggesellinnenabschied teilgenommen, obwohl ich mich nicht so leidenschaftlich der Sache hingab wie eine gewisse hoffnungsvolle Braut, die von meinem großen Bruder ins Haus getragen werden musste, als der Abend vorbei war.

Die gesamte Woche lang, die vor dem großen Tag lag, war ich mit saumäßig hohen Stöckelschuhen in meinem Wohnzimmer hin und her gegangen, fest entschlossen, mich nicht vor allen Leuten, die ich kannte, durch einen Sturz auf die Fresse zu blamieren.

Ich dachte, ich wäre gut vorbereitet gewesen.

Ich hatte mich geirrt.

Beim Aufwachen spürte ich irgendein Stechen, aber ich tat es ab, denn es gab viel zu tun – zu dessen Schlimmstem gehörte, dass Fiona mir Augenbrauenhaare aus dem Gesicht zupfte, von denen ich mit Nachdruck behauptete, dass ich sie brauchte, damit sie mich warmhielten, wenn der Winter kam. Diese Ansicht teilte sie nicht.

Doch im Laufe des Tages war nicht mehr zu leugnen, was mit mir geschah.

Ich wurde ein Opfer des ältesten Klischees, das im Buche steht. Mein Bruder heiratete, meine Freunde hatten glückliche Beziehungen und ich war Single und stand kurz vor dem Dreißiger. Beinahe körperlich konnte ich spüren, wie der sprichwörtliche Schleier der alten Jungfer über mich herabfiel.

Und genau so kam es, dass ein großgewachsener, gutaussehender, schöntuerischer Kerl mit dem Namen Jake Beckett das zweitälteste Klischee im Buche bediente, indem er sich von einer Braujungfer flachlegen ließ.

Pickles

JAKE

MANN, diese Frau wand sich ja fast vor Unbehagen. Jetzt hatte ich wenigstens die Bestätigung, dass sie nicht vollkommen immun gegen mich war. Ich konnte spüren, wie sich das Band zwischen uns zusammenzog – ich hatte es mir also doch nicht eingebildet. Es gab einen anderen Grund dafür, weshalb sie meine Kommunikationsversuche seit der Hochzeit nicht beantwortet hatte. Und ich würde ihn aufdecken.

Es fiel mir schwer, diese Herausforderung abzulehnen.

Während Rocco davonlief, um Gott weiß was zu machen, musterte ich Bailey gemächlich, und ich bin mir nicht sicher, ob das plötzliche Glühen ihrer Wangen noch dunkler hätte ausfallen können. Das war niedlich. Aber ich hatte sie bereits nackt gesehen, daher begriff ich diese Verlegenheit nicht.

Ich riss mich von der Wand los, an der ich gelehnt hatte, als ich sie unter die Lupe nahm. Sie schien auf den schlampigen Athletik-Look zu stehen – ein Riesenunterschied zu dem durchgestylten Göttinnen-Look, mit dem sie mich bei unserer letzten

Begegnung begeistert hatte. Aber hey, es war Sonntag und sie passte auf einen Sechsjährigen auf. Es ist ja nicht so, dass ich erwartet hätte, dass sie Stöckelschuhe trug.

Ich wusste, dass sie wollte, dass ich gehe. Doch Pech für sie. Ich musste meine Burritos noch essen, eine potenzielle Verabredung klarmachen und einen Gecko retten, ehe ich sie alleine ließ.

»Also Bailey, welchen willst du?« Ich ging absichtlich auf sie zu, beinahe wie ein Frauenjäger. Ich gebe zu, ich habe es vielleicht ein wenig übertrieben.

Das Sich-Winden nahm zu.

»Welchen was?«, fragte sie beinahe flüsternd, als ich näherkam.

Mann, ich wette, sie wäre explodiert, wenn ich sie berührt hätte. Seit Wochen hatte ich genau davon geträumt, es wäre mir also verdammt schwergefallen, mich unter Kontrolle zu halten.

»Mit oder ohne Fleisch?«, fragte ich leise. Das machte Spaß.

Ich hörte sogar tatsächlich, wie sie zu schlucken versuchte und ich beobachtete die Bewegung an ihrem Hals.

»W…was?«

Als ich dann direkt vor ihr stand, beugte ich mich langsam nach unten, behielt meinen Blick jedoch auf ihr Gesicht gerichtet.

Dann nahm ich die Tüte mit den Burritos in die Hand und richtete mich wieder auf, so lässig wie nur möglich. Ich zuckte mit den Schultern, ein bisschen Arschloch-mäßig. »Burritos. Ich wusste nicht, welche Sorte du magst, also habe ich mehrere verschiedene genommen.«

Schließlich fokussierten ihre Augen auf die Tüte und sie schüttelte dezent ihren Kopf. Dann durchbohrte sie mich mit einem stechenden Blick aus ihren blauen Augen.

Ich verdiente es.

Sie glättete sich ihre Haare mit einer Hand, drehte sich

abrupt um und stolzierte in die Küche. »Wenn da keiner mit Schwein drinnen ist …«

Ich musste schmunzeln. »He, Rocco!«, brüllte ich. »Komm und iss ein paar Pommes!«

Es dauerte etwa eine Drittelsekunde, bis der Junge auftauchte, an mir vorbeiraste und dabei die braune Tüte an sich riss. Ich folgte den beiden in die Küche und war zufrieden mit dem Fortschritt, den ich bis dahin gemacht hatte.

Nachdem die Burritos gegessen waren, musste ich mich noch um zwei Dinge auf meiner Liste kümmern. Zuerst suchte ich den Gecko für Rocco, damit es keine Ohnmachtsanfälle mehr geben würde. Wie jemand wegen eines so winzigen Dinges derart durchdrehen konnte, war mir ein Rätsel. Aber Frauen kann man eben nicht verstehen, wie ja jeder weiß.

Mit Roccos Hilfe holte ich den kleinen Kerl hinter der Kommode hervor, wo er sich tatsächlich versteckt hatte. Zugegeben, er sah ziemlich gut aus.

»Wie heißt er denn?«

»Haben wir noch nicht entschieden. Tante Bailey möchte ihn Satan nennen.«

Ich lachte auf. »Das passt doch nicht wirklich zu ihm, oder?« Ich hob das Geschöpf hoch und sah ihm in sein winziges Gesicht.

»Was frisst er denn gerne?«

Rocco kratzte sich am Kopf. »Äh, hauptsächlich Grillen, glaube ich.«

»Das wäre kein sehr guter Name«, erwiderte ich. »Wie wär's dann mit dem Namen einer deiner Ninja-Turtles?«

Er sah mich mit einem Blick an, der sagte, dass ich kein größerer Idiot sein könnte, auch wenn ich es versuchte. »Er ist eine Echse, keine Schildkröte, Jake«, erklärte er mir geduldig.

Nächste.

»Also was isst *du* denn gerne? Außer Chips.«

Er schien darüber länger als nötig nachzudenken. »Pizza, Cookies, Pot-Tarts, Cheetos, Pickles, Bonbons, Erdbeeren, Cheeseburger, Oliven, Graham-Cracker, Milkshakes, Goldfish, Marshmallows, Müsli, Bananen und Joghurt. Aber es muss die Sorte zum Ausdrücken sein.«

Na schön.

Bailey stand in der Tür. »Ist es schon sicher, sodass man reinkommen kann?«

»Es gibt Entwarnung. Wir versuchen nur geraden, uns einen Namen für diesen kleinen Kerl auszudenken.«

Sie machte einen halben Schritt ins Zimmer, war aber sichtlich nicht dazu bereit, näher zu kommen. »Rocco hat alle meine Ideen abgelehnt.«

»Weil du ihn Satan und *Quadiosmar* nennen wolltest«, wandte Rocco ein.

»Na ja, du wolltest ihn Gecko nennen! Und es war Quasimodo«, erwiderte Bailey scharf.

»Im Ernst?« Ich blickte zwischen den beiden hin und her. Jämmerlich.

»Du musst ihm einen fröhlichen Namen geben, einen, der beim Sagen Spaß macht. So wie Popeye oder Gizmo – oder eine deiner Lieblingsspeisen, von denen wir gesprochen haben«, ermunterte ich ihn.

»Na gut, dann wird er Pickles heißen, weil ich Pickles liebe und er ist irgendwie so grün.«

»Perfekt«, sagten Bailey und ich unisono, und ich sah, wie sie kurz in meine Richtung blickte.

Ich hielt Rocco den Gecko hin. »Bring du Pickles in sein Terrarium zurück. Ich muss los, aber wir sehen uns bald wieder, Junge.« Er nahm den kleinen Kerl aus meiner Hand. »Halt ihn fest, damit er nicht wieder entkommt«, warnte ich ihn. »Vielleicht solltest du ihn Houdini nennen.«

Rocco sah mich verwirrt an.

»Oder auch nicht.«

Ich drehte mich um und deutete Bailey an, dass sie mir auf den Flur hinaus folgen solle.

Sie murmelte etwas Unverständliches, ist mir aber tatsächlich gefolgt.

An der Eingangstür drehte ich mich um und ich hätte schwören können, dass ich sie dabei erwischte, wie sie zusammenzuckte.

Was zum Teufel?

Ehe ich ein Wort sagen konnte, schaltete sie sich ein: »Sieh mal, Jake, es tut mir leid, dass ich deine Anrufe nicht erwidert habe – oder deine Texte. Ich habe … mich bei der Hochzeit toll unterhalten.« Erneut ließ sie ihre Hand vor Beklommenheit über ihre Haare gleiten. »Aber bei mir spielt sich gerade viel ab und ich habe einfach keine Zeit für ein … *Ding* … im Moment.«

Pah. Das fasste es ja zusammen, nicht wahr? Die alte »Es-liegt-nicht-an-dir-sondern-an mir«-Abfuhr. Mein Bauchgefühl sagte mir aber, dass sie immer noch genauso geil auf mich war, wie ich auf sie. Ich würde mich entweder charmant zurückziehen oder es aus einer anderen Perspektive angehen müssen. Ich hoffte auf Letzteres.

Ich war offensichtlich ein Masochist.

Ich hob die Hände zu einer klassischen »Ich-bin-nicht-bewaffnet«-Geste. »Okay, es ist alles gesagt. Tut mir leid, wenn es sich angefühlt hat, als wäre ich so ein irrer Stalker.« Ich lachte.

Sie nicht.

Aha.

»Wie wär's, wenn wir dann einfach als Freunde miteinander abhängen? Du weißt schon, auf einen Kaffee gehen, die Gang auf 'nen Drink treffen…«

»Ja«, sagte sie, während sie anfing, langsam auf mich zuzugehen. Ach, vielleicht war das ja doch noch nicht vorbei.

Dann streckte sie einen Arm nach mir aus und ich schwöre, ich war eine Millisekunde davon entfernt, mich auf sie zu stürzen und sie zu küssen, als mir klarwurde, dass sie nach dem beschissenen Türknauf griff.

Ich war ausgeschaltet worden und nun wurde ich hinausbefördert.

Es war ein schwerer Tag, um Jake Beckett zu sein.

ZUM GLÜCK SPIELTE sich in meinem Leben so viel ab, dass sich mehr als ausreichend Ablenkung davon anbot, wie ich soeben verjagt worden war.

Ich schuldete Jax einen Rückruf, um über das in Aussicht gestellte Landschaftsplanungsprojekt zu reden, und ich wusste, dass das von Anfang an meine erste Priorität hätte sein sollen. Vielleicht war Bailey eine Ablenkung, die ich einfach nicht gebrauchen konnte.

Alles in mir hoffte, dass der Umzug zurück nach Greensboro für einen Neuanfang die richtige Entscheidung gewesen war. Ich hatte in Clearwater verdammt hart dafür geschuftet, mein Können zu perfektionieren und wichtige Kontakte zu etablieren, es war also keine leicht getroffene Entscheidung gewesen. Aber ich vertraue in der Regel meinem Instinkt und der hat mir gesagt, dass ich heimkehren und den Kontakt zu meiner Familie wiederaufnehmen sollte.

Als ich im Frühling zu Hause gewesen war, um mich um Familienkram zu kümmern, war es mir gelungen, den Grundstein für eine Beziehung zu Jax zu legen, der zufälligerweise Fionas Chef war. Fiona macht für ihn den Telefondienst in seinem Landschaftsplanungs- und Rasenpflegeunternehmen – wenn sie nicht gerade ihr Catering-Ding betreibt oder meinen Bruder verrückt macht. Ich hatte meine Hausaufgaben gemacht und Jax war der Beste der Besten in der Gegend.

Also hatte ich ein Unternehmenskonzept erstellt und ihm eine Idee für eine Art Partnerschaft vorgeschlagen. Es mangelte ihm nicht an Kunden, aber er nutzte auch nicht alle Gelegenheiten, die sich vor Ort boten. Der Mann kannte sich bei Gras und vielen Pflanzen aus, von Design hatte er jedoch keine Ahnung. Und das war mein Fach.

Ich dachte mir, dass wir unsere Talente zusammentun und auf diese Weise ein noch größeres Unternehmen aufbauen könnten. Aber warum würde ein Kerl mit einem florierenden Geschäft ein Risiko mit einem Unbekannten wie mir eingehen wollen? Nun, das war der Punkt, wo sich all meine Referenzen als recht nützlich erwiesen. Es gibt eine Menge sehr zufriedener Rentner auf der Golfseite Floridas, deren Bekannte ich kennengelernt hatte. Es stellte sich heraus, dass ältere Frauen ein bisschen North-Carolina-Charme ganz gern mögen. Und es schadete auch nicht, dass ich mein Metier in- und auswendig kannte.

»Verdammt, Beckett!«, hatte Jax gesagt, als er die erste Seite meiner Referenzen gelesen hatte. »Was genau mussten Sie für Ms. Caroline Shaw tun, dass sie von Ihnen sagt, Sie wären—« Er senkte den Blick zurück auf die Seite, um abzulesen: »der gewiefteste junge Mann, mit dem ich jemals das Vergnügen hatte zu arbeiten.« Er warf mir einen listigen, verschwörerischen Blick zu.

Ich erwiderte ihm: »Mensch, ich schwöre, dass ich all ihrem Charme widerstehen und mich auf den Job konzentrieren konnte.« Das war nicht schwierig gewesen. Ms. Shaw ist vierundsiebzig.

Jax lachte und schlug mit der Hand auf seinen Schreibtisch.

»Na schön. Lassen Sie hören.« Er lehnte sich auf seinem Stuhl zurück und verschränkte die Hände hinter dem Kopf.

Das war meine Gelegenheit gewesen.

Ich wusste, dass meine Empfehlungsschreiben Jax' Aufmerksamkeit erregt hatten, aber er ist ein kluger Kerl und das alleine würde nicht reichen. Zum Glück war mein Plan für ihn so risikoarm wie möglich.

»So wie ich das sehe, haben Sie die Verbindungen und den Kundenstock hier in der Gegend. Sie kennen die Kunden, und die Kunden vertrauen Ihnen. Aber Sie wenden sich an jemand anderen, wenn Sie beschließen, dass sie ein Wasserspiel oder einen Sichtschutz wollen. Und wohin, glauben Sie, werden Sie gehen, wenn sie einen Terrassengarten oder eine Nische für die Gästebewirtung haben wollen?«

Ein Mundwinkel zuckte nach oben. Er wusste ganz genau, was ich vorhatte.

»Bixby's. Dorthin gehen Sie. Oder Northwest Garden Design. Die sind nicht übel, aber wir wissen beide, dass Bixby's Scheiße ist. Ich kann die Teams locker übertreffen«, sagte ich. Ich hatte meine Hausaufgaben gemacht. »Und ich habe die Zertifizierung und die Erfahrung.«

Jax reckte mir das Kinn entgegen. »Ich bin kein Gartenbauer und ich führe keine Gärtnerei, wie Sie ja wissen. Glauben Sie, Sie sind der erste, der mich darauf aufmerksam macht?«

»Nein«, erwiderte ich. »Aber ich glaube, dass ich der Richtige bin.«

Darüber lachte er laut auf. »Okay, Beckett, zeigen Sie mir die Details.«

Und so hatte ich mir mein Ticket nach Hause nach North Carolina und, hoffentlich, auch gleich zu einem Neuanfang bei der Beziehung zu meiner Mom und meinem Bruder gesichert.

Ich war dann nach Florida zurückgekehrt, um meinen Kram zu regeln und meinen großen Umzug zu planen, und ich wollte nicht zurückschauen. Jetzt war es Monate später und ich war endlich soweit, mit dieser neuen Aufgabe loszulegen. Als ersten Schritt musste ich mir meinen ersten Kunden sichern.

Jax hob beim ersten Klingeln ab.

»He, Beckett! Wie lief's bei deinem kleinen Projekt heute Nachmittag?« Er kicherte.

»Leider gar nicht. Das ist erst das erste Inning. Ich brauche Zeit zum Aufwärmen, bevor ich wieder reingehe.«

»Na dann lass uns in der Zwischenzeit das Geschäftliche angehen.«

Dafür war ich definitiv bereit.

Notlügen und Schneeflocken

BAILEY

WIE JEDER HALBWEGS VERNÜNFTIGE Mensch verabscheue ich allein schon die Vorstellung des Montagmorgens. Und dieser spezifische hatte noch eine Extra-Lage Kacke obendrauf, denn ich musste nicht nur aufstehen und mich fertigmachen, um das Haus zu verlassen, sondern ich musste auch mit einem Sechsjährigen kämpfen, der sein neues Haustier nicht zu Hause lassen wollte, als er in den Kindergarten sollte. Wie machen Eltern diesen Scheiß bloß?

Am Vorabend hatte er mich sogar überlistet, ihn bei mir schlafen zu lassen. Eine Erfahrung, die ich äußerst ungern wiederholen wollte. Einmal bin ich aufgewacht und hatte seinen Hintern auf meinem Kissen – Gott sei Dank trug er wenigstens Unterwäsche, wenn auch als einziges Kleidungsstück, das er anhatte. Langsam kam ich zu der Überzeugung, dass Laney und Nate doch nur Geld verschleuderten, wenn sie Kleidung irgendeiner Art für dieses Kind kauften.

»Ich wäre einsam so ganz alleine hier, wenn ich er wäre.« *Schnief.*

»Rocco, er ist eine Echse. Echsen werden nicht einsam.« Seit zehn Minuten bearbeiteten wir diesen Punkt. Ich glaube, dass ich zu diesem Zeitpunkt tatsächlich schon ungeduldig mit den Hufen scharrte. Ich war ein wandelndes, sprechendes Klischee.

»Woher weißt du das?«

»Tue ich einfach.« Herrgott, hilf mir.

»Woher?«

»Daher«, war meine brillante Antwort. Ich hatte seit zwei Tagen ein Kind und benutzte bereits die »Daher«-Ausrede. Das war beschämend.

»Das ist keine echte Antwort, ich glaube nicht.« Rocco zog seine kleinen Brauen zusammen und dachte nach.

»Mein Freund, wir haben genau zwei Minuten, um das Haus zu verlassen, sonst verpasst du den Bus und ich komme zu spät zur Arbeit. Was muss ich tun? Einfach raus damit.«

Er zögerte nicht mal. »Ich glaube, eine Tootsie Roll könnte funktionieren.«

»Geht klar. Dann lass uns losrollen.« Kein Wortspiel beabsichtigt.

»ALSO ICH HABE GEHÖRT, mein Bruder hat gestern bei dir vorbeigeschaut.«

Mark walzte am Vormittag in mein Büro und war, da bin ich mir sicher, bereit für ein Rededuell. Ich ignorierte seine Bemerkung völlig.

»Sag mir um Himmels willen, dass es Fiona besser geht«, flehte ich ihn an.

Er erwiderte nur mit einem Grinsen.

»Was soll dieses Gesicht bedeuten?« Ich machte eine kreisende Bewegung in Richtung seiner lästigen Visage.

»Es bedeutet, dass ich erst antworten werde, wenn du mir erzählst, warum Jake dich gestern besucht hat. Ich dachte, du hättest gesagt, dass auf der Hochzeit nicht wirklich was passiert ist.« Er wedelte mit dem Finger vor mir herum. »Hat da jemand geflunkert?« Er ließ sich mit einem Plumps auf den mir gegenüber vor dem Schreibtisch stehenden Stuhl fallen. »Raus damit, Murphy!«

»Nichts ist geschehen. Da läuft auch nichts. Ich habe keine Ahnung, warum er vorbeigeschaut hat. Und wenn du mir nicht sagst, wie es Fiona geht, dann werde ich dich dir eine auf den Hals verpassen, ich schwör's – und dann noch einen auf den Schwanz als Zugabe.«

»Du lieber Gott. Das ist jemand aber empfindlich heute Morgen.« Klugerweise schob er seinen Stuhl zurück. »Ach, und übrigens hast du ein Cheerio in deinem Haar.«

Ich stützte den Kopf auf die Hände, ohne mich darum zu kümmern, dass ich echtes *Essen* in den Haaren hatte. »Mark«, jammerte ich, »weißt du noch, dass ich gesagt habe, dass ich das im Griff habe?«

Er räusperte sich und versuchte vergeblich, dadurch einen Lacher zu ersticken.

»Ich habe das nicht im Griff. Ich meine, ich habe das *wirklich* nicht im Griff.«

Ich riskierte einen Blick zu ihm hin und war überrascht, als ich einen nachdenklichen Ausdruck sah. »Zuzugeben, dass du ein Problem hast, ist der erste Schritt«, sagte er ernst.

Ich bewarf ihn mit einem Stift. »Das ist nicht witzig!« Aus irgendeinem doofen Grund senkte ich die Stimme zu einem Flüstern. »Er gewinnt. Und ich meine, es ist, na ja, wie ein Shootout.«

»Moment«, sagte er. »Reden wir über Rocco oder die Echse?«

Ich bewarf ihn mit einem weiteren Stift. »Rocco! Beide! Dieses Kind trampelt auf mir herum und ich bin so erschöpft und ich fühle mich so fehl am Platz. Wann könnt ihr beiden wieder übernehmen? Ich winke mit der weißen Fahne.« Ich zeigte meine Hilflosigkeit. »Er hatte Tootsie Roll zum Frühstück. Das Cheerio stammt von *meinem* Frühstück.«

Mark verzog den Mund auf einer Seite und rollte seinen Stuhl noch ein Stück zurück.

Das konnte nichts Gutes bedeuten.

»Äh, na ja, ich sag's nur ungern, aber Fiona hat immer noch Fieber, es wird also mindestens noch für ein paar Tage sein.«

Da es wirklich keine andere Möglichkeit gab, klatschte ich mit dem Gesicht auf meinen Schreibtisch und betete, ein Schwarzes Loch möge mich verschlucken. In dem Wissen, jedoch, dass wirkliche Arbeit zu erledigen war, zwang ich mich nach eine paar Minuten des wohlverdienten Schweigens, meine Kräfte erneut zu sammeln.

Und da Mark nichts Nützliches zu meiner Krise beizusteuern hatte, scheuchte ich ihn schleunigst aus meinem Büro, bevor er mich weiter über Jakes Besuch am Vortag befragen konnte. Mag sein, dass weitere gegen seine Geschlechts- und sonstigen männlichen Teile gerichtete Drohungen involviert waren.

Ist es wirklich so schlimm, wenn man seinen gewissermaßen besten Freund/Bruder/Kollegen anlügt? Ich plädierte für nein.

Ich konnte mich einfach nicht überwinden Mark zu gestehen, dass ich diesen geilen Bruder schamlos besprungen und alle meine Sex- und Männerregeln gebrochen hatte. Außerdem gab ich immer noch der verdammten Hochzeit die Schuld.

Ich hatte die Hochzeitszeremonie überstanden, ohne zu stolpern oder mich zu blamieren, was ich als große Leistung betrachtete, für die ich mindestens zwei Gläser Sekt verdiente.

Ich bin auf keinen Fall eine starke Trinkerin, anders als mein Name vermuten lässt.

Ich bin mir sicher, dass meine Eltern betrunken waren, als sie mir meinen Namen gaben, was mich die Professionalität der Krankenhausangestellten in Frage stellen lässt, unter anderem. Mein Vorname ist eine Alkoholmarke und mein Nachname ist das Synonym einer sehr reichen, von »jenem Getränk« durchdrungenen Tradition. Man würde also meinen, ich wäre trinkfest. Da würdet ihr aber falsch liegen.

Es war beim Empfang gewesen, als ich meinem geliebten Arschloch von einem Bruder beim Tanz mit seiner schönen Braut zugesehen hatte, dass ich das erste Mal *Mr. Tall, Dark* und Klugscheißer entdeckt hatte. Die Klugscheißerei bestätigte sich erst später, aber ich hatte von Anfang an meine Vermutungen. Niemand kann so ein großspuriges Grinsen zur Schau stellen und dann überzeugend den Aufrichtigen spielen.

Er beobachtete mich.

Das war etwas, das ich nicht gewohnt war – überhaupt nicht. Einmal schaute ich sogar hinter mich, um zu sehen, ob ich vielleicht als menschliches Schild für den eigentlichen Empfänger »dieses Blickes« fungierte. Aber nein, da war niemand. Daher schaute ich wie ein totaler Esel – was im Leben der Bailey Murphy nicht selten vorkommt.

Der großgewachsene, geile Kerl amüsierte sich über mein nicht allzu unauffälliges Manöver.

Das war Neuland. Solche Typen sahen Frauen wie mich nicht an. Erstens war er unglaublich groß – etwa sechs Fuß drei oder sechs-vier. Und obwohl sein Körper in einem gut geschnittenen dunklen Anzug steckte, bestand kein Zweifel, dass er kräftig gebaut war. Unter diesem dunklen Anzugjackett war Muckibude.

Und dieses Gesicht! Es war, als hätten Nate und Laney Schauspieler engagiert, um teilzunehmen und für ihr perfektes Hochzeitsportrait in *People Magazine* zu posieren. Der Typ hatte dunkle, perfekt verwuschelte Haare, einen Nachmittagsbart und hammermäßig tolle Wangenknochen. Er hatte bei der Genauswahl sehr gut abgeschnitten.

Er kam mir auch irgendwie bekannt vor, aber ich hätte mich daran erinnert, wenn ich ihn schon mal gesehen hätte. Er musste einer von Laneys Verwandten sein. Wer auch immer er war, es gelang ihm hervorragend, mich auf jede einzelne Zelle meines Körpers aufmerksam zu machen – sie waren alle in Aufruhr.

Da ich nicht so recht wusste, was ich mit meinen Händen anfangen sollte, da sie plötzlich die Gliedmaßen eines fremden Wesens geworden waren, deren Funktionen mir völlig unklar waren, hielt ich mich verzweifelt an meiner Sektflöte fest und trank den Inhalt auf ex.

Dadurch musste ich prusten. Brillant.

Als die vom Verschlucken hervorgerufenen Tränen sich aufgelöst hatten, war mein mysteriöser Mann fort.

Ich hätte erleichtert sein müssen, dass ich nicht mehr seiner Beobachtung ausgesetzt war, aber leider ähnelten meine Gefühle mehr einer Enttäuschung.

»SAG DOUG, dass die Leute von Nussbaum am Vormittag kommen werden, die Trockenwand sollte also fertig sein«, sagte ich zu einem der Teammitglieder am Telefon.

Ich versuchte, die Dinge zum Abschluss zu bringen und mich früh abzuseilen. Ich musste Roccos Bus in etwa einer Stunde erreichen, ich hatte also nicht viel Zeit übrig – aber ich würde nehmen, was ich kriegen konnte.

Ich fuhr meinen Laptop herunter und beeilte mich in die Herbstsonne hinaus. Es gab keinen besseren Ort als North Carolina, um Herbst und Frühling zu genießen – und die Sonne kann nicht anders, als auf unseren kleinen Bundesstaat herunter zu scheinen. Der heutige Tag war keine Ausnahme, als Reaktion darauf wurde meine Stimmung gleich besser. Mein rotes Coupé wartete zwei Blocks die Straße hinunter auf mich und ich joggte hin.

Fünf Minuten später bog ich von Spring Garden ab und parkte auf dem Parkplatz neben der Shearwater Gallery. Wenn ich es richtig getimt hatte, hatte ich ungefähr dreißig Minuten. Dreißig Minuten in denen ich mein Lieblingsexponat des Jahres erkunden konnte – das Papierkunst-Exponat.

Stellt euch die schönste Schneeflocke vor, die ihr jemals gesehen habt. Und jetzt stellt euch vor, jemand hätte eine genaue Replik dieser Schneeflocke aus einem Berg frischem, weißem Papier geschnitten. Multipliziert das mit Tausend und stellt euch vor, ihr steht mitten in dieser gewaltigen, aufwendig und detailreich gestalteten Schneeflocke, während sie sich um eure Körper biegt und windet. Ja, genau so.

Ich besuchte dieses Meisterwerk nicht zum ersten Mal. Seit die Ausstellung eröffnet hatte, war ich mindestens einmal in der Woche dort gewesen und hatte jedes Mal ein neues Detail entdeckt, dass ich bei meinen vorherigen Besuchen übersehen hatte.

Dort war genau das, was ich haben wollte. Na ja, also nicht die Papierkunst im Speziellen, sondern meine eigenen Kreationen, *meine* Gemälde, dort ausgestellt, wo sie einem Menschen das gleiche Gefühl geben konnten, dass ich hatte, wenn ich unter dieser filigranen Schneeflocke stand.

Alles, was ich mit immer gewünscht hatte, war, eine Künstlerin zu sein. Was mein Vater immer als mein »Hobby« bezeichnet hatte, ist in Wahrheit meine Leidenschaft.

Als ich auf dem College war, hatte man einfach angenommen, dass mein Hauptfach etwas sein würde, was der Firma irgendwie nutzen würde. Daher hatte ich mir eingeredet, dass Innenarchitektur und Raumplanung als Hauptfach genügen würde, um mein Bedürfnis nach einer kreativen Betätigung zu befriedigen. Wie sich herausstellte, war dem nicht ganz so.

Mein Job bei Built by Murphy besteht hauptsächlich aus einer endlosen Reihe von Raumplanungsprojekten, Besprechungen und Beratungen. Das Kreativste, das ich jeden Tag machen darf, ist zu entscheiden, ob eine halbhohe Wand zehn Zoll nach rechts versetzt werden sollte.

Ich sah wieder auf meine Uhr und bemerkte, dass ich die Zeit aus den Augen verloren hatte. Ich würde mich ein wenig beeilen müssen, um den Bus noch rechtzeitig zu erreichen. Ich streichelte die Luft vor einem besonders aufwendigen und detailreich gestalteten Bogen meiner Schneeflocke, dann machte ich kehrt und raste zum Bus.

ICH HOLTE GERADE eine Pizza aus dem Ofen, als mein Handy an diesem Abend klingelte.

Zum Teil wollte ich ja, dass es Jake ist, aber der Rest verfluchte diesen Teil.

Der Rest von mir bekam seinen Wunsch erfüllt.

»He, wie sind die Flitterwochen?«, fragte ich grinsend. Ich ließ die Pizzascheibe auf das Schneidbrett plumpsen und streifte den Topfhandschuh ab.

»O Gott – es ist so wunderschön hier unten! Ich weiß nicht, ob ich jemals ins echte Leben zurückkehren kann«, seufzte Laney.

Ich konnte sie mir sehr gut vorstellen, wie sie auf einem Strandsessel mit einem Schirmchen-Getränk in der Hand und einem Sonnenhut fläzte, während Nate über ihr herumhechelte.

»Ich freue mich, dass ihr es schön habt. Benimmt mein Bruder sich auch?«

»Äh, nein«, sagte sie kichernd.

Igitt!

»Bäh!! Igitt – tu's nicht!«

Sie lachte laut heraus. Selber schuld, dass ich gefragt hatte.

»Okay, tut mir leid«, antwortete sie. »Ich rufe eigentlich an, weil Nate und Fiona miserable Lügner sind und mir schlussendlich verraten mussten, dass Rocco bei dir ist. Ich hätte es mir schon früher denken müssen, als Fiona zum dritten Mal behauptet hat, dass mein Kind im Badezimmer ist und nicht zum Telefon kommen könne.« Sie lachte über sich selbst.

Einer von uns schien wenigstens nicht entsetzt von dem Gedanken, dass ich auf ein Kind aufpasste.

»Na ja, du hast den kleinen Blutsauger gefunden. Ich wollt ihn gerade zum Essen rufen. Willst du ihn sprechen?« Ich vergaß zu erwähnen, dass er sein Abendessen wahrscheinlich nicht essen würde in Anbetracht der zwei Pop-Tarts, die er nach der Schule gehabt hatte. Was war bloß los mit mir?!

»Definitiv. Aber zuerst möchte ich mich bedanken. Es ist mir wirklich unangenehm, dass du so plötzlich übernehmen musstest. Ich weiß, dass das nicht fair ist dir gegenüber. Und wir können auch durchaus früher nach Hause kommen, falls wir das müssen.«

Ich verzog das Gesicht, obwohl ich wusste, dass sie mich nicht sehen konnte. »Halt die Klappe – auf keinen Fall werdet ihr aus einem Tropenparadies zurückkommen, um die Badestunde zu überwachen und Tiefkühlpizza zuzubereiten.« Nach dieser Aussage wurde mir bewusst, dass ich das Kind vielleicht irgendwann im Laufe der Woche zwingen sollte, ein Bad zu nehmen. Doch die Details dazu würde ich mir später ausdenken. »Und außerdem hat Nate gesagt, dass er mir was schuldet. Und diesen Schuldschein werde ich mir nicht entgehen lassen! Ich hab was vor mit diesem bösen Buben.«

»Hast du deinen Bruder soeben einen ›bösen Buben‹ genannt?«

»Ähhh, nein – schau, dass du dein Hirn aus der grässlichen Gosse rausholst, in der es gerade schwimmt. Ich werde eine

Dusche nehmen müssen, um dieses Wimmeln auf der Haut loszuwerden, du große Schnepfe!«

Sie kicherte abermals. Wahrscheinlich war sie betrunken.

»Rocco!«, brüllte ich. »Komm und sprich mit deiner Mom!«

»Mommy!«, kreischte er, als er in die Küche raste und mir mein Handy aus der Hand riss.

»Mommy, du wirst es nicht glauben! Ich habe einen neuen Freund und er heißt Pickles!«

Scheiße.

Tja, ich hatte wohl eben meinen Schuldschein eingebüßt.

Seltsam

JAKE

»Es hängt ganz von Ihrem persönlichen Geschmack ab und welche Art von Büschen Sie bevorzugen. Ich persönlich kann keinem der blühenden widerstehen, aber die Färbung von einigen von denen, über die wir gesprochen haben, kann oft phänomenal sein«, sagte ich, während ich Mrs. Emilia Vaughn das Tablet hindrehte, der Besitzerin einer hinreißenden Kolonialvilla in Old Irving Park – und meine potenzielle neue Kundin.

»Hmm«, war ihre einzige Antwort. Sie hob einen perfekt manikürten Finger und wischte träge über die Fotos am Display.

Sie war nicht leicht zu durchschauen gewesen während unserer gesamten Unterhaltung, und ich gebe zu, ich wurde langsam nervös. Hatte mein Charme keine Wirkung gehabt? Wirkte er nur in Florida?

Mein Bauchgefühl beim Klienten war sonst immer punktgenau richtig. Ich wusste, wann ich den Männern auf den Rücken klopfen oder einen Faustcheck machen musste und wann ich mich zurücknehmen und eine lässige, selbstsichere Haltung vermitteln musste. Ebenso wusste ich, wann ich respektvoll professionell bei Frauen und wann ich umgänglich und kokett sein musste. Aber Mrs. Vaughn versetzte mich in einen Zustand des Selbstzweifels.

Jax hatte erklärt, dass sein Team sich seit mehr als zehn Jahren um den Rasen und die Gestaltung des Vaughn-Gartens kümmerte. Und deswegen hatte er ein gutes Gefühl dabei, ein Beratungsgespräch anzubieten, für den Fall, dass sie an der Umgestaltung ihres Gartens interessiert war.

Zufälligerweise hatte sich ihre Tochter vor Kurzem verlobt und sie planten eine Zeremonie im Freien in ihrem großen rückwärtigen Garten. Und daher würde, wie man es bei einer so gut situierten Familie wie jener erwarten würde, der Garten umgestaltet werden müssen, um als Ort für ein Ereignis dieser Art dienen zu können.

Und da hatte ich nun meinen Auftritt.

Ich spürte den ersten Schweißtropfen in der Mitte meines Rückens talwärts rinnen. Ich verkniff es mir, die Stille zu stören. *Gib ihr einfach Zeit und warte ab, Beckett.*

Nach einer gefühlten Ewigkeit hob sie endlich ihren Blick und sah mit ihren stahlgrauen Augen in meine. »Sie hatten einen Stufenwasserfall erwähnt, Mr. Beckett?«

Und da wusste ich, dass ich sie hatte.

SPÄTER AN DIESEM ABEND schwang die Tür zu meinem Schlafzimmer auf und Mark kam hereingerast – wobei seine Masse das Zimmer um die Hälfte verkleinerte.

»Äh, kann ich dir helfen?«

»Nein, Scheißer. Die Frage ist: Kann ich dir helfen?«, sagte er grinsend, während er seinen Hals zu beiden Seiten hin dehnte. Er war offensichtlich gerade vom Fitnessstudio zurückgekehrt.

Ich lag auf meinem alten Einzelbett und ging Bewerbungen für mein neues Unternehmen durch. Ich würde ein paar von Jax' Jungs einsetzen, aber wir mussten zusätzlich noch Teammitglieder anheuern, die Erfahrung mit der Art von Installationen hatten, die wir machen würden.

»Du kannst mir helfen, indem du mein Zimmer verlässt und mich mit der Arbeit weitermachen lässt, Schwachkopf«, erklärte ich ihm, während ich meine Aufmerksamkeit wieder meinem Papierkram widmete. Was soll ich sagen? Was Brüder anlangt sind Beleidigungen und körperliche Angriffe oft die einzige Form der Zuneigung, die wir verstehen.

»Hey!« Er stieß mich pro forma in den Arm. »Das ist auch mein Zimmer. Apropos, ist es nicht an der Zeit, dass du ausziehst?« Angewidert sah er sich um. Was für ein Arsch.

»Ich arbeite daran«, erklärte ich ihm. »Was brauchst du?«

Er legte den Kopf schief und das Grinsen kam zurück. »Wie ich schon sagte, es geht nicht darum, was *ich* brauche. Es geht darum, was *du* brauchst.«

»Lass mal den kryptischen Bockmist und spuck es aus, Herrgottnochmal.« Ich blickte ihn finster an, schloss schließlich meinen Laptop und legte ihn und die Unterlagen neben mir aufs Bett.

»Ich möchte, dass du für mich morgen zu Laneys und Nates Haus fährst.«

»Äh, wie genau soll mir das helfen?«

Er wollte mich wieder schubsen, doch diesmal blockte ich ihn ab und nutzte die Gelegenheit, ihm einen Stoß in die Rippen zu verpassen. Darüber lachte er lediglich.

Herrgott, er war so verdammt fröhlich diese Tage, dass es mich ankotzte.

»Komm schon, großer Bruder. Mir kannst du nichts vormachen. Du stehst doch auf Bailey. Ich nehme mal an, dass du eine Abfuhr bekommen hast, als du sie neulich besucht hast, deswegen biete ich dir eine Gelegenheit, dort wieder reinzukommen.«

»Woher weißt du eigentlich, dass ich dort war?« Ich hatte es keiner Menschenseele erzählt.

Er zuckte mit den Schultern. »Ach, Dinge sprechen sich herum. Das Kind hat eine große Klappe.«

Verdammt.

»Und wie kommst du überhaupt darauf, dass ich auf Bailey stehe?« Ich versuchte es mit Nonchalance, es gelang mir aber nicht so ganz.

Er legte einfach nur wieder seine doofe Birne schief und warf mir seinen besten »Versuch's-erst-gar-nicht«-Blick zu. »Äh, weil du deine Zunge in ihrem Hals hattest und deine Hand ihr Kleid hochgewandert ist beim Hochzeitsempfang. Wie wär's damit?« Sein Grinsen hätte die Führung von Jax in der Kategorie Überheblichkeit zunichtemachen können.

Doppelt verdammt. Ich hatte nicht gedacht, dass er so viel gesehen hatte.

Mark hob abwehrend die Hände.

»Hör zu, Bailey behauptet, es ist sonst nichts geschehen, und ich werde dein Privatleben respektieren und in dem Fall verschwiegen sein. Aber ich versuche eigentlich, dir zu helfen. Ich glaube, ihr beide würdet gut zueinander passen.«

Wer war dieser rührselige Kerl und was hatte er mit meinem Bruder angestellt?

Ich gab vor, nicht interessiert zu sein. Er hatte ja keine Ahnung, dass er den Nagel auf den Kopf getroffen hatte, was die Abfuhr betraf.

»Um ehrlich zu sein wusste ich erst, als ich gesehen habe, wie ihr es getrieben habt, dass Bailey hetero ist.« Er stieß einen Lacher aus.

Hä?

»Was soll das denn bedeuten?«

»Na ja, du weißt schon. Sie ist irgendwie verkorkst.«

»Nein, tue ich nicht. Wovon zum Teufel sprichst du?«

»Oh Scheiße.« Er hielt sich plötzlich die Hand vor den Mund. »Du hast sie ja erst bei der Hochzeit kennengelernt, nicht wahr?«

»Ja. Und?« Wieso hatte ich das Gefühl, er würde gleich einen Hieb verdienen?

Er lachte. »Ich sag's dir nur ungern, Mann, aber Bailey ist praktisch ein Mann mit Titten.«

WZT?

»Aber die sind wenigstens echt – glaube ich –, schon mal etwas.«

Jawohl, ich würde ihn definitiv verhauen müssen.

Drei Tage nach meinem ersten Versuch kam es, dass ich wieder auf dieser bestimmten Veranda stand und abermals versuchte, diese Frau dazu zu bewegen, mit mir zu gehen.

Vielleicht.

Ich wusste immer noch nicht, was Mark mit seiner bizarren Aussage, Bailey wäre ein Kerl, gemeint hatte, doch ich hatte umfangreiche Beweise des Gegenteils. Ich zog es vor, ihn zu ignorieren und es seiner trunkenen Verliebtheit und seiner allgemeinen Bescheuertheit zuzuschreiben. Ich wusste, dass er und Bailey dicke Freunde waren, also war das wahrscheinlich irgendein Insiderwitz oder so.

Offensichtlich hatte Bailey heute Mark gebeten, Rocco vom Bus abzuholen, da sie ein zuvor anberaumtes Meeting hatte, dass sie nicht schwänzen konnte. Mark wiederum hatte beschlossen, Kuppler zu spielen und mich an seiner Stelle geschickt. Wir würden sehen, wie Bailey diese kleine Überraschung aufnahm.

Ich konnte nicht widerstehen und musste nach dem Gecko sehen, während ich wartete. Je länger ich ihn mir ansah, desto perfekter fand ich den Namen, den Rocco gewählt hatte. Der Schwanz von dem Ding sah aus wie eine saure Gurke – wirklich.

Als ich aufwuchs, hatte ich mir immer eine Schlange oder eigentlich irgendein Reptil gewünscht. Ich dachte mir, es würde mich wie einen harten Typen aussehen lassen, wenn ich eine Schlange oder irgendwas Unheimliches besaß. Aber mein Vater hätte das auf keinen Fall erlaubt. Und außerdem wäre es unverantwortlich gewesen, irgendein Lebewesen, das mir etwas bedeutete, in die Nähe des Alten Herrn zu bringen, denn er behandelte seine Umgebung nicht gerade freundlich.

Wir hatten allerdings einen Hund, Daisy, die uns eines Tages zugelaufen war und beschlossen hatte, nie wieder fortzugehen. Hätten wir sie überreden können, sich ein anderes Zuhause zu suchen, wäre das wahrscheinlich die gewissenhafte Vorgehensweise gewesen. Doch dieser Hund war loyal, und wenigstens schlug sie der Alte nicht, soweit ich wusste. Nur war die Vernachlässigung fast eine schlimmere Form der Quälerei. Hätte meine Mom nicht alles zusammengehalten, wären wir der alle zum Opfer gefallen.

Als ich zu den Marines gegangen war, hatte mich das irgendwie beruhigt, dass Daisy für Mom und Mark da war. Rückhalt in der Menge, nehme ich an. Doch es hatte nur als griffbereites Mittel gedient, mein Gewissen zu beruhigen.

Durch das Schlafzimmerfenster hörte ich das unverkennbare Rumoren des Schulbusmotors. Ich ging hinaus, um Rocco zu empfangen.

»Darf Aiden mitkommen und in der Furzfestung spielen?«, war das erste, was aus seinem Mund kam, als er die Stufen des Busses herunterraste.

Mittels einer Reihe von Anrufen war ich auf die Liste jener zugelassenen Erwachsenen gesetzt worden, die keine Kinderschänder waren und Rocco von der Schule und/oder dem Bus abholen durften. Anscheinend hatte jemand dem Kind mitgeteilt, dass ich derjenige sein würde, der ihn an der Bushaltestelle empfängt, denn er zuckte nicht einmal mit der Wimper, als er sah, dass ich es war, der auf ihn wartete, und nicht seine Tante.

Das erklärte jedoch nicht die Erwähnung einer »Furzfestung«.

»Ähhhh … ja?«, sagte ich mehr als Frage denn als Feststellung.

Was wusste ich denn schon?

»Keine Sorge, Schätzchen«, sagte eine Stimme mit dickem Akzent hinter mir.

Ich drehte mich um und entdeckte sofort eine hübsche Rothaarige mit Vorbau, die dort in der kleinen Gruppe der Eltern stand, die ihre Sprösslinge vom Bus abholten. Ich wunderte mich, dass ich sie nicht schon zuvor bemerkt hatte, bevor sie etwas gesagt hatte.

»Er meint sein Baumhaus«, erklärte sie mir. Dann hielt sie mir ihre Hand hin. »Ich bin Charlotte Baker. Du musst Jake sein.«

Ich nahm ihre Hand und fand es seltsam, dass sie meine Identität kannte.

Als sie meine Verwirrung bemerkte, klärte sie mich auf, wieder einmal. »Ich bin Laneys Nachbarin und Freundin. Unsere Söhne sind befreundet.«

»Ach so«, antwortete ich und war also auf den neuesten Stand gebracht worden. Dann: »Die Furzfestung? Wirklich?«

Sie lachte. »Ich weiß. Furchtbar, aber wahrscheinlich doch ganz passend.«

Ich entgegnete ebenfalls mit einem Lachen. »Vermutlich.«

»Wie geht's Fiona?«, fragte sie.

War diese Frau eine Hexe? Woher wusste sie das alles?

Sie kicherte abermals. »Du solltest sehen, wie du dreinguckst, Schätzchen. Laney hat mir Updates gesimst.« Sie hielt sich ihre Hand seitlich an den Mund, als würde sie ein

Geheimnis verraten. »Sie wollte, dass ich auf Bailey aufpasse, für den Fall, dass sie Hilfe braucht.«

»Ah, kapiert.« Jetzt ergab es einen Sinn. »Fiona geht es langsam besser und, na ja, außer dass sie beim Anblick eines kleinen Tieres in Ohnmacht gefallen ist, glaube ich, dass Bailey es ganz gut hinkriegt«, informierte ich Charlotte.

Sie sah besorgt drein, daher fügte ich rasch hinzu: »Keine Bange – es war nur ein lustiger Zwischenfall.«

»Okay«, sagte sie, schaute jedoch nicht besonders überzeugt drein. »Wenn du es sagst.«

Ich dachte mir, ich sollte besser zum Haus gehen, ehe ich noch mehr Schaden anrichtete. »Ich werde mal nach den Jungs sehen … in dem Furzdingsbums«, war meine dürftige Abschlussbemerkung.

Sie presste kurz die Lippen zusammen und versuchte, nicht zu lachen. »Okay, Jake. Hat mich gefreut, dich kennenzulernen. Und wenn es dir nichts ausmacht, könntest du Aiden dann nach einer Weile in meine Richtung schicken?«

»Klar doch«, sagte ich und machte kehrt, um die Einfahrt hoch zu gehen.

Erst als ich die Eingangstür hinter mir geschlossen hatte, wurde mir bewusst, dass ich nicht mal den Arsch der Rothaarigen unter die Lupe genommen hatte, als sie gegangen war.

Seltsam.

»WIR MÜSSEN ZUR ZOOHANDLUNG!«, rief Rocco, als er und Aiden zwanzig Minuten später durch die Terrassentür hereinplatzten.

Ha! Als ob ich auf den Trick hereinfallen würde – ich würde jetzt nicht den gleichen Anfängerfehler wie Bailey machen.

»Du kriegst nicht noch ein Haustier. Tränen haben vielleicht bei deiner Tante funktioniert, aber ich bin immun«, informierte ich ihn.

»Nein, im Ernst«, warf der kleine Aiden ein. Ich bemerkte zum ersten Mal, dass er eine Art Geschirr trug, in dem eine Palette an (hoffentlich) falschen Waffen steckte. Er nickte mich mit seinem blonden Kopf an und sah todernst drein. Wer war dieses Kind?

»Okay, was nun?«

»Du brauchst Würmer«, informierte mich Aiden.

Beide Jungs nickten enthusiastisch.

Wie bitte?

»Würmer?«, fragte ich, denn ich war mir immer noch sicher, dass ich irgendwie auf etwas reinfallen sollte.

»Absolut«, sagte der Bewaffnete. »Pickles braucht Mehlwürmer und wahrscheinlich ein paar Schaben, aber ich glaube, die werden sie in der Zoohandlung nicht haben.«

Ich war plötzlich nicht mehr ganz so traurig, dass ich als Kind kein Reptil bekomme hatte.

Ich warf ihnen beiden einen Blick zu, der sagte, dass ich ihnen nicht im Geringsten über den Weg traute, holte aber trotzdem mein Handy heraus. »Das werden wir ja sehen.«

Aiden verschränkte die Arme über seinem Waffenarsenal und Rocco imitierte ihn, während ich im Internet nach Informationen suchte.

»Ts. Na gut, sieht so aus, als schuldete ich euch Jungs eine Entschuldigung. Dann gehen wir also zur Zoohandlung.«

Sie hoben beide die Hand zum Abklatschen.

»Du gehst nach Hause, Junge. Rocco und ich werden zur Zoohandlung fahren.«

Bis dahin hatte ich noch nie das Vergnügen gehabt, eine »Spaßbremse« genannt zu werden.

Drei

BAILEY

ALSO WO ZUM Teufel steckten die denn?

Ich war soeben von meiner Nachmittagsbesprechung mit einem neuen Architekten über ein bevorstehendes Projekt »nach Hause« gekommen. Ich hatte von dem Kerl keine guten Schwingungen bekommen und fürchtete mich davor, mit ihm bei diesem Bau zusammenarbeiten zu müssen. Sein Auftreten hatte etwas, dass mir nicht gefiel, aber ich konnte es nicht genau ausmachen. Oder vielleicht lag es ja an mir und meiner neuerdings trüben Stimmung.

Ich war derart abgelenkt gewesen, als ich in die Einfahrt bog, dass mir nicht aufgefallen war, dass Marks Truck nicht dort stand. Ich war mir ziemlich sicher, dass man mich angerufen hätte, wenn etwas geschehen wäre, aber ich sah sicherheitshalber auf mein Handy. Nichts.

Vielleicht waren sie was essen gefahren. Dann würde ich kein Abendessen zubereiten müssen, daher verbuchte ich das als Plus. Ich holte mir eine Limo aus dem Kühlschrank und warf mich auf den Ruhesessel, als ich Marks Truck in die Einfahrt biegen hörte.

Die Eingangstür ging auf und ich brüllte: »Ich hoffe, ihr habt mir Reste oder eine Nachspeise mitgebracht! Ich bin am Verhungern!«

Roccos kleiner Kopf schaute um die Ecke zum Wohnzimmer. Er machte große Augen und lachte über das ganze Gesicht. Er war wirklich ziemlich süß – kein Wunder, dass er sich alles erlauben darf. »Willst du zuschauen, wie Pickles ein paar Würmer kriegt?«

Mein Appetit war plötzlich ganz dahin. Hatte ich »süß« gesagt?

»Äh, nein.«

»Ich fürchte, das einzige Essen, das wir mit nach Hause gebracht haben, wird dir nicht besonders munden, Irin«, war eine tiefe Stimme zu hören, die nicht Mark gehörte.

Gottverdammt – Scheiße – Hurens…

Wie schaffte er es immer wieder, mir das anzutun?

Ich spürte, wie mein Gesicht zu glühen anfing, als Jake um die Ecke kam und die zwei Stufen ins Wohnzimmer herunterstieg. Trotz meiner Bemühungen erwärmten sich auch andere Teile von mir bei seinem Anblick.

»Wa … Was tust *du* denn hier?«, sagte ich und es klang fast wie ein Vorwurf. Mit der Bezeichnung »Irin« hatte er mich aus der Fassung gebracht – die rief ein paar Erinnerungen wach, die ich versucht hatte, aus allen Teilen meiner Psyche zu eliminieren, ohne dass es mir gelungen war.

Er zuckte mit den Schultern und steckte die Hände in die Taschen. »Mark hat mich gebeten herzukommen.«

Ich würde den schlafenden Mark ermorden. Es spielte keine Rolle, dass ich Fiona sehr mochte – sie würde irgendwann darüber hinwegkommen.

»Das traue ich dem Arschloch zu«, sinnierte ich laut.

Jake legte den Kopf zur Seite und machte auf unschuldig.

Diese beiden Männer steckten da gemeinsam drin. Dessen war ich mir sicher.

»Ich dachte, wir wollten Freunde sein.«

Würg. Ich seufzte und konzentrierte mich darauf, wieder die ursprüngliche Farbe in mein Gesicht zu bekommen.

»Na schön«, sagte ich schließlich. »Äh, ich werde meine Arbeitskleidung ausziehen gehen. Bin gleich wieder da.«

Ich flüchtete auf den Flur und ging ins Gästezimmer. Auf dem Weg dorthin musste ich an Roccos Zimmer vorbeigehen.

»Friss die Scheißdinger, Pickles!«, war die Bemerkung, die mich die letzten paar Fuß zum Gästezimmer sprinten ließ. Ich teilte mir jetzt ein Haus mit einem Kind, einer Echse, einer Schachtel Grillen und ein paar Würmern. Toll. Ich hatte endlich meine Ziele im Leben erreicht.

Ich schälte mich aus meinem Firmen-Poloshirt und sah hinab auf meinen zweckmäßigen Baumwoll-BH. Kurz spürte ich einen Schmerz des Bedauerns, dass ich nichts auch nur annähernd Verführerisches oder Mädchenhaft-Verspieltes anzuziehen hatte. Dann gab ich mir eine geistige Ohrfeige.

Denk nicht mal an ihn! Das wird es nicht geben!

Aber ein sturer Teil meines Gehirns musste mich einfach daran erinnern, dass ich einst vor langer Zeit es doch getan hatte.

Nachdem ich praktisch erstickt war an meinem Sekt – und der Peinlichkeit – war ich durch den Empfangssaal gegangen, hatte ein paar unserer Verwandten begrüßt und war dann stehengeblieben, um mich mit meinen Eltern zu unterhalten.

Meine Mutter nahm mich fest in die Arme. Sie war irgendwie Kontakt-high wegen Nate und Laney und sie war wie eine Betrunkene herumgehuscht und hatte jedem erzählt, auf den sie traf, wie sehr sie ihn liebte. Es war urkomisch gewesen.

»Ich liebe dich auch, Mom«, sagte ich zum dritten Mal zu ihr, während ich ihren blonden Kopf tätschelte.

»Ach, Bailey, ich kann es kaum erwarten, das alles noch einmal zu machen, wenn du an der Reihe bist. Ist es nicht wunderbar?«

Ich musste all meine innere Stärke aufbringen, um das Lächeln in meinem Gesicht nicht zu verlieren.

Wenn ich dran war? Ich hielt nicht den Atem an.

Mein Vater schaltete sich ein und nahm mich ebenfalls in die Arme. »Lass das arme Mädchen in Ruhe, Erin. Niemand ist gut genug für mein Mädchen!«

O Gott – das war fast noch schlimmer.

Er nahm mich an seine Brust, wie er das oft tat. »Ach, kein Mann hat jemals einen Schal getragen, der so warm war wie die Arme, die ihm seine Tochter um den Hals legt.« Noch so ein berühmtes irisches Sprichwort meines Vaters. Normalerweise hatte ich eine Schwäche für sie, doch heute Abend hielt ich es kaum aus. Ich drückte ihn noch einmal und entzog mich dann der Umarmung, indem ich betonte, dass ich die Damentoilette aufsuchen musste.

Mein turbulentes Grübeln wurde vorübergehend vom Anblick Laneys und Fionas unterbrochen, die einen unglaublich lustigen Tanz aufführten, bei dem sie sich ganz ungeniert ins Zeug legten. Es sah aus, als würde Mark gleich eine Ader platzen, während er jedem männlichen Wesen im Raum, das es wagte, das Paar mit Gejohle und Gegröle anzufeuern, vernichtende Blicke zuwarf. Ich fing endlich an, mich zu entspannen und Spaß zu haben.

Ich begab mich zur Tribüne, wo die Band spielte. Als ich sah, wie Mark vollends zum Höhlenmenschen mutierte, fiel mir ein, dass ich als Insiderwitz ein Lied für ihn hatte bestellen wollen. Er würde es lieben und ich gratulierte mir, weil ich mich ihm gegenüber einmal nicht wie ein Arschloch benahm.

Da ich meine Pflichten als tolle Freundin erfüllt hatte, schlug ich alle Bedenken in den Wind und schnappte mir ein weiteres Glas Sekt an der Bar. Immerhin war es die Hochzeit meines Bruders. Mein Trostpflastergetränk und ich ließen uns an einem Stehtisch nieder, außer Reichweite meiner aufdringlichen Verwandten und aller anderen Menschen, die mit mir über die Liebe reden wollten. Mein Hintern nahm seinen Platz auf einem Hocker ein und beabsichtigte, für die Dauer der Veranstaltung dort zu bleiben.

Meine kleine private Blase blieb intakt, bis Marks Lied anfing und ich seinen Gesichtsausdruck zu sehen bekam. Ahh. Er sah mir in die Augen und zog Fiona zum Tanzen an sich. Selbst ich musste zugeben, dass die zwei absolut hinreißend aussahen. Wer hätte das gedacht?

Ich seufzte zum x-ten Mal an diesem Abend.

»Warum so verdrießlich?«, ertönte ein tiefes Brummen rechts von mir.

Erschrocken drehte ich mich rasch in Richtung der Stimme und stieß auf die stechenden, sexy, haselnussbraunen Augen von niemand anderem als *Mr. Tall, Dark* und Klugscheißer.

Ehe ich daran denken konnte, meinen beschissenen Mund zu halten, brach es aus mir heraus: »Oh, ja.«

Er lachte, als ich mir wünschte, es möge plötzlich eine dieser berüchtigten Dolinen unter dem Hotel auftauchen. »Ich habe mir gerade das Gleiche gedacht«, sagte er und streckte die Hand aus. »Ich bin Jake.«

Mir fiel die Kinnlade herunter. »Wie in Beckett?«

Das war Marks Bruder?

»Genau der.« Ein Mundwinkel zuckte auf eine sehr sexy Art und Weise nach oben.

Es hatte mich dermaßen schockiert, als ich seine Identität erfuhr, dass ich erst in diesem Augenblick begriff, dass er mich im Grunde anziehend fand! Dieser Kerl – der mit den Wangenknochen.

Es schien, als hätte Fiona sich an diesem Morgen selbst

übertroffen und mich irgendwie auf wundersame Weise in Bailey 2.0 verwandelt (auch bekannt als: Die geile Brautjungfer). Ich war ihr wahrscheinlich mein Erstgeborenes schuldig.

Jake bewegte seine Hand ein Stück und mir wurde bewusst, dass ich seine Hand immer noch nicht geschüttelt hatte. Pfui. Er beugte sich ein wenig zu weit zu mir für einen Fremden und flüsterte: »Das ist der Teil, wo du mir deinen Namen verrätst.«

Ich packte seine Hand – anders kann man das wirklich nicht beschreiben – und schüttelte sie enthusiastisch wie so ein Fan-Mädchen.

Die Erde soll mich verschlucken.

»Bailey Murphy«, antwortet ich und ließ dann seine Hand fallen, als hätte ich mich daran verbrannt.

Jetzt war es amtlich. Ich war zur menschlichen Interaktion nicht fähig.

Er grinste weiter. »Ich hab mir schon gedacht, dass du diejenige bist … Bailey Murphy.« Er schien meinen Namen auf der Zunge auszuprobieren. Ich spürte, wie sich alles in mir zusammenzog. Ich befand mich in großen Schwierigkeiten.

Dann legte er den Kopf auf die Seite und sagte: »So nett, dich kennenzulernen, Irin.«

Es war ein Wunder, dass ich nicht tief ohnmächtig von meinem Hocker geplumpst bin.

Ich schüttelte den Kopf und vertrieb die Erinnerung. Ich sah noch einmal hinab auf meinen Baumwoll-BH und den Oma-Schlüpfer und seufzte. Es macht doch keinen Sinn, einem Schwein Lippenstift aufzutragen, also zog ich mir mein UNC-T-Shirt und eine Turnhose an und ging zurück zu Jake in die Küche. Er lugte gerade in den Kühlschrank und murmelte etwas zu sich selbst.

»Äh, ich bin mir ziemlich sicher, dass Fiona ein paar Menüs

ins Tiefkühlfach gestellt hat. Alles, was du dort drinnen finden wirst, sind ein paar Eier und den Rest einer Pizza.« Ich steckte die Hände in die Taschen, denn ich wusste nicht, was ich sonst mit ihnen anfangen sollte.

Sein Blick fand mich über die Kühlschranktür hinweg.

»Ah, hätte ich mir denken sollen.«

Er musterte mich einmal von oben bis unten und ich konnte, wieder einmal, beim besten Willen seinen Ausdruck nicht interpretieren.

»Also ist es okay, weil wir ja schließlich Freunde sind, dass ich zum Essen bleibe? Ich übernehme auch das Entfrosten.« Er schloss die Tür und machte eine kleine Verbeugung mit dem Kopf.

Was hätte ich sagen sollen? Ich nickte einfach nur und ließ ihn weitermachen.

Während er mit der Vorbereitung des Abendessens beschäftigt war, konnte ich nicht anders, als ihn mir noch einmal genau anzusehen. Abgewetzte Jeans, marineblaues T-Shirt, dass zu gut passte, und Arbeitsschuhe. Wie konnte das fair sein, dass salopp bei ihm so aussah, während es mich aussehen ließ, als wäre ich containern gewesen?

Ich musste an etwas Anderes denken.

»Also wie läuft's mit dem neuen Geschäft?« Ich saß auf einem Barhocker an der Kücheninsel.

Er drehte sich um und lächelte mich wieder schief an. »Es läuft bisher sogar ziemlich gut. Ich habe meinen ersten Klienten gebucht und ich glaube, wir haben unser Team beinah beisammen. Es wird ein komplettes Neudesign des rückwärtigen Gartens rund um eine Veranstaltung sein, die die Familie gibt. Das wird echt geil, wenn ich das Paar dazu überreden kann, das Thema, das mir vorschwebt, zu akzeptieren.«

»Ach ja?«, fragte ich, nun mit echtem Interesse. Ich wartete darauf, dass er fortfuhr, während er versuchte, die Bedienung der Mikrowelle zu durchschauen.

»Ja. Ich habe diese Gesamtvorstellung – so in der Art einer modernen Interpretation eines französischen Klostergartens mit weißen Baumrosen und niedrigen Hecken, die den vierkantigen Innenhof bilden.« Er drückte auf weitere Tasten und das Gerät gehorchte.

Du lieber Gott, wieso war es geil, einem Mann dabei zuzuhören, wie er über Hecken und vierkantige Innenhöfe sprach? Und warum musste er sich für Design interessieren? Das bedeutete, dass wir etwas gemeinsam hatten.

»Hört sich schön an«, sagte ich.

»Na ja, wollen wir hoffen, dass es auch so wird.« Er zog die Augenbrauen hoch und ging auf die andere Seite der Insel zu.

»Also«, sagte er.

Ich kniff die Augen zusammen. »Also?«

Er gab dem Ganzen noch eine Minute, zweifelsohne, weil er darauf wartete, dass ich aufgab und mit der Verbaldiarrhö loslegte, die mit Sicherheit folgen würde. Ich wappnete mich und hielt meine Lippen versiegelt, obwohl es eine große Anstrengung erforderte.

Er gab auf und verzog die Lippen zu einer Seite. »Ich vermute, mit dem Ausgehen wird's immer noch nichts, hm?«

Wenn er nur gewusst hätte, wie gerne ich über diese Insel gesprungen wäre und ihn bestiegen hätte wie ein menschliches Klettergerüst.

Ich schüttelte nur den Kopf und erinnerte mich daran, dass mein zerbrechliches Herz es mir später danken würde.

Nachdem das Abendessen gegessen und Jake gegangen war, klingelte mein Telefon.

»Ich freue mich, dir mitteilen zu können, dass mein Fieber offiziell verschwunden ist und ich mich um etliches besser fühle«, war Fionas fröhliche Stimme über die Leitung zu hören.

Es war kaum noch eine Spur von Heiserkeit zu erkennen. »Ich huste noch ein bisschen und fühle mich nicht hundertprozentig, aber ich bin nicht mehr ansteckend. Juhu!«

»Das ist toll«, erwiderte ich.

»Also sag die Wahrheit. Wie läuft's?«

Ich wusste nicht, wie viel ich beichten sollte.

»Also heute musste ich für Rocco fast nichts tun, ich schlage gerade tausend, es ist also jeder Schlag ein Treffer im Moment. Bin mir nicht sicher, ob ich das über die anderen Tage auch sagen kann, aber er ist am Leben, und das ist doch schon mal was, stimmt's?«

Sie lachte. »Ich bin mir sicher, dass du das prima gemacht hast.« Sie machte eine Pause und fügte dann hinzu: »Ich nehme an, tausend ist gut, ja?«

»Ja, aber diese Scheiße schafft einen ganz schön«, gestand ich ihr. Obwohl die Erschöpfung, die ich im Augenblick verspürte, wahrscheinlich eher damit zu tun hatte, dass ich Jakes Charme und seinen vielen Reizen ein paar Stunden lang hatte widerstehen müssen.

»Ach, Mädchen, du hättest Laney sehen sollen, als Rocco ein Baby war. Sie hatte Ringe unter den Augen, die waren größer als manche meiner Louis-Vuitton-Taschen.«

Ich wollte sie unbedingt fragen, wann sie mich von meiner Pflicht entbinden würde, doch ich wusste, dass das nicht fair gewesen wäre, da sie ja noch ein bisschen krank war. Also erwiderte ich nur: »Kann ich mir vorstellen.«

»Jedenfalls wollte ich dir sagen, dass ich morgen, falls du Rocco morgen in den Bus setzen könntest, dort sein werde, um die Aufgabe des Babysittens zu übernehmen, wenn er am Nachmittag nach Hause kommt. Der kleine Kerl fehlt mir.«

JAWOHL!

Ich hielt meine Vorfreude ein wenig im Zaum. »Bist du dir sicher? Du musst das nicht tun, wenn du dich dem nicht gewachsen fühlst.« *Bitte fühle dich dem gewachsen.*

»Absolut. Da ist aber eine kleine Sache.«

»Was denn?« Ich hatte Angst zu fragen.

»Ich dachte, ich würde nett sein und dich vorwarnen.« Sie machte eine Pause und mir drehte es den Magen um. »Laney wird dir einen Tritt in deinen verdammten Hintern geben, weil du dem Kind eine Echse gekauft hast! Träum was Schönes.« Sie lachte meckernd und legte einfach auf.

Aufgeben

JAKE

Selbst ich wusste, wann man aufgeben musste.

Ich hatte mein Bestes getan, aber Bailey wollte nichts davon wissen. Sie hatte sich sogar absichtlich wie ein Kerl gekleidet, um ihrer Aussage Kraft zu verleihen. Es war an der Zeit, weiterzuziehen.

Wahrscheinlich war es am Besten so. Ich hatte Arbeit, auf die ich mich konzentrieren musste, und außerdem musste ich mir auch überlegen, wie ich ohne zufriedenstellenden Einkommensnachweis an eine eigene Wohnung kommen konnte. Das würde nicht einfach werden.

Ich hatte einen ansehnlichen Notgroschen auf der Bank liegen und ich war mir sicher, dieses Unternehmen auf die Beine stellen zu können, aber das interessiert ja keinen, wenn man etwas mieten oder um einen Wohnkredit anfragen möchte. Und auf keinen Fall würde ich meine Mutter oder meinen Bruder irgendetwas mitunterschreiben lassen. Ich bin dreiunddreißig, nicht achtzehn. Ich würde einfach eine Lösung finden müssen.

Ich war geschickt im Finden von Lösungen geworden – ich stellte mich den Herausforderungen jetzt offen und direkt. Ich war nicht mehr dieser flippige Junge, der wegrannte, sobald Härte gefragt war. Und der werde ich auch nie wieder sein.

Ich betrat ‚Precision Lawns and Landscaping' durch die vordere Eingangstür, meinen Laptop unter einen Arm geklemmt und ein Tablett mit Kaffees in der Hand. Ich war überrascht, dass Fionas strahlendes Lächeln und grüne Augen mich begrüßten.

»He, du!«, sagte ich. »Du siehst aus, als ginge es dir schon viel besser.«

»Das tut es, danke«, antwortete sie. »Falls du es in Erwägung ziehst, ich kann eine Halsentzündung nicht empfehlen. Sie nervt.« Ich bemerkte eine Spur Heiserkeit in ihrer Stimme.

»Hab's mir notiert.« Ich hielt ihr das Kaffeetablett hin. »Such dir einen aus. Ich habe mehrere verschiedene mitgebracht.«

»Ohhh, vielen Dank!« Sie sah sich die verschiedenen Sorten an, nahm einen vom Tablett und klappte den Deckel auf, um den guten Kaffeeduft einzuatmen. »Falls du Jax suchst, er ist in einem Meeting mit Ollie.« Sie neigte den Kopf in Richtung der geschlossenen Tür, die sich hinter ihr befand.

Ich nickte und konnte ein eifriges Lächeln in meinem Gesicht spüren. »Ich werde warten. Muss ihm nur ein paar Zeichnungen zeigen.«

»Jetzt sieh mal einer an, so frisch wie der junge Frühling«, neckte mich Fiona und machte eine spöttische wirbelnde Bewegung mit ihrer freien Hand.

Ich verzog das Gesicht und sie lachte mich an.

Ja, sie und Mark passten perfekt zueinander.

»Egal. Bitte sag mir, dass du meinem Bruder genauso viel von der *Smart-Ass*-Scheiße antust, wie du mir servierst.«

»Ach, dein Bruder kriegt definitiv so viel von meinem *smarten Ass*, wie er behandeln kann.«

Ich verschluckte mich beinahe an meinem Kaffee, doch sie zuckte nicht mit der Wimper.

»He«, warf sie plötzlich ein. »Hab ich fast vergessen! Ich plane eine kleine Zusammenkunft am Abend, wenn die Flitterwöchler dieses Wochenende zurückkommen – hast du Lust?«

»Na klar. Sag mir nur wann und wo, ich werde dort sein. Ich wette, Bailey kann es nicht erwarten, vom Haken gelassen zu werden, hm?«

Ich musste es ja ansprechen, nicht wahr?

Fiona lächelte. »Bailey ist ab heute Nachmittag offiziell von ihrer Pflicht entbunden. Würde mich nicht wundern, wenn sie es mit einer eigenen Party feiern würde.« Sie lachte.

»Ja, es schien schon ein wenig anstrengend für sie gewesen zu sein, obwohl ich nicht kapiere, was so schwierig daran sein soll. Er ist doch nur ein Kind.« Na ja, und eine Echse.

»Ich weiß ja. Aber ich bin mir sicher, dass sie das prima hingekriegt hat.« Fiona legte den Kopf schief. »Weil wir gerade von unserem großen, blonden Schluck Wasser sprechen ...«

»Oh nein.« Ich warf die Hände in die Höhe. »Das hat Mark schon versucht, und ich werde dir und nur dir allein verraten, dass ich nicht einmal, sondern zweimal abgeblitzt bin. Ich habe den Wink schon verstanden.«

Ihre Unterlippe dehnte sich nach vorne und bildete einen Schmollmund. Sie sah dadurch ungefähr wie zwölf aus, was zum Rest ihrer winzigen Person passte. »Wieso?«

»Wieso was? Wieso ich abgeblitzt bin oder wieso ich das Handtuch werfe?«

»Beides.« Sie stützte ihren Ellbogen am Tisch ab und versenkte ihr Kinn in ihrer Handfläche.

»Sie steht einfach nicht auf mich, welchen Sinn hätte es also?«

Fiona richtete sich wieder auf, schürzte die Lippen und zog die Augenbrauen bis zur Decke hoch. »Aha.«

Moment mal, das war mein Text.

»Was soll das denn bedeuten?«

Sie sah mich weiter einladend an. Mann, sie beherrschte das.

»Was ist?!«, wollte ich wissen.

»Ich frage mich nur, welche Farbe Baileys Höschen hatte am Abend der Hochzeit.«

Scheiße.

Ich stotterte: »K-K-Keine Ahnung. Wieso glaubst du, dass ich das weiß?«

»Lass das, Casanova. Fiona weiß alles.« Sie entließ mich mit einer Handbewegung.

»Wer hat's dir erzählt?!« Ich knallte die Kaffeebecher hin, bekleckerte den Schreibtisch mit einem Spritzer oder zwei.

Sie führte einen kleinen Tanz auf ihrem Stuhl auf und lächelte über das ganze Gesicht. »Du gerade eben! Vollidiot!!«

Doppelte Scheiße.

Ich hielt mir die Hände vors Gesicht und sagte ein kurzes Gebet für meinen kleinen Bruder auf, damit er seinen Lebtag mit diesem kleinen Teufelsweib aushalten würde.

Der Rest der Woche ging wie im Flug vorbei, und als der Sonnabend anrollte, hatte ich nicht nur ein zweites Treffen mit den Vaughns gehabt, sondern es war mir auch gelungen, mir einen zweiten Klienten zu sichern. Dieser neue war ein reiches junges Paar, das eben ein Haus gekauft hatte und auf dem gesamten Areal von vorne anfangen wollte. Ich war wie im siebten Himmel und völlig in meinem Element. Jax freute sich ebenfalls. Wir hatten viel zu erledigen, bevor das kühlere Wetter eintraf.

Ich hatte Mark gesagt, dass ich bei M'coul's zur Gruppe stoßen würde, wo sie alle versammelt waren, um das glückliche Paar zu empfangen. Es war eigentlich eine Ausrede, um ausgehen zu können, obwohl wir ja keine brauchten. Ich wusste, dass Bailey bestimmt dort sein würde, aber ich bemühte mich, so gut es ging, den Knoten in meiner Brust zu ignorieren und lässig zu bleiben. Die Ironie war mir jedoch nicht verborgen geblieben, dass ich sie in einem Irish-Pub treffen würde.

Ich hatte mich offensichtlich nicht genug bemüht, denn ich musste sofort die Menge nach ihrem Gesicht absuchen, sobald ich über die Schwelle der Bar getreten war. Ich hielt mir selbst einen Vortrag und begab mich auf die Suche nach der Party.

»Da ist er ja!«, rief Nate links von mir.

»He, Mann, willkommen zu Hause.« Ich schlug ihm zur Begrüßung auf den Rücken, denn seine Hände hielten volle Biere. »Also wie waren die Flitterwochen? Hast du Laney schon einen Braten in die Röhre geschoben?«

Er lachte. »Du bist schon der Dritte, der mich das fragt, seit wir hier sind.« Er schüttelte seinen dunklen Schopf, als wäre es irgendwie überraschend.

»Wir sind alle auf der Terrasse oben. Komm mit.« Er gab mir eins der Biere und deutete mir, ich solle folgen. Bis zu diesem Augenblick war mir nicht aufgefallen, dass er und Bailey keine körperlichen Merkmale gemeinsam hatten. Sie war ganz Licht und Sonnenschein, während Nate dunkel war wie ich. Vielleicht hatten sie ja die gleichen Augen? Nicht, dass ich da die Augen meines Kumpels überprüfen würde.

Was tat ich bloß? Ich musste das auf sich beruhen lassen. Egal was zwischen Bailey und mir vorgefallen war, diese Gruppe von Leuten waren meine Freunde geworden und ich würde jetzt nicht aufhören, mit ihnen abzuhängen, weil ich wie von Heisman weggestoßen worden war.

Als ich hinaus auf die Terrasse trat, überraschte es mich

nicht, die Kerle auf der einen Seite in einer Gruppe stehen und die Mädels um einen Tisch am anderen Ende der Fläche sitzen zu sehen. Und ja, da war sie.

Sie hatte den Rücken zu mir gewandt, aber ich konnte erkennen, dass sie eine dunkle Jeans und ein himmelblaues ärmelloses Oberteil trug. Ihre Haare waren zu einem Pferdeschwanz zusammengebunden und gaben den Blick frei auf ihren langen geschwungenen Hals. Ich wollte sofort hingehen und die Stelle gleich hinter ihrem Ohr küssen.

Verdammt.

Ich zwang mich, den Damen den Rücken zuzukehren und mich auf das männliche Kontingent zu konzentrieren. So ziemlich jeder Typ, den ich in dieser Stadt kannte, war heute hier versammelt. Gavin trug irgendeinen Streit mit Brett, seinem besten Freund aus. Wahrscheinlich ging es um Baseball, denn die Playoffs standen kurz bevor und Gavin war ein ehemaliger Spieler. Dann war da noch Mark, natürlich, und ein paar Jungs, die mit ihm bei Built by Murphy arbeiteten – Trey, Court und irgendein Kerl, dessen Namen ich vergessen hatte. Und Nate, der braungebrannt und vollkommen zufrieden dreinsah, was er ja wohl auch sollte.

Ich musste ihn einfach wieder auf den Boden der Realität zurückholen – in der Hinsicht bin ich sehr entgegenkommend.

»Also, wie geht's Pickles?«

Jawohl, das reichte.

Er machte ein finsteres Gesicht. »Hattest du irgendwas damit zu tun, Arschloch?«

Ich lachte. »Nicht das Geringste – das war ganz allein deine Schwester. Ich war nur dort, um die Auswirkungen zu erleben.«

Er neigte sich verschwörerisch zu mir. »Ich finde ihn ja irgendwie cool, aber Laney dreht wegen der Insekten durch. Wenn ich es weiter besorgt bekommen will, werde ich mich fügen und so tun müssen, als würde es mich stören, denke ich.«

»Du bist ein kluger Mann, Nate Murphy.« Ich prostete ihm zu.

»Das bin ich«, erwiderte er, und mir entging nicht, dass sein Blick zu Laney hinging, während er es aussprach.

Ohne Genehmigung drehte sich auch mein Kopf zu dem Tisch mit den Damen und meine Augen fokussierten direkt auf Baileys glatten, elfenbeinweißen Hals. Mein sensorisches Gedächtnis übersteuerte.

Meine vorherige stille Interaktion mit der heißen Brautjungfer war leider von meiner Mutter gestört worden. Sie hatte mich beiseite genommen und Bilder von der Zeremonie sehen wollen, und ich konnte nicht wirklich ablehnen. Sie hatte es zur Kirche nicht geschafft, da sie beim Empfang das Catering machte und Fiona die Trauzeugin gewesen war.

Meine Mom seufzte und ahhte sich durch die Fotoauswahl, die ich auf meinem Handy hatte sammeln können. Wenn es ein paar zu viele von einer bestimmten Blondine gab, dann hat meine Mutter es jedenfalls nicht erwähnt.

Als sie dann genug gehabt und sich wieder ihren Aufgaben zugewandt hatte, hatte ich meine Eroberung aus den Augen verloren. Eine halbe Stunde später entdeckte ich die hinreißende Brautjungfer jedoch, wie sie alleine an einem Tisch am anderen Ende des Raumes saß. Sie war nichts weniger als atemberaubend mit ihren langen Haaren, die zu einem kunstvollen Arrangement hochgesteckt waren, und ihrem Make-up, das gerade dezent genug war, um ihre natürliche Schönheit durchscheinen zu lassen. Und dieser Körper in diesem Kleid. Ich musste mir innen in die Wange beißen.

Ich hörte sie laut seufzen und nutzte meine Gelegenheit.

Bailey Murphy.

Ich hatte eine Vorahnung, sie könnte Nates Schwester sein,

doch das ließ sich nicht ändern. Ging alles nach Plan, dann würde ich entweder eine Verabredung oder eine Kostprobe von ihr kriegen, noch bevor der Abend rum war. Obwohl ich, nach ihren eröffnenden Worten und so wie sie mich ansah, nachdem ich sie »Irin« genannte hatte, langsam der Meinung war, dass ich Glück haben würde.

Sie wandte sich mir ganz zu und ich konnte erkennen, wie ihre Pupillen sich weiteten und ihr der Atem stockte. Dann mache sie das Eine, für jeden Mann Unwiderstehliche: Sie knabberte an ihrer Unterlippe und starrte auf meine.

Heißer Scheiß!

Es ging los.

Es spielte keine Rolle, dass wir uns mitten in einem Hochzeitsempfang unter vielen Menschen befanden. Es spielte keine Rolle, dass wir uns eben erst einander vorgestellt hatten. Diese Frau war scharf gemacht und ich war mir ziemlich sicher, dass ich gleich besprungen werden würde. Ja, Mann.

Ich konnte nicht anders, als meine Hand zu heben und seitlich ihren langen Hals mit meinen Fingerspitzen zu berühren. Bailey lehnte sich auch leicht dagegen und glitt dann, jawohl, vom Hocker und packte mein Anzughemd vorne und fing an, mich rückwärts an die Wand hinter uns zu schieben.

Ich hoffte schwer, dass ich nicht in irgendeiner Show mit versteckter Kamera war, und ließ es geschehen. Und als mein Rücken auf die Wand traf, drehte ich sie herum und presste stattdessen sie dagegen.

Ich hörte sie nach Luft schnappen, dann suchte ihr Mund den meinen und wir küssten uns wie zwei geile Teenager. Ihre Zunge fuhr über meine Unterlippe und ich knurrte und neigte den Kopf und drang wiederum mit meiner Zunge in ihren Mund ein. Sie schmeckte nach Champagner und ich würde sogleich trunken werden von ihr.

Ich spürte, wie sich die Nägel einer Hand durch mein Hemd hindurch in die Haut auf meiner Brust bohrten, während die andere sich unter mein Jackett begab und meine Rückenmuskeln erkundete. Ein Schaudern durchfuhr meinen gesamten Körper und ich musste sie einfach noch näher an mich ziehen und sie durch ihr Kleid hindurch an der Rückseite ihrer Schenkel packen.

Vollkommenheit.

Ich musste mehr kriegen. Ich vergaß völlig, wo ich war, und ruckelte den Stoff ihres Kleides seitlich ein Stück hoch, bis ich die Oberkante eines Strumpfes spürte. Dabei nahm mein Schwanz einen Rigor Mortis an, von dem ich dachte, dass er nie wieder gelöst werden könnte.

Und da hörte ich meine blonde Göttin wieder nach Luft schnappen. Nur dass es sich dieses Mal anders anhörte. Und es folgten Worte, die kein Mann jemals hören möchte, wenn er kurz vor dem Erfolg steht.

»Scheiße – dein Bruder!«

Der Sexelefant und das Arschloch

BAILEY

SCHEIẞE.

Ich hatte gewusst, dass Jake wahrscheinlich hier sein würde im M'coul's, aber ein kleiner Teil von mir machte sich noch immer Hoffnung, er hätte sich irgendwie eine Halsentzündung bei Fiona eingefangen.

Was denn? Dieser Kerl war wie Katzenminze für mich und seine Mieze muss zurückweichen?!

»Bailey, Schätzchen, du bist gerade so blass wie der Hintern einer Landpomeranze im Winter geworden«, sagte Charlotte mit ihrer typischen schleppenden Aussprache.

Jedes Gesicht am Tisch wandte sich zu mir um. Mit Sicherheit nahm meine blasse Haut daraufhin einen feurigen Rotton an. Verächtlich sagte ich zu ihr: »Ja, klar. Nimm dir noch 'nen Drink, Baker.« Das ist der Grund, weshalb ich an Lästerrunden nicht teilnahm. Was ist falsch daran, sich um seinen eigenen Kram zu kümmern?

»Ohoo, ist mir da was entgangen?«, fragte sie, offensichtlich nicht beeindruckt von meiner schnodderigen Antwort. Charlotte war geborene Texanerin und wir liebten alle, wie sie mit ihrem breiten Akzent und einem meist schrulligen Sprichwort, das ihr »Granddaddy« sich ausgedacht hatte, jedes Gespräch bereicherte. Ich nahm an, dass die Landpomeranze mit dem weißen Hintern aus seiner Sammlung weiser Sprüche stammte.

Ich hatte sie ein bisschen kennengelernt in diesem vergangenen Frühling, als Fiona sich geweigert hatte, sich dem Unausweichlichen zu fügen und dem armen Mark Erlösung zu schenken, indem sie ihm gestand, dass sie das Arschloch liebte. Charlotte und ich waren beide angeheuert worden, um Fiona zu zerstreuen, während sie ihre verflixte Situation zu verstehen versuchte. Ich war erleichtert gewesen, als das Paar endlich die Kurve kriegte, aber um ehrlich zu sein, war ich nicht sehr zuversichtlich gewesen, noch weitere von Fionas GNOs (»Girls' Night Out« oder »Got No Orgasms«, wie ich sie gerne nannte) durchstehen zu können. Missversteht mich bitte nicht – ich mag diese Frauen, aber über Männer und Mode tratschen ist nicht wirklich mein Ding.

Jetzt, da Fiona und Mark alles geklärt hatten, machte es einfach Spaß, sie zusammen zu beobachten – es war, als würde man einem gut gekleideten Floh zusehen, wie er um einen großen doofen Hund herumhüpft.

Und die GNOs fanden nur noch selten statt, Gott sei Dank. Wieso nicht einfach einen Film ansehen oder Joggen gehen? Musste es immer quatsch, quatsch, kicher die ganze Zeit sein? Igitt.

»Nein, Charlotte«, antwortete ich haargenau zeitgleich mit Laneys und Fionas »Ja, Charlotte«.

Ich warf ihnen beiden einen Blick zu, der ihnen den Schrecken in ihre winzigen Herzen jagen sollte. Er zeigte keine Wirkung.

Charlotte lachte und Laney fuhr fort: »Irgendwas läuft da

zwischen Bailey und Jake.« Sie sah äußerst selbstzufrieden drein.

Ich hielt erschrocken die Luft an. »Da ist nichts! Hör ihnen gar nicht erst zu«, sagte ich zu der Südstaaten-Rothaarigen. Sie ignorierte mich und behielt den Blick auf Laney gerichtet. Ich sank auf meinem Stuhl zusammen.

»Ich fasse es nicht, dass du sie bei der Hochzeit nicht gesehen hast! Sie waren ungefähr zehn Sekunden davon entfernt, ihre eigene Sex-Demonstration beim Empfang zu starten.«

O Gott. Hatten uns alle gesehen? Ich versank noch weiter auf meinem Stuhl, bis ich mich fast unter dem Tisch befand.

»Wie um alles in der Welt konnte ich das verpassen?«, fragte Charlotte, offensichtlich enttäuscht.

War hier niemand auf meiner Seite?

»Es war ehrfurchtgebietend!«, meldete sich Fiona. »Ihr hättet Nate sehen sollen. Er nannte Jake alles Mögliche und wollte ihn schon verfolgen und töten, um Baileys Ehre zu retten. Wir mussten ihn mit körperlicher Kraft zurückhalten, während Mark hinging und ihnen Wasser über den Kopf schüttete. Zumindest nehme ich an, dass es das war, was er tat.« Sie zwinkerte mir mit absolut null Dezenz zu.

Scheiße.

»Wenn ich so darüber nachdenke«, sagte Laney und spielte mit ihren langen dunklen Haaren, »dann kann ich mich nicht erinnern, dass ich einen von euch nach dem Empfang noch einmal gesehen habe. Mark ist zurückgekommen und ich habe gesehen, wie er Nate ein Daumenhoch gezeigt hat, aber … Mensch, Moment mal! Er hat total gelogen!« Sie beugte sich plötzlich vor.

»Und glaube nicht, dass ich ihn das nicht habe büßen lassen, als ich es herausgefunden habe«, sagte Fiona, während sie ihr Martini-Glas hob.

Das waren offensichtlich die falschen Worte. Laney fuhr

Fiona an und hielt ihr den Finger direkt ins Gesicht. »Du hast das gewusst und es mir nicht erzählt?! Und du willst eine beste Freundin sein?«

Fiona stellte das Glas mit ein bisschen zu viel Schwung ab. »Ich habe es erst diese Woche herausgefunden! Was hätte ich deiner Meinung nach denn tun sollen? Dich in den Flitterwochen anrufen und deine tropische Spielerei unterbrechen, um dir zu erzählen, dass Bailey und Jake Sex miteinander gehabt hatten?«

Der letzte Satz wurde leider in einer Lautstärke geäußert, die ihn über die gesamte Terrasse trug. Man musste sich nicht umsehen, um zu wissen, dass jedes einzelne Auge auf unseren Tisch gerichtet war. Die einzige gute Nachricht war, dass ich mich bereits drei Viertel des Weges zum Boden hinab befand, daher hatte ich nicht mehr weit, um buchstäblich den Tiefpunkt zu erreichen. Ich war bereits dort, bildlich gesprochen.

Fionas Stimme erklang abermals über den Tisch, doch dieses Mal war sie viel leiser. »Hoppla.«

Um einer kompletten Beschämung, die mein Los im Leben zu sein schien, zu entgehen, entschuldigte ich mich schließlich, um die Toilette aufzusuchen. Ich behielt den Blick zu meinen Schuhen gesenkt, um den anderen nicht in die Augen sehen zu müssen, als ich die Terrasse verließ, aber ich konnte spüren, dass ihre Blicke trotzdem auf mich gerichtet waren.

Ich bespritzte mein Gesicht mit Wasser, holte ein paar Mal tief Luft und entschied dann, dass ein wenig Zeit allein angebracht wäre. Ich verließ das Pub durch die Vordertür und lehnte mich draußen an die Wand.

Es dauerte nicht lange, dann fand Fiona mich.

Ich hätte mich besser verstecken sollen.

»Es tut mir ja so furchtbar leid, Bailey. Ich kann nicht fassen, dass ich das getan habe. Ich meine, ich kann es *schon* glauben, denn so was tue ich scheinbar immer, aber es tut mir so leid, dass ich es dir angetan habe. Ich verspreche dir, dass niemand mehr darüber reden wird, und die Jungs sind schon beim nächsten Thema, da bin ich mir sicher – das heißt, falls sie es überhaupt gehört haben.« Sie drückte meinen Arm.

Ich warf ihr einen Blick zu, der sie wissen ließ, dass ich nicht von gestern bin.

»Schon gut, schon gut. Wahrscheinlich haben sie's gehört. Aber das sind Jungs – pshhh. Ihre Aufmerksamkeitsspannen dauern nur ein paar Minuten, dann denken sie wieder an ihre eigenen Penisse, anstatt den von jemand anderen.« Sie machte eine Pause und schloss ein Auge. »Moment mal. Das klang nicht ganz richtig.«

Ich beendete ihr Leiden durch ein Tätscheln ihrer Hand.

»Passt schon. Mach dir keine Gedanken deswegen.«

Sie lehnte sich neben mich an die Wand. »Also äh möchtest du mir erzählen, was los ist?«

Ich hob eine Augenbraue und sah sie von der Seite an.

»Es ist nur, weil ich weiß, dass du Jake eine Abfuhr erteilt hast, als er dich diese Woche eingeladen hat. Magst du ihn nicht? Ich meine, die Luft da oben war ja fast knallheiß.«

Ich lachte, aber nicht vor Freude. »Ich mochte ihn zu sehr. Das ist das Problem.«

»Das ist toll! Wie kann das ein Problem sein? Offensichtlich mag er dich.«

Ich konnte nicht fassen, dass ich mit der mädchenhaftesten Frau aus dem Trio über Frauenangelegenheiten laberte. Mein Instinkt sagte mir, ich solle den Mund halten, dass ich schon zu viel gesagt hatte, doch ich stieß mich von der Wand ab und stellte mich frontal vor sie. Sie hatte eine Art Seidentop an und trug dazu einen bedruckten Rock und Fick-mich-Hacken. Ihre Haare schwebten praktisch um ihren Kopf herum wie ein Heiligenschein und ihr Make-up war makellos. Ich streckte eine

Hand aus und wedelte damit rauf und runter, um auf ihr Ensemble und ihr allgemein bezauberndes Aussehen hinzuweisen.

»Hast du ihn gesehen? Hast du dich gesehen? Du bist viel eher sein Typ, als ich es jemals sein könnte.«

»Wovon zum Teufel sprichst du, du verrückte Ziege?«

»Sieh mich doch an! Hättest du dich nicht eingemischt, wäre ich heute Abend in einem Panthers-T-Shirt und meinen ältesten Sneakern erschienen. Selbst in diesem Outfit, das, wie du weißt, das Schickste in meinem Schrank ist, bin ich immer noch wie ein Schulmädchen im Feriencamp vor einem umschwärmten Quarterback.«

Ihr Gesicht knautschte vor offensichtlicher Verwirrung. Ich konnte nicht wirklich von ihr erwarten, dass sie es verstehen würde. Und das war sowieso noch lange nicht die ganze Geschichte. »Vergiss es. Das ist etwas, das du nicht verstehen kannst.«

Damit erntete ich einen Blick – einen, der sagte, dass sie nicht gerne unterschätzt wurde.

»Jetzt hör mal zu, Bailey Murphy!« Oh nein. Da kam schon der wedelnde Finger und die Faust an der Hüfte. Es war an der Zeit, es sich bequem zu machen, denn das würde dauern.

»Auch wenn du dich dafür hältst, aber du bist kein faszinierendes Enigma. Das ist eine alte Geschichte – soll heißen, wirklich alt.«

Ich überlegte mir gerade, ob ich beleidigt sein sollte, als sie fortfuhr – ohne darum gebeten werden zu müssen, möchte ich hinzufügen. »Du meinst vielleicht, du kannst allen was vormachen, aber mir machst du nichts vor. Du bist gehemmt und unsicher in der Nähe von Menschen – besonders scharfen Typen. Du spielst dein Aussehen herunter und du drehst den Hohn und den Sarkasmus höher, um irgendwie zu versuchen, deine Unsicherheiten zu kaschieren.« Ach, wie toll. Jetzt wippte auch noch ihr Kopf vor und zurück.

Und sie hatte nicht einmal Unrecht.

»Und wenn ich raten soll, dann hast du dich wahrscheinlich auch immer ganz in Schwarz gekleidet und hast vom Stapel gelassen, dass du nicht konformistisch bist und dich von ›einem Mann‹, wer immer das sein mag, nicht unterdrücken lassen willst. Und dann bist du tatsächlich erwachsen geworden und dir ist bewusst geworden, dass du ›den Mann‹, wenn du essen und in etwas anderem als einem Karton leben willst, brauchst, damit der dich bezahlt.«

Ich versuchte, sie zu unterbrechen, aber ihre Hand schoss hervor und hielt mich davon ab.

»Und lass mich erst gar nicht von dem Job anfangen, den du so hasst.«

Ich versuchte es noch einmal, wurde aber erneut blockiert.

»Und ich weiß, dass dir das alles bewusst ist, also versuch nicht, dich dumm zu stellen, Chica! Du bist ein verdammtes Stachelschwein, und du weißt das!«

Endlich kam ich zu Wort. »Darf ich jetzt auch mal was sagen?«

Sie nickte, nachdem sie endlich den Finger aus meinem Gesicht genommen hatte. »Du darfst.«

»Wie zum Teufel hast du das gerade gemacht? Bist du eine Profilerin für das FBI in deiner Freizeit?«

Sie fing an zu kichern.

»Stachelschwein? Echt jetzt?«, fragte ich. Und was soll ich sagen. Es war ansteckend. Obwohl sich alles in mir schon aus Gewohnheit sträubte, kugelten wir uns beide vor Lachen und hatten Tränen in den Augen, als Laney und Charlotte ankamen und versuchten, uns zurück auf die Terrasse zu locken.

Das musste ich Fiona lassen – die Frau war clever. Aber sie hatte den Teil ausgelassen, wo mein stacheliges äußeres Wesen dazu diente, mein Herz vor dem Narbensammeln zu schützen. Das war mein unentdecktes Geheimnis geblieben.

Es GELANG MIR, den Rest des Abends zu überleben, und alle waren extrem gnädig bezüglich des Sex-Elefanten im Raum, oder auf der Terrasse, sollte ich sagen. Sogar Mark schaffte es, diesbezüglich den Mund zu halten, was dermaßen schockierend war, dass ich mir beinahe Sorgen um den Zustand unserer Freundschaft machte.

Eine weitere Woche fing damit an, dass ich an saulangweiligen Besprechungen teilnahm und so tat, als wäre ich woanders. Da ich mich nicht mehr um Rocco kümmern musste, konnte ich meinem normalen Arbeitsplan wieder folgen. Ich joggte am Morgen, stopfte mich voll mit Junkfood, zeichnete abends und machte meinen wöchentlichen Besuch im Shearwater.

Diese Woche wählte ich den Mittwoch, da ich eine Stärkung Mitte der Woche nötig hatte. Die Papierkunst-Ausstellung sollte dieses Wochenende schließen, es war also meine letzte Chance, meine Schneeflocke und all die anderen göttlichen Papierkreationen zu erleben.

Ich war allein in der Galerie, hatte einen perfekten Zustand der Ruhe erlangt, als eine vertraute Stimme an mein Ohr drang.

»Ich nehme an, du wirst den vorderen Teil der Galerie bis Sonntag leergeräumt haben«, forderte die Stimme. Es war keine Frage.

»Selbstverständlich«, ertönte die knappe Antwort.

»Und vergiss nicht, dass wir auch ein paar der Alkoven benötigen werden, Paul.«

Zwei paar Schritte erklangen auf dem Holzboden, kamen näher, als mir recht war. Eines war flott und sicher, während das andere schlurfte.

Verdammt.

Ich drehte mich rasch um, damit ich den beiden Männern,

die soeben den Raum betraten hatten, der die Papierskulpturen enthielt, den Rücken zukehrte.

Bitte seht mich nicht. Bitte seht mich nicht.

»Ah, wie ich sehe, wurde das Recyclingzeug noch nicht rausgebracht«, sagte die erste Stimme, gefolgt von einem leisen Lachen.

Ich hielt mich mit einem entrüsteten Luftanhalten zurück. Arschloch!

Der zweite Mann, den ich als Paul, Assistent des Kurators, kannte, stieß ein nervöses Kichern hervor.

Ach, zeig doch mal Rückgrat, Paul!

Vielleicht hätte ich mir selber das Gleiche befehlen sollen.

Ich rückte nach links, in der Hoffnung, die große Skulptur würde mich verdecken.

Kein Glück.

»Bailey?«

Ich erstarrte.

»Bailey, bist du das?«, fragte das Arschloch abermals, wobei der Ton am Ende seiner Frage höher wurde und fast einen britischen singenden Tonfall annahm.

Du kommst aus Virginia, Trottel!

Ich drehte mich um und tat so, als wäre ich überrascht.

»Anton! Ich habe dich gar nicht gesehen!« Dieses megafalsche Spiel konnten auch zwei spielen. Mein Lächeln war dermaßen artifiziell, dass es jedem glitzernden Vamp zur Ehre gereicht hätte.

»Hallo, meine Schöne«, sagte er, neigte mir seinen blonden Schädel entgegen und küsste mich auf die Wange. In seiner Stimme war zu viel Gewicht, zu viel Intimität. Seine Hand touchierte meine Taille, als er sich vorneigte.

Es drehte mir den Magen um und ich konnte nicht klar sagen, ob die Ursache ein Anfall von Schmetterlingen oder die gute altmodische Galle war. Ich erwiderte seinen Kuss halbherzig, und meiner traf nur die Luft. Meine Lippen würden niemals wieder seine Haut berühren, wenn es nach mir ging.

»Du bist eine Augenweide«, sagte Anton und schaute mir ins Gesicht. Dann ging sein Blick hinab auf meine Arbeitskleidung und sein Ausdruck wurde fast spöttisch. »Obwohl manche Dinge sich nie ändern, wie ich sehe.«

Okay, wir waren hier fertig.

Ich zwang mich weiterzulächeln, während ich ihn mutig ebenfalls musterte. Skinny-Jeans, elfenbeinweißer Pulli – obwohl es draußen fünfundsiebzig Grad hatte – und eine schwarze Hipster-Brille, die ich früher einmal sowohl schrecklich genuin als auch gewinnend gefunden hatte. »Nein, das tun sie in der Tat nicht«, forderte ich ihn heraus und fühlte mich sehr stolz, weil ich meine Stimme nicht hatte zittern lassen.

Er atmete durch die Nase aus und setzte eine vertraute Miene auf – eine, die wahrscheinlich Geduld hätte ausdrücken sollen, jedoch nur herablassend wirkte.

Arschloch.

»Ach komm, lass uns nicht streiten.«

Nochmals, Junge, du kommst aus Virginia!

»Ich weiß nicht, was du meinst.« Wollte er dieses Spiel weiterspielen? Na schön. »Aber ich muss jetzt wirklich los.« Ich setzte an, mich rasch an ihm vorbeizubewegen.

»Warte«, sagte er und packte mich am Arm.

Ich musste langsam durchatmen, um ihm den Arm nicht zu entreißen.

»Da.« Mit der anderen Hand hielt er mir eine Postkarte hin. »Komm zu meiner Show. Ich würde mich über deine Anwesenheit freuen. Du hast schließlich, falls du dich erinnern kannst, für einen Teil davon die Inspiration geliefert.«

Mein Magen fing an zu schmerzen. Ich riss ihm die Karte aus der Hand und er ließ meinen Arm los. Ich bemühte mich, einen lässigen Gang hinzulegen, als ich an Paul vorbeiging, tatsächlich wollte ich eher sprinten.

»Wir werden dich doch dort sehen, ja?«, rief Anton mir nach.

Ich antwortete nicht. Ich stürzte durch die Galerietüren ins Freie und lief zu meinem Wagen. Es war nur eine kleine Erleichterung, dass ich es bis zum Fahrersitz schaffte, ehe die Tränen kamen.

Die große Mauer

BAILEY

Beim ersten Mal, als mir das Herz gebrochen wurde, war ich sechs Jahre alt. Das Objekt meiner wahren Liebe war niemand anderer als Andy Pulaski, der einzige Junge in der ersten Klasse, der rote Haare hatte, und der einzige Junge, dem mein Herz jemals gehören würde – jedenfalls hatte ich mir das damals geschworen. Ich konnte alles vor uns ausgebreitet sehen. Wir würden heiraten, sobald wir achtzehn waren, und wir würden in dem Haus direkt neben meinen Eltern wohnen. Ich war mir nicht sicher, wie man den Storch fernhielt, also dachte ich, dass er einen kleinen Jungen bringen würde und dann ein kleines Mädchen, und beide würden rote Haare haben, genau wie ihr Daddy.

Leider waren wir uns nicht ganz eins. Zwei Dinge standen unserer glücklichen Zukunft im Weg. Das erste war mein bis dahin unentdeckt gebliebener Läusebefall. Das zweite und problematischer war die bedauerliche Tatsache, dass sein Herz bereits Brittany Taggart gehörte und nicht ins Wanken zu bringen war. Ja, die Brittany Taggart mit den glänzenden schwarzen Locken und der Strumpfhose im Regenbogendesign – nicht Bailey Murphy mit dem schlappen blonden Pferdeschwanz und den zerkratzten Knien.

Bis zum heutigen Tag behaupte ich, dass es anders herum war – dass es Andy war, der hoffnungslos in mich verliebt gewesen ist und es vorzog, seine Zuneigung dadurch zum Ausdruck zu bringen, dass er mich hänselte – wie kleine Jungs das nun mal so machen. Ich bin die Einzige, die die wahre Geschichte kennt. Also ich und meine Eltern. Und natürlich Andy. Und seine Eltern. Und der Grundschuldirektor. Und wahrscheinlich die Sekretärin, die das Elterntreffen organisiert hatte. Der Punkt ist, dass mir mein kleines Herz gebrochen wurde und ich es kein bisschen gut fand.

Man könnte meinen, ich hätte aus meiner ersten Erfahrung gelernt und in der Tat dachte ich, dass ich das hätte. Als ich mich das nächste Mal entschied, mein Herz zu verschenken, wählte ich einen reiferen Kandidaten. Bestimmt würde ein älterer Junge vorsichtiger mit meinem Herzen umgehen.

Doch wieder einmal sollte es nicht so weit kommen, wie ich im Zuge eines weiteren Elternsprechtages erfuhr, als Mr. Adler meinen Eltern erklärte, dass es sich für eine Drittklässlerin nicht geziemte, dem Naturwissenschaftslehrer seine Liebe zu gestehen, und dass er es sehr begrüßen würde, wenn sie mir beibringen könnten, meine Versuche, ihn nach dem Unterricht zu küssen, einzustellen.

Mein Dad hatte mich getröstet, indem er mich auf ein Eis einlud und mir erzählte, dass Mr. Adler sowieso nicht gut genug für mich war. Zugutehalten musste man meinem Vater aber, dass er mir auch befahl, das Scheißgeküsse bleiben zu lassen. Aber er versicherte mir, dass die Liebe ein Geschenk war, das der richtige Kandidat sich erst verdienen musste – wobei dieser Kandidat allerdings kein zweiunddreißigjähriger Grundschullehrer sein könne.

Es dauerte eine ziemliche Weile, ehe Amors Pfeil erneut traf, aber er zielte gut, als ich mein Herz an Corey Snodgrass verlor (*Ich weiß, angesichts des Nachnamens hätte ich mit Schlimmem rechnen müssen*). Wir hielten Händchen beim Junior-Varsity-Footballspiel und küssten uns das erste Mal vor der stinkigen Herrentoilette neben der Imbissbude. Weder der Gestank noch Coreys Doritochips-Atem konnten meine Begeisterung über den monumentalen Meilenstein dämpfen.

Kurz danach führten ein schlecht getimtes Zusammentreffen von einem Auto und Coreys Fahrrad zu einem mehrfachen Knochenbruch seines Beins und seiner Hüfte, woraufhin er zwei Wochen Schule versäumte. Meine vierzehnjährige Seele sehnte sich danach, an seinem Bett zu sitzen und ihn gesundzupflegen. Da ich aber sowohl eine jüngst entstandene Angst vor dem Fahrrad fahren sowie keinen Führerschein hatte, war ich verhindert und konnte meinem Liebhaber nicht die Stirn tupfen und ihm beruhigende Worte ins Ohr flüstern.

Diese Hürden hinderten Jennifer Shelton jedoch nicht, und als Corey in die Schule zurückkehrte, waren die beiden ein Herz und eine Seele, an der Hüfte verwachsen – die eine jüngst verheilt und die andere in meiner Meinung nach viel zu kurze Röcke gehüllt. Schlampe.

Ab da schwor ich mir, mein Herz um jeden Preis zu schützen. Nie wieder würde ich mich so verletzlich sein lassen.

Bis ich sechzehn war und Jacob Silverstein mir sagte, dass er mich liebe. Ich schenkte ihm meine Jungfräulichkeit auf einem Silbertablett und lud ihn ein, sich zu nehmen, was er wolle, und wiederzukommen, um sich Nachschlag zu holen. Erwartungsgemäß war Jacob nur an der Kirsche, nicht am ganzen Eisbecher interessiert gewesen.

Ich weinte mich am Hals meines Dads aus und verfluchte Jacobs Namen, während mir mein Vater abermals erklärte, dass niemand für sein Mädchen gut genug war. Er zitierte sogar Yeats, denn als Ire war Yeats in Allem Experte, einschließlich der Liebe. »Herzen werden nicht verschenkt, Herzen müssen gewonnen werden«, riet mir mein Vater. Ich nahm an, dass das Gleiche auch für Jungfräulichkeiten galt, aber ich bat nicht um Bestätigung. Mein Dad versicherte mir, dass er immer für mich da sein würde. Doch das beruhigte das sechzehnjährige Herz nicht so sehr, wie das beim sechsjährigen der Fall gewesen war.

Ich gestand das Ausmaß, in dem Jacob mich ausgenutzt hatte, natürlich nicht. Aber Jungs sind eben Jungs, daher kam es nicht überraschend, als eine Woche später eine Unterhaltung in der Ankleidekabine damit endete, dass Jacob ein paar Veilchen trug und mein Bruder blutige Fingerknöchel.

Ich hatte meine Lektion endgültig gelernt. Die Liebe war etwas für Deppen. Der Sex andererseits nicht.

Während meiner College- und Zwanzigerjahre führte ich ein ganz normales Liebesleben, bevorzugte kurze, flüchtige Beziehungen mit meinen Kommilitonen in Kunst und Fachidiotentum und wählte meine Partner sorgfältig aus, um das Risiko eines weiteren Schadens an meinem wichtigsten Organ zu vermeiden. Eine vage gegenseitige Anziehungskraft war alles, was ich verlangte. Aber jeder, der meinen Puls in die Höhe schnellen und meine Handflächen schwitzen ließ, wurde sofort aus dem Rennen genommen. Täuschst du mich einmal und so weiter.

Nach einer Weile hielt ich mich für undurchdringbar, und schließlich wurde ich unachtsam. Und genau da entdeckte mich natürlich Anton Germaine, wie ich auf einer Parkbank im Tanger Family Bicentennial Garden Skizzen anfertigte. Er war so gewieft, dass mir erst bewusstwurde, dass ich zugestimmt hatte mit ihm auszugehen, als es schon zu spät war.

Ich redete mir ein, dass ich schon klarkommen würde – ich war immerhin eine erwachsene Frau. Neunundzwanzig, um genau zu sein, und bestimmt würde ich meine Gefühle unter Kontrolle halten können. Mittlerweile hatte ich ja genug Übung darin gehabt.

Was ich jedoch vergessen hatte, war, dass die Liebe sich um deine Pläne oder deine Grenzen nicht schert. Es ist ihr egal, dass du dir eine Große Chinesische Mauer um dein Herz errichtet hast, um die Narben in Grenzen zu halten. Alle Abwehrmechanismen sind nutzlos gegenüber einem beschleunigten Herzschlag, einer angebotenen Hand und einem teuflischen Lächeln.

Und für ein Mädchen, dass ihre Fähigkeiten als Künstlerin immer kritisch betrachtet hatte, besaß Anton die mächtigste Waffe zum Niederreißen jeder Mauer. Er lobte meine Kunst und versicherte mir, dass ich grenzenloses Potenzial hatte.

An dem Abend, an dem ich Anton in der Shearwater begegnete, tat ich etwas, was ich sonst selten tue. Ich ließ mich volllaufen.

So ungefähr beim dritten Bier kam mir der brillante Gedanke (denn alle Ideen, die unter Alkoholeinfluss geboren werden, sind brillant), dass ich jemanden einladen sollte, mit mir gemeinsam zu trinken. Schließlich weiß doch jeder, dass nur Alkoholiker alleine trinken. Pshhh.

Ich simste zuerst Mark an, doch als er nicht antwortete, wechselte ich zu Laney. Sie war meine neue Schwägerin – diese Tatsache alleine war doch sicherlich einen Schluck oder zwei zur Feier des Tages wert. Mein Text an Laney blieb aber ebenfalls unbeantwortet und ich fühlte mich langsam ein wenig auf den Schlips getreten. Wozu braucht man Freunde, wenn sie dich nicht besuchen oder mit dir was trinken wollen, nachdem du deinem Arschloch von einem Ex-Freund begegnet bist?! Die Tatsache, dass keiner von ihnen von dem Arschloch-Ex-Freund wusste, schien unwichtig.

Ich beschloss mit Zeichnen anzufangen, während ich auf eine Antwort von jemandem wartete – noch so eine fantastische

Idee. Ich überraschte sogar mich selbst mit dem Erfolg dieser Bemühungen. Die besten Zeichnungen von allen. Zeit für noch ein Bier.

Am nächsten Morgen wachte ich nicht nur mit gigantischen Kopfschmerzen und einem ausgetrockneten Mund auf, sondern auch mit mehreren Textnachrichten und einer spiegelverkehrten, mit einem Grafitstift tätowierten Darstellung von Daffy-Duck auf meiner Wange. Du lieber Himmel.

Ich putzte mir die Zähne und versuchte, die Spiegelung im Badezimmerspiegel zu ignorieren. Ich fand, dass es an der Zeit war, die Texte zu lesen.

*20:06 Uhr **Bailey**: Marl, komm lass dich mit mir volllaufen!!!!!!*

*21:42 Uhr **Mark**: Stell das Bier weg und lass es sein!*

*22:02 Uhr **Mark** Lebst du noch?*

*22:03 Uhr **Bailey**: Ich kann sooooo gut zeichnen!!!! Hallllooo?*

*20:05 Uhr **Fiona**: He, Mädle! Werde dich morgen anrufen zwecks Termin für GNO! Nein steht nicht zur Wahl.*

*20:11 Uhr **Bailey**: He Schwes! Ich habe Rehe – jaha!!! Party!!!!*

*21:34 Uhr **Laney**: Ahhh – mach Fotos von den Rehen!*

*22:23 Uhr **Bailey**: Ich weiß du weiß du bis mega sexy*

*22:25 Uhr **Jake**: Ruf mich an*

*Benachrichtigung: 22:45 Uhr Ein versäumter Anruf von **Jake Beckett***

• • •

SCHEIẞE.

Ach du Scheiße.

An das, was danach war, nachdem ich mit dem Zeichnen angefangen hatte, erinnerte ich mich nicht mehr! Ich erinnerte mich nicht einmal mehr, Mark noch eine Nachricht geschickt zu haben, geschweige denn Jake! Warum musste ich so eine Idiotin sein?

Ich überlegte hin und her, ob ich mich aus dem Fenster stürzen sollte, aber was würde das schon bringen, wo ich doch in einem einstöckigen Gebäude wohnte? Dann sah ich nach, ob Jake mir aufs Band gesprochen hatte.

Nichts.

War das gut oder schlecht? Ich konnte mich nicht entscheiden.

Mein Handy klingelte und ich zuckte zusammen, als ich es aufhob und auf die Nummer sah.

Mark.

»Hallo?« Ich hielt mir die Augen zu, als ich antwortete.

»Hallöchen, Amy Winehouse! Was macht der Kopf?«

Als Antwort von mir kam ein Knurren.

»Ich dachte mir nur, dass du heute irgendwann vielleicht erscheinen möchtest. Weißt du noch? Arbeit – diese nervtötende Sache, die einen vom Trinken abhält.« Er lachte in sich hinein und ich sah auf die Uhr.

Heilige Scheiße! Es war 10:15 Uhr. Ich hatte den halben Vormittag versäumt!

»Keine Sorge«, sagte Mark. »Ich habe Ruiz angerufen und deine Besprechung auf heute Nachmittag verschoben. Ibuprofen und Gatorade sind heute deine Freunde. Denk dran.«

»Danke, Mark.«

»Mist. Du hast mich nicht mal Buffy genannt. Du musst aber schlecht drauf sein.«

Ich zuckte wieder zusammen.

»Lass dir Zeit«, sagte er. Dann räusperte er sich. »Ruf mich später an, okay?«

Das musste ja noch viel schlimmer sein, als ich dachte, wenn Mark seine besorgte Stimme benutzte.

»Okay«, brachte ich heraus, dann legte ich auf und schleppte meinen verkaterten Allerwertesten in die Dusche.

Ich verstehe nur Bahnhof

JAKE

ALSO MAN KÖNNTE VERMUTLICH SAGEN, dass die Katze aus dem Sack war. Ich tat mein Bestes, um Nate aus dem Weg zu gehen, denn er hatte vor, dafür zu sorgen, dass ich in diesem Leben kein Kind mehr zeugen konnte. Die meiste Zeit tauchte ich unter und hielt mich an meinen Plan, mich auf die Arbeit zu konzentrieren.

Ich hatte Bailey seit der katastrophalen Nacht im M'coul's, als sie die Bar praktisch im Laufschritt verlassen hatte, nicht mehr gesehen. Kaum hatte Fiona mit ihrem großen Mundwerk unsere Privatangelegenheiten vor der versammelten Kundschaft auf der Terrasse ausposaunt, da wusste ich, dass die Nacht früh enden würde.

Ich sah, wie Laney Fiona einen Klaps verpasste und ihr eigenes Gesicht in ihren Händen vergrub, wegen der ganzen »twat tangle«-Bemerkung. Ich musste zugeben, sie war verdammt komisch. Mein Lächeln angesichts dieses alliteratorischen Meisterwerks gefror, sobald ich Nates Gesichtsausdruck sah.

Nö, der Typ war nicht glücklich.

Ich hob die Hände in einer Verteidigungsgeste und öffnete den Mund, um etwas zu sagen. Ich wollte gerade etwas in der Art sagen wie: »Gib nicht *mir* die Schuld, Mann. *Sie* hat *mich* besprungen«, als mir einfiel, dass ich eigentlich ganz gerne am Leben war. Daher hielt ich klugerweise den Mund und nickte nur zustimmend, als Nate mich mit jedem denkbaren Schimpfwort anpflaumte.

Ich habe keine Schwester, aber ich überlegte mir, was ich so zu jedwedem Arschloch sagen würde, der Hand an meine Mutter legen wollte, und fand, dass ich verdiente, was ich kriegte, und noch mehr.

Gavin ging schließlich dazwischen. »Nate, halt verdammt noch mal die Fresse. Du hast gerade meine Schwester geheiratet.«

Das klappte, und Nate ging und setzte sich zum Abkühlen zu Laney.

Ich beschloss zu Bett zu gehen und schlich mich zum Seiteneingang hinaus, bevor Bailey zurückkam. Sehen zu müssen, wie sehr sie unsere gemeinsame Nacht bedauerte, führte so ziemlich zum Tiefpunkt meiner Stimmung. Ich wollte ihr auch nicht noch mehr Unbehagen verursachen, als sie offensichtlich ohnedies schon empfand. Seit wann war ich ein Paria für die Frauen?

Trotz meiner Entschlossenheit, mich auf andere Dinge zu konzentrieren, hatte ich immer wieder den gleichen Traum von Bailey. Das führte dazu, dass meine lausige Stimmung auf meine Arbeitswoche abfärbte und ich am Montagmorgen sogar meine Mom anfuhr. Sie ignorierte meine Bemerkungen völlig, küsste mich einfach auf die Wange und widmete sich ihrem Tagesablauf, denn ihre mütterliche Intuition verriet ihr, dass ich in einer Selbstmitleidsorgie versunken war.

Ich beschloss auf der Stelle Rückgrat zu zeigen, damit Schluss zu machen und mich zusammenzureißen.

Und es gelang mir bis zu dieser Textnachricht auch gut.

Ich weiß du weiß du bis mega sexy

Ich hatte TV geguckt und verschluckte mich beinahe an meinem Bier, als der unerwartete und offensichtlich alkoholinspirierte Text auf meinem Handy auftauchte. Ich simste Bailey, sie solle mich anrufen, und zog mich sofort wartend in mein Schlafzimmer zurück. Der Anruf kam nicht und meine Nachfrage blieb unbeantwortet.

Was zum Teufel sollte ich jetzt tun?

Eine sanfte Frauenstimme holte mich aus meinen Gedanken. »Daher werden wir Platz lassen müssen für einen netten Spielplatz mit einem Schaukelgerüst und einem Spielhaus.«

Ich hatte mich mit Tag und Tessa McGuire getroffen – *ich weiß, ihr müsst es nicht erwähnen* – und wir besprachen die vorläufige Anordnung für ihren neuen Garten. Wenn etwas in der Lage war, mich aus meinen Gedanken zu holen, dann dieses riesige neue Projekt.

Ich lächelte und nickte und notierte mir dabei ihren Wunsch auf meiner Liste.

»Ich weiß, wir haben noch keine Kinder«, sagte Mrs. McGuire sanft und nahm dabei die Hand ihres Mannes in ihre, »aber ich hoffe, dass wir bald welche haben werden.«

Mr. McGuire beugte sich herab und küsste sie auf die Wange. »Ich kann es kaum erwarten, Schnuckelchen.« Sie senkte verschämt ihr dunkel gelocktes Haupt.

Plötzlich war ich wieder ganz bei mir. Es kostete mich meine ganze Kraft, mich entweder nicht zu verschlucken oder zu lachen. Wer waren diese Leute?

Ach ja, richtig. Reiche Leute. Macht weiter.

Ich war es nicht gewohnt, mit jungen Leuten umzugehen, die Geld hatten. Die meisten meiner Luxus-Kunden in Florida waren ältere Paare gewesen, die sich mit schönen Dingen umgeben wollten, während sie ihren Ruhestand genossen. Aber Klient war Klient, und dieser war ein wichtiger – und noch dazu ein verdammt unterhaltsamer.

»Das hört sich toll an«, brachte ich heraus.

Meine Bemerkung sorgte dafür, dass sie sich wieder mir widmeten. Mr. McGuire lockerte seine Krawatte eine Spur, zog sein Jackett jedoch nicht aus. Ich schwitzte schon beim Hinschauen. »Mir gefällt auch der Gedanke, eine Spieleecke hinzuzufügen, für wenn wir Leute einladen. Wie wär's mit einer Boule-Bahn?«

Hä?

Mrs. McGuire klatschte. »Ach, Boules. Das wäre wundervoll!« Das durchsichtige Material ihrer Ärmel schimmerte, als sie aufgeregt ihre Hände zusammenführte.

Ich kratzte mich am Kopf. »Äh, ich fürchte, Sie werden mir erklären müssen, was das ist, Mr. McGuire. Dieser Südstaatenjunge hier ist damit nicht vertraut.« Ich grinste und entschied mich für die »Ach was soll's«-Nummer.

»Tag und Tessa, bitte.« Mrs. McGuire tätschelte meinen Arm. »Wie oft muss ich dir das noch sagen?« Sie lächelte und tätschelte mich ein letztes Mal.

Okay, diese Frau war wahrscheinlich fünfundzwanzig und sie tätschelte meinen Arm, als wäre ich ein törichtes Kind. Ich hielt mich sowohl mit meinem Grinsen als auch mit meinem Augenkullern zurück.

Wir saßen an einem großen Tisch mit Glasplatte auf der Holzterrasse ihres neuen Heims – einem Deck, dass ich für durchaus angemessen hielt, sie aber als unzulänglich befunden hatten. Na gut, ihr Geld. Damit würden sie jedoch ein anderes Unternehmen beauftragen müssen, denn ich hatte für diese Art von Arbeit keine Genehmigung. Vielleicht würde ich ihnen Nate schicken. Ich schuldete ihm ja schließlich was, weil ich seine Schwester genagelt hatte.

Tag lachte und ich war mir nicht sicher, ob das herablassend gemeint war oder nicht. Ich beschloss, es zu seinen Gunsten auszulegen. »Du kennst es vielleicht als Boccia«, erklärte er.

Na schön, wieso hatte er das nicht gleich gesagt? Ich begriff allerdings nicht, warum man eine »Bahn« brauchte, nur um Boccia zu spielen. Das wäre, als hätte man ein Areal des Gartens nur für das Sackloch-Spiel. Meinetwegen. Ich nahm einen großen Schluck von meinem Eistee und beobachtete, wie das Kondenswasser auf die Tischplatte tropfte.

»Ich werde das definitiv auf Ihre Recherche-Liste setzen. Und was halten Sie von den Abmessungen des Gartens?«

Wir besprachen weitere Einzelheiten, damit ich detailliertere Skizzen für unser nächstes Treffen anfertigen konnte. Tags Handy klingelte gegen Ende unserer Unterhaltung und er entschuldigte sich, während Tessa mich vor das Haus begleitete.

»Du kannst gerne in der Einfahrt parken, weißt du?«, sagte sie und deutete auf meinen Truck, den ich auf der Straße vor ihrem Anwesen geparkt hatte.

»Nein, Ma'am«, erwiderte ich. »So arbeite ich nicht. Ich halte Ihre Einfahrt gerne frei, so gut es geht.«

Anstatt mich wieder auf dem Arm zu tätscheln, legte sie diesmal ihre Hand darauf und ihre Augen sahen hoch zu meinen. »Tessa«, erinnerte sie mich mit sanfter Stimme und dann, kein Scheiß, fuhr sie sich mit der Zunge über die Unterlippe.

Verflixt und zugenäht.

»ACH, du steckst da also bis über beide Ohren drin bei denen!«, brüllte Jax und lachte weiter. Schließlich stützte er die Arme am Tisch ab und legte das Kinn an die Brust, ich vermutete, um nicht völlig auszuflippen.

Ich begriff nicht, was so verdammt witzig daran war. Natürlich kann ich nicht sagen, dass ich, wäre der Spieß umgedreht, nicht ähnlich reagiert hätte. Okay, ich wäre wahrscheinlich noch schlimmer gewesen.

Trotzdem würde das zu einem Problem werden, wenn ich es nicht im Keim erstickte. Und diese Situation war bei weitem zu delikat, um sie zu verbocken.

Jax musste den Grad meiner Beunruhigung wahrgenommen haben, denn er unterbrach meine Gedanken. »Entspann dich, das kommt vor. Wir werden einfach dafür sorgen, dass immer einer von der Mannschaft in der Nähe ist, wann immer du glaubst, dass du vielleicht mit ihr alleine sein musst – ein Klacks.« Er zeigte auf mich und fuhr fort: »Aber was auch immer du tust, benutze immer Textnachrichten und E-Mail zum Kommunizieren, wenn es nicht direkt ist. Du willst nicht, dass dich diese Frau anruft, um mit dir zu reden. Wenn sie anruft, dann lass sie auf die Mailbox gehen und simse zurück. Oder du vereinbarst ein Treffen, wenn du es nicht per Text erledigen kannst.«

Ich nickte mit dem Kopf. Nicht, dass ich noch nie von einer Klientin angebaggert worden wäre, aber die waren immer älter gewesen und es war ein Kinderspiel gewesen, sie abzuweisen, ohne jemandes Gefühle zu verletzen – oder das Projekt von jemandem. Aber bei Tessa McGuire hatte ich kein gutes Gefühl.

Jax nahm einen Schluck von seiner Limo, als die Kellnerin uns unsere Mittagessen hinstellte. Er zwinkerte ihr zu. »Danke, Schätzchen.« Sie errötete und tänzelte von unserem Tisch weg.

Ich warf ihm einen Blick zu. »Im Ernst?«

»Was denn?«, fragte er, ein Pommes frites hing ihm aus dem Mund.

Ich schüttelte nur meinen Kopf über ihn. »Nichts.«

Er streckte mir das Kinn entgegen. »Meine Mannschaft beendet gerade die herbstlichen Rasendüngungen, wir stehen also zur Verfügung, um dir bei allem zu helfen, was anfällt. Der erste Frost wird erst in zwei Monaten sein, du hast also noch Zeit, um die Sachen in den Boden zu kriegen.«

Wir machten weiter mit den Plänen für die zwei neuen Jobs und die Kellnerin tauchte noch mehrere Male an unserem Tisch auf. Entweder war sie im Wettbewerb für die aufmerksamste Kellnerin oder sie hatte sich mächtig in meinen Partner verknallt. Sie war wohl kaum älter als einundzwanzig und ich schätzte Jax auf irgendwo gegen Ende dreißig. Mir schenkte sie kaum einen zweiten Blick und ich versuchte, es nicht persönlich aufzufassen.

Wir verließen das Restaurant eine halbe Stunde später und, das musste man Jax zugutehalten, das Einzige, was er auf dem Tisch zurückließ, waren ein ordentliches Trinkgeld und die Rechnung, auf die sie ihre Nummer geschrieben hatte.

Ich rief Mark an, um zu sehen, ob er auf ein Bier ausgehen wollte. Ich dachte mir, dass es mir meinen Tag versüßen würde, wenn ich ihm ein wenig zusetzte und Schnepfen checken würde. Leider hatte Fiona einen Fernsehabend auf ihrer gemeinsamen Couch ausgerufen, daher wurde stattdessen meine Anwesenheit dort verlangt. Ich hatte ja nicht gerade hunderte Einladungen gekriegt, also machte ich mich nach dem Abendessen auf zu Mark.

Fiona öffnete die Tür in ihren üblichen himmelhohen Absätzen und schicken Klamotten.

»Du schaust fern«, sagte ich ihr. »Da kannst du doch wenigstens diese Schuhe loswerden.«

Sie streckte mir die Zunge entgegen und zog mich ins Haus hinein. »Ich kann es mir nicht leisten, kleiner als du zu sein. Bist du dir sicher, dass du nicht diese Krankheit hast, die Abraham Lincoln hatte? Du weißt schon, die die ihn so verrückt groß hat werden lassen.«

Ich stieß einen Lacher aus. »Ich bin mir ziemlich sicher, dass ich mit sechs Fuß und vier Zoll nicht krank bin.«

»Na gut, wenn du meinst.« Sie winkte mich mit der Hand fort. »Wenn du dich nicht den ganzen Abend ducken willst, dann lässt du mir meine Stöckel. Geh und such deinen Bruder.«

Und damit wurde ich entlassen.

Eine Stunde später zankten sich Fiona und Mark um die Fernbedienung und stritten sich darüber, welche Sendung sie als nächstes anschauen wollten. Bei meinem Versuch das Thema zu wechseln, schnitt ich die Geschichte über Jax und die minderjährige Kellnerin an.

»Das wundert mich nicht im Geringsten«, sagte Mark. »Ich wette, der Kerl kriegt Schnallen zum Saufüttern.« Ich dachte mir, dass er nicht unrecht hatte.

Fiona machte ein finsteres Gesicht. »Woher wisst ihr, dass sie nicht nur was Ordentliches von ihm kriegen wollte?«

Mark und ich sahen uns kurz an, doch dem war nicht zu helfen. Wir prusteten beide einen Lacher und von da an ging alles bergab, wie so oft.

»Was denn? Kellnerinnen tun das andauernd. Sie schmieren den Kunden Honig ums Maul, um mehr Kohle zu machen. Ihr glaubt doch nicht wirklich, dass alle Kellnerinnen das entzückend finden, oder?« Sie sah drein, als würde sie uns bemitleiden.

Zu diesem Zeitpunkt schlug Mark sich bereits aufs Knie und ich versuchte, die Tränen zurückzuhalten.

Jetzt sah Fiona uns verdutzt an. »Was ist denn so verdammt witzig, Arschlöcher?«

»Nichts, Shortcake«, prustete Mark hinaus. »Wir stimmen dir sogar vollkommen zu.«

Ich nickte nur mit dem Kopf und schaffte: »Jo. Was Großes.«

»Habt ihr eine erbliche Vorgeschichte von Geisteskrankheit in eurer Familie? Ich werde eure Mutter anrufen.« Fiona verpasste Mark einen Klaps an den Hinterkopf und sie und ihre High-Heels verließen den Raum.

Keiner von uns brachte es übers Herz, es Fiona zu sagen, wenn ihr Mund ihrem Gehirn im Wege stand. Die Frau hatte so schon einen unanständigen Spruch drauf, aber noch schlimmer war es, wenn ihre Absichten anständig waren.

»O Gott«, sagte Mark schließlich, als er sich ein wenig beruhigt hatte. »Ich schwöre, ich sollte die Frau einfach heiraten. Der Unterhaltungswert wiegt die Kosten einer Hochzeit auf.«

Ich nickte nur, wusste aber, dass er zwar einen Witz machte, sie aber tatsächlich sofort heiraten würde.

Er wandte sich zu mir. »Apropos Hochzeiten …«

Ich legte den Kopf in die Hände. Jetzt ging das wieder los.

»Du und Bailey, ihr seid wohl verlogene Nutten, was?«

Ich zeigte ihm den Stinkefinger. Er lachte nur.

»Ja, denke schon«, gab ich zu. »Aber sie will nichts mit mir zu tun haben.«

»Ach, armer Jake. Nicht gewohnt, das Wort ›Nein‹ zu hören, was? Hört sich an, als hättest du keinen Eindruck gemacht.«

Ich hob den Kopf und starrte ihn zornig an.

Fiona kam wieder ins Zimmer, das Handy in der Hand. »Also Kelly hat bestätigt, dass ihr keine Geisteskranken in der Familie habt, Idioten aber schon.« Sie setzte sich wieder auf die Couch und nahm sich ihr Weinglas vom Couchtisch.

Mark zog sie mit einem Arm an sich und platzierte einen Kuss auf ihr Haupt. »Wir haben uns gerade darüber unterhalten, dass Jake zum ersten Mal von einer Frau gesagt worden ist, er solle abdampfen.«

»Wirklich?« Ich warf ihm den Blick eines verratenen Mannes zu. Warum noch mal hatte ich mich mit meinem Bruder wieder anfreunden wollen?

Fiona wedelte mit der Hand. »Ach, ich weiß schon alles, was es darüber zu wissen gibt. Aus irgendeinem Grund vertraut Bailey mir genauso wie du. Ich habe keine Ahnung wieso.«

Das erweckte meine Neugierde. »So?«

»Ja – muss die Idiotie sein«, neckte sie mich.

Sie legte einen Finger an einen Mundwinkel, als würde sie darüber nachdenken. »Ich möchte dich eines fragen. Willst du richtig mit ihr zusammen sein oder möchtest du nur flachgelegt werden?«

Das war vermutlich eine berechtigte Frage. »Ich dachte, dass ich mit ihr zusammen sein wollte, aber sie will definitiv nicht mit mir zusammen sein. Nicht, dass ich es ablehnen würde, flachgelegt zu werden«, versuchte ich es auf die scherzende Art, doch Fiona starrte mich böse an.

»Ich werde nur so viel sagen: dass nichts so ist, wie es scheint.«

»Seid gedankt, Weise.« Was sollte ich damit anfangen? Das bestätigte nur, was ich bereits wusste – dass Frauen scheiß verwirrend sind.

»Aber wenn du nur auf ‘ne geile Schnitte aus bist, geh woanders hin.«

Manchmal kommt es ohne Hochmut zum Fall

BAILEY

Ich verbrachte den Tag nach dem Treffen mit Anton bzw. dem Debakel mit der betrunkenen SMS damit, Mark aus dem Weg zu gehen und gleichzeitig eine Handy-App im Internet zu suchen, die einen Alkoholtest von mir verlangen würde, ehe ich telefonieren oder jemanden eine SMS schicken durfte.

Ich war fest entschlossen, alle Gedanken an Anton Beschissener Germaine aus meinem Gehirn zu verbannen, und das gelang am besten bei einem Morgenlauf. Es gab einen Grund, weshalb ich morgens gern joggte – dadurch bekam ich immer einen klaren Kopf. Und wenn es half, dieses Arschloch aus meinem Hirn zu kriegen, umso besser.

Bis zu der Schwanzlutscher-Sichtung in der Galerie neulich war ich der Meinung gewesen, es wäre mir hervorragend gelungen, mein Gehirn von dem Gedanken zu reinigen, dass er existierte. Nach meiner Reaktion und den Folgen zu urteilen war ich jedoch nicht so erfolgreich gewesen, wie ich gedacht hatte. Wie konnte es sein, dass er immer noch diese Wirkung auf mich hatte?

Ich wollte auf etwas eindreschen, etwas werfen, jemanden erdolchen. Okay, also das war vielleicht ein bisschen zu viel – außer natürlich, ich konnte Anton erdolchen. Das würde mich vielleicht ganz gut befriedigen.

Meine Tritte trafen schwer und in perfektem Rhythmus auf dem Fußweg auf, meine Arme tanzten dazu mit athletischer Präzision. Jedes Einatmen frischer Luft war ein neuer Gedanke, jedes Ausatmen ein alter, der meinen Körper verließ. Ein, aus, ein, aus, ein – »Ach, Scheiße!« Der Kraftausdruck schoss zusammen mit dem letzten Ausatmen aus meinem Mund. Meine Glieder hatten ihren perfekten Rhythmus verloren, als ich nach vorne in den Matsch einschlug.

Na prima. Konnte es noch schlimmer kommen?

Ein Ratschlag: Niemals diese Frage stellen.

»Ich glaube, diese Baumwurzel hatte es auf dich abgesehen.«

Auch ohne aufzusehen wusste ich, wem diese Stimme gehörte.

Ich weiß du weiß du bis mega sexy – Oje!

Ich zog es vor, mir ein nettes kleines Bett aus dem frisch gefallenen Laub zu machen, das zweifelsohne die Wurzel des Anstoßes verdeckt hatte. Ich schloss die Augen und ließ meinen Kopf zu Boden sinken.

»Ach, komm schon. So schlimm kann es nicht sein. Aber ich muss schon sagen, dass ich es langsam seltsam finde, dass du dich jedes Mal, wenn ich dich sehe, in der Horizontalen befindest.«

Er musste mitbekommen haben, wie sich das anhörte, denn er hängte rasch an: »Oh, tut mir leid.« Er hörte sich aber nicht so an, als täte es ihm leid.

Ich seufzte. Es schien, als würde er mich nicht dort liegen

und in Frieden sterben lassen. »Ist schon gut. Hilfst du mir auf?« Ich öffnete endlich die Augen und sah auf.

Jake war gegen den wolkenlosen Himmel nur in Silhouette zu erkennen, doch die Kanten seines Gesichtes und die makellose Ausformung seiner Statur waren nicht zu verkennen. Er streckte eine Hand aus, ich nahm sie und ließ mich von ihm hochziehen. Ein bisschen krampfte mein Magen.

»Was verletzt?«

Ich wartete kurz, um mich zu orientieren, dann bürstete ich mir die Knie ab und fuhr mir mit den Händen über die Haare, einige Blätter befreiend, die sich in den Strähnen verfangen hatten.

»Nur mein Stolz, danke«, murmelte ich und sah ihn mir endlich genau an, jetzt, wo er nicht den hellen Himmel hinter sich hatte.

Jawohl, genau wie ich es vermutet hatte. Männliche Vollkommenheit. Okay, also das ging vielleicht zu weit. Ich bin mir sicher, dass er nicht jederfraus Kragenweite auf dieser Welt ist, aber er traf bei mir genau den Punkt. Jawohl, mein Herr.

Sein Shirt hatte ein dunkles V vom Schweiß und auf der olivfarbenen Haut seiner Stirn hatten sich vereinzelte Schweißperlen gebildet. Er war sichtlich wie ich bei der morgendlichen Joggingrunde gewesen. Der einzige Unterschied war, dass es ihm bei seiner gelungen war, aufrecht zu bleiben.

»Ich wusste gar nicht, dass du hier joggst?«, versuchte ich mein Unbehagen zu verbergen.

»Das ist mein erster Tag, um genau zu sein«, erwiderte er und sah sich die üppigen Rasenflächen und Bäume ringsum an. »Ich laufe normalerweise im Wohnviertel meiner Mom, aber ich will mir vielleicht hier um die Ecke eine Wohnung mieten, also habe ich mir gedacht, ich sehe mir heute Morgen mal den Park an.«

O Gott. *Ich* wohnte in einer Wohnung hier um die Ecke. Das hier war *mein* Park. Das Universum sollte sich also eine verdammt gute Erklärung dafür einfallen lassen. War es falsch, sich eine Heuschreckenplage in seine Wohnung zu wünschen? *Nein, also echt, war das falsch?*

Er musste meinen erschrockenen Gesichtsausdruck gesehen haben. »Bailey, he, geht es dir gut?«

Ich öffnete den Mund, um es ihm zu versichern oder mich für die SMS zu entschuldigen, oder vielleicht um ihn anzuschreien – ich weiß es nicht. Und dann geschah stattdessen etwas völlig Unerwartetes, durch und durch Peinliches und absolut Abstoßendes.

Ich übergab mich auf Jakes Laufschuhe.

»OKAY, DAS SOLLTE REICHEN«, sagte Jake, als er die leere Wasserflasche in den Recyclingcontainer warf.

»Ich fasse es nicht, dass ich dich angekotzt habe«, sagte ich wahrscheinlich zum zehnten Mal.

Er schmunzelte nur. Warum musste er in dieser Sache so nett sein? Er hatte sich soeben mein Frühstück von den Schuhen gespült und lachte darüber? Wenn Dante einen zehnten Höllenkreis hätte, würde er bestimmt irgendeine fürchterliche Kombination aus meiner Blamage und den wiedergekauten Fruit Loops (*ja, ich esse Kinderzerealien – Scheiß drauf*) beinhalten.

»Eure Ungläubigkeit wurde zur Kenntnis genommen.« Er kam auf meinen Sitzplatz auf der Heckklappe seines auf dem Parkplatz geparkten Trucks zu. Ich konnte ihm nicht in die Augen sehen, aber ich spürte, dass er mich beobachtete, ehe ich spürte, wie sein Finger mir eine verirrte Strähne meiner Haare hinters Ohr klemmte.

In meinem Bauch tummelten sich Schmetterlinge und Hitze, und ich betete, dass ich nicht wieder hochwürgen würde. Ich hielt die Wasserflasche, aus der ich getrunken hatte, fest umklammert und befahl meinem Herzschlag, sich gefälligst ordentlich einzubremsen.

»Geht's dir gut?«, fragte Jake leise und seine Hand hielt jetzt seitlich meinen Hals. Er hockte sich hin und ich hatte keine andere Wahl, als ihm in die Augen zu sehen. Sie waren warme haselnussbraune Quellen der Besorgnis.

Ich nickte nur, denn ich hatte Angst, ich würde quietschen bei dem Versuch, auch nur ein einziges Wort zu sprechen.

»Lass mich dich nach Hause fahren. Ich möchte nicht, dass dir wieder schlecht wird.« Er ließ meinen Hals los und packte dafür meine Hand, um mir auf die Straße hinunterzuhelfen.

Ich würde ihm gestatten müssen, mich nach Hause zu fahren. Ich wollte nicht riskieren, noch einmal kotzen zu müssen, bevor ich mich in Reichweite eines Badezimmers befand – das Gott als den Ort bestimmt hatte, wo alle verrückten Frauen kotzen.

Entweder hatte ich am Vorabend eine schlechte Partie Chalupas gegessen, oder ich ließ mich vom Stress wegen meiner Blamage und der Rückkehr aller von Anton befeuerten Emotionen derart in Sorge versetzen, dass ich mich selbst krank machte. Ich konnte das jetzt zu der Liste mit den Gründen hinzufügen, weshalb ich Anton hasste. Es würde wahrscheinlich irgendwo zwischen dem, dass er mich rohe Austern hatte probieren lassen, und der Tatsache, dass er mir das Herz gebrochen hatte, landen.

Jake öffnete die Beifahrertür und half mir hoch, dann ging er hinüber zu Fahrerseite. »Welche Richtung?«

Ich zeigte nach links und hoffte, er würde sagen, dass sein mögliches neues Zuhause in der anderen Richtung von Lawndale lag, doch er sagte nichts. Der Truck bog auf die Straße ein.

»Meine Abzweigung kommt jetzt gleich auf der linken Seite«, wies ich ihn an und leitete ihn dann weiter zu meiner Wohnung.

Ich liebte meine Wohnung. Sie lag eingebettet in einer Nachbarschaft aus größeren Häusern mit massenweise altem Baumbestand, der Schutz für die Privatsphäre bot. Meine Einheit hatte drei Schlafzimmer, zwei Bäder und eine Tür zu einer kleinen Terrasse. Sie bot bei Weitem mehr Platz als eine Person brauchte, aber ich hatte sie für einen Spottpreis bekommen, als der Immobilienmarkt im Keller war. Eine der Lieblingslektionen meines Vaters handelte vom Wert des Dollars und wie man ihn weise verwendete. »Wie es bei uns Iren heißt: Ein Narr und sein Geld sind bald geschieden. Sei kein Narr, Bailey.« Ich nahm seinen Rat ernst und machte ein gutes Geschäft.

Ich besaß eine Hälfte eines Zweifamilien-Ziegelhauses und meine Nachbarn waren dieses nette koreanische Paar, denen meine Musik und das manchmal seltsam ungeregelte Leben, das ich führte, nichts auszumachen schienen. Zweifelsohne bemitleideten sie die alleinstehende alte Jungfer, die neben ihnen wohnte, denn oft, wenn ich nach Hause kam, stand ein Behältnis mit selbstgemachtem Abendessen in meinem Vorbau.

Immer, wenn ich den Behälter zurückbrachte, unterhielt ich mich mit Mrs. Kwon – für gewöhnlich über ihre Tochter, Soo-Jin, die in DC wohnte und darauf bestand, »Susan« gerufen zu werden, sehr zum Missfallen ihrer Mutter. Ich hielt mich im Allgemeinen heraus, indem ich mit dem Kopf nickte und leise Geräusche der Zustimmung von mir gab. Doch manchmal reizt es mich, Dinge zu sagen wie: »Diese blöde Kuh!«, nur um zu sehen, wie Mrs. Kwon reagieren würde. Allerdings befürchtete ich, auf meine Gratisessen verzichten zu müssen, wenn ich meine Affektkontrolle auf diese Art und Weise aufgab. Und Mrs. Kwons Kimchi war einfach zu gut, als dass man wegen Herumalberns darauf verzichten sollte.

Jake bog in meine Einfahrt ein und stieg aus, um mich zur Tür zu begleiten. Mist. Ich öffnete die Garage mit meinem Code und ging weiter zur inneren Tür. Ich hielt nicht in der Küche und ich schaute mich nicht um, ob Jake mir herein gefolgt war. Ich hatte nur eines im Sinn und das war, so rasch wie menschenmöglich eine Zahnbürste zu finden. Auf keinen Fall würde ich mich auch nur eine Minute länger bei diesem Mann aufhalten, solange ich noch Erbrochenes im Atem hatte.

Als ich im Badezimmer fertig war, kam ich wieder heraus und entdeckte Jake, wie er sich die Gemälde ansah, die ich an meine Wohnzimmerwand gehängt hatte. Am Rücken war sein T-Shirt in der Mitte dunkel vom Schweiß. Ich wollte unter den Saum greifen und ihm das Shirt komplett ausziehen.

Ich musste an Fionas erschreckend zutreffende Analyse meines Verhaltens denken und wurde in einen innerlichen Konflikt versetzt. Wieso ließ ich mich von meinen Unsicherheiten leiten? Warum die Antons dieser Welt gewinnen lassen? Und außerdem war es Jake und mir klar, dass ich ihn wollte. Doch dann fiel mir ein, dass Männer wie Jake dafür geschaffen waren, Herzen wie meines zu brechen.

Jake musste meine Anwesenheit wahrgenommen haben, denn er drehte sich um und redete mich an: »Die sind schön. Hast du die gemalt?«

»Äh, ja.«, gestand ich und führte meine Hände an meinem Rücken zusammen, um sie zu beschäftigen.

Er ging zur anderen Wand weiter. Okay, ja, meine Wohnung ist komplett mit meinen eigenen Arbeiten verhangen. Früher einmal war ich sogar so selbstbewusst gewesen, in die Öffentlichkeit zu treten.

»Wow«, sagte er. »Ich bin sehr beeindruckt.«

Ich stieß einen freudlosen Lacher aus. »Na, da wärst du aber der einzige.«

Aus Verwirrung legte er seine Stirn in Falten. »Was meinst du damit?« Er zeigte auf ein bestimmtes Ölgemälde eines Straßenjungens, der sich Geld in den Schuh steckte. Ich nannte es gerne *Auf eigenen Beinen stehen*. »Das ist unglaublich.«

Ich spürte, wie ich rot wurde, wie das in der Nähe dieses Mannes so gern geschah.

»Mark hat gesagt, du wärst eine Künstlerin, aber ich habe

einfach angenommen, dass er die Designarbeiten meinte, die du für deine Firma machst.«

Darüber musste ich lachen. »Die erfordern nicht besonders viel Kunstfertigkeit, das kann ich dir sagen.« Ich ging an ihm vorbei, um mir Wasser aus der Küche zu holen. »Was zu trinken?«, fragte ich.

»Gerne. Wasser, wenn du nichts dagegen hast.«

Ich holte uns beiden eine Flasche aus dem Kühlschrank und hoffte, dass die meine die Farbe meiner Wangen abschwächen würde. Ich drehte mich um, und da war er und stand viel zu nahe. Was sollte das? Ist er ein verdammter Panter? Ich reichte ihm seine Flasche und unsere Finger streiften sich. Die Spannung zwischen uns ließ mich erschaudern, was ich zu unterdrücken suchte.

»Also was soll das? Warum arbeitest du für eine Baufirma, wo du doch das da machen könntest?«, fragte er und deutete ins Wohnzimmer mit den dort ausgehängten Gemälden.

Ich biss mir auf die Lippe. Das war viel zu schwierig zu erklären und ich wusste nicht mal, ob ich es überhaupt versuchen wollte. »Das ist kompliziert«, ist das, wofür ich mich schließlich entschied.

Er nickte und sagte dann: »Ach, die Familie.«

»Die ist definitiv teilverantwortlich.« Ich hob die Flasche an den Mund, als er das Gleiche tat. Ich beobachtete seinen Hals beim Schlucken, und meine Knie sendeten ein SOS-Signal an den Rest meines Körpers. *Wir sinken!*

Jake trank seine ganze Flasche auf einmal aus. »Sind diese ›komplizierten‹ Dinge mit ein Grund, wieso du nicht mit mir ausgehen willst?«

Er musste es tatsächlich versuchen, nicht wahr? Ich hatte anscheinend nie Glück.

Ich erwiderte mit einem Stottern. »D-D-Das ist nicht leicht zu erklären.«

Er beobachtete mich, nickte dann und setzte eine wissende

Miene auf. »Frage.« Er trat einen Schritt auf mich zu. »Fühlst du dich zu mir hingezogen?«

Ha! Als ob mein geiler Text und mein Besteigen auf der Hochzeit nicht deutlich genug gewesen wären! Und dazu der Hang, den meine Haut hatte, einen Granatapfel zu imitieren, und schon konnte ich eine Reklametafel mieten – *nimm mich jetzt, Jake Beckett, du sexy Biest!*

Ich hatte das Gefühl, mein ganzer Körper würde gleich in Flammen aufgehen. »Äh«, war alles, was ich herausbrachte.

»Ich werde das als Ja werten.« Seine Lippen verzogen sich zu einem großspurigen schiefen Grinsen.

Arsch.

Korrektur: Geiler Arsch.

»Ich muss es dir sagen, Irin. Du schaffst es immer wieder, einem Kerl widersprüchliche Signale zu senden.«

Als ob er mir das sagen müsste.

Mark näherte sich mit einer Geschwindigkeit, die mich komplett nervös machte. Was tat ich bloß? Ich hatte soeben einen Fremden körperlich angegriffen und ihm meine Zunge in den Rachen gesteckt!

Aber, Mann, konnte der küssen!

Ich hatte keine Zeit nachzudenken. Ich packte Jake am Ärmel und zog ihn in Richtung des Hotelflures.

All die Male, die ich mit meinen Stöckeln geübt hatte, hatte ich nie versucht, damit zu laufen und ganz gewiss hatte ich es nicht versucht, während ich einen anderen Menschen hinter mir herzog. Ich wackelte ein paarmal, aber es gelang mir schließlich, Jake in einen Alkoven in einer abgesperrten Zone der Bar zu zerren. Wir atmeten beide schwer nach der körperlichen Anstrengung, nicht wegen unserer Flucht, sondern aufgrund unserer saugeilen Fummelei im Empfangssaal. Ich konnte nicht mal daran denken, dass meine Eltern mich vielleicht gesehen hatten. Mein Busen wogte praktisch und ich machte mir Sorgen, er könnte spontan aus meinem trägerlosen Kleid hüpfen.

Ich hörte rasche Schritte und den Klang von Marks Stimme, der etwas murmelte. In unserem gegenwärtigen Versteck konnte er uns keinesfalls sehen, doch Jake drückte mich trotzdem fester an die Wand. Und das machte mir nicht das Geringste aus. Sogar voll bekleidet stellte sein Körper Dinge mit mir an, von denen ich nicht einmal wusste, dass sie möglich waren. Und seine beträchtliche Erektion an meinem Schenkel zu spüren, machte Matsche aus meinem Hirn.

Warum sollte ich das nicht bekommen? Was war so falsch daran, diese Situation zu nutzen, wenn ein supergeiler Typ mich mit einem supergeilen Girl verwechselt und mich ficken wollte? Ich nahm an, dass das hinreißenden Frauen andauernd passierte – nur mir passierte es nie. Ich konnte doch auch diese Frau für eine Nacht sein, richtig? Und ich musste ja mein nervtötendes Herz nicht zu der Party einladen.

»Wenn wir kein Zimmer finden, dann werde ich dir gleich hier das Kleid runterreißen«, brummte Jake mir ins Ohr, sodass alles südlich der Grenze sich fest zusammenzog. Er biss mich zart ins Ohrläppchen und ich wimmerte.

All meinen Mut zusammennehmend, verkündete ich: »Ich habe ein Zimmer oben und *ich* werde diejenige sein, die *dir* die Kleidung vom Körper reißen wird, Jake Beckett.« O mein Gott! Ich hatte das tatsächlich gesagt!

Er ächzte und presste sich noch näher an mich, während eine Hand mich am Hintern packte und die andere mich am Nacken hielt, als er mir einen versengenden Kuss gab. Ich war versunken in das Spiel unserer sich umschlingenden Zungen und Arme, bis er sich schließlich ein Stück zurückzog. »Ich glaube, Mark ist weg. Hast du deine Schlüsselkarte?«

Abermals dankte ich Fiona im Stillen dafür, dass sie mir

gezeigt hatte, wie praktisch Selbsthalterstrümpfe als Stauraum für allerlei Dinge einschließlich Zimmerschlüssel sein konnten. Ich griff nach unten und hob dreist den Saum meines Kleides, das Spitzenbündchen des Strumpfes und seinen Inhalt freilegend.

»Clever«, war alles, was Jake sagte, bevor er mit der Hand mein seidenumhülltes Bein hochfuhr, um sich die Karte zu holen. Auf ihrem Rückweg tanzten seine Finger einen Pfad entlang zu meinem Innenschenkel. Vielleicht habe ich ja gestöhnt.

Zu diesem Zeitpunkt war die Wand zu achtzig Prozent dafür verantwortlich, mich aufrecht zu halten. Aber ich ging auf vollen Einsatz und ich musste daran denken, wer ich an diesem Abend war – stark, selbstbewusst, sexy. Ich nahm Jakes Hand und zwinkerte ihm zu. »Folge mir.«

Wir begaben uns als Einheit zu den Liften und als wir uns drinnen befanden und die Taste für meine Etage gewählt war, fand ich mich wieder an die Wand gepresst. Das tat er gerne, nicht wahr? Ich fand, dass es an der Zeit war, die Rollen zu tauschen, also schob ich ihn durch den Raum und nagelte ihn an die andere Seite des Aufzugs. Ich stellte mich mit den Schenkeln zwischen seine Beine. Dafür erntete ich ein schelmisches Grinsen.

»Das hast du also vor, Irin, hm?«

Ich antwortete nicht. Ich strich ihm nur mit den Fingernägeln vorne über sein Hemd hinunter, bis meine Hände an seinem Gürtel zu ruhen kamen. Ich konnte spüren, wie sein Schwanz in seiner Hose zuckte, und ich genoss die Macht, die ich über ihn hatte. Es war ein berauschendes Gefühl.

Der Aufzug läutete und er hatte wieder die Kontrolle. Er drehte mich und legte seinen Arm von hinten um mich, setzte seine Lippen auf meinen Hals und marschierte uns den Flur entlang. Meine Augen wollten sich schließen, so herrlich war der Angriff auf meine Haut. Beinahe gingen wir an meinem

Zimmer vorbei, doch ich bekam die Zimmernummern durch die Augenschlitze mit und stoppte unsere Vorwärtsbewegung. Rasch hatte Jake das Türschloss offen und dann waren wir allein. Allein in einem Hotelzimmer, während der Rest unserer Familien nur einige Etagen unter uns feierte, trank und tanzte.

Ich hatte mich gebettet und konnte es verdammt noch mal nicht erwarten, darin zu liegen.

Sex und Verschwörungen

JAKE

IHRE PUPILLEN WAREN BEINAHE VOLLKOMMEN ERWEITERT, DABEI hatte ich sie noch gar nicht berührt. Sie konnte ihre Gefühle ungemein schlecht verbergen, und es bedurfte keiner Worte, um ihre Antwort auf meine Frage zu verstehen. Mann, ja, sie stand auf mich.

Und trotz der Tatsache, dass sie verschwitzt und schmutzig war und ziemlich verwüstet aussah und sich gerade über mich ergeben hatte, spürte ich bis auf die Knochen, wie sehr ich mich zu ihr hingezogen fühlte – wobei ein ‚Knochen' im Besonderen mich seine Gefühle bei dem Thema laut und deutlich spüren ließ. Ich wollte den Kopf schütteln oder loslachen, so grotesk war die Situation.

Also tat ich, was jeder vernünftige Mensch mit einem Penis in diesem Moment tun würde. »Dusche?«, fragte ich.

Ihr Kopf zuckte kurz, als hätte ich sie bei ihren Gedanken gestört und wieder in ihre Küche zurückgeholt. »Was?«, flüsterte sie.

Ich setzte ein selbstsicheres Grinsen auf, mit dem ich meistens bekam, was ich wollte. »Möchtest du eine Dusche nehmen?«

»G-G-Gemeinsam?«, fragte sie, als hätte ich gerade vorgeschlagen, wir sollten einen Wurf Welpen töten.

Ich legte den Kopf schief. »Was ist denn so schlecht an der Idee?« Ich fuhr mit einem Finger ihren Arm hinab.

Das schien wie eine Art Auslöser zu wirken, denn sie machte hastige Schritte rückwärts, wobei sie sich den Kopf am Kühlschrank stieß. Himmel, ich hoffte, dass sie gut versichert war, so wie es ihr immer wieder gelang, sich an allen Ecken und Enden zu verletzen.

»Autsch.« Sie hielt sich den Hinterkopf und zog sich ins Wohnzimmer zurück.

Ich folgte, denn ich wollte sie da nicht so einfach rauslassen. Ich verstand diese Frau nicht. Sie war so unbeständig.

Ich wusste, dass Fiona gesagt hatte, ich solle ihr nicht nachlaufen, wenn ich nur Sex wollte, aber als Bailey mich mit den Augen auszog – also ich bin auch nur ein Mensch. Und außerdem hatte sie mir einen Korb gegeben, als ich sie zu einer normalen Verabredung eingeladen hatte. Vermutlich konnte es nicht schaden, es noch einmal zu probieren.

»Okay, vergiss die Dusche.«

Sie machte ein Geräusch, dass ich nicht deschiffrieren konnte, und kehrte mir weiterhin den Rücken zu.

»Lass mich dich heute Abend zum Essen ausführen.«

Da drehte sie sich um und weil ich mir sicher war, dass sie bei der Vorstellung zurückschrecken würde, kam ich ihr zuvor, ehe sie den Mund öffnen konnte.

»Das bist du mir schuldig, weil du mich angekotzt hast.« Jawohl, soweit ging ich. Es war ziemlich geschmacklos, aber ich wollte, dass sie erkennt, dass wir diese Sache zwischen uns gemeinsam erforschen sollten.

Sie öffnete und schloss den Mund ein paar Mal, während sie zu einer Entscheidung zu kommen schien. »Also gut.«

Ich lächelte.

Sie streckte eine Hand aus, um mich davon abzuhalten, näher zu kommen. »Und in keinem Nobellokal. Und ich werde dich dort treffen.«

Na, das nervte ja. Ich hatte irgendwie auf eine Wiederholung der High-Heels und der Strümpfe gehofft. Ganz abgesehen davon, dass die Chance auf jegliche Form der Intimität dadurch ausgeschlossen wurde, wenn ich sie beim Restaurant traf. Aber in der Not frisst der Teufel Fliegen. Und ich hatte meine Kapazitäten, was diese Frau betraf, bereits ausgeschöpft. Was schadete es also?

»Abgemacht, Wie wär's bei Freeman's um 19:30 Uhr?«

Sie nickte. »Gut.«

Wieso hatte ich das Gefühl, dass sie sich darauf ungefähr so sehr wie auf eine Enthauptung freute?

ICH WARTETE DRAUSSEN vor dem kleinen Restaurant auf Baileys Ankunft. Ich konnte mich nicht daran erinnern, jemals so nervös gewesen zu sein bei einem Date – was eine besondere Ironie war, denn ich hatte bereits Sex mit ihr gehabt. Alles an der Sache war verkehrt.

»Hi, Jake.«

Ich war dermaßen in meinen Gedanken versunken gewesen, dass ich übersehen hatte, dass sie auf mich zugegangen war. Ich registrierte ihre makellose Haut, die hinreißenden blauen Augen und das zaghafte Lächeln, bevor ich den Rest von ihr einmal kurz überprüfte. Sie trug eine hautenge Jeans, ein enganliegendes grünes T-Shirt und Tennisschuhe. Nach meiner Überprüfung schaute sie verlegen an sich hinab, als würde sie ihre Kleiderwahl bereuen.

Um ehrlich zu sein, spielte es keine Rolle, was sie anhatte; sie sah umwerfend aus. Langsam begriff ich, dass sie saloppe Kleidung bevorzugte, aber das störte mich nicht. Ich selbst hatte mich für ein Button-Down mit aufgerollten Ärmeln und einer Jeans entschieden.

Ich grinste sie an. »Nettes Shirt, Irin.«

Sie sah von ihrem grünen Top zu mir und rümpfte die Nase. »Ich versichere dir, das war keine Absicht. Es war das einzige saubere Shirt, das ich finden konnte.«

Ich lachte darüber. »Also mir sagt es zu. Bereit?« Ich deutete auf die Tür und sie nickte.

Ich öffnete die Eingangstür vom Freeman's und legte meine Hand auf ihr Kreuz, um sie hineinzuführen. Ich könnte schwören, dass ich sie zittern spürte. Ich wertete das als gutes Zeichen.

Als wir unsere Sitzplätze eingenommen und unsere Getränke bekommen hatten, bot ich einen Trinkspruch an. »Auf erste Dates.« Ich hob mein Glas.

Sie versuchte, eine Flunsch zu ziehen, doch es entstand ein schüchternes zartes Lächeln und sie stieß ihr Glas an meines. Ich zwinkerte ihr zu.

»In Ordnung«, sagte sie und schüttelte den Kopf. »Tut mir leid, dass ich dir das so schwierig gemacht habe. Ich muss aber sagen, dass ich überrascht bin, dass du so lange durchgehalten hast.«

»Was soll ich sagen? Ich bin hartnäckig.« Ich nahm einen Schluck von meinem Bier.

»So kann man es auch sehen.« Ihr Mundwinkel ging hoch, was mich wieder zum Lachen brachte. Sie war verdammt süß.

Der Kellner kam, um unsere Bestellung für das Abendessen aufzunehmen. Ich hatte mir die Karte nicht einmal flüchtig angesehen, daher bat ich ihn, etwas zu empfehlen.

»Ich würde sagen, das war tapfer von dir, aber alles hier ist köstlich«, sagte sie und nahm einen Schluck von ihrem Getränk.

»Bin ich froh, dass ich ein Lokal gewählt habe, dass dir zusagt.« Ich verneigte mich pro forma mit dem Kopf.

»Das ist eigentlich der einzige Grund, wieso ich zugestimmt habe, mit dir auszugehen.« Sie versuchte, ihr Grinsen zu verbergen, es gelang ihr aber nur mangelhaft.

Ich zeigte auf sie. »Ha! Total unwahr. Du hast zugesagt, bevor du wusstest, wohin wir gehen würden.«

»Touché.« Sie klemmte sich die Haare hinters Ohr. Ich konnte erkennen, dass sie nur knapp vermieden hatte, die Augen zu verdrehen. Sie wechselte stattdessen das Thema.

»Also hat den Klienten dein Design gefallen?«

Für einen Augenblick ließ mich das in Gedanken zurückkehren zu der verdammt heiklen Situation mit den McGuries, aber mir wurde dann klar, dass sie wegen der Vaughns fragte.

»Ach ja, das hat es! Wir haben natürlich ein paar Anpassungen vorgenommen, aber sie haben sich dafür entschieden.«

»Das ist toll. Es muss sich großartig anfühlen, wenn sie deine Ideen mögen.« Sie lächelte.

»Definitiv.«

Dann erzählte ich ihr von den McGuires und deren Boule-Bahn. Den Teil mit Tessa und der Einfahrt ließ ich aus.

Bailey lachte, womit ich gerechnet hatte. »O Gott, das ist so lächerlich. Du solltest ihnen vorschlagen, noch ein Putting-Green und einen Cricket-Platz hinzuzufügen, damit sie den Protz abrunden und wirklich international aussehen lassen können.«

»Hervorragender Vorschlag«, sagte ich nickend. »Aber du hast doch die ganze Zeit mit Angebern zu tun in der Kunstszene, stimmt's? Ich meine, vielleicht ist es ein Klischee, aber …« Ich verstummte.

Sie sah kurz deprimiert drein und ich bedauerte, es angesprochen zu haben. Doch dann wurde ihr Gesichtsausdruck neutral und sie antwortete schließlich: »Ja, vermutlich. Damals, als ich versucht habe, in die Szene hineinzukommen, war da definitiv was davon zu spüren.« Dann gab sie ein kurzes freudloses Lachen von sich.

Oje. Ich hatte schwieriges Terrain betreten.

»Was ist passiert?«, wagte ich mich vor.

Ihr Blick war auf den Tisch hinab gerichtet, aber sie hob ihn schließlich, um mich anzusehen. Sie erkundete mein Gesicht, als würde sie herausfinden wollen, ob sie mir trauen konnte oder nicht. Dann sprach sie wieder. »Wollen wir mal sagen, ich habe mein Vertrauen in die falschen Hände gelegt und meine Naivität die Oberhand gewinnen lassen.«

Ich hatte plötzlich das Bedürfnis, jemanden ins Gesicht zu schlagen. Ich brauchte nur einen Namen. Aber der Kellner wählte diesen Augenblick, um mit unseren Speisen zu erscheinen, und die Spannung des Gesprächs war gebrochen.

Bailey lächelte ihn an und holte tief Luft. Das war mein Zeichen, dass das Thema beendet war.

»Danke. Das sieht fantastisch aus«, sagte sie zu ihm.

DER REST des Dinners verlief besser als ich es mir je erhofft oder erwartet hatte. Bailey zeigte mir ihren klugen Verstand und ihren trockenen Humor, aber sie ließ auch etwas von ihrer sanfteren Seite zum Vorschein kommen – obwohl das wohl eher ungewollt war.

Ich teilte ein paar Geschichten über Mark mit ihr und sie lachte ganz böse darüber. Damit hatte ich mir möglicherweise auch, fürchtete ich, eine Tracht Prügel von meinem Bruder verdient, sollte Bailey jemals auf die Idee kommen, ihm zu erzählen, was ich gesagt hatte.

Bailey teilte ihrerseits Geschichten aus der Arbeit und ein

paar lustige Episoden aus ihrer Familie – insbesondere jene mit ihrem Vater und seiner Vorliebe für irische Dinge.

Wir standen bei ihrem Auto, als sie eine besonders witzige Anekdote über die Verschwörungstheorie ihres Vaters und Notre-Dame-Fußball erzählte.

»Das ist etwas, das ich nie begriffen habe«, sagte ich zu ihr.

»Was? Soll das heißen, dass du kein Verschwörungstheoretiker bist?« Sie grinste.

»Nein. Was ich nicht kapiere, ist, wieso Notre Dame die ›Fighting Irish‹ sind, wo doch der Name der Schule französisch ist.«

Sie legte mir die Hand über den Mund, als wollte sie mich wegen besagter Verschwörer, die sich um das Freeman's versteckten, zum Schweigen bringen. Sie sah sich sogar verstohlen um. »Lass dich bloß nie von meinem Vater erwischen, wenn du das aussprichst. Wenn er sagt, dass etwas irisch ist, dann ist es irisch. Ende der Diskussion«, erklärte sie mit Betonung, ehe sie die Hand von meinem Gesicht nahm. »Und außerdem geht es nur um uns Katholiken – du weißt schon, die unterdrückten Iren.«

Ich musste lachen. »Also im Prinzip behauptest du, dass mein kleiner Spitzname für dich Schicksal war.«

»Nein. Ich behaupte, dass mein Dad verrückt ist. Pass gefälligst auf.«

Ich wurde von ihrer Frechheit wirklich angetörnt, und ich war mehr als enttäuscht, dass ich die Nacht hier bei ihrem Auto enden lassen musste.

»Na ja, unlängst hat man mir gesagt, dass die Blödheit in der Familie liegt. Hört sich so an, als würde der Wahnsinn in deiner kursieren. Sollte ich Angst bekommen?«

Sie starrte mich pro forma böse an und schnaufte abschätzig.

Ich konnte nicht anders. Ich griff nach ihrem Arm und zog sie an mich. »Wenn du nicht damit aufhörst, frech zu mir zu sein, dann bin ich nicht verantwortlich für das, was ich dann mit dir anstellen werde«, flüsterte ich.

Sofort wurde ihr Gesicht rot und ich konnte mir gut vorstellen, welche mentale Vorstellung meine Worte gezaubert hatten.

Na toll. Der Halbe, den ich den ganzen Abend schon hatte, verwandelte sich jetzt in einen Stufe-Fünf-Steifen.

Ich dachte, sie würde sich losreißen, doch wieder überraschte sie mich.

»Ach? Erzähl doch«, erwiderte sie kess, obwohl sie angesichts meiner Bemerkung peinlich berührt dreinsah.

Ah, da war die Frau von der Hochzeit.

Die, die verwegen und eifrig bei der Sache war. Ohne Kompromisse.

Ich fand mich in einer wahren Fantasiegeschichte wieder. Ich befand mich in einem Hotelzimmer mit einer unglaublich verführerischen Frau, die mich ständig ansah, als wäre sie am Verhungern und ich ein Büffet in Vegas. Ich schickte Mark ein kleines Dankeschön dafür, dass er darauf bestanden hatte, dass ich zu der Hochzeit komme, und löschte dann rasch alle Gedanken an meinen Bruder aus meinem Gedächtnis. Ich würde diesen Augenblick, diese Nacht, dieses … was immer es war, in vollen Zügen genießen.

Ich hatte soeben die Tür geschlossen und Bailey hatte die Gelegenheit genutzt, um vor mir weiter ins Zimmer hineinzugehen. Die Lichter waren noch aus, aber das Mondlicht, das durch die Fenster hereinschien, zeichnete ihre Silhouette nach und ich konnte ihre Körperbewegungen sehen, als sie schnell und flach atmete. Dann bemerkte ich, wie eine ihrer Hände hinter ihren Rücken ging und mir wurde klar, dass sie ihren Reißverschluss nach unten zog.

Danke, Herr Jesus.

Auf keinen Fall würde ich auch nur einen Teil dieser Show verpassen. Meine Hand tastete sich blind an der Wand entlang, während mein Blick auf dieses hinreißende Wesen fixiert blieb. Ich fand den Schalter und die Lichter blitzten auf.

Ein überraschter Ausdruck und … noch etwas anderes huschte über ihr Gesicht, als das erste Licht anging, doch er wurde rasch von einem vielsagenden Ausdruck maskiert. Oh ja, sie wusste ganz genau, was sie mir antat.

»Gott, bist du sexy«, sagte ich zu ihr, während ich an Ort und Stelle erstarrte.

Der Reißverschluss fuhr gemächlich seinen Weg hinab und sie fing an, das Kleid abzuschütteln und dabei mit den Hüften hin und her zu wackeln. Ich spannte den Kiefer an und blieb, wo ich war, bis das Kleid in einem Haufen um ihre Füße lag und sie herausstieg.

Heilige Mutter der …

Ein trägerloser Spitzen-BH zeigte dunkle granulierte Brustwarzen, während ein unglaublich winziges passendes Höschen ihr Schambein bedeckte. Die Strümpfe mit dem Spitzenbündchen, die mich verrückt gemacht hatten, umhüllten ein Paar der längsten und schönsten Beine, die ich je in meinem Leben gesehen hatte, und all das wurde perfekt hervorgehoben von den schimmernden Stöckelschuhen an ihren Füßen.

Fast wollte ich ein Foto machen, damit ich etwas hatte, das mich an diesen Anblick erinnerte, aber ich war mir ziemlich sicher, dass ich mir auf Ewigkeiten das Hirn verbrennen würde.

Sie hatte mich unbeweglich gemacht und ich starrte sie doof an, völlig gefangen in dem Bild, dass sie abgab. Sie hatte Mitleid mit mir und kam auf mich zu.

»Du bist dran«, wisperte sie.

Ich war gleich wieder bei der Sache und fing an, meine Kleidung abzulegen, als ob sie brannte.

In meinem Feuereifer stürzte ich mich fast auf sie, aber ich musste meine Hände und meinen Mund nun mal auf diese makellose Haut kriegen. Rasch entledigte ich sie ihres BHs und schob sie nach hinten ans Bett. Ihre Knie trafen auf das Kingsize-Bett und sie fiel auf den Rücken, die Brüste hüpften. Ich kletterte hinterher und platzierte mich rittlings über ihre Schenkel. Beide Handrücken streichelten sanft über ihre harten Nippel und sie wimmerte als Reaktion darauf, daher ersetzte ich eine Hand durch meinen Mund und sorgte dafür, dass sie sich unter mir wand.

Langsam entfernte ich ihren String-Tanga und bekam zum ersten Mal ihren exquisiten nackten Hintern zu spüren. Definitiv würde ich später meinen Mund auch darauf noch zum Einsatz bringen. Ich würde meinen Mund überall auf dem Körper dieser Frau einsetzen, noch bevor die Nacht um war.

Mein Schwanz rieb an ihrem Schenkel und sie legte eine Hand zwischen uns und fuhr mit den Fingern von meinem Brustbein zu meinem schmerzenden Schwanz hinunter. Ich zog meine Zunge ihren Hals hoch, bis ich die Unterseite ihres Ohres erreichte, wo ich einen Kuss platzierte. »Ich brauche dich.« Beinahe bettelte ich.

Sie muss meine Zunge amüsant gefunden haben, denn ich konnte sie an der Haut an meiner Schulter lächeln fühlen, unmittelbar bevor sie sachte hineinbiss. »Ich brauche dich auch«, erklang ihre Stimme zwischen keuchenden Atemzügen.

Ich bedeckte ihren Mund wieder mit meinem und unsere Zungen erkundeten einander, während unsere Hände das Gleiche taten. Als ich es nicht mehr aushielt, wich ich widerwillig von ihrem Körper zurück, um ein Kondom aus meiner Brieftasche holen zu können. Als ich mich wieder dem Bett zuwandte, wurde ich mit demselben wundersamen Anblick wie zuvor belohnt, nur dass sie dieses Mal horizontal war und nur die Strümpfe trug. Die blieben auf jeden Fall an.

Ich stülpte das Kondom über und näherte mich ihr. Bailey hob lasziv die Arme über den Kopf wie eine vollkommene Dirne und leckte sich die Lippen.

Du lieber Gott.

Ich küsste mich ihren Körper hoch, von den blonden Locken bis zu ihrem Kinn, ehe ich ganz über ihr in der Luft hing und einen langen Kuss auf ihre Lippen setzte. Ihre Schenkel teilten sich einladend und ich drang langsam in sie ein, um sie an das Gefühl zu gewöhnen. Wir stöhnten zusammen, als ich nur einmal herauszog, ehe ich ganz hineinstieß. Sie holte tief Luft und wickelte dann ihre Beine um meine Taille.

Danach war es eine Raserei.

Schweißüberzogene Haut und feuchte Zungen tanzten übereinander, als sie meinen Stößen begegnete und in meinen Mund stöhnte. Ihre Fingernägel zeichneten die Muskeln an meinem Rücken, während diese damit beschäftigt waren, meinen Körper über ihrem zu bewegen.

An einer Stelle richtete ich unsere Stellung neu aus und sie machte ein Geräusch, von dem ich meinte, es noch nie bei einem Menschen gehört zu haben. Ich spürte, wie sie um meinen Schwanz herum zu pulsieren anfing, und ich stieß während ihres Höhepunktes weiter in sie hinein. Sie wimmerte mir ins Ohr und ich bewegte uns so, dass ihre Unterschenkel auf meinen Schultern ruhten und ihr keine Schonung gewährt wurde.

Ihr Kopf fiel nach hinten und ihr Mund war aufgerissen, damit ihre Schreie durch das Zimmer hallen konnten. Es war verdammt sexy.

Es war ein Wunder, dass wir das Bett nicht kaputt machten oder zumindest einen Anruf von der Rezeption provozierten.

Mir gelang es, mich zurückzuhalten, während sie erneut ihren Höhepunkt erreichte, doch das war dann der letzte Tropfen. Nach einer Abfolge verzweifelter Stöße und Stöhnlaute gestattete ich mir schließlich loszulassen und verhinderte dann nur knapp, vor blanker Erschöpfung auf ihr zusammenzubrechen. Wir ließen uns beide in einem Gewirr verschwitzter Glieder und wogender Brüste in das Bett zurückfallen.

»Mannomann«, keuchte sie.

»Das kannst du laut sagen.« Mein Herz schlug außerhalb meiner Brust und trotz der Erschöpfung hatte ich mich noch nie lebendiger gefühlt.

Mein Körper erinnerte sich daran, wie sie sich angefühlt hatte, als ich mich vor dem Freeman's runter zu ihr neigte und sie küsste. Sie zögerte nicht, den Kuss zu erwidern, also presste ich sie an die Beifahrertür ihres Wagens und wickelte meine Arme um sie. Ich brauchte die Frau wie meinen nächsten Atemzug.

Doch ich wusste, dass es heute Abend nicht passieren würde. Ich hatte bereits alle meine Geschütze ausgefahren, um sie zu diesem Date zu überreden, ich würde es jetzt also nicht verbocken, indem ich sie auf der Straße belästigte.

Ich wich zurück und legte meine Stirn an ihre. Ihr Blick war sanft und träge. »Bailey, Murphy, würdest du noch mal mit mir ausgehen?«

Das entlockte ihr ein Lächeln über das ganze Gesicht und dann sah sie zur Seite, als würde sie nach einer Antwort suchen.

»Das könnte ich vermutlich aushalten«, erwiderte sie, dann wich sie zurück und wippte auf den Absätzen ihrer Sneaker. »Also, äh, du hättest nicht vielleicht Lust, mich zu einer Kunstausstellung zu begleiten, oder?«

Ich würde so ziemlich überall hingehen, wohin sie mich einlud. »Hört sich prima an. Wann denn?«

Ihr Lächeln wurde noch strahlender. »Nächsten Freitagabend? Um acht herum?«

Ich küsste sie noch einmal zart auf die Lippen und ließ mir die Adresse geben. Ich hatte eine weitere Verabredung klargemacht und das Gefühl, dass mein Glück sich endlich wendete.

Girlie-Scheiß

BAILEY

ICH KONNTE NICHT FASSEN, dass ich Jake zu Antons Vernissage eingeladen hatte! Was hatte ich mir dabei bloß gedacht? Ursprünglich hatte ich instinktiv vorgehabt die Einladung zu verbrennen, als Anton sie mir gab, und vielleicht ein schönes Marshmallow oder zwei darüber zu rösten. Doch je länger ich darüber nachdachte, desto fester wurde mein Entschluss, ihm zu zeigen, dass er mich nicht einschüchtern konnte. Er rechnete wahrscheinlich damit, dass ich entweder aus Angst absagen oder mit gesenktem Haupt auftauchen, ein paar Minuten herumschlürfen und dann fliehen würde. Also hatte ich beschlossen zu erscheinen, und zwar mit erhobenem Kopf, und den Schlussstrich zu ziehen, den ich brauchte, damit Gedanken an ihn mich nicht ständig zum Kotzen brachten.

Dass ich Jake eingeladen hatte, mich zu begleiten, würde sich entweder als die beste Idee, die ich jemals gehabt hatte, herausstellen, oder zur vollkommenen und absoluten Blamage führen. Es war wirklich völlig offen. Aber wenn ich diese

Sache mit dem Selbstbewusstsein ausprobieren wollte, dann würde ich ein paar Risiken eingehen müssen. Und ja, vielleicht wollte ein Teil von mir auch, dass Anton sah, dass es einen geilen Typen gab, der mich haben wollte. Ich konnte es zugeben, so kleinlich das auch sein mochte. *Tut nicht so, als würdet ihr eurem Ex nicht auch 'nen männlichen Augenschmaus vorführen!*

Aber abgesehen von allem, was mit Anton zu tun hatte, der größte Teil von mir wollte einfach nur Jake wiedersehen. Ich ignorierte das Hämmern meines Herzens, als ich an ihn dachte. Ich wusste, dass ich es als Warnung auffassen sollte, aber das konnte ich einfach nicht.

Nachdem ich die Entscheidung getroffen und das Date mit Jake auf der Liste stehen hatte, fühlte ich mich ungeheuerlich glücklich und positiv – so sehr, dass mir nicht einmal irgendwelche abfälligen Bemerkungen einfielen, die ich Mark an den Kopf hätte werfen können, als er anrief, um nachzufragen, wie es mir ging. Und ich sagte sogar für eine von Fionas gefürchteten GNOs zu, allerdings gelang es mir, eine Woche Schonfrist herauszuholen, indem ich meinen vollen Terminkalender vorschob. *Hüstel.*

Diese neue Haltung hatte noch einen überraschenden Nebeneffekt. Normalerweise zeichne ich abends immer, seit Monaten hatte ich aber meine Farben nicht mehr angerührt. Seit Anton, genaugenommen. Doch nun bereitete ich am Anfang der Woche ein paar neue Leinwände vor und fing Mitte der Woche mit dem Malen an. Es war alles ein wenig nervenaufreibend, aber zum ersten Mal seit viel zu langer Zeit hatte ich wieder Freude an meiner Kunst.

Im Laufe der Woche schickten Jake und ich uns ein paar SMS mit Liebesbotschaften – es fiel mir viel leichter, aus mir herauszugehen und mutig zu sein, wenn ich ihn nicht ansehen musste. Er versuchte, ein Dinner-Date anfangs der Woche einzuschieben, doch ich wollte mein Glück nicht herausfordern.

Ich musste mir mein Tempo erst zurechtlegen, um diese neue, selbstbewusstere Bailey Fuß fassen zu lassen.

»Ach du Scheiße«, wiederholte ich, als wie beide auf dem King-Size-Bett keuchend dalagen.

Ich war in einem Schockzustand. Ich hatte keinerlei Ahnung auf Erden, dass Sex so sein konnte. So nervenkitzelnd, so zeheneinrollend intensiv, so … alles. Jede Zelle meines Körpers war hellwach, als ob Starbucks ein Nimm-Drei-Zahl-Zwei-Angebot hatte und alle meine Zellen plötzlich Geschmack an Espresso fanden. Doch zur selben Zeit war ich völlig erschöpft von der körperlichen Anstrengung und, was ich nicht zuzugeben wagte, dem Aufruhr der Gefühle durch den ungeheuerlich megatollen Sex, den wir soeben gehabt hatten!

Jake neben mir im Bett lachte in sich hinein und drehte sich dann zu mir, um mir einen Kuss auf die nackte Schulter zu geben.

»Was ich im Augenblick am wenigsten tun möchte, ist, mich bewegen, aber ich muss dieses Kondom entsorgen. Rühr dich nicht von der Stelle.«

»Mmm«, war die einzige Antwort, zu der ich in der Lage war, als er vom Bett aufstand und ich den nackten Jake voll ins Sichtfeld bekam. Nackt war ein Look, der ihm verdammt gut stand. Er war fit und gut gebaut, hatte muskulöse Arme und einen straffen Oberkörper durch die körperliche Arbeit, die er machte, stellte ich mir vor. Er war von Natur aus ein großer Kerl, es gab also viel Territorium, das ich bei meiner kleinen visuellen Begutachtung seines Körpers abdecken musste. Ich seufzte, als ich ihn aus den Augen verlor, als er das Badezimmer betrat.

Ich hörte die Spülung des Klos und das Aufdrehen des Wasserhahns am Waschbecken, und ich wartete regungslos auf seine Rückkehr. Endlich begriff ich, was das Wort »befriedigt« wirklich bedeutete. Ich wäre bereit gewesen, auf der Stelle zu sterben, da ich vollkommen zufrieden war. Na ja, vielleicht nicht ganz. Für eine weitere Runde wäre ich nicht undankbar.

Als die Badezimmertür aufging und Jake heraustrat, trug er einen Waschlappen bei sich. Ich sah ihn fragend an, doch er kam zum Bett, teilte meine Beine und reinigte mich sanft mit dem warmen Tuch. Ich musste ihn unentwegt anstarren, während er seiner Aufgabe nachging. Machten Kerle sowas? Ich hatte das gar nicht gewusst. Ich war dermaßen fasziniert, dass ich vergaß, peinlich berührt zu sein.

Als er den Job für beendet befand, setzte er einen zarten Kuss auf meinen Innenschenkel, woraufhin mein Becken hochzuckte. Das ließ ihn laut auflachen und es an meinem anderen Schenkel wiederholen, während ich leise wimmerte.

Schließlich hob er den Kopf. »Du wirst mir ein bisschen Zeit geben müssen. Ich bin nicht mehr so jung wie früher.« Er ließ das Tuch fallen und nahm seine Arme zu Hilfe, um sich wieder über mich zu ziehen, sodass wir Nase an Nase waren. Seine Augen waren sanft und rauchig und ich vermutete, dass meine das Spiegelbild sein würden.

Ich wickelte meine Arme um seinen Hals und wir legten uns beide auf die Seite, die Beine verschlungen. Seine Hand wanderte zu meiner Hüfte und streichelte mich dort.

Ein Drang, es zu erklären, mich zu verteidigen, überfiel mich plötzlich, nachdem das Nachglühen ein wenig nachgelassen hatte. Ich heftete meinen Blick auf sein stoppeliges Kinn. »Ich mache normalerweise … Ich meine, das ist nicht so, wie ich sonst …«, fing ich an, doch er unterbrach mich.

»Ich auch nicht. Ganz ehrlich, ich hatte gedacht, das Beste, was ich heute Abend kriegen würde, wäre deine Nummer vielleicht das Versprechen für ein Date.«

»O Gott.« Dabei musste ich mir die Augen mit der Hand verdecken.

Ihm schien bewusst zu werden, was seine Bemerkung über den Grad meiner Liederlichkeit andeutete und versuchte rasch, den Schaden zu beheben. »So habe ich das nicht gemeint! Scheiße. Ich wollte damit nichts andeuten. Glaub mir, ich könnte gar nicht glücklicher sein darüber, wie sich die Dinge heute Abend entwickelt haben.«

Ich lugte zwischen zwei Fingern durch und fühlte mich noch immer wie die größte Schlampe im Dreieck.

»Wo ist dein Handy?«, fragte Jake scheinbar aus dem Nichts.

»Wieso?«, antwortete ich misstrauisch.

»Gib mir einfach dein Handy«, forderte er und stützte sich auf einen Ellenbogen.

Ich entschloss mich, es herzugeben, dann fiel mir jedoch ein, dass Fiona es konfisziert hatte, als sie meine Handytasche gesehen hatte, die ich normalerweise bei mir trage. Mir war ein Vortrag über glitzernde Abendtäschchen und Hochzeiten gehalten worden und es gab eine Androhung einer Leibesvisitation zur Suche nach meinen Eierstöcken, ehe sie meine Sachen in ihre eigene kleine Tasche gesteckt hatte. Ich hatte Glück gehabt, dass sie mir meinen Zimmerschlüssel und einen Lippenbalsam zugestanden hatte.

»Äh, Jake, ich glaube, du überschätzt die Zauberkräfte dieser Strümpfe. Ein Zimmerschlüssel war so ziemlich das Einzige, was sie aufnehmen konnten.«

Das lenkte natürlich seinen Blick wieder hinunter zu der Seide, die immer noch meine Beine umhüllte. Der rauchige Blick in seinen Augen wurde wieder hungrig. Ich wand mich.

Er schien es leider abzuschütteln, stand abrupt auf und ging mit seinem nackten Hintern zu seiner Hose. Er kam mit seinem Handy zurück. Dann legte er sich wieder neben mich und tippte auf seinem Handy herum.

Was zum Teufel tat er da?

»Wie lautet deine Nummer?«

Im Ernst?

»Im Ernst?«

»Ja. Wie lautet deine Nummer? Komm schon.« Er gestikulierte ungeduldig.

Ich rasselte meine Nummer herunter und sah dabei zu, wie er sie unter seinen Kontakten speicherte.

»Da. Jetzt kann ich anrufen und dich um das Date bitten.«

Ich schüttelte den Kopf. »Jake, du musst das wirklich nicht tun. Ich bin ein erwachsenes Mädchen«, fing ich an, aber er schüttelte nur den Kopf.

»Auf keinen Fall. Du entkommst mir nicht. Ich habe gerade mein Bestes gegeben. Du schuldest mir wenigstens ein Date.«

Darüber lachte ich und gestattete ihm, das als meine Zustimmung zu interpretieren. Und es gelang mir beinahe, die innere Stimme abzublocken, die mir sagte, dass dieses Folge-Date nur ein Wunschtraum war.

»Verdammt, bist du schön, wenn du lachst.«

Seine Bemerkung ließ die Haut an meinem ganzen Körper rot anlaufen.

Ich dachte mir, dass er schön war, egal was er tat. Ich wusste nicht, wie ich reagieren sollte, daher lehnte ich mich hinüber und küsste ihn. Er erwiderte meinen Kuss und drückte mich gleich wieder auf meinen Rücken.

»HILFE!«, schrie ich ins Telefon.

»Beruhige dich und erzähl mir, was los ist«, sagte Laney.

Ich wusste, dass ich die richtige Person angerufen hatte. Sie ist Mutter, womit sie in die neu eingeführte Topkategorie jener Menschen fällt, die ich am meisten bewundere. Sie würde wissen, was zu tun war.

Ich hatte dummerweise die gesamte Woche vorüberziehen lassen, ohne mir darüber Gedanken zu machen, was ich in die verdammte Galerie anziehen würde. Ich hatte mir über solche Dinge früher nie Gedanken machen müssen, aber selbst ich, die Königin des saloppen Chics, wusste, dass ich bei Antons Vernissage nicht wie eine Stadtstreicherin erscheinen konnte. Insbesondere nicht, wo doch Jake mit seiner feurig heißen »Ich-muss-mir-keine-Mühe-geben – ich-wurde-so-geboren«-Aura an meinem Arm hing!

Ich erklärte Laney die Situation. Sie machte passende Geräusche, während ich sprach, verstummte dann aber, als ich meine panikverursachte Schimpfkanonade über meine totale Blödheit und meinen Mangel an Vorbedacht beendete.

»Bist du noch dran?«, fragte ich.

»Ja?« Es hörte sich wie eine Frage an. Scheiße. Was hatte das zu bedeuten?

»Was?!«

»Ich fürchte, ich werde dazu Fiona anrufen müssen.«

»Kommt nicht infrage! Diesmal nicht. Hätte Gott nicht gewollt, dass ich Haare am Körper habe, dann hätte ich sie nicht! Ich brauche nur ein Kleid oder irgendwas. Du kannst mir doch bestimmt helfen, ohne *sie* anzurufen.« Ich glaube, ich jammerte.

»Bailey, beruhige dich. So schlimm wird es nicht werden.«

Sagte eine Frau, die noch nie von einer realen Fee niedergehalten und gezwungen worden war, einen Schnürsenkel zu tragen, der sich als Unterwäsche ausgab.

Ich wimmerte, während sie fortfuhr: »Ich werde dafür sorgen, dass sie deine Grenzen kennt. Um wieviel Uhr wird Jake dich aufgabeln? O Gott – ich liebe es, das zu sagen! Jake wird dich aufgabeln!«, kreischte sie.

»Ja, ja. Bin ich froh, dass ich dir eine Lady-Latte verschaffen kann.« Ich verdrehte die Augen wie ein verdammter Teenager. Würde ich jemals eine echte Erwachsene sein? Moment mal, ich musste aufhören, so zu denken. Die selbstbewusste Bailey denkt solche Dinge nicht.

»Ach, halt die Klappe und lass mir meine Freude!«

»Egal. Er holt mich um 19:30 Uhr ab.«

»Passt. Wir werden um 18:00 Uhr bei dir sein.«

»Moment mal, was? Wozu in alles in der Welt brauchen wir so viel Zeit?« Aber sie hatte bereits aufgelegt.

Scheiße.

Die aus zwei Personen bestehende Kavalkade (*ja, in diesem Fall waren zwei eine Kavalkade – ihr habt ja nicht gesehen, was die alles mitgebracht haben*) traf punkt sechs Uhr ein und marschierte, ohne gebeten zu werden, schnurstracks in mein Schlafzimmer.

»Kommt doch rein und fühlt euch wie zu Hause«, murmelte ich.

Fiona tätschelte meine Wange, hol sie der Teufel. »Ach, ist da jemand angespannt wegen ihres wichtigen Dates?«

»Ich bin eher nervös, weil ich nicht weiß, welches Körperteil ihr amputieren werdet.«

Sie erwiderte nur mit einem Lächeln. Ach, Mensch.

»Zuerst«, sagte Laney, »werden wir mal ein Kleid aussuchen.« Sie machte eine ausladende Handgeste wie ein Model bei *Price is Right* und zeigte auf eine Auswahl bunter Outfits, die nun mein Bett zierten.

Ich schluckte. »Ich glaube, wir werden ein größeres Bett brauchen.«

»Wow«, sagten wir beide unisono, als ich die Wohnungstür öffnete und Jake mit seinen Wangenknochen auf meiner Veranda sah. Er war aufgetakelt mit einem grauen Anzugshemd, einer schwarzen Krawatte und einer schwarzen Anzugshose, die ihm viel, ja, viel zu gut passte. Ich brauchte einen Augenblick, um mich zu sammeln und zu registrieren, dass er mich ebenfalls ge-»wowt« hatte. Gott sei Dank!

Mit Laneys Hilfe war es mir gelungen, Fiona bis zu einem gewissen Grad von mir fernzuhalten. Aber ich trug tatsächlich ein Kleid und hohe Stöckelschuhe zum zweiten Mal in meinem Leben als Erwachsene – und das alles innerhalb eines Monats. Allerdings hatte ich eine Grenze gesetzt bei der Auswahl an Spitzenunterwäsche, die mir vorgelegt wurde. Wie es scheint, beherbergte die Informationsdrehscheibe, wie Fiona ihr Telefon nennt, eine Liste mit den Größen und Maßen all ihrer Freundinnen. Ihr wisst schon, für den Fall, dass sie einmal irgendwo unterwegs war und das zwanghafte Bedürfnis verspürte, ihre Kreditkarte für Weiberzeugs zu benutzen. Bis zu diesem Abend war mir verborgen geblieben, dass ich auch auf dieser Liste stand.

Aber ich war ohnedies schon nervös genug. Ich brauchte keinen String-Tanga, der mich noch weiter aus meiner Komfortzone drückte. Und außerdem war es weniger wahrscheinlich, wenn ich bei meinen Oma-Schlüpfern blieb, dass ich Jake besprang.

Ich sah hinab auf mein schwarzes Seidenkleid und die Schlangenmuster-Stöckelschuhe. Ich hatte den High-Heels eigentlich nur zugestimmt, weil sie, wie ich Fiona kannte, echt waren, was bedeutete, dass es eine Schlange weniger auf der Welt gab.

Was denn? Wir haben doch schon festgestellt, dass Reptilien nicht mein Ding sind.

Angespornt vom glühenden Blick in Jakes Augen brachte ich sogar den Mut auf, mich leicht zu drehen, damit er den Schlitz an der Seite sehen konnte. Ja, das gefiel ihm. Ich fühlte mich ermutigt und liebte dieses neue Ich, auch wenn mein Magen noch immer vor Nervosität rumorte.

Nur bloß nicht wieder auf ihn kotzen.

Er neigte sich zu mir und küsste mich kurz auf die Lippen.

»Ahhh«, ertönte ein kleiner Chor hinter mir. Ich hatte fast vergessen, dass Aschenputtels kleine Mäuse noch da waren.

(Und nein, den Film hatte ich nie gesehen. Man hat mir jedoch alles darüber erzählt. Anscheinend spielte ich die Rolle einer Haushälterin, die mit Nagetieren spricht und in einem Kürbis herumfährt. Und Frauen denken, die Kerle wären seltsam.)

Jakes Blick schoss an meiner Schulter vorbei. Er ging locker damit um und zwinkerte ihnen zu. Denn es war ja nicht so, dass Fiona und Laney nicht ihre eigenen testosteronlastigen echten Männer hatten, die zu Hause auf sie warteten, um ihnen *ihre* Slips zum Schmelzen zu bringen. *Ach, pfui.* Mir wurde plötzlich klar, dass das Gefühl, das Jake mir gab, dasselbe war, wie die, die mein nerviger Bruder und mein schwachsinniger Freund diesen beiden gaben. Würg.

»Ladies«, sagte Jake. »Werdet ihr uns heute Abend begleiten?« Er lächelte, aber er warf mir einen raschen fragenden Blick zu.

Ich schüttelte wie wild den Kopf. Was ich gewiss nicht brauchen konnte, waren Tina und Amy, die uns den ganzen Abend nachliefen und Kommentare zu unserer Verabredung lieferten.

Sie huschten an uns vorbei, Laney warf uns eine Kusshand zu und Fiona gab mir einen Klaps auf den Po auf dem Weg hinaus. Blöde Ziege! »Wir haben nur kurz vorbeigeschaut. Viel Spaß, Kinder!« Und weg waren sie.

»Du siehst umwerfend aus, wie immer«, sagte Jake und führte mich zu seinem wartenden Truck. Ich blieb ein wenig an dem »wie immer«-Teil seiner Bemerkung hängen, fing mich aber wieder und gestattet ihm sogar, mir auf den Beifahrersitz zu helfen. Seht mich an, wie ich ganz girlie und so'n Scheiß bin!

Die Verabredung fing gut an.

Nur geringfügig besser als eine Enthauptung

JAKE

ICH WAR NOCH NIE in der Shearwater Galerie gewesen, und jetzt wusste ich wieso.

Sicher, meine Berufsbezeichnung enthielt das Wort »Designer«, aber beim Landschaftsdesign hat man es mit Erde, Dornen, Schweiß und körperlicher Anstrengung zu tun. Es war bestimmt nicht auch nur annähernd verwandt mit der Szene, die nun vor mir lag.

Adrett gekleidete Kellner gingen mit Tabletts voller Hors-d'œvres und Champagner herum, während Gäste sich untereinander mischten und die Kunstwerke, die die Galeriewände zierten, begutachteten. Das an sich war nicht im Geringsten abschreckend. Es war der Rest, der mir das Gefühl gab, zugleich lachen und direkt umdrehen und eine Burgerbude für unser Date suchen zu müssen.

Ich hatte gesehen, was Bailey an den Wänden in ihrer Wohnung hatte. *Das* war Kunst. Aber dies hier? *Diese* Scheiße war keine Kunst. Es tut mir leid, ich weiß, dass das subjektiv ist, aber das war nun mal ein Haufen prätentiöser Bockmist.

Eine große Leinwand, wahrscheinlich acht Fuß hoch, hing als einziges Stück an der gegenüberliegenden Wand. Da waren sechs schwarze Linien, die sich auf einem weißen Hintergrund kreuzten. Mehr nicht. Wir gingen näher hin, waren umgeben von einer Gästeschar, und ich entdeckte das Preisschild.

$ 12.000.

Zwölftausend verdammte Dollar für etwas, das Bailey in fünf Minuten gemacht hätte, wahrscheinlich sogar stockbesoffen, wie sie es zweifellos in der Nacht ihrer SMS gewesen war.

Ich weiß du weiß du bis mega sexy.

Mein Schwanz zuckte bei der Erinnerung. Ich befahl ihm, sich verdammt noch mal zu beruhigen und daran zu denken, wo wir waren. Mein Blick ging zurück zu dem Bild – das half.

Ich blickte neben mich, um zu sehen, ob Baileys Reaktion die Gleiche war wie meine. Sie runzelte die Stirn. Dann drehte sie den Kopf und sah sich im ganzen Raum um, als würde sie etwas suchen.

»Hm«, sagte sie abwesend. Sie ging weg, ohne einen Blick zurück, also folgte ich ihr. Wir gingen an etlichen ähnlichen Gemälden vorbei und kreuzten in einen kleineren Ausstellungsraum hinter dem, den wir zuerst betreten hatten.

Die Arbeiten dort waren ganz anders, als die Scheiße in der Hauptgalerie. Das Meiste entsprach immer noch nicht meinem Geschmack, aber zumindest ging es als Kunst durch. Ich bin kein Experte, aber es war deutlich zu erkennen, dass diese Sammlung von verschiedenen Künstlern stammte, im Unterschied zu der ersten Ausstellung.

Bailey fokussierte ein Stück im Besonderen und ging rasch hin. Ein paar Schritte davor blieb sie auf dem Absatz stehen.

Das Gemälde war klein und bunt, und selbst ich konnte den Stil als abstrakt identifizieren. Es hatte offensichtlich ihre Aufmerksamkeit geweckt, also betrachtete ich es genauer und versuchte zu erkennen, was sie so fesselte. Dann sah ich es. Den blonden Haarbusch, die nackte Brust, die Wölbung einer femininen Hüfte. Heilige Scheiße. War sie das?

»Bist das … du?«, fragte ich.

Sie suchte rasch meinen Blick, war erschrocken. »Was?! Nein.« Vehement schüttelte sie den Kopf. »Natürlich nicht.« Sie lachte nervös.

Ich schaute auf die Beschriftung neben der Leinwand.

Ma Rose Irlandais Sauvage von Anton Germaine.

$ 2.000.

Ein Teil von mir wollte die Leinwand von der Wand reißen, damit niemand anderes Bailey so ausgebreitet liegen sehen konnte. Ich hatte keinerlei Zweifel, dass sie das Thema dieses Gemäldes war. Ich musste kein Französisch können, um die Anspielung zu verstehen. Es tauchte ein Drang auf, jemanden zu verprügeln, und dieser Jemand hörte auf den Namen Anton Germaine. Er war mit Bailey zusammen gewesen, das war durch die Intimität des Bildes klar. Das war keine gestellte Szene mit Modell und Maler. Das war post-koital. Das war beschissen.

Sie hatte mich in die Ausstellung eines früheren Liebhabers geführt, in dem Wissen, dass es bei der Veranstaltung einen Akt von ihr geben würde. Was für ein verdammtes Spiel spielte sie?! Meine Gedanken drehten sich wie wild. Woher konnte ich mir überhaupt sicher sein, dass er ein Ex war? Vielleicht hatte sie zu mir nur nein gesagt, weil sie eigentlich ihn fickte.

»Ja«, schnaufte ich verärgert. Dann machte ich auf dem Absatz kehrt, um zu gehen.

»Jake, warte«, sagte sie, und ich hörte ihre Absätze auf dem Holzboden mir folgen. Ich musste mich durch ein paar Menschengruppen schlängeln auf meinem Weg in die Hauptgalerie, daher gelang es ihr, mich einzuholen. Ich spürte ein Ziehen an meinem Hemd. »Jake, bitte.«

Ich nahm ihren Arm und führte sie rasch in eine stille Ecke

des Raumes, denn ich wollte keine Szene machen. Wir hielten plötzlich an. Ihre Wangen waren gerötet, als sie zu mir aufsah, die Brauen zusammengezogen.

»Was denn, Bailey? Ist diese Scheiße dein Ernst?« Sie sah betroffen drein und ihr Mund stand offen, während sie rasch den Kopf schüttelte. Ich fuhr fort, ehe sie antworten konnte: »Du hast mich verrückt gemacht mit deinem Zögern. Dann haben wir endlich ein tolles Date und du beschließt, mich daraufhin in die Kunstausstellung eines deiner Geliebten mitzunehmen? Und du versuchst nicht mal, es zu leugnen.« Ich deutete hinter uns auf das Gemälde von ihr. »Dieses Gemälde zeigt dich. Dieses Gemälde zeigt dich, im Bett, kurz nachdem dieser Anton-Heini dich gefickt hat.«

Sie zuckte zusammen. »Ich ... Ich«, sie versuchte zu sprechen, stotterte aber nur.

»Warum wolltest du mich hierherführen?« Ich drückte ihren Arm, um eine Antwort zu erzwingen, mit der ich leben konnte.

»Jake ...« Sie schüttelte wieder den Kopf. »Ich ... so war es nicht ... ich wusste nicht ...«

»Du hast es geschafft!«, ertönte eine laute Stimme hinter mir. Meine Augen fixierten immer noch Bailey und ich sah, wie sie sichtlich blass wurde. Ich ließ sie los.

Sogar durch meine Wut und Verwirrung hindurch schoss eine Welle des Beschützerinstinkts. Ehe ich mich umdrehen konnte, um zu sehen, was sie so benebelt hatte, spürte ich, wie ein Arm mich streifte. Zwei Hände packten Baileys nackten Oberarm und ein Filzhut landete neben ihrem Gesicht. Der Fedora saß auf dem blonden Kopf eines Mannes, der ein wenig kleiner war als ich. Er küsste Bailey auf die rechte Wange, gefolgt von der linken. Ihr Blick traf meinen und ich konnte nur Panik erkennen.

WZT?

Der Mann trat zurück, hielt sie aber immer noch an den Armen fest. Sein Blick wanderte über ihre Figur und meine

Fäuste ballten sich. Er musste mich erst noch grüßen, obwohl Bailey und ich offensichtlich ein intimes Gespräch geführt hatten, als er auf uns zu kam.

Ich nutzte die kurze Gelegenheit, um ihn mir genauer anzusehen, um festzustellen, wer er sein könnte. Eine enge schwarze Hose und spitze Schuhe wurden abgerundet von einer klassischen Lederjacke und diesem Deppen-Hut. Es war ein Ring an seinem kleinen Finger und das T-Shirt, das er unter seiner Jacke trug, verlief mit seinem V-Ausschnitt zu weit nach unten, als dass ein Hetero-Kerl das getragen hätte. Eine schwarze Hipster-Brille saß auf seiner Nase und er stank nach Patschuli. Aha, das musste einer der Künstler sein, die zusammen mit dem »Freund« ausstellten. Aber wenn das der Fall war, woher kam dann der Reh-im-Scheinwerfer-Ausdruck in Baileys Gesicht?

»Wunderbar. Ich bin so froh, dich zu sehen«, sagte der Mann lächelnd und mit einer Spur von einem Akzent, den ich nicht einordnen konnte.

Ich hatte kein gutes Gefühl.

Er ließ ihre Arme los und machte eine theatralisch ausladende Geste mit den Händen. »Was hältst du davon?« Der Typ ließ seinen Blick durch den ihn umgebenden Raum schweifen, ohne anzuhalten, um mich zu begrüßen.

Bailey stotterte: »E…Es ist wirklich wunderbar, Anton.«

Anton? *Anton.*

Dieser Arschficker kann was erleben.

»Ich wusste, dass du das so empfinden würdest«, sagte er und griff nach ihrer Hand, als gerade eine schlanke schwarzhaarige Frau an Antons Seite glitt und eine perfekt manikürte Hand auf seine Schulter legte.

Durch die von der Frau gebotene Ablenkung konnte Bailey, wie ich bemerkte, ihre Hand dem Scheißkerl entziehen. Das war wenigstens etwas.

Anton wandte sich zu dem Neuankömmling um und dann

wieder Bailey zu. »Ach, du erinnerst dich doch an Sloane, nicht wahr?«

Bailey trat einen Schritt zurück, als wollte sie sich soeben zurückziehen, doch die Wand stoppte sie und sie wackelte ein wenig auf ihren hohen Schuhen. Instinktiv griff ich nach ihr, um sie zu halten. Sie sah kurz auf in meine Augen und ich konnte einen Hauch von Erleichterung erkennen.

Hier lief irgendetwas ab und es gefiel mir kein Bisschen.

Ich drehte mich, mit einem Arm noch immer Baileys Arm haltend, diesem Arschloch zu und streckte meine andere Hand aus. »Jake Beckett.«

Er sah zuerst in mein Gesicht und dann auf meine Hand, als wäre ich erst in diesem Augenblick vor ihm erschienen. Dann sah er wieder Bailey an und ignorierte meine Hand.

Sie schien sich ein wenig zu erholen und machte den Versuch einer Vorstellung. »Natürlich. Anton, das ist Jake. Jake, das ist Anton.« Sie deutete unbeholfen mit einer Hand zur Seite. »Das ist seine Ausstellung.«

Anton nahm daraufhin widerwillig meine Hand, da es keinen eleganten Ausweg gab. Sein Blick blieb auf Bailey gerichtet. »Also, meine Liebe, es ist nicht ganz meine Ausstellung, wie du sehen kannst.« Er ließ meine Hand so rasch wie möglich los und hob die seine seitlich an seinen Mund, um hörbar zu flüstern: »Nur die guten Sachen.« Er und Sloane mussten darüber meckernd lachen.

»Und was machst du beruflich, Jake?«, fragte Sloane, während ihre Hand Antons Schulter streichelte. Sie war ganz scharfe Kanten, von den Nägeln über ihre Frisur und ihren knochigen Körperbau bis hin zu ihren schwarzen Stöckelschuhen.

Ich musste diese Leute nicht beeindrucken. »Ich arbeite in der Landschaftsgestaltung«, antwortete ich, wippte auf meinen Absätzen und steckte die Hände in die Taschen.

Das Paar sah sich kurz an und Anton nickte. »Also das ist ja faszinierend.« Sein herablassendes Lächeln blitzte von mir zu Bailey und wieder zurück.

Ich spürte Baileys Hand an meinem Arm, als sie näher an mich herantrat. »Das ist es tatsächlich«, sagte sie.

»Ich werde es dir glauben müssen«, erwiderte Anton. »Also was hältst du von deinem Werk?«

Bailey wurde rot und ich beobachtete ihr Gesicht und versuchte, ihre Reaktion zu entschlüsseln.

»Ach, na ja … Anton. Es ist nicht genau das, was ich mir vorgestellt hatte.« Sie zog den Kopf ein.

»Es ist ein recht nettes kleines Gemälde«, warf Sloane ein. »Es ist toll, was Anton aus einem Thema machen kann, egal wie … roh.«

Oh wow. Diese Leute waren gut. Gut darin, totale Arschlöcher zu sein.

»Komm jetzt, Sloane.« Anton tätschelte ihre Hand. »Meiner Erinnerung nach warst du doch einst recht … enthusiastisch … bei unserem kleinen Thema.«

Äh, was sollte *das* denn bedeuten?

Sie winkte ab. »Ja, na ja, wir dürfen alle gelegentlich mal eine Geschmacksverirrung haben, nicht wahr? Wie auch immer, komm mit mir und hol dir auch ein Glas Champagner.« Sie machte auf dem Absatz kehrt und glitt davon, ließ Anton bei mir und der zitternden Bailey stehen. Sie sah aus, als würde sie in die Knie gehen, daher schlängelte ich einen Arm um ihre Taille als Stütze. Ihr Blick war noch immer zu Boden gewandt.

»Also, es war wunderbar dich zu sehen, insbesondere, wo du so umwerfend aussiehst. Mir gehen unsere kleinen … Gespräche ziemlich ab.« Antons Blick fuhr Baileys Körper hinunter. »Bis zum nächsten Mal.« Er fing an, Sloane zu folgen, drehte sich dann um, fast als nachträglicher Gedanke. »Jack.« Er nickte mir zu.

»Andy.« Ich nickte ihm zu. Das war nicht mein erster Tag.

Er gluckste abweisend und setzte seinen Weg fort.

Wenn ich der Meinung gewesen wäre, es hätte etwas genutzt, wenn ich ihn mitten auf dieser Party geschlagen hätte, dann hätte ich nicht gezögert. Aber es wäre nur peinlich für Bailey gewesen und hätte diesen Arschlöchern bewiesen, dass ich tatsächlich das unkultivierte Landei war, für das sie mich hielten.

Stattdessen zog ich Bailey nach vorne und lenkte sie zur Tür, schnappte mir auf dem Weg hinaus zwei Sektflöten und machte keine Anstalten anzuhalten, als der Kellner protestierte.

Ich ließ den Korken der Sektflasche knallen, die ich beim Zimmerservice bestellt hatte. Der Bedienstete hatte angeboten, uns die Flasche aufzumachen, aber ich wollte auf keinen Fall zulassen, dass er einen Blick auf meine blonde Göttin erhaschen konnte.

Bailey hielt zwei Gläser in der Hand, während ich einschenkte.

»Auf Hochzeiten«, sagte ich und nahm ihr eine ab.

Sie grinste und stieß mit mir an, bevor sie einen Schluck aus ihrer nahm. »Ach, der ist gar nicht übel. Weißt du, ich trinke sonst immer Bier, aber der Champagner heute, der flutscht richtig.« Sie wollte das Glas wieder an ihre Lippen führen, brach dann aber ab und ihr Lächeln ließ ein wenig nach.

»Was ist denn los?«

Sie schüttelte den Kopf. »Nichts. Ich meine, ich mag Bier eigentlich gar nicht so besonders. Ich weiß nicht, warum ich das gesagt habe.«

Ich grinste und nahm einen Schluck von meinem Champagner. »Na das ist aber schade, denn ich bin ein Biertyp durch und durch.« Ich hob mein Glas. »Dieses feine Zeug ist hin und wieder ja okay, aber für ein gutes IPA bin ich immer zu haben.«

Sie sah auf das Bett hinab und justierte das Bettzeug um sie herum, ein zaghaftes Lächeln auf den Lippen. Ihr Blick ging wieder zu mir, wo ich am Ende des Bettes nur mit meinen Boxershorts bekleidet dastand.

»Also Jake. Ich habe gehört, du wirst mit Fionas Chef zusammenarbeiten. Landschaftsgestaltung?«

Ich setzte mich und streichelte ihr Bein durch die Bettdecke hindurch. »So ist es geplant. Ich habe das als Lehrling vor etlichen Jahren gelernt und dann meinen Abschluss gemacht. Es hat eine Weile gedauert, bis mir klargeworden ist, was ich machen wollte, aber letztendlich habe ich es herausgefunden.« Ich zog mit dem Finger eine Spur entlang ihres Schenkels. »Und du?«

Sie schien überrascht, dass ich fragte. »Oh. Äh, ich bin auf die Schule für Innenarchitektur und Raumplanung gegangen. Du weißt schon, damit ich im Familienbetrieb mitanpacken kann.« Sie grinste. »Einen Hammer zu schwingen war nicht so mein Ding.«

Ich lachte. Ich konnte mir diese sexy, feminine Sirene nicht mit einem Helm auf dem Kopf vorstellen. »Ich könnte mir vorstellen, dass die Strümpfe in Arbeitsschuhen komisch aussehen würden.«

Sie lächelte und sah mich ernst an, den Kopf zur Seite neigend. Sie öffnete den Mund, um etwas zu sagen, und schien es sich dann anders zu überlegen.

»Und außerdem«, ich beugte mich hin, um sie zu küssen, »würdest du jedes männliche Wesen dort irrsinnig ablenken. Sie müssten sich auf die weiblichen Mannschaftsmitglieder verlassen, damit die die ganze Arbeit erledigen. Hört sich für mich nicht besonders fair an.«

»Ganz und gar nicht fair«, antwortete sie abwesend und ließ ihre Finger über meinen Arm nach unten gleiten.

»Ich finde es cool, dass deine ganze Familie zusammenarbeitet. Die Loyalität, die ihr habt, ist wirklich klasse. Ich kann leider nicht behaupten, dass ich meine Familie immer an die erste Stelle gesetzt hätte, um es milde auszudrücken«, gestand ich ihr.

Sie stoppte die Bewegung ihrer Finger und sah mich an. »Du meinst, weil du weggewesen bist?«

»Ja, das ist irgendwie eine lange Geschichte …« Ich verstummte.

»Ich habe vielleicht etwas darüber gehört.« Ich war mir ziemlich sicher, dass alle eine Menge darüber gehört hatten. »Aber weißt du, Familie ist immer kompliziert.« Sie sah wieder hinab auf die Bettdecke und ich steckte ihr eine verirrte Haarlocke hinters Ohr.

Sie lächelte und nahm ihre taktile Erkundung meines Armes wieder auf. Ihre Finger hielten bei meiner Tätowierung. »Was ist das?«

Ich warf reflexartig einen kurzen Blich darauf – nicht, dass ich nicht genau wusste, was sich dort befand. »Das stammt nur von den Marines. Wir haben alle so eins. Alle in meiner Einheit.«

Sie zog es mit ihrem Zeigefinger nach. »Musstest du ins Ausland gehen?« Ihr Blick traf wieder meinen, Besorgnis warf einen Schatten auf ihre Züge.

»Musste ich, aber nicht nach Irak oder Afghanistan. Ich bin in Indonesien gelandet, zur Hilfe nach dem Tsunami. Dann haben sie mich wieder heim in die Staaten gebracht, um nach Katrina zu helfen.«

»Gott, das muss schwer gewesen sein. Zu sehen, wie all diese Menschen alles verloren haben – ihre Familien und ihr Häuser.« Sie schüttelte den Kopf.

Ich streichelte die Innenseite ihres Armes. »Es war tragisch, da hast du recht, aber man darf sich nicht darin verlieren, wenn man einen Job zu erledigen hat. Dadurch würde man nur handlungsunfähig werden und was würde das dann irgendjemandem nützen?«

Sie schüttelte den Kopf. »Ich weiß nicht, wie du das gemacht hast.«

»Na ja«, antwortete ich, »fang nicht an, mich wie einen Helden zu verehren oder so. Ich bin ausgestiegen, als meine vier Jahre vorüber waren. Andere Typen sind noch immer dort, ackern weiter. Die sind diejenigen, die den Respekt verdienen.«

Ich sah auf und ihre Augen fixierten mich. »Ich bewundere jeden, der dafür kämpft, woran er glaubt – jeden, der einen starken Charakter hat, der weiß, was er will, und sich durch nichts aufhalten lässt.«

»Hört sich an, als würdest du an jemanden bestimmten denken.« Ich hob eine Augenbraue und sah sie an.

Ihr intensiver Blick ließ nach, sie lachte dezent und schüttelte erneut den Kopf. »Nein, nur ein frommer Wunsch.«

Ich sah sie verdutzt an, doch sie unterbrach mich mit einem Kuss.

Regel: Beste Freunde sollten keine Slips tragen

BAILEY

»MÖCHTEST du mir irgendwas davon erklären?«

Jake hievte sich auf die Heckklappe seines Trucks und setzte sich neben mich. Wir befanden uns auf dem Parkplatz der Galerie, die Anhängerkupplung war herunten und die geklauten Sektflöten standen auf der Ladefläche zwischen uns. Er hatte mich aus der Galerie hinausgedrängt, als ich in einem benommenen Zustand war und nicht einmal richtig bemerkte, wohin wir gingen. Mein Gehirn war ein sich drehendes Chaos aus Panik, Wut und Beschämung gewesen. Wie sich herausgestellt hatte, war mein Risiko zurückgekehrt und hatte mich am Arsch gekriegt.

Gott verdamme dieses Arschloch Anton. Dieser ganze Abend war ein einziger Riesenfehler gewesen. Dieses ganze »Experiment« mit Jake war ein Fehler gewesen. Was hatte ich mir bloß dabei gedacht? Dass ich mein Schicksal durch schiere Willenskraft umlenken konnte, meine Persönlichkeit und mein Los komplett ändern konnte? Ich war so blöd. Eine verrückte

Nacht des geilen Sex mit einem Fremden, gepaart mit Flirten und einem gemeinsamen Essen würden doch nichts ändern. Ich war überfordert. Wieder einmal.

Wahrscheinlich war es gut, dass ich zu Sinnen gekommen war, ehe meine Gefühle Jake Beckett betreffend noch stärker wurden. Ich hörte mein Herz wimmern bei dem Gedanken und ignorierte, was das bedeuten konnte.

Ich sah hinab auf mein seidiges schwarzes Kleid und die Schlangenhaut-High-Heels und lachte freudlos. Sie verspotteten mich. Ich schüttelte den Kopf und hielt den Blick gesenkt.

»Nein«, sagte ich, »ich kann eigentlich gar nichts erklären.«

»Bailey, du musst mir jetzt etwas geben. Irgendetwas.«

Ich schüttelte einfach nur wieder meinen Kopf.

»Gehst du mit dem Arschloch immer noch?«

Was? Nach der furchtbaren Szene? *Das* war es, was er wissen wollte?

»Was? Nein. O Gott.« Ich hielt mir die Hände vors Gesicht, ich war erschrocken darüber, dass Jake überhaupt wusste, dass ich jemals mit Anton zusammen gewesen war. Dieses verdammte Gemälde! Schlimmer noch, wie konnte Jake glauben, dass ich mit Anton ausgehen und gleichzeitig mit *ihm* Sex haben konnte?

»O Gott«, wiederholte ich, als es mir dämmerte, dass Anton wahrscheinlich Sex mit allen Arten von Frauen hatte. Das war eine Nummer zu groß für mich. Ich musste nach Hause.

»Sprich mit mir.« Er versuchte, mir eines der Sektgläser als eine Art Friedensgeschenk zu reichen. »Ich versuche gerade, das zu verstehen.«

Ich lehnte sein Angebot ab und glitt vom Truck auf den Asphaltbeton hinunter, wobei ich beinahe stürzte, als die Absätze auf der Straße auftrafen. Er streckte eine Hand aus, um mich zu stützen, doch ich fing mich und trat einen Schritt zurück.

»Es gibt da nichts zu verstehen. Ich würde jetzt gerne nach

Hause fahren, falls das okay ist.« Mir drehte sich der Magen um und ich befürchtete, die Schuh-Kotz-Szene wiederholen zu müssen.

»Bailey …«, setzte er an, doch ich unterbrach ihn.

»Bitte.« Ich konnte spüren, dass meine Augen sich mit Tränen füllten.

Mein Tonfall muss ziemlich jämmerlich gewesen sein, denn nach einer Pause sprang er vom Truck und ging zur Beifahrerseite, um meine Tür zu öffnen. Ich stieg ein und legte den Sitzgurt an, die Augen ununterbrochen auf die Fußmatte gerichtet.

Ich hörte Jake seufzen, bevor er meine Tür schloss und um den Wagen herum zu der Fahrerseite ging, um mich nach Hause zu bringen.

Ich weiß nicht, was aus den gestohlenen Sektgläsern wurde.

»Öffne die verdammte Tür, Bailey. Ich weiß, dass du da drinnen bist!«

Nein. Nicht jetzt.

Ich kümmerte mich um meine eigenen Angelegenheiten, schön eingekuschelt auf meiner Couch mit meiner Riesenschachtel Papiertaschentüchern. Ich hatte sogar einen Indiana-Jones-Marathon im Fernsehen laufen. Ich empfand eine neue Verwandtschaft mit Indy, jetzt wo ich reptilieninduzierten Horror am eigenen Leib erlebt hatte.

Eine Faust hämmerte an die Tür. Ich wollte mich jetzt nicht um Menschen kümmern. Schon gar nicht in der Form eines Fitnessfanatikers, der unter dem Pantoffel stand.

»Geh weg!«, rief ich und griff nach einem weiteren Taschentuch. Zusätzlich zu dem riesigen Schlag gegen mein Privatleben hatte das Universum beschlossen, mich obendrein noch mit einem weiteren Bonus zu beschenken und mir einen verdammten Schnupfen zu verehren. Ich war verstopft, erschöpft und hatte eine rotzige Nase zusätzlich zu allem anderen.

»Ich habe einen Schlüssel und werde nicht zögern, ihn zu benutzen!«

»Ich habe einen Baseballschläger und werde auch nicht zögern, ihn zu benutzen!«

»Warum, glaubst du, habe ich meinen Schlüssel noch nicht benutzt?«

Memme. »Ich dachte, du hättest gesagt, du würdest dich nicht fürchten, Buffy!«

»Bailey, mach einfach die verdammte Tür auf! Ich habe meinen Schlüssel vergessen und die Nachbarn kommen schon raus!«

Na scheiße. Ich schälte mich von der Couch und ging hin, um den großen Tölpel hereinzulassen.

»Was willst du?« Ich schaute ihn nicht einmal an. Ich zog mich einfach zu meiner Deckenfestung zurück und beendete die Pause am Fernseher. Das Gesicht des bösen Kerls würde gleich abschmelzen, und das wollte ich nicht versäumen.

Mark stand etliche Minuten stumm vor der Couch. Ich fing schließlich an, mich entnervt zu fühlen, also pausierte ich den Film abermals und sah zu ihm hoch. Er hatte kurze Stoppel im Gesicht, die zu seiner Igelfrisur passten, und seine braunen Augen hatten mit den Falten ein Aussehen, das ich bei ihm nicht sehr oft sah. Besorgnis.

Scheiße.

Ich legte die Fernbedienung weg.

»Also gut. Du willst wissen, was passiert ist, nehme ich an.«

»Das könnte man so sagen.« Er steckte die Hände in die Taschen. »Was ich so gehört habe, wolltest du mit meinem Bruder ausgehen. Dann ruft er mich an, dass irgend so ein Arschloch dich bei einer Party überfällt und du die Sprache verloren hast und Jake rausgeekelt hast. Und noch schlimmer, du hast dich durch den Trottel verunsichern lassen.«

Ich machte eine verächtliche Bemerkung und versuchte, es abzutun. Es funktionierte nicht.

»Das hört sich überhaupt nicht nach dir an. Was zum Teufel ist denn passiert? Du benimmst dich ja schon seit Monaten seltsam, und jedes Mal, wenn ich versuche, dich deswegen festzunageln, wirst du plötzlich wieder bissig wie früher und ich lasse es.«

Ich grinste ihn höhnisch an und versuchte aufzustehen. Mark stoppte mich, indem er sich neben mich hinfallen ließ und meine Beine mit körperlicher Kraft niederhielt.

»Diesmal nicht. Raus damit. Was zum Teufel geht hier vor?«

Ich atmete aus und versuchte, meinen Ärger wegen seiner Neugierde zu unterdrücken. »Es hat mit Jake einfach nicht funktioniert, das ist alles.«

»Netter Versuch. Du hast ihn erst vor etwa einem Monat kennengelernt. Dies hier liegt viel weiter zurück. Zeit für die Wahrheit. Los.« Er verstärkte seinen Griff an meinen Beinen und ich warf ihm einen tödlichen Blick zu. Was denn? Würde er mich als nächstes etwa waterboarden?

»Na schön. Das Arschloch auf der Party war dieser Kerl namens Anton. Er ist ziemlich bedeutend in der örtlichen Kunstszene. Wir hatten mal was miteinander.«

»Ihr hattet was?« Marks Stirn legte sich in Falten.

»Ja, Mark, wir hatten was miteinander. Du weißt schon, Jungs haben Penisse, Mädchen haben Vaginas …« Damit erntete ich meinen eigenen tödlichen Blick.

»Sprich nur weiter.« Verdammt, war der heute penetrant.

Ich entschied mich für schnodderig/unernst. »Es war aus und ich bin weitergezogen.«

»Ha, nicht so schnell. Was verheimlichst du mir?«

Ich versuchte wieder aufzustehen, aber die Arme dieses verdammten Idioten waren aus Stahl. »Geh runter von mir!« Ich schlug ihn auf seinen fleischigen Arm.

»Erst wenn du mir erzählst, was passiert ist.« Er war die

Ruhe selbst, während ich langsam zur Weißglut gebracht wurde. Warum konnte er das nicht einfach auf sich beruhen lassen? Wir hatten nie über meine »Gefühle« gesprochen, und mir war es lieber so. Das war der ganze Sinn und Zweck eines männlichen besten Freundes! Vaginas tratschen und tauschen Neuigkeiten aus; Penisse schauen Fußball und machen Faustschecks – oder so ähnlich.

»Nichts, Nancy Drew! Wir haben uns nur getrennt. Das kommt vor.«

»Wieso wusste ich nichts von diesem Kerl? Ich bin dein bester Freund.«

»Damit du und Nate den Typen für mich ›überprüfen‹? Ich denke nicht.« Ich warf ihm einen scharfen Blick zu, den er zu ignorieren vorzog. Ich würde schonungslos auf Miststück schalten müssen. »Und im Gegensatz zu dem, was du vielleicht denken magst, erzähle ich dir nicht alles, du eingebildeter Arsch.« Ich bemühte mich sehr, aber er änderte seinen Kurs nicht.

»M-mh. Ich falle nicht drauf rein. Wie lange bist du mit dem Kerl ausgegangen?« Mein Unbehagen wuchs und ich wurde zunehmend verärgert durch seinen prüfenden Blick.

Ich sah weg. »Wieso spielt das eine Rolle?«

»Einfach so. Wie lange?« Mann, er könnte eine zweite Karriere als FBI-Vernehmungsbeamter starten.

Ich versuchte erneut, mich wegzubewegen, doch Mark behielt seinen festen Griff bei. »Vier Monate. Bist du jetzt zufrieden?«

»Vier Monate?!«

Mein Blick ging rasch zu ihm zurück und war herausfordernd. Es war amtlich, dass ich stinksauer war. »Ja, vier Monate. Bist du schwerhörig?«

»Hör auf, mich zu hänseln. Das wird nicht funktionieren, Bailey.«

Ich lieferte ihm ein falsches Lächeln. »Mark, so sehr mir

dieses kleine Gespräch unter vier Augen zusagt, ich würde mir wirklich gerne wieder meinen Film ansehen. Ich borge dir ein Brecheisen, falls du dein Höschen herausziehen möchtest.«

»Nein.«

Hatte er mir eben gesagt, ich könne in meinem eigenen Heim nicht fernsehen? Oder vielleicht mochte er sein Höschen einfach dort, wo es war.

»Nein? Das ist *mein* Haus, du Arsch.«

»Und du bist *meine* Freundin.« Ach du Scheiße. Das war ja noch schlimmer, als ich dachte. Ich konnte das nicht.

»Also, *Freund*. Ich hätte jetzt wirklich gerne, dass du gehst.« Ich drückte gegen seine Arme und dachte einen Augenblick lang, dass er mich loslassen würde. Stattdessen justierte er nach, sodass er vor mir auf dem Boden kniete und unsere Gesichter nur einen Fuß oder so auseinander waren.

»Erst wenn du mir erzählst, was ich wissen will!« Marks Augen funkelten.

»Herrgott, bist du eine Nervensäge!«

»Und das macht mir nichts aus. Was hat dieser Anton dir angetan und warum wolltest du nach vier Monaten deinen Freunden und deiner Familie nichts von ihm erzählen?«

Ich wollte ihn gerade daran erinnern, wozu meine Mutter fähig war, wenn sie auch nur den Hauch von einem Wind bekam von einem Mann in meinem Leben, als mir bewusstwurde, dass Mark dachte, Anton hätte mir physisch etwas angetan. Scheiße. Ich konnte ihn nicht in dem Glauben lassen – das wäre grausam. Ich stieß meine Fäuste in die Couch beidseitig von meinen gefangenen Beinen. »Er hat nichts getan! Er hat mir geholfen.«

Mark machte ein überraschtes Gesicht. »Er hat dir geholfen? Wobei?«

Ich seufzte ergebungsvoll. »Dabei, dass ich einen Platz für den Master of Fine Arts, ein Kunststudium, am UNCT bekomme. Oder das hatte ich zumindest geglaubt.« Da, jetzt war die Katze aus dem Sack. Sie war schmerzhaft an ihrem räudigen Schwanz herausgezogen worden, aber sie war draußen.

Mark lockerte plötzlich seinen Griff und ging in die Hocke. »Warum wolltest du denn keinem von uns was davon erzählen? Das ist ja toll!« Er fing an zu lächeln, doch das legte sich, als er fortfuhr. »Herrgott, du hast mich fast in dem Glauben gehabt … Moment mal, was meinst du mit ›oder das hatte ich zumindest geglaubt‹?«

Ich schaute zur Decke und stieß ein freudloses Lachen aus. Jetzt, da ich mich frei bewegen konnte, war das Einzige, was ich tatsächlich tun wollte, mir die Decke über den Kopf zu ziehen und mich hinzulegen. Ich versank auf der Couch, während Mark weiter auf dem Boden vor mir hockte. Wenn ihm so viel daran lag, die Geschichte zu hören, dann würde ich sie ihm erzählen. Ich fühlte mich bereits gehäutet, warum also nicht das Messer selbst drehen? »Also, Buffy, wie sich herausstellte, ist meine Möse zwar erstklassig, meine Gemälde aber nicht.«

»Was zum Teufel?« Jegliche Erleichterung, die er vor ein paar Augenblicken zum Ausdruck gebracht hatte, war längst verschwunden. Ich konnte das Vibrieren in seiner geknurrten Antwort hören.

Er war derjenige gewesen, der auf eine Antwort gedrängt hatte, also würde er damit jetzt einfach fertigwerden müssen. Ich neigte den Kopf und sah ihn wieder an. »Ach, komm schon, Mark. Du bist ein cleverer Kerl.« Ich wusste, dass ich mich ungerecht verhielt.

»Klär mich auf, Bailey.« Sein Kiefer war dermaßen verspannt, dass ich Angst hatte, er könnte brechen.

Ich seufzte und spielte ihm eine sorglose Haltung vor. »Das ist eine alte Geschichte, Mark. Lockt man das Mädchen mit dem Versprechen einer strahlenden Zukunft an, ist sie ein Rohdiamant. Sie muss dann nur noch ein wenig geschliffen werden.« Ich umrahmte mein Gesicht süffisant mit meinen Händen.

»Wenn sie nur diesen ärgerlichen Beruf aufgegeben hätte, der ihrem Potenzial im Wege steht.« Ich lachte noch einmal auf und es schmeckte bitter auf meiner Zunge. »Aber keine Sorge – dieser Beruf steht dem Ficken in der Nacht nicht im Wege. Das heißt dann, wenn es keine anderen naiven Mädchen gibt, die mal gut durchgeorgelt werden müssen.« Mein Blick wollte Marks nicht erwidern, nicht meine Verletzung und meine Beschämung dort gespiegelt sehen.

»Aber weißt du, letztlich ist sie nicht kultiviert genug für den hochintellektuellen Künstler und seine endgeilen Freunde.« Ich hob einen Finger, als würde mir gerade der Rest der Geschichte einfallen. »Ach, und was dieses Master's-Programm angeht? Unser Hochintellektueller fühlt sich einfach nicht wohl dabei, sie zu diesem Zeitpunkt zu empfehlen; sie ist noch nicht soweit. Tatsächlich ist ihre Arbeit wirklich ziemlich langweilig – so wie sie selbst.«

»Bailey, Herrgott, was …« Ich überwand mich endlich, Mark wieder in die Augen zu sehen. Sein Gesicht war aschfahl.

Ich tat es mit einer Handbewegung ab. »Ist schon gut, Mark. Es ist vorbei. War es schon seit Monaten.«

»An diesem Abend«, warf er ein und legte die Stirn in Falten, »dem Abend mit der Party bei Laney, als ich dich hätte abholen sollen. Ich *wusste*, dass etwas nicht stimmte. Scheiße. Ich hätte bleiben sollen. Du hast ausgesehen, als hättest du geweint. *Scheiße*.«

Ich machte wieder ein abschätziges Geräusch. »Als ob. Ich weine nicht.« Ich zog eine Schnute, machte aber keinem was vor. »Und überhaupt, du hättest nichts tun können. Ich habe eine bittere Lektion gelernt. Eine, die ich bereits hätte kennen sollen. Mein Fehler.«

»Bailey.« Seine Stimme war sanft.

Ich zog mir die Decke bis zum Kinn hoch. »Und eine, die ich beinahe vergessen hatte, wieder einmal. Also war es eigentlich gut, dass Anton neulich Abend ein solcher Arsch gewesen ist.

Ich musste daran erinnert werden. Täuschst du mich einmal und all das.«

»Bailey.« Seine Stimme war dieses Mal strenger.

»Wenn ich also alle deine Fragen beantwortet habe, dann würde ich wirklich gerne meinen Film zu Ende schauen. Du kannst bleiben, wenn du möchtest, aber ich werde nicht mehr darüber reden, Mark.«

»Bailey!«, brüllte er.

»Was denn?! Was kannst du denn bloß noch wollen?!«, brüllte ich zurück.

Und dann brach ich, zu meinem absoluten Entsetzen, in Tränen aus.

Anzeichen dafür, dass du vielleicht ein Mädchen bist

BAILEY

»ACH NEIN.« MARKS Stimme verlor ihre Intensität und wurde vollkommen tonlos. Meine Brust fing an, sich zu heben und zu senken, zu einem Schwall von Schluchzern, wie ich es auf diese Art und Weise noch nie erlebt hatte. Ich spürte, wie Marks Hand unbeholfen meinen Rücken tätschelte, obwohl es sich eher anfühlte, als würde er versuchen, etwas zu lockern, was sich in meiner Luftröhre verkeilt hatte, als tatsächlich Trost zu spenden.

Eine noch größere Welle der Tränen und des Rotzes fing an zu fließen und ich war hilflos sie zu stoppen. Was geschah mit mir?

»He, äh, das wird schon wieder«, versuchte Mark mich zu beruhigen, während ich blind nach meiner Taschentücherbox griff. »Warte mal. Ich bin gleich wieder da.«

Ich hörte ihn in die Küche gehen, vermutlich, um mir ein Glas Wasser zu holen, oder vielleicht eine Magnumflasche Tequila. Ich blieb verloren in meiner ewigliebenden Scheiße und versuchte herauszufinden, wo alles völlig schiefgelaufen war.

Mark kehrte ein paar Minuten später zurück und reichte mir, wie ich es vermutet hatte, ein Glas. Es roch nicht nach Tequila. Verdammt. Er setzte sich neben mich, während ich das Wasser in einem Zug trank, da ich plötzlich verzweifelt ausgetrocknet war durch meinen untypischen Anfall theatralischer Mädchentränen. Das wiederum führte dazu, dass ich Schluckauf bekam, und das war dann der Punkt, wo Mark sich dem Unvermeidlichen beugte und mich in die große Umarmung eines kräftigen Mannes einhüllte, samt Hin-und-her-Wippen. So blieben wir eine ganze Weile, keiner von uns sagte ein Wort.

Dann, als meine Tränen endlich nachließen und sein Shirt zur Genüge durchtränkt war, packte er die Fernbedienung und wir sahen Indiana Jones dabei zu, wie er die Nazis in den Hintern trat.

Zwanzig Minuten später klingelte es an der Tür.

Du willst mich doch verarschen.

Ich spürte, wie sich Mark neben mir anspannte.

»Hä, erwartest du jemanden?«, fragte er in einem unglaublich schlechten Versuch, sich nichtsahnend zu stellen.

»Du musstest das einfach tun, nicht wahr?«

»Ich weiß nicht, was du meinst.« Er flitzte von der Couch, ehe ich ihn körperlich angreifen konnte. Ich fühlte mich zu beschissen, um auch nur den Versuch zu starten, ihn zu verfolgen.

»Prima. Lass sie einfach rein. Was kümmert mich das schon?« Ich konnte mir den jämmerlichen Anblick vorstellen, den ich mit meinem tränenüberströmten Gesicht abgab und dem Haufen feuchter Taschentücher, die einen Wassergraben rund um mich bildeten.

Ich hörte das Geräusch der Tür, die sich öffnete, gefolgt von zwei weiblichen Stimmen, durchzogen von Vorsicht und

Besorgnis in gleichen Teilen. »Hi, Bailey«, sagten beide zögerlich. Großartig. Ich war eine echte live Monstrositätenschau.

Noch bevor ich Fiona und Laney ansehen konnte, hörte ich Mark sagen: »Also ich bin dann mal weg«, direkt gefolgt vom Klang meiner Eingangstür, wie sie ins Schloss fiel. Feigling!

Ich seufzte und wappnete mich. So viel persönliche Details hatte ich nicht mehr verraten seit, na ja … immer. Auf die männliche Spezies war Verlass, dass sie meinen Abstieg in den Tratsch-Strudel verursachte.

»Hi.« *Schnief.*

Eine Silbe reichte ihnen anscheinend als Einladung, mich in busenquetschende Umarmungen zu nehmen und sich beiderseits von mir niederzulassen. Nicht einmal meine Taschentüchersammlung schien sie zu stören.

»Mark hat uns alles darüber erzählt. Also zumindest seine Version, du wirst also ein bisschen zurückgehen müssen«, sagte Laney.

Darauf hinauf gelang mir sogar ein echter Lacher. Ich konnte mir schon vorstellen, was Mark ihnen erzählt hatte. Wahrscheinlich so etwas in der Art von: »Baileys Vagina wurde von irgend so einem Künstler auf einem Fußgängerüberweg überfahren und es kommt Rotz aus ihrer Nase. Kommt sofort her.«

»Wir machen uns Sorgen um dich, Süße. So haben wir dich noch nie erlebt«, schaltete sich Fiona ein. Sie nahm meine Hand und drückte sie.

»Dann sind wir schon vier«, scherzte ich lahm.

»Kannst du uns erzählen, was passiert ist?« Laney packte meine andere Hand und ich spürte zum ersten Mal, seit ich erwachsen bin, tatsächlich diese Stärke in der Masse, von der die Frauen ständig sprachen – dieses Gefühl, dass die Last leichter wurde, wenn man sie teilte. Also atmete ich tief ein und schüttete mein Herz aus über Anton, legte die ganze schreckliche Wahrheit offen.

Der Tag, als Anton Germaine mir das Herz brach, hatte eigentlich als guter Tag angefangen – als großartiger sogar. Ich hatte mir einen Teil seiner konstruktiven Kritik zu einem meiner unfertigen Werke zu Herzen genommen und fühlte mich stolz angesichts des Resultates, dass ich erreicht hatte. Die Arbeit gehörte zu einer Serie von Ölmalereien, die ich mir Wochen zuvor ausgedacht hatte, als ich fasziniert gewesen war von einem Fernsehprogramm über den America Cup. Ich hatte danach wie in einer Manie vor Fotos und Videos von Segelschiffen gesessen, denn ich war fest entschlossen gewesen, deren majestätische Schönheit und stille Kraft auf der Leinwand einzufangen. Anton war mir eine große Hilfe gewesen, und ich hatte das Gefühl, dass sich die künstlerische Qualität meiner Arbeit unter seiner Anleitung in den letzten Monaten gesteigert hatte.

Ich eilte die Treppe zu seinem Mietshaus am nördlichen Rand der Innenstadt hoch. Ich hatte Frühschluss bei der Arbeit gemacht und freute mich darauf, Anton den Fortschritt an meinem Gemälde zu zeigen. Ich nutzte, um die Leinwand nicht zu beschädigen, den Fuß, um die Eingangstür aufzustoßen, während ich meine Sachen auf meinen Armen balancierte.

»He, Anton! Warte, bis du das hier siehst!«, rief ich aufgeregt in den stillen Raum hinein. Ich legte meine Tasche ab und nahm die Leinwand, um mich auf die Suche nach meinem Geliebten zu machen. Als ich ihn in der Küche nicht vorfand, joggte ich die Treppe hoch, denn ich dachte, ich würde ihn wahrscheinlich in der Dusche finden. Maler sein war schmutzige Arbeit – wunderbar, aber schmutzig.

»Ich habe endlich einen Weg gefunden, wie ich den grellen Schein des Wassers hinkriegen kann—« Ich blieb wie angewurzelt auf der Schwelle zum Schlafzimmer stehen. Eine dunkelhaarige und sehr nackte Frau mühte sich auf meinem genauso nackten Freund ab. Sie drehten sich beide zu mir hin und sahen mich an, als ich verblüfft in der Tür stand. Mein Atem gefror mir in der Lunge und ich ließ das Gemälde zu Boden fallen.

Antons Gesichtsausdruck wandelte sich von freudiger Erregung zu Enttäuschung, seine Lippen schürzten sich. Der Ausdruck der Frau war eine Kombination aus Selbstgefälligkeit und Irritation. Sie versuchte erst gar nicht, ihre Bewegung zu verlangsamen.

Was zum Teufel?

»Anton, was zum Teufel geht hier vor?«, konnte ich gerade noch flüstern.

»Bailey«, sagte Anton nur.

Was?! Das war es?! Wo war die Reue? Die Panik? Wo war der verzweifelte Erklärungsversuch? *Und warum zum Teufel war sie immer noch auf ihm drauf?* Er schien nicht einmal in der Lage, peinlich berührt dreinschauen zu können, um Himmels willen.

Mein Fuß blieb an der obersten Stufe hängen und ich vermied gerade noch einen Sturz die Treppe hinab. Meine Hände griffen nach dem Geländer, dabei bohrte sich der Rand schmerzhaft in meine Seite.

»Sloane, du machst es nicht besser«, hörte ich Anton sagen und seine Stimme kam näher.

Ich musste von dort wegkommen, ehe er mich einholte. Beinahe schaffte ich es bis zur Eingangstür, bevor mir einfiel, dass meine Schlüssel in meiner Tasche waren, die ich zuvor abgelegt hatte. Scheiße. Ich drehte mich in Richtung Wohnzimmer und wurde abrupt von Antons Hand auf meinem Arm gestoppt. Ich schüttelte sie heftig ab und weigerte mich ihn anzusehen.

»Bailey, meine Schöne, sei nicht so wütend.«

Sei nicht was?!

Ich fuhr ihn an und vergaß meine Entschlossenheit. »Was zum Teufel soll das denn bedeuten?!«, schrie ich. »Was soll ich denn empfinden, wenn ich meinen Freund dabei erwische, wie er mit einer anderen Frau schläft?!«

Das war wie so ein Lifetime-Film. Mir fiel es sogar schwer, dem Drang zu widerstehen, ihm eine Ohrfeige zu verpassen.

Er hielt die Hand seitlich weggestreckt. »Ich bin nicht dafür geschaffen, monogam zu sein. Ich dachte, dass wüsstest du. Tut mir leid, wenn das ein Schock für dich ist.«

»Ich weiß nicht mal, wie das möglich ist.« Ich steckte meine Hände in mein Haar. »All die Dinge, die du zu mir gesagt hast. All die Zeit, die wir miteinander verbracht haben – ich dachte wir wären *zusammen*.« Ich schüttelte ununterbrochen den Kopf, als würde das irgendwie diesen totalen Cluster-Fick erklären.

Er ging auf mich zu, noch immer nackt. Ich wollte davonlaufen, aber er befand sich zwischen mir und der Tür. »Wir haben unseren Spaß gehabt und er ist zu einem Ende gekommen. Das ist nichts Persönliches.«

Außer, dass es das doch war. Für mich war es so persönlich, wie es nur sein konnte. Ich hatte mich in ihn verliebt, schlimmer noch, ich hatte ihm vertraut.

»Und außerdem sehe ich mich einfach mit jemandem zusammen, der mehr … niveauvoll ist, mehr selbst-aktualisiert. Das verstehst du doch.« Und dann hat der ehrliche Anton mich am Kinn getätschelt. »Ich muss mich wirklich mit Menschen umgeben, die ihre Arbeit ernst nehmen und gewillt sind, sich der Sache ganz zu verschreiben.« Er warf mir einen vielsagenden Blick zu.

Dies war nicht das erste Mal, dass er meine Hingabe an meine Kunst angezweifelt hatte. Unzählige Male hatte er mir gesagt, dass ich, wenn ich es mit dem Künstlersein wirklich ernst meinte, das »Establishment« aufgeben und mich in eine weniger restriktive Existenz vertiefen musste.

Ich hatte etliche Male versucht, ihm das mit meiner Familie und meinen Verpflichtungen ihr gegenüber zu erklären. Aber er hatte immer eine Antwort auf alles, sogar auf meine Argumente, die meine Hypothek betrafen, und dass ich es vorzog, täglich etwas zu essen.

»Komm schon«, sagte er, »wir können trotzdem Freunde bleiben.« Er griff nach meiner Hand und ich entriss sie ihm, ehe er Kontakt hatte.

Wie hatte ich so einem Mann und seinen Lügen bloß Glauben schenken können? Ich wusste es doch besser!

Ich nahm meine Tasche und eilte an ihm vorbei, ohne mir die Mühe einer Antwort zu machen. Erst später an diesem Abend fiel mir das Gemälde ein. Ich war in eine Decke gehüllt, hatte ein kaltes Bier und einen Herzschmerz-Song in meinen Ohrhörern, als ich beschloss, dass ich das Gemälde nie wieder sehen wollte. Bestimmt würden Anton und Sloane sich köstlich darüber amüsieren. Doofe, naive Bailey Murphy und ihre lächerlichen Malerei- und Liebesversuche.

»Was für ein Arschloch«, sagte Fiona und schürzte angewidert ihre Lippen.

»Ein *großkotziges* Arschloch«, fügte Laney hinzu. »Igitt.«

Daraufhin musste ich dann ein wenig lächeln. Ich hatte es geschafft, die ganze Sage vorzutragen, ohne zu weinen, und ich fühlte mich tatsächlich ein wenig besser, weil ich es mir von der Seele geredet hatte.

»Nun, meine Damen, Anton mag ja der Grund sein, weshalb Gott den Mittelfinger geschaffen hat, aber wenigstens kann ich ihm für eine Sache dankbar sein.«

Sie sahen mich erwartungsvoll an.

»Er hat mir eine wertvolle Lektion erteilt, wem ich vertrauen kann und dass ich immer wissen sollte, was sich für mich gehört.« Ich erhob mich von der Couch und ging zur Küche, um mir mehr Wasser zu holen.

»Einen Moment, meine Liebe!«, forderte Fiona. »Was sich

für dich *gehört* ist jeder verdammte Ort, den du dir aussuchst. Lass dieses Arschloch nicht gewinnen.«

Ich drehte mich um und sah, dass beide mit den Händen an den Hüften dastanden. Ein Säulenpaar der Entrüstung mit Haltung.

»Seht mal, ich bin euch für die aufmunternden Worte dankbar, aber es soll einfach nicht sein. Ich bin dafür erkoren, bis an mein Lebensende an meinem Schreibtisch zu sitzen und Trockenmauern und Thekenflächen auf einem Blatt Papier herumzuschieben.« Okay, vielleicht machte ich mir auch ein bisschen eine Party.

Fiona neigte den Kopf. »Wer sagt das?«

»Äh, der Hausverstand?«, erwiderte ich.

»Wer sagt, dass du keine Künstlerin sein kannst?«, widersprach sie, während Laney unterstützend nickte.

»Machst du Witze? Es gibt einen Grund, wieso das Wort ›hungernd‹ immer dem Wort ›Künstler‹ vorsteht. Und außerdem kann ich mich in dieser Sache nicht mal gegen meinen Vater durchsetzen und ihr wisst, was für ein Marshmallow der ist.«

Fiona war noch nicht fertig. »Bestimmt kannst du doch einen Weg finden. Sieh mich an. Ich hätte nie gedacht, dass ich meinen Lebensunterhalt mit etwas verdienen können würde, das ich gerne tue, und jetzt darf ich kochen und Partys planen.«

Ich drehte mich wieder zurück und ging zum Kühlschrank. Sie konnte es einfach nicht verstehen, so lieb von ihr es auch war, es zu versuchen. Sie ist eine supergeile Köchin und sie stammt aus einem Haufen Geldadel. Meine Chancen, mit meiner Kunst Geld zu verdienen, standen ungefähr so gut wie die, Astronautin zu werden. Oder Gwen Stefani. Alle Szenarien waren gleich unwahrscheinlich.

»Ach komm schon«, sagte Laney und folgte mir. »Ich habe deine Arbeiten gesehen. Sie sind unglaublich! Und dein Dad würde es schon verstehen.«

Ich stellte mein Glas mit Wucht auf die Arbeitsplatte und stampfte dann frustriert mit dem Fuß auf. Wie ein Kind. Ich sank zu einem Allzeittief. »Sieh endlich, ich habe es doch versucht!« Ich stolzierte wieder ins Wohnzimmer. Ich war ein zielloses Durcheinander. »Die haben gesagt, dass ich nicht gut genug bin!«

Fiona warf den Kopf zurück. Och Scheiße. Der Finger war nicht mehr weit entfernt. »Wer sind ›die‹?«

»Das gottverdammte Gremium der MFA! Anton Verdammter Germaine! Die meine ich.«

Bei beiden runzelte sich die Stirn auf gleiche Weise und sie sahen sich verwirrt an. Wäre ich nicht so echauffiert gewesen, hätte ich vielleicht lachen müssen.

»Wen zum Teufel schert es, was dieser Scheißkerl sagt?«

»Das Gremium natürlich! Eine Woche nach der Bullenreiter-Show von Sloane und Anton kriegte ich einen Brief. Sie haben meine Bewerbung abgelehnt und mir alles Gute für meine zukünftigen Vorhaben gewünscht«, imitierte ich sie.

»Ach Scheiße«, war Fionas Antwort.

Laney kam zu mir und umarmte mich erneut. Ich versank in ihren Armen, Gefahr laufend, von Erschöpfung übermannt zu werden. »Das tut mir ja so leid«, flüsterte sie mir ins Ohr.

»Da sind jetzt Eiscreme und ein Schnulzenfilm angebracht«, verkündete Fiona.

Ich stöhnte. »Bitte, kein Weiberkram mehr.«

Sie betrachtete mich und gab nach. »Na schön, aber nur dieses eine Mal.«

Versicherung

JAKE

»Was weißt du über diesen Anton?«, dröhnte Marks Stimme aus dem Telefonhörer und ich musste ihn kurz vom Ohr weghalten. Zwar hatte ich mit seinem Anruf gerechnet, mit einem geplatzten Trommelfell allerdings nicht.

Nachdem ich den gesamten Sonnabend damit verbracht hatte, mich selbst zu bemitleiden und zu versuchen, Bailey nicht anzurufen, war ich schließlich eingeknickt und hatte stattdessen Mark ausfindig gemacht. Ich habe ihm von unserem Erlebnis in der Galerie erzählt und dass Bailey sich in der Folge in sich zurückgezogen hatte. Ich stand vor einem völligen Rätsel und ich hoffte, dass er als ihr Freund irgendeine Erkenntnis hatte. Stattdessen hatte er mit einem Haufen Flüchen reagiert und gesagt, dass er sich darum kümmern würde. Wer zum Teufel wusste, was das bedeuten sollte?

Jetzt war Sonntag und ich sah mich in einem Gartencenter in der Nähe nach ein paar Lösungsideen für den Garten der McGuires um. Ich hatte einen Online-Lieferanten, der überraschend gut war, aber ich wollte so viel wie möglich vor Ort zukaufen.

Durch Marks Tonfall und nach der Erwähnung Antons waren alle Gedanken an die Arbeit jedoch verbannt.

»Ich weiß, dass er sich offiziell Saftsack nennen darf, falls das was nützt. Wieso? Was hast du aus Bailey rausgekriegt?«

»Später. Im Moment müssen wir dieses Arschloch Anton finden. Hast du seinen Nachnamen mitbekommen?«

Mein Rücken erstarrte. »Was hast du rausgefunden, Mark?«

»Nichts Gutes, das kann ich dir sagen. Also was ist jetzt mit diesem Nachnamen?«

»Germaine. Anton Germaine.«

»Okay, ich rufe dich bald zurück. Komm rüber zu mir. Wir haben heute ein Treffen mit diesem Arschloch.« Mit diesen Worten legte er auf.

Scheiße.

»Das wird bei uns langsam zur Angewohnheit«, bemerkte ich, als ich auf dem Beifahrersitz von Marks Truck saß, während wir ein Campus-Gebäude der UNCT auskundschafteten. Vor Monaten hatten er und ich einen ähnlichen Tag damit verbracht, vor unserem örtlichen Krankenhaus nach ein paar Kredithaien Ausschau zu halten (*ich weiß – diese Scheiße kann ich nicht erfinden*), die hinter unseren Eltern her gewesen waren. Also eigentlich hinter unserem Dreckstück von einem Dad, aber unsere Mom war in die resultierende Misere mithineingezogen worden.

»Hm, du hast recht. Was verrät das über uns?«

»Daran möchte ich lieber nicht denken«, erwiderte ich, den Blick auf die Tür des Kunstakademie-Gebäudes gerichtet. Marks Herumschnüffeln hatte gezeigt, dass Anton heute an einem Workshop am Campus teilnahm, der in den nächsten

Minuten zu Ende gehen sollte. Wir mussten nur warten, bis er herauskam, damit wir uns mit ihm ein wenig unterhalten konnten.

Ich hatte Mark über seinen Besuch bei Bailey heute Morgen ausgefragt, doch er hatte mir nicht die ganze Geschichte erzählt, das wusste ich. Was er mir allerdings erzählt hatte reichte aus, um mein Verlangen zu schüren, diesem aufgeblasenen Arschloch einen Vorgeschmack auf meine Faust zu geben.

Dieser Anton hatte Bailey ausgenutzt. Er hatte ihr versprochen, ihr bei ihrer Karriere als Malerin zu helfen, und sie dann auf schmerzhafte Weise ausrangiert. Da war noch mehr an der Sache, aber Mark hatte gesagt, dass er nicht befugt war, es zu erzählen. Ich hatte erkannt, dass ich es eh von Bailey auf die eine oder andere Weise erfahren würde. Doch zuerst verdiente hier jemand einen Tritt in den Arsch von einem Paar hinterwäldlerischer Traditionalisten.

»Das ist er«, sagte ich fünfzehn Minuten später und deutete durchs Fenster auf die Flügeltür des Gebäudes.

»Welcher?« Mark setzte sich auf seinem Sitz vor und folgte meinem Finger.

»Der da, der wie ein wandelnder Penis mit Brille aussieht.«

Er griff nach seiner Tür. »Dann los.«

Wir stiegen beide aus und gingen auf den Bürgersteig zu, wo Anton nun stand und sich mit zwei weiblichen Studierenden unterhielt. Beide starrten mit so etwas wie Heldenverehrung zu ihm hoch.

»Yo, Germaine!«, rief Mark aus, als wir uns seiner Position näherten.

Anton drehte sich kurz um, einen verwirrten Ausdruck im Gesicht, ehe er sich wieder den Mädchen zuwandte und sich entschuldigte. Er stand uns frontal gegenüber, als wir uns näherten. Ich sah die genaue Sekunde, als es ihm dämmerte, wer wir waren, denn es war derselbe Moment, als seine Miene von Verwirrung zu Selbstgefälligkeit wechselte.

»Ah, der Gärtner.« Er musterte mich von Kopf bis Fuß, sichtlich unbeeindruckt. Es kümmerte mich nicht die Bohne. Dann unterzog er Mark der gleichen Überprüfung. »Wen haben wir denn hier? Einen Holzfäller?«

Mark fingierte ein Lachen. »Hast du gehört, Jake? Dieses Arschloch denkt, er wäre witzig.«

Ehe ich antworten konnte, mischte sich Anton ein. »Seht mal, *Jungs*, ich habe wirklich keine Zeit dafür. Sagt, was ihr sagen müsst, und dann fort mit euch. Ich bin mir sicher, dass es irgendwo Löcher gibt, die ausgehoben werden müssen.« Er zog sich seine Kuriertasche auf die Schulter und die Augenbrauen erwartungsvoll hoch.

Wie hatte es dieser Kerl so weit im Leben gebracht, ohne die Fresse poliert zu kriegen?

Meine Hände waren an meinen Seiten zu Fäusten geballt, aber ich zwang meine Stimme, so lässig-entspannt wie möglich zu bleiben. »Ich weiß nicht, Mark, es könnte was dran sein an dem, was er sagt. Ich denke mir gerade, dass es vielleicht keine so schlechte Idee wäre, ein Loch zu buddeln – vielleicht ein sechs Fuß tiefes? Was meinst du?«

Mark drehte sich zu mir und tat so, als würde er Anton völlig ignorieren. »Weißt du, man würde meinen, dass es ein sechs Fuß tiefes ist, aber heutzutage heben die nur vier Fuß aus. Hat mit dem Einsatz von Beton zur Vermeidung von Sinklöchern zu tun. Da ist auch was mit dem Hochsteigen von Leichen bei Flutbedingungen. Keine Ahnung. Hab's im Fernsehen gesehen.« Er schüttelte den Kopf.

Ich nickte in Erwiderung und tat so, als würde es mich interessieren. »Hmm, faszinierend.«

»Okay, meine Herren. Obwohl ich diese kleine Bedrohung schrecklich amüsant finde, sind wir hier fertig.« Anton streifte uns und rempelte dabei »irrtümlich« Marks Schulter mit seiner an. Angesichts der schieren Masse meines Bruders prallte er einfach an ihm ab. Fast wollte ich über die totale Blödheit dieser Handlung lachen. Anton fing sich wieder und zog es diesmal vor, einen größeren Bogen zu machen. Mark hielt ihn auf, indem er ihm eine Hand auf die Brust legte.

»Ach, wir fangen doch erst an, Germaine.« Mark wackelte mit seinem Kopf hin und her und erzeugte ein ploppendes Geräusch. Wäre ich Anton gewesen, ich hätte im Geiste mein Testament verfasst.

Endlich schien er zu begreifen, dass er nicht die Kontrolle über diese Situation hatte. Seine Hände gingen in einer abwehrenden Haltung nach oben. »Schaut doch, ich weiß nicht, was Bailey auch erzählt hat, aber ich trage hier für nichts die Schuld. Wir sind miteinander gegangen, dann war es zu Ende und das ist alles. Wenn sie deswegen immer noch empfindlich ist, dann ist das nicht mein Problem. Wir sind hier alle Erwachsene, es gibt also keinen Grund für euch zwei, den großen Bruder zu spielen.«

»Nun, siehst du«, sagte ich, »das ist die Stelle, wo wir anerkennen müssen, verschiedener Meinung zu sein. Ich habe nur zehn Minuten in deiner Gegenwart verbracht, und schon bist du unhöflich, herablassend und allgemein ein Arschloch. Ich kann mir nicht vorstellen, wie viel Schaden du dem Mädel in der Zeit, die sie mit dir verschwendet hat, zufügen konntest.«

Mark hielt ihm noch immer die Hand an die Brust, hielt ihn still, und ich stand daneben, die Arme verschränkt, um mich zu beherrschen.

»Ihr habt keine Ahnung, wie sehr ich versucht habe, diesem Mädchen zu helfen. Sie war ein hoffnungsloser Fall. Sie würde in der Kunstwelt niemals weit kommen. Ich tat ihr einen Gefallen.«

Daraufhin gab Mark ihm einen Schubser und Anton verlor beinahe die Balance, ehe er sich wieder aufrichtete und mit dem Finger auf Mark zeigte. »Wenn du mich noch einmal anfasst, werde ich die Polizei rufen.« Er zog seine Tasche wieder über seine Schulter und trat einen Schritt zurück.

Mark und ich traten noch einen Schritt näher auf ihn zu und verringerten den Abstand. »Wir müssen sehr verschiedene Vorstellungen davon haben, was Hilfe umfasst«, fing ich an, bevor Mark sich einmischte.

»Sie wie Scheiße zu behandeln und sie zu betrügen, hört sich für mich nach ziemlich beschissenen Gefälligkeiten an. Ganz zu schweigen von der Sabotage im Gremium und das Ausnutzen zum Sex.«

Ich schritt zurück. »Was zum Teufel?«

Mark riss seinen Blick von Anton los und sah mich an. Offensichtlich hatte er mehr verraten, als er wollte. Sein Gesicht war angespannt und ich vermutete, dass meines genauso aussah. Gleichzeitig wandten wir unsere Aufmerksamkeit wieder Anton zu, der nun einen feuchten Glanz von Schweiß auf seiner Stirn hatte. Ein panischer, feiger Ausdruck überkam sein Gesicht und es war klar, dass er gleich davonlaufen würde.

»He, Anton«, knurrte ich. »Deckt deine Versicherung das Sehvermögen ab?«

Die unerwartete Frage ließ ihn innehalten und sein Ausdruck wandelte sich zu einem der Verwirrung. »Was? Wieso?«

»Kein Grund«, erwiderte Mark, kurz bevor seine Faust seitlich auf Antons Gesicht traf und seine Brille davonschleuderte und den Scheißkerl zu Fall brachte.

Er lag auf dem Bürgersteig, hielt sich die Wange und duckte sich ängstlich, als ich mich neben ihn hockte. Er zuckte zusammen, als ich leise mit ihm sprach. »Du wirst sie nie wieder ansprechen, berühren oder auch nur an sie denken, sonst haben wir ein Problem. Kapiert?« Er

nickte langsam und ich stand wieder auf.

Mark war bereits im Weggehen und ein paar Studierende hatten sich versammelt. Einer bückte sich, um Anton aufzuhelfen, und ein paar andere schrien uns etwas nach, als wir zum Truck gingen. Wir nahmen von keinem Notiz und wir blickten nicht zurück. Allerdings sorgten wir sehr wohl dafür, dass die Brille, die uns vor die Füße gefallen war, festen Kontakt mit unseren Arbeitsschuhen bekam.

»WILL ICH ÜBERHAUPT WISSEN, was hier passiert ist?«

Ich schmunzelte, als unsere Mom die Arme verschränkte und Mark mit gehobenen Brauen ansah. Wir fläzten uns, er und ich, auf ihrer Couch und sahen uns Fußball an, während Mark sich einen Eisbeutel an seine Hand hielt.

Er warf mir einen scharfen Blick zu, ehe er ihr antwortete. »Wahrscheinlich nicht.«

Sie bückte sich, ihr »Mama-Gesicht« angelegt, und streckte die Hand aus. »Lass mich mal sehen.«

Mark seufzte und entfernte den Eisbeutel. Ich schauderte ein bisschen, aber unsere Mom kam gut damit klar und hob Marks große Hand in die Höhe, um sie sich anzusehen. Seine Knöchel waren geschwollen und nahmen einen schönen Lila-Ton an. Zwei waren aufgesprungen, aber das Blut war größtenteils trocken.

Unsere Mom tss-te und ließ seine Hand los. »Ich werde Verbandszeug holen und dann werdet ihr mir erzählen, was passiert ist.« Wir kriegten beide den empörten Blick ab. »Und ich will die ganze Geschichte, damit ich entscheiden kann, ob ihr nur verantwortungslos oder ausgesprochen dämlich seid.«

Ich lachte erneut, aber Mark unterbrach mich. »Halt die Klappe, Arschloch. Wäre ich nicht als erster rangegangen, wärst du derjenige, der sich die Lektion anhören muss.« Er hatte nicht unrecht. »Verdammt.« Er streckte die Finger aus und zuckte zusammen. »Mir war nicht bewusst, dass man so viel

Schaden anrichten kann, wenn man einem Kerl eine reinhaut. Ich muss mit dem Ding morgen arbeiten.«

»Apropos Arbeit. Bailey solltest du lieber aus dem Weg gehen – sie wird nicht allzu beeindruckt sein.«

»Ja, gutes Argument.«

Unsere Mutter kam wieder und kniete sich vor die Couch. Die Haare fielen ihr ins Gesicht, als sie sich die Verletzung noch einmal ansah. Mark riss die Hand zurück, als sie einen Knöchel berührte. »Hör auf, dich wie ein Baby zu benehmen. Wenn du dich schon prügeln musst, dann musst du auch mit den Folgen leben.«

Wieder konnte ich mein Lachen nicht zurückhalten, woraufhin ich noch einen finsteren Blick von meinem kleinen Bruder bekam.

»Ich vermute, du bist nicht nur ein unschuldiger Zuschauer gewesen, Jake, also nimm dich lieber in Acht«, warnte mich unsere Mom.

Das ließ mich verstummen.

»Ich habe so ein Gefühl, dass ich weiß, worum es dabei gegangen ist, aber ich hoffe sehr, dass ich mich irre«, sagte unsere Mom, während sie eine antibiotische Salbe auf Marks aufgeschürfte Hand schmierte.

Mark und ich sahen uns an, identisches Runzeln auf der Stirn.

»Äh, worum soll es dabei gehen, was glaubst du?«, wagte sich Mark vor.

Sie hob den Blick von ihrer Aufgabe und fixierte uns beide. »Bailey.«

Scheiße, Neuigkeiten verbreiteten sich aber schnell.

»Wie zum Teufel …«

Mark unterbrach mich: »Shortcake, verdammt!« Er schlug mit seiner unverletzten Faust auf die Couch ein.

»Immer schön sachte, Rocky«, erwiderte unsere Mom. »Ich hatte sie vorhin am Telefon wegen einer Sache in der Arbeit, und du kennst ja Fiona. Sie hat gesagt, du und Bailey, ihr hättet euch heute Morgen persönlich unterhalten und sie macht gerade etwas mit. Es wurde ein Kerl erwähnt, gefolgt von einer Reihe von Fluchwörtern, also habe ich eins und eins zusammengezählt.« Dann wandte sie sich zu mir. »Ich hatte gehofft, die Dinge würden gut laufen zwischen dir und Bailey. Was ist da los mit diesem anderen Mann?«

Ich erklärte ihr das Galerie-Desaster und rief damit mehrmaliges Stirnrunzeln und Kopfschütteln bei ihr hervor, während sie ihre Arbeit an Marks Hand beendete. Dann ging sie in die Hocke und verschränkte die Arme.

»Das hört sich sehr seltsam an. Ich kann mir nicht vorstellen, dass Bailey sich mit solchen Leuten umgeben würde.«

»Das habe ich mir auch gedacht«, antwortete ich.

Schließlich meldete Mark sich zu Wort: »Es ist viel komplizierter.«

Das war mir bereits klar angesichts der wenigen Bemerkungen, die er während unserer Konfrontation mit Anton unabsichtlich ausgeplaudert hatte. Ich fragte mich, was der wohl gerade machte und ob ein Gang zum Arzt dazugehörte. Ich hätte mich schlecht fühlen müssen, doch es fiel mir schwer, irgendeine Art von Reue aufzubringen.

»Also hast du ihm ins Gesicht geschlagen, vermute ich richtig?«, fragte unsere Mom und richtete einen strengen Blick in Marks Richtung.

»Jawohl«, sagte er und lehnte sich auf der Couch zurück, ein großes zufriedenes Lächeln im Gesicht. »Vertrau mir einfach. Er hat es verdient.«

Ich nickte zustimmend mit dem Kopf.

»Also ich kann ja nicht behaupten, dass ich Gewalt als Lösung für irgendwas gutheißen würde, aber ihre seid erwachsene Männer. Ich muss darauf vertrauen, dass ihr ein halbwegs gutes Urteilsvermögen gezeigt habt. Ich könnte mir vorstellen, dass es viel bedarf, dass einer von euch einen anderen

Menschen schlägt, auch wenn ihr viel Zeit mit dem Üben im Fitnessstudio verbringt.« Sie lächelte zaghaft. »Bailey hat ein Glück, dass sie euch beide auf ihrer Seite hat.«

Ich schmollte niedergeschlagen und sie warf mir einen neugierigen Blick zu. »Mom, ich glaube, sie hat genug von mir. Du hättest ihr Gesicht Freitagabend sehen sollen.«

Ein liebevoller Ausdruck zog über ihre Züge und sie zwinkerte mir zu. »Ich würde noch nicht das Handtuch werfen, mein Schatz. Ich habe so ein Gefühl, diese ganze Sache hat sehr wenig mit dir und sehr viel mit ihr zu tun gehabt.«

»Hä?«

Sie tätschelte meine Hand. »Vertraue mir. Das ist ein Frauending.«

Mark lachte plötzlich leise in sich hinein, weil er sich anscheinend an etwas erinnerte. »Äh, ja. Wenn all die Tränen, die ich heute Morgen miterlebt habe, etwas beweisen, dann dass Bailey doch eine Frau ist. Ich bin überrascht.«

Ich klatschte ihn an den Hinterkopf und er versuchte mich abzuwehren, wobei er kurz seine verletzte Hand vergaß. »Aua! Scheiße!«

Dafür bekam er noch einen Klaps auf den Kopf, dieses Mal von unserer Mom. »Hört auf zu fluchen!«

»Was ist jetzt damit, dass Gewalt keine Lösung ist?! Hört jetzt endlich alle auf mich zu schlagen! Ich bin ein verdammter Held!«, rief er, dann lachte er und schützte sich vor weiteren Angriffen.

»Diese Regel gilt nicht für Familienangehörige«, sagte ich und meine Mom lachte. Ich verpasste Mark noch einen Klatscher. »Besonders wenn dieses Familienmitglied immer noch Dinge geheim hält!«

»Ich berufe mich auf den Fünften basierend auf dem Beste-Freunde-Kodex. Und außerdem könntest du mal Rückgrat zeigen und sie verfolgen, wie du's vorher gemacht hast. Beim ersten Mal scheint es ja auch funktioniert zu haben.«

Daraufhin schüttelte unsere Mom nur den Kopf, stand auf und sammelte ihr Verarztungsmaterial ein. »Ich lasse euch mal allein. Und esst nicht meine ganzen Lebensmittel auf.« Sie ging in die Küche.

»Ich habe sie nicht verfolgt. Ich habe sie nur mit meinem Charme für mich gewonnen.« Na ja, das war vielleicht ein wenig übertrieben.

»Ja, genau«, erwiderte Mark, unentwegt grinsend. »Also was macht die neue Wohnung, die du *direkt in der Nähe von Baileys* mieten wolltest?«

Scheiße. Direkt erwischt.

Ich starrte ihn böse an. »Okay, na gut, es gibt keine Wohnung. Aber ich musste mir ja einen Weg einfallen lassen, wie ich ihr zufällig begegnen konnte. Du hast mir ja praktisch eine gravierte Einladung geschickte, als du mir von ihren Morgenläufen erzählt hast!«

Er legte die Stirn in Falten. »Gott, bist du entflammt.«

»Das bist du vielleicht, Arschloch!«

Er schlug mir mit seiner unverletzten Hand auf den Arm. »Ich will dich doch nur verarschen, Nancy.«

»Na dann wird dir der hier ja gefallen. An dem Morgen, als ich passenderweise Bailey begegnet bin, hatte ich zum Schluss Kotze auf den Schuhen. Ich vermute, dem Karma gefiel nicht, wie ich herumschlich. Zufrieden?«

Er lachte lauthals, als meine Mom den Kopf abrupt aus der Küche um die Ecke steckte.

»Bailey hat auf dich erbrochen?« Sie sah nicht so angewidert drein, wie man es erwarten würde. Stattdessen hatte sie einen besorgten Gesichtsausdruck.

»Ja, wenn man's glauben will. Aber du wärst stolz auf mich – ich habe sie nach Hause gefahren und sichergestellt, dass es ihr gut ging. Ich habe mich an meine Lektionen aus der Kindheit erinnert und mich wie der perfekte Gentleman benommen«, scherzte ich.

Sie erwiderte das Lächeln nicht, sondern verschwand wieder in der Küche.

Mark und ich sahen uns fragend an. Dann zuckten wir gleichzeitig mit den Schultern und wandten unsere Aufmerksamkeit wieder dem Spiel zu.

Anzeichen dafür, dass man d-e-f-i-n-i-t-i-v ein Mädchen ist

BAILEY

NORMALERWEISE JUCKTE ES MICH SCHON, ein bisschen Zeit allein für mich und mein Skizzenbuch zu haben, wenn ich den ganzen Tag bei mir zu Hause von Menschen umgeben war. Ich musste jedoch zugeben, dass es sich gar nicht übel und sogar ganz toll anfühlte, dass Fiona und Laney den überwiegenden Teil des Tages auf meiner Couch parkten. Es half, meine verletzte Seele zu besänftigen – und dass Fiona das Talent besaß, den kümmerlichen Inhalt meines Kühlschranks zu nehmen und daraus echte Speise zu zaubern, war eine schöne Draufgabe, mit der ich nicht gerechnet hatte.

»Ich verstehe immer noch nicht, wieso ich diesen Film noch nicht gesehen habe«, sagte Laney, schaufelte sich noch einen Bissen Frittata in den Mund und starrte auf den Fernseher.

»Mensch, das ist ja wie ein männlicher Muskelaugenschmaus«, fügte Fiona hinzu. Sie nippte an ihrem Wein und er ran ihr praktisch über das Kinn hinab, während sie Chris

Hemsworth mit entblößter Brust zusammen mit dem Rest der Besetzung im neuesten Avengers-Film anstarrte.

Ich bildete mir ein bisschen was ein. »Und seid ihr jetzt nicht froh, dass ich die Frauenschnulze abgelehnt habe?« Ich biss in meine eigene Frittata-Schnitte und stöhnte, weil sie so köstlich war. »Verdammt, Fiona. Du musst bei mir einziehen, damit ich jeden Tag so essen kann«, murmelte ich mit vollem Mund.

»Das sind doch nur Eier.« Sie grinste, den Blick noch immer auf die Männer am Bildschirm geheftet, von denen sich dem Anschein nach keiner ein Hemd mit Ärmeln leisten konnte.

Darüber musste ich lächeln. Was ich am Drive-Thru-Schalter von MacDonald's kriegte waren »nur Eier«. Kein Wunder, dass ihr Catering-Unternehmen, dass sie mit Kelly zusammen hatte, schon jetzt ein Erfolg war.

»He, ich bin überrascht, dass du heute keinen Catering-Auftrag hast«, sagte ich ihr.

Endlich riss sie den Blick los vom Fernseher und zuckte mit den Schultern. »Wir hatten gestern zwei, und Kelly und ich haben noch andere Jobs, es ist also ganz angenehm, sich mal einen Tag freinehmen zu können.«

»Ahhh, und du hast beschlossen, ihn mit so einer jämmerlichen Person wie mir zu verbringen.« Ich zeigte ihr ein bescheidenes Lächeln.

»He, nichts davon!«, schaltete sich Laney ein. »Zeit für uns Mädels ist ein wertvolles Gut und es ist höchste Zeit, dass du das begreifst.« Scherzhaft stieß sie mich mit dem Ellenbogen.

»Ja, na ja, das ist noch neu für mich, also müsst ihr ein wenig nachsichtig mit mir sein.«

Fiona schaltete den Fernseher auf Pause und ich bereute sofort meine Unterbrechung der Männerparade. Sie würden mich zwingen, noch mehr zu reden – ich konnte es spüren.

»Also, wo wir jetzt ein gutes Essen und ein paar Filme intus haben, ist es an der Zeit, noch ein bisschen mit der Sprache rauszurücken«, verkündete Fiona.

Ich wusste es! Ich versuchte, mir die Decke über den Kopf zu ziehen, doch sie wurde mir aus der Hand gerissen – ziemlich aggressiv, fand ich.

»Nein. Jemand anderes ist dran.«

Fiona legte spöttisch einen Finger an ihr Kinn und drehte sich zu Laney. »Ach, tut mir leid. Laney, hast du zufällig einen schwanzlutschenden Ex getroffen und dich von ihm herunterputzen lassen?« Laney tat so, als würde sie darüber nachdenken und schüttelte dann langsam den Kopf. »Und ich nehme an, du hast auch nicht einen scharfen Beckett-Bruder verjagt, aus Gründen, die du uns erst mitteilen musst?!«

Laney schüttelte wieder den Kopf. »Immer noch nein. Tut mir leid.«

Sie fixierten mich beide mit ihren blöden Augen.

»Meinetwegen.« Ich weiß, ich bin brillant.

Ihre Mienen veränderten sich nicht.

»Seht mal, das ist kompliziert.«

»Ach ja? Wir mögen es kompliziert«, sagte Laney, während Fiona zustimmend nickte.

Ich seufzte. Dann seufzte ich noch einmal, nur damit sie wussten, welche Umstände sie mir machten. »Na schön.«

Fiona kreuzte die Beine unter ihrem Allerwertesten und hielt ihr Weinglas an sich gedrückt, als würde sie sich für eine Vorlesestunde bereitmachen. Ich starrte sie böse an, ehe ich meinen Erklärungsversuch startete.

»Ihr erinnert euch doch an die Hochzeit?«, fragte ich wie eine Idiotin. Natürlich erinnerten sie sich an die Hochzeit. Doch sie nickten nur, als wäre meine Frage völlig berechtigt. Wow, sie waren gut in diesem Weiberscheiß. »Jedenfalls war ich also so richtig aufgedonnert und fühlte mich ein bisschen … unwohl. Ihr wisst schon, wegen der komischen Kleidung und weil mein

Bruder heiratete.« An diesem Punkt sah ich zu Laney. »Nicht, dass ich mich nicht wirklich für euch beide freuen würde.«

Sie tat es mit einer Handbewegung ab. »Nein, ich kapiere schon. Hochzeiten machen das mit einem.«

Ich nickte. »Also Jake tauchte bei dem Empfang auf und ich meine, ich war einfach … wow.« Ich wand mich bei dem Gedanken daran. »Er hat mich angesehen, als wäre ich zum Anbeißen, und irgendwas in mir, ich weiß nicht, hat einfach klick gemacht. Seit der Sache mit Anton hatte ich den Männern ganz abgeschworen, aber die Art, wie Jake mich angesehen hat – und dann war da meine Stimmung und wie ich gekleidet war … ich habe ihn regelrecht bestiegen wie eine riesige männliche Sequoia!« Beschämt verdeckte ich mein Gesicht und hörte Fiona sich an ihrem Wein verschlucken. Laney brach in Gelächter aus. O Gott, war das peinlich. Wieso erzählten sich Menschen sowas?

Sie griffen beide nach meinen Händen und zogen sie mir vom Gesicht. Fiona kicherte. »Mädel, ich würde mir Sorgen machen, wenn du nie einen Mann bespringst – besonders einen, der so geil aussieht wie einer der Beckett-Brüder in einem Anzug.«

»O mein Gott. Ich weiß. Dieser Anzug – und diese Wangenknochen. Es war, als hätte jemand mir einen ganzen Topf Schokoladenfondue voll mit Testosteron vor die Nase gehängt. Ich war machtlos.«

Das brachte beide zum Kichern. »Dann kapier ich nicht, wo das Problem liegt«, sagte Laney.

Ich wollte mir wieder das Gesicht verdecken, widerstand jedoch. »Vermutlich war dieser Abend an sich kein Problem. Mein Plan war gewesen, nur diese eine Nacht mit ihm zu haben und das wäre es dann gewesen.«

»Aber wieso?«, fragte Fiona.

Da wurde es jetzt schwierig.

»Na ja, erstens habe ich mich völlig untypisch verhalten. Ich meine, ich war herausgeputzt und habe mich ihm gegenüber dreist verhalten. Ihr habt schon gehört, dass ich gesagt habe, dass ich ihn besprungen habe, oder?« Sie nickten. »So *bin* ich überhaupt nicht.«

Fiona zuckte mit den Schultern. »Vermutlich. Aber es hört sich total geil an und er stand offensichtlich drauf.«

»Schon, aber das ist wie irreführende Werbung. Ich meine, seht euch mich doch an.« Ich deutete hinunter auf meine Männer-Boxershorts und das Pig-Pounder-T-Shirt. »Und abgesehen davon bin ich nicht der Typ Mensch, der Gelegenheitssex mit jemandem wie Jake Beckett haben und dann verhindern kann, dass die Dinge kompliziert werden. Ich meine, seht euch an, was mit Anton passiert ist. Und er war nie auch nur halb so verlockend und süchtig machend wie Jake! Mann, ihr hättet mich sehen sollen – ich war wie so eine sexbesessene Stripperin mit einem von Beckett verursachten High.«

Beide lächelten. Scheiße, ich hatte zu viel erzählt.

Rückzug!

»Ich glaube, ich werde mir was zu trinken holen gehen. Ich fühle mich ein bisschen ausgetrocknet.« Ich wollte aufstehen, aber beide drückten mich wieder hinunter. Was war das, dass mich alle Leute heute an die Couch binden wollten?!

»Nicht so hastig!«

Ich starrte sie noch ein paar Mal böse an und seufzte ergebungsvoll. »Ich bin eine Idiotin.«

»Nein, bist du nicht.«

»Es ist nur so, dass ich es hätte besser wissen müssen. Ich hätte niemals ein weiteres Date akzeptieren sollen – ein erstes Date, um genau zu sein. Ich habe mich nur dermaßen in seinen Sog ziehen lassen, dass ich alle Bedenken in den Wind geschlagen habe.«

»Und wieso soll das falsch sein? Glaubst du denn, dass Fiona und ich keine Angst hatten, uns auf unsere Männer einzulassen? Wenn du dich erinnerst, Fiona ist total durchgedreht, bevor sie und Mark ihren Scheiß geregelt kriegten.«

Da musste ich ein wenig lächeln. Fiona war wirklich durchgedreht. Aber da ging es um Mark, das war also verständlich.

»Ich freue mich wirklich, dass ihr zueinander gefunden habt, aber bei mir wird's anders aussehen. Und außerdem bin ich mir sicher, dass Jake keine echten Gefühle für mich hegt. Er will nur Spaß haben mit einer sexuell selbstsicheren Frau. Wie ich sagte, es war irreführende Werbung.«

»Okay, erstens, woher weißt du, dass Jake keine echten Gefühle für dich hat? Hast du tatsächliche Beweise dafür, dass er nur auf ein Techtelmechtel aus ist? Und zweitens, was zum Teufel ist bloß los mit dir?!« Fiona schlug mich mit einem Couchkissen.

»Herrgott, was mit *mir* los ist? Was stimmt mit *dir* nicht?!«

»Du bist total geil und du bist eine Superpartie! Warum willst du das eigene Licht unter den Scheffel stellen?«

»Berichtigung. Ich war geil und eine gute Partie am Abend der Hochzeit. Nicht in meinem wirklichen Leben.«

Dieses Mal schlug Laney mich mit einem Kissen.

»Ich werde gleich anfangen, mich zu wehren, und ich habe mehr Muskeln als ihr zwei zusammen – ich will's nur sagen.« Laney machte ein abschätziges Geräusch und Fiona setzte mir erneut zu.

»Jake hat dich praktisch wie ein Stalker verfolgt! Und mit ›dich‹ meine ich die T-Shirt tragende, kratzbürstige, messerstechende Bailey. Nicht nur die im Kleid! Was willst du denn von ihm? Dass er eine Reklametafel mietet mit ›Yo, Bailey Murphy, ich hab 'ne Riesen-Latte für dich!‹?«

Laney lachte, aber ich spürte, wie meine Augen sich mit Tränen füllten – *wieder einmal*. Meine nächsten Worte kamen als Flüstern heraus. »Es wird ihm langweilig werden mit mir und er wird mir das Herz brechen, und das halte ich nicht noch einmal aus. Schon gar nicht bei jemandem wie ihm.«

Laney griff nach meiner Hand. »Was genau meinst du mit ›jemandem wie ihm‹?«

»Jemanden, in den man sich so leicht verlieben kann. Jemanden, der genau das ist, was ich mir immer gewünscht habe«, gab ich mit ernster Miene zu.

Erinnert ihr euch an die Große Mauer? Die, angesichts derer die Liebe lachte? Nun, sie hatte einen schwerwiegenden Designfehler. Einen, der unweigerlich das Ganze zum Einstürzen bringen würde, in einem Haufen Staub und Ziegelsteinen enden würde, immer wieder. Langsam fing ich an zu begreifen, dass ich sie neu aufbauen konnte, so oft ich wollte, doch unüberwindbar würde sie niemals sein. Sie konnte immer nur für kurze Perioden Schutz bieten, bis mein verräterisches Herz eine verdammte Strickleiter über den Rand warf, mit einer Einladung dazu, es solle jemand kommen und es stehlen.

Ich schniefte und Fiona reichte mir ein Taschentuch. »Ach, Liebes.«

»Ich weiß.« Ich lachte jämmerlich. »Ich bin schon halbverliebt in diesen Klugscheißer. Man würde es nicht vermuten, wenn man mit mir abhängt, aber es ist nicht viel dazu nötig. Ich bin so eine Art Liebesschisshase.«

Das brachte beide zum Grinsen.

Ich spürte, wie mir ein paar Tränen über die Wangen liefen. »Und was die Sache noch schlimmer macht: Ich glaube, dass ich endlich meine weibliche Seite gefunden habe!« Stichwort für das schluchzende Elendshäufchen, wieder einmal.

Scheiße.

Ich sah Jakes Brust zu, wie sie sich hob und senkte, als er neben mir schlief. Ich fühlte mich nur ein bisschen wie ein Fiesling, aber ich konnte nicht schlafen und er war ja wirklich ein herrlicher Anblick. Meine Finger juckte es, die Konturen seiner gut entwickelten Arme nachzuziehen, aber hauptsächlich wollte ich ihn noch einmal küssen. Sein Kuss hatte etwas, das einen Schalter in mir umlegte. Ich wusste, dass ich in großen Schwierigkeiten war.

Nachdem wir den Sekt ausgetrunken hatten, machten wir noch ein bisschen rum und unterhielten uns bis in die Nacht. Wir scherzten und plänkelten hin und her und hatten sogar unseren ersten echten Streit – na ja, ich musste es so nennen, denn wie konnte jemand ernsthaft versuchen wollen zu behaupten, dass *Goodfellas* besser als *The Godfather* ist? Er versuchte offensichtlich, mich wütend zu machen. Wir hatten jedoch rasch Versöhnungssex, daher war alles wieder im Lot in der Welt, als Jake schließlich einschlief und ich noch immer wach war.

Diese Nacht war die unglaublichste meines Lebens gewesen und ich war in Stücke gerissen, dass die Sache mit diesem Mann nicht über diese Nacht hinaus andauern konnte. Ich konnte spüren, dass mein Herz sich ihm bereits schenken wollte, und ich wollte mir wegen meiner Dummheit einen Tritt geben. Jake besaß die Macht, mich so völlig zu vernichten, wie ich noch nie zuvor verletzt worden war. Ich wusste das und ich konnte es nicht geschehen lassen.

Ich würde einfach einen Zettel mit irgendeiner erfundenen Ausrede schreiben und mich hinausschleichen müssen, ehe er aufwachte. Ich konnte es nicht ertragen, beim Hellwerden bei Tagesanbruch sein Gesicht zu sehen, was auch immer es für ein Zauber war, der über uns verhängt worden war. Ihn falsche Versprechungen machen hören und dann zur Tür hinausgehen sehen, würde mich zu sehr schmerzen. Ich beschloss, meinen Plan sofort auszuführen, als ein gewaltiges Gähnen mich zwang, die Augen zu schließen. Ich konnte die Augen ja wohl kurz schließen.

Sonnenlicht stach durch meine Lider und ich blinzelte sie auf. Scheiße! Ich war eingeschlafen. Ich sah rasch zur Seite, aber außer mir lag niemand im Bett. Ich schluckte den Kloß in meinem Hals hinunter, der sich plötzlich gebildet hatte.

Nun, es sah so aus, als hätte sich mein Wunsch doch noch erfüllt. Ich würde sein Gesicht nicht sehen müssen, wenn er mir versprach, mich anzurufen. Und ich würde nicht gegen das Verlangen ankämpfen müssen, nachzugeben und das Risiko einzugehen.

Ich setzte mich langsam auf und dehnte mich. Mein Körper schmerzte an Stellen, von denen ich nicht wusste, dass sie schmerzen konnten – eine bittersüße Erinnerung an meine Nacht als Bailey 2.0. Ich begab mich ins Badezimmer und entdeckte ein Blatt Hotelbriefpapier auf der Ablage.

Morgen, Irin. Ich brachte es nicht übers Herz, dich zu wecken – du hast wie eine Tote geschlafen, also wirst du es nötig gehabt haben. Es ist mir letzte Nacht wohl gut gelungen, dich richtig müde zu machen! Meine Mom hat angerufen und sie braucht Hilfe beim Transportieren der Lebensmittel heute Morgen. Ich werde dich später heute noch anrufen.

—Jake

Ich ging zurück hinaus ins Schlafzimmer, den Brief noch in der Hand. Ich las ihn noch einmal durch, dann fiel ich auf das Bett zurück, mein Kopf vollkommen durcheinander.

Natürlich hatte er einen Brief geschrieben, sagte ich mir. Er ist ein toller Kerl. Gute Jungs schreiben Briefe am Morgen danach. Aber wegen des Anrufs würde ich nicht die Luft anhalten. Und selbst wenn er es wundersamerweise durchziehen wollte, würde ich mich gegen die Versuchung wappnen müssen, mehr aus der Sache werden zu lassen. Denn wenn Jake Beckett fortging, wovon ich wusste, dass er es tun würde, würde er mehr mitnehmen, als ich mir leisten konnte zu verlieren.

Es war Montagmorgen und ich saß an meinem Schreibtisch und starrte mein Telefon an, das dasaß und mich herausforderte. Ich hatte einen versäumten Anruf von Jake und eine Nachricht in der Mailbox, die ich mir noch anhören musste.

Die Mädels hatten meine Wohnung am Vorabend schlussendlich um die Essenszeit herum verlassen, und ich war danach fast sofort eingeschlafen. All das Erzählen war erschöpfend. Ich wusste nicht, wie die das ständig machen konnten. Bevor sie gingen, teilte ich freiwillig Umarmungen anstatt Knüffe auf den Arm aus, was mein normaler Modus Operandi gewesen wäre. Diese Frauen hatten ihren Sonntag geopfert, um mit mir abzuhängen und mich aufzuheitern. Ich begriff langsam, was für ein Glückskind ich war, dass ich endlich Freundinnen hatte. *Verrückt, ich weiß.*

Ich versuchte immer noch, den Mut aufzubringen, mir Jakes Sprachnachricht anzuhören, als ein Anruf von Kelly durchgestellt wurde. Das war seltsam. Wir unterhielten uns selten per Telefon. Ich bekam plötzlich Angst, dass sie im Auftrag von Jake anrufen könnte. Dieser Gedanke war sowohl beängstigend als auch lächerlich. Bevor ich mir zu lange darüber Gedanken machen konnte, nahm ich das Gespräch an.

»Hallo, Kelly.«

»Bailey, hallo. Wie geht es dir?«

»Abgesehen davon, dass ich jetzt schon ein Schläfchen nötig hätte, geht es mir gut«, scherzte ich. »Was gibt es?«

»Ach, na ja«, sie pausierte, ihre Stimme klang ein wenig angestrengt, »könnten wir uns heute zum Mittagessen treffen?«

»Äh, na klar«, sagte ich und fühlte mich ein wenig misstrauisch. »Irgendein bestimmtes Lokal?«

»Na ja, ich hatte gehofft, dass du zu mir nach Hause kommen könntest. Ich würde kochen.«

Aha, sie probierte neue Rezepte aus. Dafür war ich immer zu haben. »Aber sicher! Ich werde gerne dein Versuchskaninchen sein. Fiona war gestern bei mir und hat diese sagenhafte

Frittata gemacht. Ich wusste bis dahin nicht mal, was das ist.« Ich lachte.

Sie erwiderte mein Lachen, ehe sie fortfuhr: »Großartig. Wie wäre es so um Mittag herum?«

»Hört sich gut an. Ich werde dort sein.«

Langsam fand ich, dass es keine schlechte Sache war, wenn man mit professionellen Caterern befreundet war.

Gegen Mittag schlich ich mich davon, ohne jemandem zu sagen, wo ich hinfuhr. Ich hatte Mark vormittags noch nicht gesehen und war irgendwie froh darüber. Ein Teil von mir schämte sich wegen des vergangenen Tages, aber der andere Teil brauchte einfach nur eine Pause bei allem, was auch nur annähernd mit Gefühlen zu tun hatte.

Kelly trug, als sie die Tür öffnete, ein gelbes Oberteil, das die verschiedenen Farben ihrer Augen hervorhob – Augen, die Jakes auf unheimliche Weise ähnelten, wie mir auffiel. Verdammt. Sie deutete mir hereinzukommen und nahm mich in eine Umarmung, was in gewisser Weise etwas Neues war, bei dem ich aber trotzdem mitmachte. Ich wurde supergut in diesem Umgangsmethoden-zeug.

Ich sah mich in dem kleinen aber gepflegten Wohnzimmer um. »Kommt noch jemand oder sind wir alleine?«

Da bemerkte ich, wie sie ihre Hände rang. Das konnte kein gutes Zeichen sein.

»Kelly, stimmt etwas nicht?«

Sie lächelte mich gequält an. »Ich weiß es nicht.«

Ich sah sie nur fragend an.

»O Gott, das geht mich ja nichts an.« Sie hielt sich eine Hand vor die Augen und schüttelte den Kopf.

Herrjesus. Würde sie sich tatsächlich für Jake einsetzen? Hatte er seine Mami gebeten, an seiner Stelle mit einer Frau zu reden? Was zum Teufel? Ich war mir ziemlich sicher, dass man irgendein kosmisches Gesetz brach, wenn man seine Mutter als Zuhälter einsetzte.

»Was ist denn los?«, fragte ich mit geneigtem Kopf. Fast rechnete ich damit, dass Jake um die Ecke lugen und »Überraschung!« auf irgendeine ungeheuer sexy Art und Weise rufen würde.

»Möchtest du essen? Wir sollten essen«, sagte sie und schlurfte in die Küche.

»Kelly?«

Sie blieb wie angewurzelt stehen und drehte sich dann abrupt zu mir um. Sie holte tief Luft und streckte die Hände seitlich aus. »Okay, du wirst wahrscheinlich lachen, aber mir ist gestern etwas eingefallen und ich muss ständig daran denken.«

Okay, das hörte sich nicht so schlecht an. Ich deutete ihr, sie solle fortfahren.

»Na ja, es ist nur so, dass ich dich recht gut kenne, und ich habe ein paar Dinge gehört.«

Ich unterbrach sie. »O Gott, Kelly. Ich weiß. Ich bin mir sicher, dass es dir ziemlich komisch vorkommt, dass Jake und ich ein paarmal miteinander ausgegangen sind. Aber ich bin mir ziemlich sicher, dass es sowieso aus ist. Und ich bin mir auch ziemlich sicher, dass du alles über das Fiasko am Freitag gehört hast. Wirklich, lassen wir das hinter uns. Du musst dir keine Sorgen machen und es tut mir leid, dass wir dich in eine missliche Lage gebracht haben.« Bringt mich sofort um.

Sie streckte die Hand aus, um mich zu stoppen. »Nein, das ist es nicht. Na ja, nicht ganz. Ich war sogar begeistert, als ich gehört habe, dass du und Jake euch verabredet.«

Ich konnte nicht anders – ein dezentes Lächeln entkam mir, bevor ich mich daran erinnerte, dass es aus war.

»Ich meine aber ein paar … andere Dinge. Es ist nur so, dass du in letzter Zeit ungewöhnlich emotional gewesen bist, stimmt's? Ich meine, seit ich dich kenne habe ich dich noch keine Träne vergießen sehen.«

Hä? »Äh, ja …« Wo sollte das hinführen? »Ich glaube, Fiona

und Laney haben eine Kampagne laufen, um mein inneres Mädchen zu befreien«, versuchte ich zu scherzen.

Sie sagte nichts zu meinem schwachen Witz. »Und ich habe gehört, dass du vor ein paar Wochen in Ohnmacht gefallen bist – und dann hat Jake gestern irgendwie erwähnt, dass du dich übergeben hast.«

Ich verdeckte meine Augen. »Im Ernst?! Davon hat er dir erzählt?!«

»Und du hast vorhin gesagt, dass du ein Schläfchen nötig hättest.« Sie fuhr entschlossen fort.

Ich nahm meine Hand weg und sah sie wieder an. Worauf um alles in der Welt wollte sie hinaus? »Ja, ich war völlig erschöpft. Ich habe eine Erkältung und bin ganz verstopft. Es ist echt hart.«

Sie faltete ihre Hände sorgfältig vor sich und sah mich erwartungsvoll an. Als ich nicht antwortete, nahm ihr Gesicht den Ausdruck an, den man jemandem zeigt, der darauf beharrt, dass Einhörner existieren. Ich bin mir sicher, dass ich sie mit einer Miene ansah, die auf der Skala irgendwo zwischen völlig bescheuert und total dämlich rangierte.

Ich hielt es nicht länger aus.

»Was denn?!«

Sie kam auf mich zu, nahm meine Hände in ihre und führte mich zur Couch, wo wir uns beide hinsetzten. Ach, sieh doch nur, noch ein Mensch, der mich zum Sitzen zwingt. Oje!

Schließlich sprach sie. »Bailey, Liebes, ich weiß, dass das äußerst persönlich ist, aber ich muss trotzdem nachfragen. Wann war deine letzte Periode?«

Was. Zum. Teufel?

Ich starrte sie stumm an. Ich war sprachlos. Ich meine, ich war der *Inbegriff* von sprachlos.

Kelly hielt nur meine Hand und wartete auf eine Antwort.

Mein Blick fiel schließlich zur Seite, während ich nachzählte. Dann zählte ich noch einmal. Die Summe war nicht gut. Meine

Regelblutung war vier Wochen verspätet – wieso war mir das nicht aufgefallen? Was zum Teufel fehlte mir?

Doch nein – das konnte nicht sein. Auf keinen Fall konnte ich schwanger sein. Der einzige Mensch, mit dem ich in den letzten Monaten Sex gehabt hatte, war Jake. Wir hatten verhütet! Ganz zu schweigen davon, dass ich gerade im Krankenhaus gewesen war und die mich untersucht und mich für gesund erklärt hatten – wie in: *nicht schwanger*!

Moment mal, nein. Scheiße. Sie hatten keinen Urintest gemacht. Ich bringe es überhaupt nicht fertig zu pinkeln, wenn ich dazu gezwungen werde – die Erwartungen sind zu groß für meine arme Blase, und sie überkreuzt immer die Beine und weigert sich zu kooperieren.

Aber unabhängig davon konnte ich nicht *schwanger* sein.

O Gott. Bitte lass mich nicht schwanger sein. Hörst du mir zu?

Mein panischer Blick fand Kelly wieder. Sie lächelte mich zögerlich an und holte eine Apothekentüte aus ihrer Handtasche.

Man musste kein Genie sein, um zu begreifen, was in der Tüte war, und ich wollte nichts damit zu tun haben. Nein, Ma'am! Ich hatte die Nase voll vom Mädchensein.

Entdeckung

JAKE

»DIE HÖHEREN BÄUME in die hinteren Ecken«, wies ich Tom, ein Mitglied des Teams, das mit uns am Vaughn-Projekt arbeitete, an. »Ich will nicht, dass die eventuell jemandem die Sicht verstellen, wenn sie beschließen, um einiges größer zu werden.«

Ich wischte mir mit dem Handrücken meines Handschuhs den Schweiß von der Stirn und schaute mit kritischem Blick durch den Garten. Wir kamen gut und rasch voran und ich hoffte, in den nächsten paar Tagen mit dem Pflanzen fertig zu sein. Dann würden wir uns um einige der Materialverlegungen kümmern, während wir die Büsche und Bäume im Auge behielten, um sicherzugehen, dass sie sich gut akklimatisierten. Letzte Woche war der Garten ein heilloses Chaos gewesen, als wir alte Pflanzen herausgenommen und Löcher gegraben hatten. Ich befürchtete, Mrs. Vaughn würde mich umbringen, doch alles regelte sich jetzt wie versprochen. Meine Vorstellung wurde zum Leben erweckt und sogar die sittsame alte Dame fing an sich zu entspannen.

»Die Rosensträucher haben es mir ziemlich angetan«, ertönte eine Stimme hinter mir. Ich drehte mich um und entdeckte die ältere Frau, wie sie Tom dabei zusah, wie er einen der Stöcke an seiner neuen Stelle in sein Loch setzte.

»Es freut mich, dass sie Ihnen gefallen. Sie werden nächsten Sommer wunderschön sein, rechtzeitig zur Hochzeit.«

Ich spürte mein Telefon in meiner Gesäßtasche vibrieren und zog mir rasch den Handschuh aus, um das Gerät herausholen zu können, bevor der Anruf auf die Mailbox umgeleitet wurde. Jax. Verdammt.

»Nicht der, von dem Sie hören wollten, nehme ich an«, sagte Mrs. Vaughn. Ich merkte, dass ich ein wenig errötete, als mir bewusstwurde, dass man mir meine Emotionen wohl im Gesicht ansehen konnte.

Ich zuckte verlegen mit den Schultern. »Nicht so ganz.«

»Nun«, fing sie an, während sie sich unsichtbare Fäden von ihrem Rock zupfte, »vielleicht ist es altmodisch, wenn ich das sage, aber meinen Sie nicht auch, Sie sollten sie anrufen, anstatt darauf zu warten, dass sie anruft?«

Ich schmunzelte und war überrascht, dass sie sich darauf einließ. »Glauben sie mir, Ma'am, ich habe meine Absichten mehr als deutlich gemacht. Und nur fürs Protokoll: Ich habe gestern Abend angerufen. Ich habe sogar eine Nachricht hinterlassen«, sagte ich grinsend, als würde ich ein Geheimnis preisgeben.

Sie nickte und lächelte verschmitzt. »Und Sie machen sich Sorgen, sie könnte kein Interesse haben. Ist es das?«

Ich sah meine Schuhe an und versuchte nicht unverhohlen zu lächeln. »Es ist nicht ganz der Eindruck, den ich gewonnen habe.«

Daraufhin lachte Mrs. Vaughn sogar. »Ich glaube, langsam verstehe ich, Mr. Beckett. In dem Fall kann ich Ihnen nur sagen, dass eine junge Frau immer ihre Gründe hat. Vielleicht ist es an der Zeit, dass sie die ihren ergründen.«

Sie nickte und machte kehrt, um zum Haus zurückzugehen. Dann hielt sie an, sah noch einmal zu Tom hin. »Sagen Sie ihrem Mann, er soll diese Stöcke genau in einer Linie pflanzen. Wir streben nach Vollkommenheit, Mr. Beckett.«

»Ja, Ma'am.« Ich lächelte und ging zu Tom, während Mrs. Vaughn zum Haus zurückging. Der Rückruf an Jax würde warten müssen. Wir mussten heute Nachmittag Vollkommenheit erreichen.

Als der Tag dann vorüber war, war ich schmutzig, roch schlecht und war erschöpft. Wir hatten es geil hingekriegt und mehr erledigt, als ich für den Tag geplant hatte, daher fühlte ich mich auf der Heimfahrt sauwohl.

Ich rief Jax zurück, wie ich es ihm schuldete, und erfuhr, dass Tessa McGuire meine gute Laune nicht teilte.

»Mensch, bei der hast du richtig gelegen«, sagte Jax.

»Bei wem?« Ich hatte keine Ahnung, wovon er redete.

»Tessa McGuire. Sie hat heute vorbeigeschaut, weil du dem Anschein nach ihre Anrufe dieses Wochenende nicht erwidert hast.« Ich konnte die Freude in seiner Stimme hören. Wieso freute ihn mein Leiden so sehr? Arsch.

»Im Ernst? Ich habe sie zurückgesimst und ihr gesagt, dass wir genau im Zeitplan liegen! Ihr Projekt fängt überhaupt erst nächste Woche an.«

Darauf reagierte er mit einem leisen Lachen. »Nun, dem Anschein nach war sie auf der Suche nach etwas mehr *persönlicher* Betreuung.«

»Scheiße«, ächzte ich ins Telefon.

»Entspann dich. Ich hab das für dich im Griff. Ich habe ihr gesagt, dass du morgen Nachmittag vorbeischauen würdest, um etwaige Fragen, die sie hat, zu beantworten. Ich habe auch mit Ollie gesprochen und er wird sich Zeit nehmen, um dich zu begleiten.«

Ich seufzte. »Vielen Dank, Mann. Ich will dieses Projekt nicht sausen lassen, aber ich habe kein gutes Gefühl dabei. Ich weiß es zu schätzen, dass du mich unterstützt.«

»Kein Problem. Abgesehen von dem Geld, das wir bei einem Projekt von der Größe einnehmen werden, muss ich sagen, dass der Unterhaltungswert den Aufwand wert ist.«

»Sagt der Mann, der keine Stalkerin hat.«

Er lachte. »Nein. Ich meine, du hättest Fiona sehen sollen, als Mrs. McGuire kam und nach dir fragte. Ich dachte, unser Mädel würde der Frau die Augen auskratzen. Du hast jetzt offiziell eine fünf Fuß große Leibwächterin, inklusive High Heels und einem frechen Mundwerk.«

»Gott, ich kanns mir gut vorstellen.« Ich lachte in mich hinein, als ich mir das geistig vor Augen hielt.

»Ich habe mir schon überlegt, ob ich nicht Überwachungskameras installieren sollte, für das nächste Mal, wenn deine Verehrerin vorbeischaut«, scherzte er. »Und ich vermute, dass es ein nächstes Mal geben wird.«

Leider vermutete ich dasselbe.

Die Gedanken an Tessa McGuire verflüchtigten sich, sobald ich in die Wohnstraße meiner Mom einbog und Baileys Wagen in unserer Einfahrt parken sah.

»He, Mann, muss Schluss machen. Danke noch mal.« Ich wartete nicht einmal auf eine Antwort, ehe ich auflegte.

Ich parkte meinen Truck auf der Straße und joggte zur Eingangstür. Ich ging direkt ins Wohnzimmer und rechnet damit, sie auf der Couch vorzufinden, doch dort war niemand. Eine Inspektion der Küche ergab dasselbe. Gerade drehte ich mich um, als ich abrupt von meiner Mutter angehalten wurde, die aus dem Flur gerannt kam.

»Jake, warte«, sagte sie mit leiser aber eindringlicher

Stimme, als sie praktisch mit mir zusammenstieß und eine Hand auf meinen Arm legte. Sie schien ein wenig in Panik zu sein.

»Geht's dir gut? Was ist los? Wo ist Bailey? Ich habe ihr Auto in der Einfahrt gesehen.«

»Komm in die Küche.« Sie zerrte mich an der Hand, ich folgte und versuchte zu erraten, was los war. »Setz dich.« Sie deutete auf einen der Küchenstühle, aber mir war nicht nach Sitzen zumute.

»Was ist denn los, Mom?«

Sie setzte sich und fing an, ihre Hände zu ringen.

»Ist etwas passiert?«

»Nein. Nein. Ich wollte dich nur abpassen, bevor du in dein Zimmer stürzt.« Sie machte eine Pause und knabberte an ihrer Lippe, dann fuhr sie fort. »Bailey schläft dort drinnen.«

Ich sah auf meine Mutter hinab. »Ach, ist etwas mit ihr?«

»Ja. Sie ist nur erschöpft. Lass sie schlafen, okay? Wenn sie aufwacht, kannst du sie sehen.«

»Okay.« Ich setzte mich, jetzt unsicher, was ich mit mir anfangen sollte. »Nur aus Neugierde. Wie lange ist sie schon hier?«

Bei dieser Frage stand meine Mom auf und ging zum Kühlschrank. »Äh, seit Mittag ungefähr?«, sagte sie eher fragend als feststellend. »Du scheinst durstig zu sein. Wasser?«

»Ja, danke«, antwortete ich abwesend und versuchte zu verstehen, weshalb Bailey mitten an einem Arbeitstag hergekommen war. »Musste sie heute denn nicht arbeiten?«

Meine Mutter stellte mir das Wasser hin und sagte: »Ach, ich habe sie zum Mittagessen eingeladen und sie hat sich nicht gut gefühlt. Ich habe ihr vorgeschlagen, dass sie sich niederlegen soll, und seither schläft sie. Ich habe Mark angerufen und ihm gesagt, er soll die Arbeit informieren, dass sie krank ist.«

»Aber du hast doch gesagt, dass es ihr gut geht.« Irgendwas stimmte hier nicht.

»Tut es auch.« Ich bekam einen Klaps auf die Hand. »Wie ich gesagt habe. Du kannst mir ihr reden, wenn sie aufwacht.« Meine Mutter verließ die Küche und ging leise auf ihr Zimmer.

Irgendwas stimmte hier *definitiv* nicht.

Zwanzig Minuten später tauchte meine Mom wieder aus ihrem Zimmer auf, für die Abendschicht ihres Jobs als Kellnerin bekleidet. Ich bekam sowohl einen Kuss als auch eine Erinnerung daran, dass ich Dornröschen ruhen lassen solle, bevor meine Mutter das Haus verließ und ich ihr Auto aus der Einfahrt fahren hörte.

Die Frau, nach der ich verrückt war, lag in meinem Bett, nachdem sie mich die letzten drei Tage über komplett ausgeschlossen hatte. Auf keinen Fall würde ich wie ein Trottel hier auf der Couch bleiben. Ich ging direkt ins Badezimmer, wo ich mich rasch duschte. Ich trocknete mich ab und wickelte mir ein Handtuch um die Taille und ging dann leise zu meiner Schlafzimmertür und drehte langsam am Knauf.

In meinem Bett lag meine blonde Göttin, mit rosa Wangen und einer Decke bis zum Kinn hochgezogen. Sie hatte ein zartes Stirnrunzeln beim Schlafen und ich wollte es mit einem Kuss wegwischen. Ich ging und stellte mich neben das Bett und sah eine Weile auf sie hinab. Sie machte keine Muskelbewegung. Meine Mutter hatte recht gehabt. Bailey war ganz und gar erschöpft.

So leise ich konnte, tauschte ich das Handtuch gegen Retroshorts und stieg dann vorsichtig in das kleine Bett neben sie. Ich ging mit peinlicher Sorgfalt vor, um sie nicht aufzuwecken, und arrangierte uns so, dass ihr Kopf auf meiner Schulter ruhte, dann legte ich meine Arme um sie. Ich schloss die Augen, spürte, wie meine eigene Müdigkeit des Tages mich traf. Ehe ich mich versah, schlief ich ebenfalls tief und fest.

Ich wurde von einer nuschelnden Stimme und einem harten Kinn, dass sich in meine Schulter bohrte, geweckt. Meine Augen klappten auf, ich schaute nach unten und sah, wie

Bailey langsam von ihrem Marathon-Nickerchen erwachte. Das Zimmer wurde nur von dem nachlassenden Dämmerungslicht erleuchtet, das durch mein Fenster drang, was mir verriet, dass ich über eine Stunde weggewesen war. Baileys Wange rieb über meine Brust und sie hob den Kopf, während ihre Augen immer wieder blinzelten. Das Stirnrunzeln von vorhin wurde tiefer, bis sie mit dem Blick mein Gesicht fand und ein hübsches Lächeln sich auf ihrem makellosen Mund formte.

»Jake«, sagte sie schläfrig.

»Hallo, Irin«, erwiderte ich leise und lächelte zurück. Sicherlich sahen wir wie ein Paar Idioten aus, doch das war mir egal.

Wir sahen einander einen perfekten Moment lang an und ihr Gesichtsausdruck sagte mir alles, was ich wissen musste. Sie wollte mit mir zusammen sein. Es war also entschieden. Ich würde dafür sorgen.

Ich hob die Hand, um ihr die Haare aus dem Gesicht zu streichen, und die Bewegung wirkte wie eine Art Katalysator. Ihr Lächeln erstarrte und sie sprang auf dem Bett auf die Knie. Sie schleuderte den Kopf herum, als würde sie ihre Umgebung nicht erkennen, und die Bewegung schien sie zu schmerzen, denn sie stöhnte und bedeckte sich den Kopf mit den Händen.

Ich setzte mich auf und zog sie an mich. »He, langsam. Du fühlst dich wirklich schlecht, nicht wahr?« Ich streichelte sie am Rücken, aber sie war steif in meinen Armen.

»O mein Gott«, murmelte sie.

»Komm schon, leg dich wieder hin. Mach es nicht noch schlimmer«, redete ich ihr zu, doch sie ließ sich nicht überreden.

»Jake«, sagte sie in meine Brust, »bitte.«

»Bitte was? Soll ich dir ein Ibuprofen holen? Wie wär's mit einem Glas Wasser?« Ich ließ sie los, damit ich zurückweichen und sie mir wieder ansehen konnte.

Sie sah zu mir auf, mit einem Ausdruck, den ich nicht verstand. Es war fast eine ängstliche Miene. Was zum Teufel?

»Nein«, erwiderte sie. »Ich brauche … Ich brauche nur eine Minute.«

»Äh, okay.« Ich neigte den Kopf, denn ich begriff überhaupt nicht, worum sie mich bat.

»Könntest du dich vielleicht dorthin stellen?« Sie deutete vage in eine Zimmerecke. »Nein, warte. Ich werde aufstehen. Dann kann ich besser denken.«

»Bailey, was zum Teufel geht hier vor sich?« Ich schien diese Frage in letzter Zeit öfters zu stellen. Ich kriegte langsam einen Komplex.

Sie stieg aus dem Bett und schritt zur Tür und wieder zurück. Ihr Shirt war herausgezogen und ihre Haare waren aufgelöst, kein Pferdeschwanz mehr. Sie sah aus, als wäre sie auf ihrem Schreibtisch bei der Arbeit geschändet worden – entweder das, oder sie war in den Trockner gepurzelt. Ich hoffte, wir würden in Ordnung bringen können, was immer es war, das ihren Gesichtsausdruck verursachte, und sie würde wieder ins Bett kommen.

Ihr Daumennagel saß fest zwischen ihren Zähnen und ihre Augen waren aus Konzentration zusammengekniffen. Sie holte tief Luft, ließ die Hand fallen und platzte mit einer Sache heraus, die ich am allerwenigsten zu hören erwartet hatte.

»Ich bin schwanger.«

Der Dead Rabbit Pitch

BAILEY

Es gibt Momente im Leben, die man seinen Lebtag nicht mehr vergisst. Jedes Detail ist ins Gedächtnis eingebrannt, und man kann den Moment hervorholen, um ihn noch einmal abzuspielen, wann immer einem danach ist. Wenn die Erinnerung besonders schmerzhaft ist, kommt sie oft ungebeten zum Vorschein und man muss dagegen ankämpfen, denn man will es nie wieder erleben.

Der Moment, als ich diese Worte zu Jake sagte und seinen Gesichtsausdruck sah, war einer jener, von denen ich wusste, dass ich sie zu verbannen lernen musste. Denn er war von der Sorte, die zurückkehren und mich nicht loslassen würden.

Meine Worte hingen in der Luft, als seine Miene sich von Besorgnis und Verwirrung zu etwas wandelte, das ich nur als völliges Entsetzen beschreiben kann. Er war das Kind aus *The Shining* und ich war die gruseligen Zwillingsmädchen.

Wieso hatte ich mich von Kelly dazu überreden lassen? Es hatte sich wie ein Kinderspiel dargestellt, als ich schluchzend auf ihrer Couch gesessen hatte und sie mich fest umarmt hielt. Natürlich musste ich es Jake sagen. Ich meine, seine eigene Mutter wusste es, um Himmels willen. Und es war nicht so, als wäre das etwas, das ich verbergen konnte – ich mochte zwar die Königin des Junkfoods sein, aber auch noch so viele Pizza-Rolls und Mozzarella-Sticks würden in der nahen Zukunft meinen Bauch nicht verstecken.

Mannomann. Ich würde einen riesengroßen Bauch bekommen! Ich würde eine dieser glücklosen schwangeren Frauen sein, die ich oft im Laden sehe, wie sie versuchen, die Cornflakespackung im obersten Fach zu erreichen. Ihr elefantöser Bauch steht ihnen im Weg und sie wedeln hilflos herum, bis jemand Mitleid mit ihnen bekommt und die verdammte Packung Frosted Flakes herunterholt. Ich würde auch zu ihnen gehören. *Ich!*

Ich verdrängte das beunruhigende Bild und konzentrierte mich wieder auf Jakes Gesicht – er sah drein, als würde er bei einer Autopsie zusehen. Das Einzige, was diesen Augenblick noch verschlimmern konnte, wäre, wenn ich mich wieder auf ihn übergeben würde. Was in meinem jetzigen Zustand durchaus im Bereich des Möglichen lag.

Ich stellte fest, dass ich mich weder bewegen noch sprechen konnte. Ich war in diesem Augenblick eingefroren, als der sich in mein Gedächtnis brannte, um mich später zu quälen. Die Zeit verging – keine Ahnung wie viel – und beide starrten wir uns an.

Dann, Gott sei Dank, veränderte sich Jakes Gesicht – nicht zu etwas Gutem, wohl gemerkt, aber verändert hat es sich. Es nahm jetzt entweder einen verlorenen oder paranoiden Ausdruck an. Seine Augen bewegten sich durchs Zimmer, als würden sie die Antwort zu einer unausgesprochenen Frage finden. Ich hatte den gesamten verdammten Tag lang nach dieser Antwort gesucht und ich konnte ihm versichern, dass sie nirgends in diesem Haus zu finden war. Die einzige Antwort, die es gab, ließ sich auf ein Wort reduzieren: FUCK!

Jawohl, die Tat war begangen und wir waren total am Arsch.

Schließlich sprach er. »Bist du dir sicher?«

Und *das* war das, was er sagte.

Ich verhaspelte mich. »Bin … Bin ich mir sicher?« Ich schüttelte den Kopf, nicht als Antwort auf seine Frage, sondern vor schierer Ungläubigkeit. »Glaubst du wirklich, dass ich so etwas sagen würde, wenn ich mir nicht sicher wäre, Jake?! Natürlich bin ich mir sicher! Herrgott!«

Er streckte die Hände aus. »Okay, tut mir leid. Tut mir leid. Ich will nur … Ich versuche nur, das zu verarbeiten.« Seine Hände gingen zu seinem Haar, wo sie wie wild rubbelten und ein totales Chaos anrichteten. Wäre ich nicht mit dieser unbedeutenden Angelegenheit, meiner *Schwangerschaft*, beschäftigt gewesen, hätte ich das vielleicht sogar sexy gefunden.

In Ordnung, ich musste hier ein Auge bei ihm zudrücken. Ich hatte mehrere Stunden Zeit gehabt, um die Information zu verdauen, und ich war noch immer ein verstörtes Gefühlsbündel. Er hatte lediglich ein paar Minuten Zeit gehabt. Ich musste meine Verrücktheit zügeln. »Tut mir leid. Ich wollte dich nicht anschreien. Ich weiß, dass das ein absoluter Schock ist.«

Er nickte mit weit geöffneten Augen, die Hände fielen jetzt seitlich herunter. »Wir haben ein Kondom benutzt. Wir haben mehrere Kondome benutzt.«

Sollte ich auch nur den Hauch eines Lächelns im Anschluss an diese Bemerkung wahrnehmen, würde ich ihn erdolchen. »Ja, das ist mir bewusst. Glückwunsch. Deine Spermien sind leistungsorientiert.«

Natürlich waren sie das. Ich meine, seht ihn euch an. Es hätte nicht überraschen sollen, dass Jake Beckett superheldenhafte Spermien hatte, die mit nur einem Sprung hohe Gebäude erklommen. Ein bloßes Stück Latex konnte Jakes Superspermien nicht das Handtuch reichen. Sie grinsten abschätzig über so lächerliche Hindernisse. Mann, wahrscheinlich hatte er mir Drillinge gemacht!

Er lachte freudlos und war sich anscheinend der Tatsache nicht bewusst, dass ich mich am Rande eines Nervenzusammenbruchs befand. Sein Rückgrat verlor die Fähigkeit, ihn aufrecht zu halten, und er fiel auf das Bett zurück und bedeckte sich mit einem Arm die Augen.

Mich ließ er betreten und mit rasendem Herzen in der Mitte des Zimmers stehen. Na gut, wenigstens hatte er mich nicht gefragt, ob ich mir sicher war, dass das Baby seines war. Das war doch schon mal etwas, oder nicht?

Ich wusste nicht, was ich tun sollte. Sollte ich ihm sagen, er solle sich keine Sorgen machen – dass ich mir alleine was einfallen lassen würde? Nein. Das war lächerlich. Sollte ich ihn fragen, was er vorhatte? Was, wenn er wollte, dass ich es abtreibe? So beängstigend der Gedanke an ein Baby allein schon war, wusste ich doch, dass ich das nicht tun konnte. Und es war ja nicht so, dass ich mittellos war oder mich körperlich nicht in der Lage befand, mich um ein Kind zu kümmern. Wenn ich es alleine machen musste, dann würde ich es tun. Meine Familie würde doch sicherlich mit anpacken, nicht wahr?

Ich würde dieses Baby bekommen, so oder so.

Die Worte trafen mich direkt in die Brust. Es war das erste Mal, dass ich diesen konkreten Gedanken durch mich durchströmen ließ. *Ich würde ein Baby bekommen.* Das war ein verdammt guter kosmischer Scherz.

Obwohl ich beschlossen hatte, mit Jake nachsichtig zu sein, musste ich feststellen, dass meine Augen schon wieder feucht wurden, als ich ihm zusah, wie er dalag und zweifelsohne Gott oder den Teufel darum bat, dies alles verschwinden zu lassen. Begriff er denn nicht, dass ich haargenau das Gleiche empfand? Die gleiche Angst und Hilflosigkeit? Plötzlich wollte ich ihm und seinen blöden Superspermien einen Schlag verpassen.

Stattdessen beschloss ich zu gehen, ehe ich etwas tat oder sagte, dass ich nicht mehr zurücknehmen konnte. Ich hatte mich soeben zur Tür gewandt, als ich Jakes Stimme hörte.

»Wo willst du denn hin?« Sein Ton war sanft.

Ich drehte mich wieder zu ihm, fühlte mich noch immer fehl am Platz. Er hatte den Arm aus dem Gesicht genommen und stützte sich im Bett liegend auf einen Arm. Der Mann hatte soeben die schockierendste Nachricht seines Lebens zu hören bekommen und sah aus, als befände er sich mitten in einem Foto-Shooting für Unterwäsche von Calvin Klein. Trotz der schrecklichen Umstände wollte ich die Augen verdrehen.

»Schwing deinen Arsch und deinen dicken Bauch hier rüber, Irin.« Und dann zeigte er mir ein verlegenes Lächeln.

Ein gigantischer Schluchzer quoll aus meinem Körper und ich brach auf Jake zusammen, was ein überraschtes Ächzen hervorrief. Er legte seine Arme um mich und streichelte meinen Rücken, während ich einen Schwall hormonell und emotional bedingter Tränen losließ. Er flüsterte mir beruhigende Worte ins Ohr, während jeder Tropfen Feuchtigkeit, die mein Körper enthielt, sich auf seiner Brust und seinem Kissen ablagerte.

»He, es wird okay werden«, murmelte er. »Wir werden das gemeinsam hinkriegen. Du machst das nicht allein, okay?«

Seine Worte waren Balsam für mein gequältes Herz und Hirn – und Gebärmutter anscheinend.

Wir lagen uns weiter in den Armen, bis ich keine Tränen mehr hatte, und dann deckte Jake mich mit einer Decke zu und ging hinaus, um ein Glas Wasser zu holen. Als er zurückkam, nahm ich die Flasche dankbar entgegen und leerte sie, während er seine Position auf dem Bett wieder einnahm. Bald war ich an seine Seite geschmiegt, wie ich es beim Aufwachen gewesen war.

»Sieh mal, klarerweise habe ich mir noch nichts überlegt,

und ich bin mir sicher, du hast das auch nicht, aber wir werden zusammen einen Plan schmieden. Okay?«

Ich nickte in seine Schulter. »Ich muss einen Termin beim Arzt machen. Bestimmt gibt es einen Haufen Dinge, die ich herausfinden muss.«

»Du sagst mir wann, dann werde ich dich hinbringen.«

Ich konnte nicht fassen, wie gelassen er bei all dem zu sein schien.

»Okay. Ich werde die morgen anrufen und es dich dann wissen lassen.«

Ich fragte mich, ob er die gleiche außerkörperliche Empfindung hatte, die ich erlebte. Wir bekamen ein Baby. Ein kleiner Mensch wuchs in exakt diesem Augenblick in mir heran, zur Hälfte aus Wangenknochen und zur Hälfte aus Wildfang bestehend.

»Ich weiß, dass es so eine Regel gibt, dass man eine gewisse Zeit lang keinem Menschen erzählen soll, dass man schwanger ist. Hast du diesen Punkt schon überschritten?« Er wich zurück und sah auf mich herab.

»Ich habe nicht die geringste Ahnung, wovon du sprichst.«

Er stieß einen kurzen Lacher aus. »Wir werden uns ein Buch besorgen.«

»Wahrscheinlich eine gute Idee, dass wir uns mehrere besorgen«, erwiderte ich.

»Ungeachtet dessen werden wir es Mark erzählen müssen, denn ich werde seine Hilfe brauchen, um meine Sachen zu dir zu bringen. Obwohl Fiona es dann herausfinden wird und es dann keinen Sinn mehr hat, es verstecken zu wollen.«

Ich hörte das Ende seines Gedankens kaum, weil mein Verstand dort stecken geblieben war, wo er vom Umzug zu mir gesprochen hatte. »Äh, was?«

»Komm schon, du glaubst doch nicht wirklich, dass Fiona so etwas Bedeutsames für sich behalten kann, oder?«

»Nein, ich meine den Teil, wo du deine Sachen in meine Wohnung schaffst.«

»Na ja, ja.« Er zuckte mit den Schultern, als hätte das von vornherein festgestanden. »Es ist ja nicht so, dass du hier einziehen kannst. Ich bin mir sicher, dass das meiner Mom gut gefallen würde, aber da besteht nicht die geringste Chance. Wenn du aber meinst, dass deine Familie sich besser fühlen würde, wenn die Hochzeit zuerst käme, können wir von mir aus das mit dem Standesamt machen. Ich dachte mir nur, dass du gerne eine echte Hochzeit haben würdest – aber das ist wirklich ganz dir überlassen.«

Es dauerte eine Weile, bevor ich das alles kapierte.

»Das ist mir überlassen«, wiederholte ich.

»Ja, ich meine, nimms nicht persönlich, aber Kerle haben nicht wirklich allzu viel übrig für Hochzeiten.«

Ich starrte ihn an und fragte mich, ob die farblosen Personen die Macht übernommen hatten. Er lag da und redete lässig über das Heiraten, so wie man sich darüber unterhalten würde, was man sich im Fernsehen anschauen wollte. »Okay«, fing ich an. »Wenn es mir überlassen ist, dann wähle ich keine Hochzeit und kein Zusammenziehen.«

Seine Mundwinkel fielen herab und eine riesige Falte tauchte auf seiner Stirn auf. »Wovon redest du? Wir bekommen ein Baby. Wir müssen heiraten und zusammenziehen. Mir egal, in welcher Reihenfolge, aber wir werden das tun.«

Ich setzte mich im Bett auf und wich von ihm zurück. »Hast du mir gerade befohlen, dich zu heiraten?!«

Er ächzte und rieb sich mit der Hand übers Gesicht. »Hör zu, du hast das in die falsche Kehle gekriegt. Es geht hier um ein Baby. Es geht nicht mehr um dich und mich. Es geht um das Baby.« Er zeigte auf meinen noch flachen Bauch.

Ich zuckte innerlich zusammen bei seinen Worten. *Es geht nicht um dich und mich … es geht um das Baby.* Aua. »Es scheint zur Gänze um dich und mich zu gehen, wenn wir unsere Wohnverhältnisse und lebenslange Verträge besprechen, Jake!«

»Willst du damit sagen, dass du nicht willst, dass unser Baby beide Eltern bei sich wohnen hat?«

»Das habe ich nicht gesagt.« Meine Hände ballten sich zu Fäusten. »Unter anderem verstehe ich nicht, wieso wir all das jetzt im Moment entscheiden müssen! Ich meine, das Kaninchen ist gerade gestorben!«

»Was? Welches Kaninchen?«

Ich scheuchte ihn fort. »Na du weißt schon – das Schwangerschaftstest-Kaninchen.« Ich schüttelte den Kopf. »Schon gut. Ich habe eine Dokumentation auf Discovery Health gesehen – vergiss es.«

»Hat das was mit den Hormonen zu tun?«

Wenn nach diesem Gespräch seine Eier noch dranwaren, dann war das ein Wunder.

»Nein, Jake.« Meine Stimme war Stahl und er schien die unausgesprochene Drohung zu verstehen.

»Tut mir leid. Das hätte ich nicht sagen sollen.«

Ich spürte, wie sich ein klein wenig Erleichterung in mir breitmachte. »Prima. Ich bin froh, dass du zur Vernunft kommst. Wir werden einfach von Fall zu Fall entscheiden. Du kannst mich zu den Arztterminen begleiten und über den Rest machen wir uns dann später einmal Gedanken.«

Er warf mir einen rätselnden Blick zu. »Ich hatte gemeint, ich hätte nicht sagen sollen, dass du von deinen Hormonen gesteuert wirst. Wir werden trotzdem heiraten und zusammen wohnen.«

»Nein, werden wir nicht!«

Aus logischer Sicht wusste ich, dass dieses Baby alles veränderte. Trotzdem würde ich weder eine Verpflichtung noch ein Trostpreis sein. Wir konnten dieses Baby großziehen, ohne zusammen zu sein. Das machten Leute ununterbrochen. Ich würde mich nicht jetzt für die Rolle des Albatros anbieten.

»Warum bist du so dagegen? Hat das mit diesem Anton zu tun? Denn dieses Arschloch wirst du nie wieder zu Gesicht bekommen.« Eine Vene sprang heraus an Jakes Hals.

»Was zum Teufel? Wie kannst du mich das fragen?«

»Nach dem, was ich in den letzten Tagen erfahren habe, glaube ich, dass er der Grund ist, wieso du mir von vornherein keine Chance gegeben hast!« Ich wollte mir gar nicht vorstellen, was er von Mark und den Mädels gehört haben könnte.

»Also Jake, wenn du eine Chance haben wolltest, dann hast du sie ganz bestimmt jetzt. Eine kreischende, kackende, achtzehn Jahre dauernde Beziehung steht direkt vor der Tür. Viel Spaß!«

»Genau – und deswegen werden wir auch heiraten.«

»Nein!«

»Wieso nicht?«

»O mein Gott. Hoffentlich kriegt das Baby nicht deine Intelligenz.«

Und damit stürmte ich aus dem Zimmer, mit dem verzweifelten Wunsch dieses Haus zu verlassen. Ich konnte Jakes Anblick keine Sekunde länger ertragen.

Alarm: Invasion von Außerirdischen

JAKE

Ich hatte absolut keine Ahnung, was soeben geschehen war.

Ich meine, großer Gott, ich hatte Bailey geschwängert. Diese Tatsache allein schon warf mich vollkommen um. Wir hatten aufgepasst, dessen war ich mir sicher. Aber vermutlich waren wir eines dieser Paare, das wenig Glück hatte und in den Fehlerspielraum von zwei Prozent fiel.

Pech gehabt. Waren das die richtigen Worte?

Ich meine, ich war in keiner Weise auf die Vaterschaft vorbereitet, aber ich bin dreiunddreißig. Ich hatte mir immer vorgestellt, eines Tages Kinder zu haben. Dieser Zeitpunkt war also wohl jetzt gekommen.

Und na klar war die Reihenfolge der Ereignisse nicht ideal, aber ich hatte dieses Bauchgefühl bei Bailey seit Wochen schon gehabt. Von allen Frauen, mit denen ich verabredet gewesen war, waren bei ihr meine Gefühle am stärksten – was doch etwas bedeuten musste angesichts dessen, dass wir nur zweieinhalb Mal miteinander fortgewesen waren.

Pech war nicht das richtige Wort. Scheiß beängstigend? Ja. Pech? Nicht wirklich. *Ich weiß, ich bin auch schockiert.*

Ich wusste nicht, wie ich meine Gefühle für Bailey zu diesem Zeitpunkt kategorisieren sollte. Da waren Lust, Zuneigung und ein allgemeines Bedürfnis, in ihrer Nähe zu sein – ständig. Das und ein Zwang, sie zu berühren und mich um sie zu kümmern. Ich hatte keine Ahnung, ob das Liebe war oder nicht. Ich war noch nie wirklich verliebt gewesen.

Wir hatten später noch Zeit, all die richtigen Worte zu finden. Wir würden einfach zusammenziehen, heiraten und dieses Baby kriegen – denn es kam so oder so. Der Rest würde sich dann ergeben, und der Gedanke, für den Rest meines Lebens neben Bailey aufzuwachen, fühlte sich überraschenderweise nicht beängstigend an. Er fühlte sich sogar saugeil an.

Sie würde mein Baby bekommen – *mein* Baby.

Scheiße, ich würde Vater sein. Wenn sie dachte, ich würde sie im Stich lassen oder ein miserabler Ehemann und Vater sein, dann würde sie sich wundern. Ich wollte wie Klebstoff an ihr und diesem Kind kleben, komme, was wolle. Sie würde nie das Gefühl haben, das mein Dad meiner Mom gegeben hatte, und unser Sohn würde keinen Grund haben, die Loyalität und Hingabe seines Vaters anzuzweifeln. Niemals.

Als ich die Entscheidung getroffen hatte, nach Hause zurückzukehren, hatte ich verlorene Zeit wiedergutmachen und die Dinge reparieren wollen, die ich zerstört hatte, als ich davongelaufen und so lange weggeblieben war. Vermutlich wollte das Schicksal, dass ich mich mit diesem Curveball gründlich bewies. Das Schicksal hatte sein Bestes gegeben bei seinem Wurf.

Das war meine Chance auf eine Erlösung und eine Wiedergutmachung.

Pech? Nein. Dies hörte sich mehr nach etwas verdammt Unglaublichem an.

Jetzt musste ich nur noch herausfinden, was ich getan hatte, dass Bailey dermaßen verärgert war.

Da sie mich momentan offensichtlich nicht sehen wollte, zog ich es vor, ihr eine Beruhigungsphase zu gönnen und meine Zeit für Recherchen gut zu nutzen. Ich verbrachte die nächsten paar Stunden im Internet.

Großer Fehler.

Als ich mit dem Lesen fertig war, war ich überzeugt davon, dass unser Baby – von dem ich nun wusste, dass man es Embryo nennt – mit elf Fingern und drei Ohren geboren werden und einem Außerirdischen ähnlichsehen würde. Es gab so viele Dinge, die schiefgehen konnten, und Bailey und ich hatten absolut keine Einflussmöglichkeit auf die meisten davon. Der Gedanke daran war grauenerregend.

Ich zwang mich schließlich meinen Laptop zu schließen und fing an, im Wohnzimmer auf und ab zu gehen und herauszufinden, wie um alles in der Welt wir uns die spezielle Betreuung für unseren kleinen Außerirdischen würden leisten können. Ich hatte soeben beschlossen, eine Niere zu verkaufen, als meine Mom von der Arbeit heimkam und hereinspazierte.

Sie stellte ihre Handtasche ab, hielt sich die Hand vor den Mund und zeigte mir »Mom«-Augen. Dann ließ sie die Hand fallen und sprang wie ein verdammter Teenager auf und ab. »Ich werde Oma!«, kreischte sie und kam zu mir gerannt, um mich in eine riesige Umarmung zu nehmen. Ohne es zu wollen, musste ich lachen.

Da ich meiner Mom ihre Vorfreude nicht schmälern wollte, habe ich ihr nur gesagt, dass Bailey für die Nacht nach Hause gegangen war – den Teil mit unserem Streit und dass ich praktisch zum Idioten erklärt worden war, ließ ich aus. Den Teil versuchte ich am nächsten Morgen immer noch zu verstehen, als ich mithalf, neuen Rasen in einem Abschnitt des Gartens der Vaughns zu verlegen. Das Design sah toll aus und ich hätte nicht glücklicher sein können mit dem Projekt.

Ich wusste, dass ich am Nachmittag das gefürchtete Treffen mit Tessa McGuire haben würde, also bin ich früh los, nachdem ich mir von Ollie hatte bestätigen lassen, dass er mich dort treffen würde. Ich war in keiner Stimmung für irgendeine Interaktion mit einer verwöhnten reichen Frau – die einzige Frau, an die ich dachte, saß wahrscheinlich bei der Arbeit und stach Nadeln in eine Beckett-förmige Voodoo-Puppe. Ich parkte auf der Straße vor dem Haus der McGuires und sah mich um. Kein Zeichen von Ollie oder einem Fahrzeug von Precision.

Auf keinen Fall würde ich aussteigen, solange er nicht aufgetaucht war, also riskierte ich es, meine zweite SMS des Tages an Bailey zu schicken. Diesmal ließ sie sich dazu herab, mir zu antworten.

Jake: *Du kannst versuchen, mich zu ignorieren, aber ich werde nicht weggehen. Da kannst du gleich auch antworten.*

Bailey: *Ich bin beim Arbeiten.*

Jake: *Ich auch. Ach guck doch – wir haben etwas gemeinsam. Ich habe gehört, dass es gut ist, wenn Verheiratete gemeinsame Interessen haben.*

Bailey: *Ich dachte, du wolltest nicht, dass unser Kind ohne Vater aufwächst.*

Jake: *Äh, genau meine Meinung.*

Bailey: *Dann solltest du vielleicht die Klappe halten, bevor ich dich mit meinem Auto überfahre.*

Jake: *Warum bist du so sauer? Sag es mir, dann werde ich mich entschuldigen. Das ist ein tolles Angebot!*

Bailey: *Ich muss aufhören. Ich muss ein Telefonat führen.*

Jake: *Wen kann es denn Wichtigeren anzurufen geben, als deinen Baby-Papa?*

Ich kicherte in mich hinein, als ich den machte.

Bailey: *Den Leichenbeschauer.*

Ach so. Also es schien, dass sie immer noch genauso angefressen und genauso verschlossen war, was den Grund betraf. Ich wollte gerade antworten, als es an mein Fenster klopfte. Ich sah hoch und da stand Tessa McGuire mit leuchtend roten, zu einem breiten Lächeln gedehnten Lippen und einem hohen Glas Eistee in der Hand – einschließlich einer dekorativen Zitronenscheibe. Scheiße.

Ich blickte mich verstohlen um, in der Hoffnung Ollie zu entdecken, doch der Kerl war ein No-Show. Verdammt! Es sah so aus, als würde ich das alleine durchziehen müssen. Ich rang mir ein Lächeln ab und kurbelte das Fenster herunter.

»Guten Tag, Mrs. McGuire.«

»Tessa, Dummerchen.« Sie legte ihren Arm quer über die Fensteröffnung. Hatte sie mich soeben »Dummerchen« genannt? »Ich habe mir gedacht, dass dir ein Drink guttäte. Ich wette, du hast heute schon schwer gearbeitet.« Sie ließ ihren Blick hinab gleiten über meinen Körper, der in der Tat von Erde und einer ziemlichen Menge an Dreck überzogen war.

»Ja, Ma'am, aber mir geht's gut. Hatte gerade einen Schluck Wasser. Ich warte auf einen Kollegen und dann können wir Sie beide im Garten treffen, falls das für Sie in Ordnung ist.«

Ihr Lächeln erstarrte. »Einen Kollegen?«

»Richtig. Ich bin mir nicht sicher, ob Sie ihn schon kennengelernt haben – Oliver –, er wird Input beisteuern. Er ist kultivierter als ich es bin, bei Weitem, daher glaube ich, dass er sehr von Nutzen sein wird«, sagte ich, nachdem ich mir dieses Gustostückerl direkt aus dem Arsch gezogen hatte. Ollie machte die Buchhaltung und half in der Mannschaft nur aus, wenn Jax die Leute fehlten. Ich hatte jedoch keine Ahnung, ob er den Unterschied zwischen einem Krockethammer und einem Brecheisen kannte.

Sie fand ihr Lächeln wieder, obwohl es gekünstelt war und

mir dadurch verriet, dass mein Bauchgefühl vollkommen richtig gewesen war. Ich steckte tief in der Scheiße. »Ach, na ja, ich bin mir sicher, dass er wunderbar ist, aber das ist vollkommen unnötig. Komm in den Garten, dann werde ich dir zeigen, was mir Sorgen bereitet.«

Komm schon, Ollie. Wo bist du, verdammt noch mal.

»Geht klar«, antwortete ich. »Ich muss nur schnell noch eine Textnachricht abschicken.« Ich deutete ihr, sie solle ohne mich vorausgehen, doch sie rührte sich nicht. Mist.

Ich simste Ollie an und bedrohte sogar seine Existenz auf dem Planeten, wenn er in den nächsten dreißig Sekunden nicht auftauchte. Keine Antwort.

Ich warf Tessa noch einen Blick zu, und sie neigte nur den Kopf und das breite Lächeln kehrte zurück.

Wenn ich diesen Job behalten wollte, würde ich meinen Arsch aus dem Truck bewegen und klaglos meinen Mann stehen müssen. Also tat ich das.

Tessa versuchte, sich bei mir einzuhaken auf dem Weg in ihren hinter dem Haus gelegenen Garten, doch ich tat so, als würde ich über etwas stolpern und sagte ihr dann, dass ich mir das mit dem Tee anders überlegt hatte. Ich nahm das Glas, führte es an meine Lippen und hoffte inständig, dass mir keine KO-Tropfen verabreicht wurden.

Sie schloss das Tor zum Garten, nachdem wir durch waren, und ich fühlte mich plötzlich wie ein Kind, das mit Versprechungen von Bonbons und Welpen in den Transporter eines Kinderschänders gelockt worden war. Außer dass in diesem Szenario der Sittenstrolch eine Designermode tragende junge Braut war und ich der glücklose Gärtner. Ich vermutete, dass wir uns ihrer Vorstellung nach in einem dieser Liebesromane mit einer Erbin und einem Stallburschen befanden, nur das dieser Stallbursche hier eine schwangere Verlobte besaß und eine verdammte Karriere auf die Beine zu stellen hatte.

Ich sah mich um, denn ich hoffte, einen großen Baum quer

über den Garten liegen zu sehen, doch nein. Ich kratzte mich am Nacken. »Was ist denn das Problem?«

Sie ging in den Garten, ließ sich absichtlich Zeit dabei und wackelte mit ihren Hüften in ihrem engen Rock. Dann drehte sie sich um, oder genauer gesagt, sie wirbelte in einer theatralischen Bewegung herum, bei dem ihr Haar durch die Lüfte flog. Das überraschte mich völlig und ich machte einen Schritt zurück.

Du lieber Gott.

Tessa kam wieder auf mich zu und blieb erst stehen, als sie die Grenze zu meinem persönlichen Raum vollends überschritt. Ihr Finger berührte meine Brust. »Das Problem, Jake, ist«, fing sie an und dann – Gott sei Dank – schepperte der Torriegel und ein nervöser Ollie kam fast im Sprint zu uns herüber gerannt. Ich seufzte erleichtert auf. Tessa schnaubte frustriert und wich zurück. Ich wusste nicht, ob ich Ollie küssen oder ihm einen Tritt in die Eier verpassen sollte, weil er sich so verspätet hatte.

Nachdem Ollie seinen großen Auftritt absolviert hatte, gab Tessa nur noch wenig von sich. Sie murmelte etwas über ein paar Veränderungen, die sie gerne an den Plänen vornehmen würde, etwas, das sich leicht per E-Mail hätte erledigen lassen können. Ollie und ich lächelten nur und sagten brav »Jawohl, Ma'am«, bis wir möglichst schnell eine Fliege machen konnten.

»Ach Gott, Mensch, das tut mir ja so leid!«, sagte Ollie zum vierten Mal. Wir saßen an der Bar eines meiner Lieblingslokale, da wir beide nach dieser Beinahe-Katastrophe dringend ein Bier nötig hatten.

Ich klopfte ihm auf den Rücken. »Ist schon okay. Ich bin nur froh, dass du doch noch aufgetaucht bist.« Ich nahm einen Schluck von meinem Bier und ließ die kalte Flüssigkeit meinen Rachen hinunterlaufen und mich beruhigen.

Ollie richtete sich seine Krawatte – weshalb er eine trug war mir ein Rätsel – und nahm einen Schluck von seinem eigenen

Bier. »Diese Frau ist eine Viper. Sie hat ausgesehen, als wollte sie dich gleich vergiften und in ihre Höhle zerren.«

Darüber musste ich lachen.

Ollie sah mich von der Seite an. »Wieso passiert mir so'n Scheiß nie?«

Darüber musste ich nur noch heftiger lachen.

ALS ICH AM nächsten Morgen zu den Vaughns fuhr, beschloss ich, wenn ich Bailey bis Tagesende nicht dazu brachte, dass sie mit mir redete, meine Mom um Hilfe zu bitten. *Ich weiß* – das fühlte sich recht entmannend an, aber ich verzweifelte langsam und sie war die einzige Person, die von der Schwangerschaft wusste.

Am Vorabend hatte es noch einen Austausch von Nachrichten mit Bailey gegeben. Sie hatte sich verpflichtet gefühlt, mir mitzuteilen, dass sie am Freitag einen Termin beim Arzt hatte, aber was jegliche sonstige Besprechung unserer Lage betraf, blieb sie unnachgiebig.

Ich war dermaßen in mein Dilemma vertieft, dass ich Mrs. Vaughn erst kommen hörte, als sie direkt vor mir stand und meinen Namen sagte. »Mr. Beckett, geht es Ihnen gut?«

Mein Kopf schoss hoch von meiner Arbeit an den Hecken. Ich bemerkte, dass sie wieder ein tadellos gepflegtes Set aus Hose und Pullover trug. Kein Haar ihres silbernen Bobs war verrutscht und ihre Hände waren ordentlich vor ihr gefaltet. Sie war wieder einmal völlig fehl am Platz in der schmutzigen Umgebung und vollkommen zu Hause, wohin auch immer sie sich zu begeben entschied.

»Ich entschuldige mich, Mrs. Vaughn.« Ich stand auf. »Ich bin mit den Gedanken woanders.« Verlegenheit schien mein ständiger Zustand zu sein in ihrer Nähe.

Sie lächelte verständnisvoll. »Haben Sie die Antworten gefunden, nach denen Sie gesucht haben?«

Ich sah sie verdutzt an. Herrgott, spitzenmäßig, wie ich diesen Job erledigte, die Klientin zu beeindrucken.

»Die junge Frau«, gab sie mir den Anstoß.

»Ach so«, antwortete ich und begriff. Ich kratzte mich am Kinn und versuchte, eine gute Antwort zu finden, wobei ich hilfesuchend die Hecke ansah. »Könnte man vermutlich schon sagen.« Ich gluckste selbstironisch.

»Und das soll nicht gut sein?« Sie inspizierte die Buchsbaumhecke mit ihren langen Fingern.

Plötzlich empfand ich das Bedürfnis, mir die Dinge von der Seele zu reden, und aus irgendeinem Grund wusste ich instinktiv, dass Mrs. Vaughn das nichts ausmachen würde. Ehe ich mich feige drücken konnte, gab ich die verkürzte Version der Ereignisse preis, einschließlich des Geheimnisses des heranwachsenden Außerirdischen und Baileys Weigerung, mit mir zu reden.

Mrs. Vaughn sah mich nur an, nicht unfreundlich, aber nachdenklich. »Darf ich das so verstehen, dass Sie sich über das Kind freuen?«

»Na ja, ja, ich denke schon. Ich meine, was geschehen ist, ist geschehen. Ich könnte entweder wütend oder glücklich sein, und da es keinem was nutzt, wenn ich wütend bin … bin ich vermutlich glücklich.« Ich zuckte mit den Schultern.

»Und freuen Sie sich darüber, dass Bailey die Mutter ist?«

Ich zögerte nicht. »Absolut. Es gibt niemanden sonst auf der Welt, mit dem ich dieses Baby lieber bekäme.«

Sie lächelte. »Nun denn. Da haben Sie ihre Antwort.«

»Hä?« Verdammt, ich erweckte hier ja Bootsladungen von Vertrauen. Jetzt fehlte mir nur noch ein Strohhalm, an dem ich kauen konnte, und das Bild des hinterwäldlerischen Deppen wäre komplett gewesen.

»Wiederholen Sie den letzten Satz vor Ihrer Freundin und sie werden, glaube ich, eine empfänglichere Reaktion erhalten.«

»Aha«, war alles, was mir als Antwort einfiel. Dann dämmerte es mir. »*Ooh*.« Ich nickte. Bingo.

Sie nickte ebenfalls. »Lassen Sie sie nicht zu lange grübeln, Mr. Beckett. Und darf ich Blumen vorschlagen? Wie Sie wissen, sind die Hortensien momentan wunderschön.« Sie zog eine Augenbraue hoch. »Vielleicht ist Ihnen jedoch nicht bewusst, was sie symbolisieren – sowohl von Herzen empfundene Aufrichtigkeit als auch die Dankbarkeit des Schenkenden für das Verständnis des Empfängers.« Sie nickte, während sie sprach, damit ich ihre volle Bedeutung spürte.

»Sind Sie zufälligerweise Therapeutin, Mrs. Vaughn?«, fragte ich grinsend.

Sie lächelte und schüttelte den Kopf.

»Dann vielleicht Hellseherin? Nein, eine Floristin!«

Sie lachte frei heraus. »Nein, Mr. Beckett. Ich bin Vieles, das gebe ich zu, aber vor allem bin ich eine Frau.« Sie hob ihr Kinn und wünschte mir Glück.

Diese irischen Augen lächeln nicht

BAILEY

Ich war mit meinem Latein völlig am Ende. Zwei Tage lang hatte ich in meinem Kopf Runden gezogen und festgestellt, dass es nun letztendlich doch an der Zeit war, jemand anderes in diesen Clusterfick miteinzubeziehen. Oder, um es präziser zu formulieren, zwei Jemande. Ich schluckte schwer und holte tief Luft, ehe ich die Tür zum Heim meiner Kindheit öffnete.

»Dad?«

Bitte sei nicht zu Hause! Ich hoffte, dass es nur meine Mom sein würde, denn ich vermutete, dass ihre Reaktion etwas einfacher zu ertragen sein würde.

»Bailey!«, dröhnte die tiefe Stimme meines Vaters aus dem Wohnzimmer.

Verdammt.

Ich betrat das Zimmer und querte es, um ihn zu umarmen. Seine große Gestalt und seine breite Brust gaben mir das Gefühl, richtig zart zu sein, was bei mir selten vorkam. Seine erwidernde Umarmung gab mir das Gefühl, geliebt zu sein, und ich hoffte in Gottes Namen, dass meine Neuigkeiten die Art, wie mein Vater mich ansah, nicht verändern würden.

»Was führt dich mitten unter der Woche hierher? Nicht, dass ich nicht glücklich wäre, dich zu sehen.« Er ließ mich los und musterte mich. »Du siehst müde aus«, stellte er fest.

Ich lachte kurz auf. »Oh Mann, vielen Dank.«

»Arbeitest du zu viel? Bekommst du genügend Schlaf? Was ist los?«

Wie machte er das?

»Nichts. Um Himmels willen, kann ein Mädchen denn nicht vorbeischauen, um ihre Eltern zu besuchen?«

Er zog mich wieder an sich. »Du bist meine Tochter. Ich mache mir Sorgen – das ist mein Job.«

»Das ist mir bewusst«, murmelte ich, und meine Worte wurden von seinem Hemd verschluckt.

»Natürlich ist es das. ›Der Sohn ist ein Sohn, bis er eine Frau nimmt. Eine Tochter ist ihr ganzes Leben lang eine Tochter.‹« Er zitierte wieder eine seiner irischen Weisheiten. Dann ließ er mich los und lächelte. »Und dies ist besonders passend im Lichte der jüngsten Hochzeit!« Er schien mit sich recht zufrieden zu sein, als er sich auf seinen ledernen Lehnstuhl setzte und ein paar Mal hin und her schaukelte.

»Also ist Mom da?«

»Sie ist oben«, antwortete er und ließ darauf ein Brüllen folgen. »ERIN! DEINE TOCHTER IST HIER!«

Ich hielt mir kurz die Ohren zu und fragte mich, ob das Baby schon Trommelfelle ausgebildet hatte, denn die würden danach sicherlich nutzlos sein. Die Tritte meiner Mutter waren zu hören, als sie die Treppe herunterkam.

»Um Himmels willen, Riordan! Würdest du bitte leiser sein! Ich bin nicht taub – noch nicht.« Sie querte zu mir herüber und nahm mich in eine feste Umarmung. »Hallo, Schätzchen. Was für eine nette Überraschung. Hast du Hunger?«

Meine Mutter versuchte immer, die Leute zu füttern. Leider

fehlte ihr jegliches kulinarisches Geschick und es war ein Wunder, dass noch nie jemand vergiftet worden war. Ich schüttelte den Kopf. »Nein danke, Mom. Ich habe keinen Hunger.«

»Komm trotzdem in die Küche. Ich werde dir etwas zu trinken holen.« Sie winkte mir zu, ich solle ihr folgen. »Ich bin froh, dass du vorbeischaust – dadurch habe ich eine Ausrede, das Ausmisten der Schränke zu unterbrechen. Du würdest nicht glauben, was für Sachen ich darin finde. Ich hatte vergessen, dass ich einmal so schlank gewesen bin. Und man denke nur, dass ich mir nie die Zeit genommen habe, es zu würdigen.« Sie musterte mich von oben bis unten und seufzte. Ich war verlockt, ihr zu sagen, sie solle sich nicht schlecht fühlen – dass ich in ein paar Monaten Shamu sein würde. Allerdings schien das nicht die taktvollste Art zu sein, meine großen Neuigkeiten zu verkünden, daher ließ ich es bleiben und nahm das Teeglas, das sie mir reichte.

Die Stimme meines Vaters ertönte aus dem angrenzenden Zimmer. »Sie sieht müde aus, Erin. Mach was.«

Ich rümpfte die Nase. Meine Mutter inspizierte mein Gesicht und bemerkte zweifellos die Schatten unter meinen Augen. »Er hat nicht unrecht. Hast du nicht geschlafen?« Sie deutete mir, ich solle mich zu ihr an den Küchentisch setzen.

»Äh«, setzte ich an und wusste nicht so recht, wie ich beginnen sollte. Der plötzliche Drang zu fliehen wuchs in meiner Brust und ich stellte mir vor, wie sich Staubwolken im Stil von Road Runner hinter mir bildeten, während ich in die Freiheit davonstürmte. Jedoch gab es, wie mir nur allzu sehr bewusst war, keine Möglichkeit diesem gewissen Problem zu entfliehen. Am besten einfach dafür geradestehen. »He, Dad, könntest du hier reinkommen?« Ich wendete mich wieder zu meiner Mutter und sah Sorgenfalten in ihrem Gesicht. Scheiße, das würde schlimm werden.

Mein Dad betrat Sekunden darauf die Küche und hatte eine

ähnlich besorgte Miene. Ich deutete ihm, dass er sich setzen sollte.

Hier waren wir. Das würde der letzte Moment sein, in dem ich die Bailey war, die sie kannten – die Bailey, die die Dinge noch nicht sorglos versaut und ihre Zukunft unwiderruflich verändert hatte. Ich atmete tief ein und wappnete mich.

Wie ein Pflaster, dachte ich mir.

Ich legte meine Hände flach auf den Tisch. »Nun, es sieht so aus, als würdet ihr Großeltern.«

Grillen. Beschissene Grillen.

Gerade, als ich in die Stille hineinspringen wollte, flüsterte meine Mutter: »Du liebes Jesuskind.« Sie führte ihre Hand an ihre Brust. »Sie ist bereits schwanger? Ach du meine Güte, das ist ja so aufregend!« Ihrer Stimme schallte in der Küche und sie packte die Hand meines Vaters. Dann sah sie mich rätselnd an. »Moment mal, warum erzählst *du* uns das? Wird Laney nicht traurig sein, dass du ihr die Überraschung vermasselt hast? Und warum haben die es *dir* vor *uns* erzählt? Jeder weiß doch, dass die Großeltern es zuerst erfahren! Ich werde ein Wörtchen mit Nate darüber wechseln, das kannst du mir glauben!«

»Erin!«, brüllte mein Vater. »Um Gottes willen und alles, was heilig ist, sei still!«

Sie verpasste ihm einen Klaps auf den Arm. »Sprich nicht auf diese Weise mit mir, Riordan Murphy—«

Er unterbrach sie erneut. »Meine Vermutung ist, dass es die Großeltern ja zuerst erfahren, du dumme Frau.« Ich konnte spüren, dass er mich ansah, aber ich konnte ihm nicht in die Augen sehen.

»Ich verstehe nicht«, sagte sie weiter.

»Mom«, sagte ich und wagte es, ihr in die Augen zu sehen. »Er hat recht. Laney ist nicht schwanger. Ich bin es.«

Der Klang des erschrockenen Einatmens meiner Mutter und das Aufschlagen der Faust meines Vaters gaben mir fast den

Rest. Aber was hatte ich denn erwartet? Wir waren irische Katholiken – na ja, sie waren es zumindest. Ich war mir nicht ganz sicher, was ich war, doch das tat nichts zur Sache. Ihre Reaktion war sehr vorhersehbar und das war in Ordnung. Musste so sein. So wie ich wusste, dass sie enttäuscht waren, wusste ich auch, dass sie sich wieder fangen und dieses Kind bedingungslos lieben würden. Wir mussten nur diese erste holprige Phase überstehen.

»Nenne mir einen Namen.« Die Stimme meines Vaters war tief und beherrscht.

Ich konnte mir kaum das Augenrollen verkneifen. »Dad, ich bin fast dreißig Jahre alt, nicht sechzehn. Du wirst niemanden verprügeln.«

»Du hast verdammt recht, das werde ich nicht. Ich werde ihn umbringen. Name«, verlangte er abermals.

Der Klang des leisen Weinens meiner Mutter fiel mir dann auf und ich musste mich entscheiden, an welche Quelle der Verrücktheit ich mich zuerst wenden sollte.

»Es spielt keine Rolle! Ich bin eine erwachsene Frau und ich kann selbst meine Entscheidungen treffen.«

»Es spielt sehr wohl eine Rolle! Es spielt eine verdammt wichtige Rolle, junge Dame!«

Junge Dame? Was war das jetzt? Der Morgen nach dem Abschlussball?

Das Weinen auf der anderen Seite des Tisches wurde lauter.

»Dad, ich weiß deine Besorgnis zu schätzen und ich werde es ganz bestimmt zu schätzen wissen, wenn du ein toller Großvater für mein Baby sein wirst. Aber das ist auch schon alles. Es wird keine Schrotflinten und keine Fäuste geben. Um Gottes willen, du hattest vor einem Jahr einen Herzinfarkt, und du denkst, du könntest durch die Stadt marschieren und meine Liebhaber vermöbeln?!«

»Liebhaber? So wie in mehr als einer? Was ist bloß los mit euch jungen Leuten?«

Ich atmete durch, bat um Ruhe. »Nein. Da gibt es einen Mann – einen Vater. Aber was er und ich zu tun gedenken, geht nur uns etwas an. Ich wollte es euch nur erzählen, weil ich das für die richtige Vorgehensweise hielt. Vielleicht habe ich mich geirrt.«

Ich wollte aufstehen, als die angespannte Stimme meiner Mutter über den Tisch ertönte: »Bailey.«

Ich sah sie endlich an und entdeckte die Tränen, die ihr über das Gesicht liefen. Und sie lächelte. *Lächelte.*

»Bailey.« Sie hielt meine Hand fest umklammert. »Du bekommst ein Baby.« Ihre Stimme brach beim letzten Wort.

Ich schaute auf unsere Hände und dann wieder in ihr Gesicht und konnte das Lächeln in meinem nicht verhindern. »Ja, das tue ich.« Ich zuckte mit den Schultern.

Sie lachte, dann lachte ich, und dann fingen wir beide an zu weinen, denn das ist das, was schwangere Frauen anscheinend ständig tun. Und dann umarmten wir uns.

Irgendwann unterdessen verließ mein Vater leise das Zimmer.

EINE STUNDE später fuhr ich nach Hause und lächelte immer noch wegen der unerwarteten Reaktion meiner Mutter auf die Schändung und sündige Schwängerung ihres jüngsten Kindes. Gleichzeitig ignorierte ich alle Gedanken an meinen Vater. Er würde schon Vernunft annehmen – das musste ich jedenfalls glauben.

Es fühlte sich gut an, etwas Solidarität zu haben. Meine Gedanken waren etwas entspannter und ich konnte klarer denken. Ich wusste, dass ich bald mit Jake sprechen musste, aber ich hatte Angst davor.

Was sagte man einem Mann, den man anhimmelte, der verkündete, dass er einen heiraten würde, weil es das ist, was gute Kerle machen sollten? Ich hatte die Nase voll davon, nie gut genug zu sein als ich selbst – als einfach diejenige, die ich war. Anton hatte gewollt, dass ich jemand anderer bin, und Jake wollte mich nur, weil er mir ein Kind angedreht hatte. Sicher, mein Körper zog ihn an, aber ich würde mich unter Wert verkaufen, würde ich mich damit zufriedengeben. Richtig?

Ich hatte meine Regeln aus einem Grund, und ich hatte sie törichterweise vernachlässigt. Jetzt würde ich ein Baby bekommen und Jake würde mich immer an das erinnern, was ich niemals haben würde. Langsam fing ich an zu begreifen, dass dieses Baby wahrlich alles verändern würde. Nicht nur jeden Plan, den ich für meine Zukunft vielleicht hatte, sondern auch jeden Plan, den ich vielleicht nur zum Schutze meines Herzens gehabt hatte. Dieses Baby kam ausgestattet mit seinem eigenen kleinen Vorschlaghammer, den es an der Großen Mauer einsetzen konnte, sowie der Fähigkeit, mir dabei zu helfen, die verdammte Strickleiter auf die andere Seite zu schleudern.

Mein durch die Gedanken an meine Mutter erzeugtes Lächeln war längst verschwunden, als ich in meine Einfahrt einbog und abrupt abbremste. Dort, auf meiner Eingangsveranda, befand sich kein Behälter mit leckerem Kimchi, sondern ein sehr großer, sehr gutaussehender und sehr unwillkommener Jake Beckett. Ich befürchtete, dass die Strickleiter zum Werfen in genau diesem Moment vorbereitet würde.

Ich ächzte und öffnete das Garagentor. Offensichtlich war meine Gewaltandrohung gegen sein Leben und seine Geschlechtsteile nicht so wirksam gewesen, wie ich es mir erhofft hatte. Ich fuhr hinein und stellte den Wagen auf Parken. Kaum war ich aus dem Auto gestiegen, schon nagelte Jake mich an die Tür und drückte mir einen glühenden Kuss auf meine erschrockenen Lippen.

Da ging sie dahin, jegliche Chance, für das bevorstehende Gespräch klare Gedanken zu fassen.

Wenig später trat er zurück und überreichte mir einen Strauß Blumen. Ich schaute von den Blumen zu seinen Augen und dann zu seinen Lippen – denn, wollen wir mal ehrlich sein, meine Gedanken hingen noch diesem Kuss nach –, ehe ich wieder zurück in seine Augen sah. Sie waren voller Gefühl. Ich sah die Hitze von unserem Kuss, aber ich sah auch eine andere Art von Sehnsucht, und vielleicht Besorgnis. Ich wusste nicht, was ich davon halten sollte, also schaute ich wieder hinab auf die Blumen und nahm sie entgegen.

»Die sind wunderschön, Jake«, sagte ich leise. »Mir hat noch nie jemand Blumen geschenkt.«

Seht ihr! Sämtliche klare Gedanken – in Luft aufgelöst! Warum zum Teufel sagte ich das zu ihm? Das war so peinlich.

»Das kann doch nicht dein Ernst sein«, erwiderte er.

Ich ignorierte seine Bemerkung. »Also willst du dich vermutlich immer noch mit mir unterhalten, hm?« Ich drehte mich um und ging ins Haus, in der Annahme, er würde mir folgen. Es gab nichts, was ich tun konnte zu diesem Zeitpunkt. Und selbst wenn ich es versucht hätte, hätte er mich bloß wieder dumm und dämlich geküsst und ich hätte wahrscheinlich nicht nur zugestimmt ihn zu heiraten, sondern auch noch zwölf Babys aus Burundi adoptiert, wenn wir schon dabei waren.

Ich nahm die Blumen zu meiner Küchenarbeitsfläche mit, denn ich war mir nicht sicher, was man mit Blumen machte. Ich war mir aber sicher, dass ich keine Vase besaß. Jake, der meine missliche Lage irgendwie erkannte, öffnete einen Schrank nach dem anderen, bis er einen Wasserkrug aufstöberte und sich daran machte, ihn im Spülbecken zu befüllen. Dadurch erhielt ich eine Atempause – und konnte ihn von hinten bewundern. Er war wirklich äußerst bemerkenswert und ich konnte nicht anders, als mir auf die Schulter zu klopfen, dass ich mich von einem Kerl hatte schwängern lassen, der zweifelsohne ein hinreißendes Baby machen würde.

Er drehte sich um und holte die Blumen. Er stellte sie in den Krug und das gesamte Arrangement auf meine Insel. Wir starrten es beide an. Die Blumen waren rosafarben und dufteten, und ihre bauschige Ansammlung kleiner Blüten erfüllte den Raum über der Behelfsvase.

»Ich muss dir etwas sagen«, sagte Jake.

Ich wappnete mich und zwang mich, ihm in die Augen zu sehen. Ich nickte.

»Ich habe einen Fehler gemacht.«

Es drehte mir den Magen um und die Brust zusammen, ehe er mich mit beiden ausgestreckten Händen unterbrach.

»Halt! Ich habe das völlig falsch ausgedrückt. Scheiße. Ich bin eine Niete in diesen Dingen.«

Na, dann waren wir ja schon zwei.

»Was ich meine, ist, dass ich das völlig falsch angegangen bin. Ich habe an das Baby gedacht und was es braucht und ich habe nicht daran gedacht, was du brauchst.«

Ich fiel zurück in den Zustand halbwegs normalen Atmens. Das war ein brauchbarer Anfang, daher blieb ich stumm und war besorgt und begierig zu hören, was wohl als nächstes käme.

»Ich möchte, dass du weißt, ja, ich möchte hier sein für das Baby und für dich, aber es ist nicht aus Pflicht.«

Mein Herz fing an zu rasen. Sicher, das war keine Liebeserklärung, aber es war bei Weitem besser als die Neandertaler-Proklamationen, die er im Haus seiner Mutter von sich gegeben hatte.

»Es ist mehr als das. Sicherlich weißt du das. Ich meine, warum ruft ein Mann dauernd an und simst, bis er Gefahr läuft, seine Glaubwürdigkeit als Kerl zu verlieren«, neckte er mich.

Darüber musste ich ein wenig grinsen. Ich hörte die leisen Geräusche eines winzigen Vorschlaghammers.

»Und wenn du die Dinge langsam angehen lassen willst, dann ist mir das recht.«

Ich lächelte, doch er ergänzte seine Aussage rasch.

»Fürs Erste.«

Fürs Erste. Vermutlich konnte ich dem zustimmen. Welche andere Wahl hatte ich denn?

Gestatte mir, dir deinen Arsch zu reichen

JAKE

Das war ein Fortschritt. Ich hatte sie dazu gebracht, mich vorläufig zu tolerieren, und ich besaß meine Hoden noch, das war's also. Und dieser Kuss. Hätte ich die Gefühle ihres Körpers für mich angezweifelt, so wurde das vollkommen begraben. Trotz all der Verrücktheit, über die sie nachzudenken hatte, wollte sie mich noch immer. Nun musste ich ihren Verstand – und ihr Herz – dazu bringen, ihren Körper einzuholen.

Wir unterhielten uns noch eine Weile und trafen eine Vereinbarung für den Termin beim Arzt in ein paar Tagen. Ich war verdammt nervös und Bailey fühlte genauso. Ich unterließ es, ihr von meinem Außerirdischen-Verdacht zu erzählen, denn die Dinge liefen ansonsten gut. Ich erschlich mir sogar noch einen Kuss beim Hinausgehen und mein Körper verfluchte mich dafür, dass ich nicht fragte, ob ich bleiben durfte. Doch sie sah müde aus und musste am Morgen in die Arbeit.

Erst auf meiner Heimfahrt fiel mir ihre Bemerkung wieder

ein, dass sie noch nie Blumen erhalten hatte. Wie war das möglich? Was stimmte nicht mit den vorherigen Liebhabern? Ich war der Meinung gewesen, die Kerle wären Schlange gestanden, um ihr Sachen zu bringen. Ich machte mir eine geistige Notiz, ihr in Zukunft öfters Geschenke zu machen. Ich wurde langsam richtig häuslich und der kleine Außerirdische war noch nicht einmal da!

Am späten Nachmittag des folgenden Tages, beschloss die Kacke, dass es an der Zeit war, ordentlich zu dampfen. Es fing an mit einer SMS von Mark und ging von da an in die Hose.

***Mark:** Achtung – du und deine Eier sollten vielleicht nach Florida zurückziehen – oder vielleicht nach Kanada.*

***Jake:** Hä?*

***Mark:** Riordan ist hier. Gut gemacht mit dem Braten übrigens, den du Bailey in die Röhre geschoben hast. Arschloch!*

Scheiße. Oh Scheiße.

Das war nicht gut.

***Jake:** Wo bist du?*

***Mark:** Appartements auf der New Garden.*

***Jake:** Bin unterwegs. Halte ihn dort fest und NICHT Bailey sagen.*

***Mark:** Ganz wie du willst … Papa. Arschloch!*

***Jake:** Und wenn du ihn davon abhalten könntest, allen von Baileys Angelegenheit zu erzählen, dann wäre das nett.*

***Jake:** Und ja, ich bin ein Arschloch.*

• • •

Das war ganz bestimmt nicht gut. Bailey würde total ausrasten. Ich deutete zu Tom an, dass ich einen Notfall hatte und losrennen musste. Ich bin mir sicher, dass ich jede Geschwindigkeitsbeschränkung und ein paar andere Gesetze übertrat bei meinem Versuch, dorthin zu kommen, bevor Baileys Dad noch mehr Schaden anrichten konnte. Ich musste herausfinden, was los war, aber ich vermutete, dass er mich suchte.

Als ich die Baustelle erreichte, knallte ich den Wagen auf Parken und sprang raus. Ich konnte schon sehen, dass die große Gestalt Riordan Murphys vor mehreren Leuten aus der Mannschaft stand, wild gestikulierend, während seine Stimme bis zu der Stelle, an der ich stand, herübergetragen wurde. Möglich, dass ich zu früh über den fortgesetzten Besitz meiner Hoden gesprochen hatte. Nicht nur, dass der Patriarch der Murphys anwesend war, auch der fürsorgliche Bruder. Es war Zeit, meinen Eiern Lebewohl zu sagen. Wenn Riordan sie nicht abhackte, dann mit Sicherheit Nate.

Ich näherte mich vorsichtig und überlegte mir unterwegs meine Vorgehensweise. Ich erkannte den Augenblick, als Mark mich entdeckte, denn er hielt sich die Augen zu und schüttelte den Kopf. Daraufhin wirbelten Riordan und Nate herum und erwischten mich mit ihren doppelten Todesblicken. Ich hatte keine Ahnung, dass der alte Mann sich so schnell bewegen konnte. Ehe ich mich versah, hatte er nach mir ausgeholt und mit einer Hand meine Hemdvorderseite gepackt, während die andere eine Faust bildete.

Ich befand mich jetzt in der Situation, die richtige Etikette für diese Art von Situation zu erwägen. Es war nicht so, dass ich mich wirklich hätte verteidigen können. Ich hätte Riordan dabei verletzen können, und ich bin mir sicher, dass ich sowieso verdiente, was auch immer auf mich zukam. Fakt war, ich hatte seine Tochter geschwängert. Was bedeutete, dass es ein Fakt war, dass ich Sex mit ihr gehabt hatte. Man würde meinen, dass diese beiden als eine Sünde gelten würden, aber ich war mir ziemlich sicher, dass sie als zwei zählten. Riordan Murphy ist ein irischer katholischer Vater und Bailey seine einzige Tochter. Ich vermutete, dass meine Taten genug Gründe für eine gerechtfertigte Tötung boten. Wenn man noch hinzurechnete, dass er keine Ahnung von meinen Gefühlen seiner Tochter gegenüber hatte – oder auch nur von der Tatsache, dass wir in gewisser Weise miteinander ausgingen –, musste ich annehmen, dass es um meine Chancen hier nicht gut stand.

»Du mieser Hurensohn!«, brüllte er, als er mich schüttelte. »Ich hätte wissen müssen, dass du es warst. Erst zwei Monate hier, und schon stellst du alles auf den Kopf!«

Nate stand eigentlich nur missmutig neben uns und unternahm nichts, um mir oder seinem Dad zu helfen.

Ich konnte sehen, dass die Mannschaft so tat, als würde sie nicht zuhören, sie stellte sich dabei aber hundsmiserabel an. Mark deutete ihnen, sie sollten sich wieder an die Arbeit machen, als er herüberkam, um sich zu uns zu gesellen. Ich sah ihn stumm fragend an.

Wie zum Teufel konnte das passieren?

Er schüttelte den Kopf und formte mit den Lippen das Wort »*Später*«, ehe er seinen Chef ansprach.

»Riordan, ich weiß, dass Sie beunruhigt sind. Nehmen Sie es mir nicht übel, Sir, aber das ist hier nicht der rechte Ort oder die rechte Zeit. Vielleicht könnten Sie und Jake und Bailey sich nach der Arbeit treffen und unterhalten.«

»Und du kannst mir glauben, dass ich auch auf der Gästeliste stehen werde«, knurrte Nate. Ich glaube, er überlegte, welches meiner Organe er zuerst versteigern würde.

Mein Hemd befand sich noch in seiner Faust und Riordan mischte sich ein. »Mark, ich schlage vor, dass du dich wieder an deine Arbeit machst.«

Ich beschloss, mich in den Kampf zu stürzen. »Mr. Murphy, ich weiß das ist ein Schock. Es ist ein Schock für uns alle.«

Nate machte ein verächtliches Geräusch und sein Blick durchbohrte mich.

Riordan unterbrach mich. »Ach, ein Schock ist das, ja? Du hast deine dreckigen Hände und deinen dreckigen«, er hielt inne, hob den Blick himmelwärts und brummte ein unverständliches Wort, ehe er fortfuhr, »auf meine Tochter gelegt und dann bist du schockiert, dass sie ein Kind erwartet? Bist du ein Schürzenjäger und obendrein auch noch dumm?« Nate knurrte seine Zustimmung.

»Nate. Riordan. Das ist verrückt. Ihr könnt nicht so über Bailey reden, ohne sie ins Gespräch miteinzubeziehen«, fing Mark an.

Ich war mir nicht sicher, ob ich dem voll zustimmte. Ich wollte nicht, dass sie das alles hören musste. Ich war mir sicher, dass sie beschämt wäre.

»Halt deine Fresse, Mark. Das geht nur mich und deinen Bruder was an.« Riordan holte absichtlich mit der Faust aus und es gab nichts, was ich hätte tun können. Ich würde den Schlag über mich ergehen lassen müssen. Als ich gerade die Augen schloss und mich bereit machte, hörte ich das Sprühen von Schotter unter Reifen und das Zuschlagen einer Tür.

»Was zum Teufel verdammt noch mal glaubst du, dass du da tust, Dad?! Lass ihn los!«

Scheiße. Ich öffnete wieder die Augen und sah die große Blondine herüberstürmen, die Haare in alle Richtungen wehend und die Arme ungläubig zur Seite ausgebreitet. Das Biest war von der Leine. Und es war sowohl verdammt sauer als auch hormonell triebgesteuert. Fast taten Riordan und Nate mir leid.

Aber nur fast.

»Bailey, halte dich da raus!«, brüllte Riordan, ließ mich jedoch nicht aus den Augen. »Dieser Junge weiß, was auf ihn zukommt.« Bevor er den Schlag landen konnte, schob Bailey sich zwischen uns. Wir versuchten alle gemeinsam sie beiseite zu schieben in einer komischen Version der Reise nach Jerusalem, wo wir alle jeden nur nicht sie in der Mitte haben wollten. Sie stieß zurück und schlug uns auf die Hände und es war schließlich Mark, der sie mit Körperkraft in die Höhe hob und seitlich fernhielt, während Nate, Riordan und ich uns weiter entgegentraten.

»Du benimmst dich lächerlich!«, schrie sie. »Und Nate, ich kann nicht glauben, dass du dabei mitmachst!«

»Du bist meine Schwester. Es war eine Sache, als ihr miteinander ausgegangen seid, aber er hat dich geschwängert, Bay!«

»Du lieber Gott. Warum brüllt ihr Männer es nicht noch ein bisschen lauter durch die Gegend? Es haben euch nicht alle Kirchenbesucher auf der anderen Straßenseite gehört, glaube ich.« An diesem Punkt schauten wir alle über New Garden zum Parkplatz der Kirche hinüber. Dort befand sich in der Tat eine kleine Gruppe Gemeindemitglieder, die uns empörte Blicke zuwarfen. Es war was dran, an dem, was sie sagte.

Nate gelang es, ein wenig verlegen dreinzusehen, doch dann zuckte er mit den Schultern. Riordan bewegte sich keinen Zentimeter und er packte mich noch fester am Hemd. Ich stand unbeholfen da, die Hände lasch an den Seiten herunterhängend, und hatte keinen Schimmer, was ich tun sollte.

»Hören Sie, Sir, bei allem gebotenen Respekt, das geht wirklich nur Ihre Tochter und mich etwas an, und wir kommen damit zurecht. Es tut mir leid, falls es sie beunruhigt hat, aber was geschehen ist, ist geschehen.«

Er sah mich zweifelnd an, hob die Faust jedoch nicht mehr. »Respekt? Wo war dieser gebotene Respekt, als du meine Tochter und mich entehrt hast?«

»Ach, um Gottes willen, Dad. Wir haben nicht 1950 und wir sind nicht in Irland. Ich bin eine erwachsene Frau. Gott, das ist so peinlich – kannst du das nicht begreifen?« Sie bemühte sich noch immer, von Mark freizukommen. Glücklicherweise war die Umklammerung meines Bruders wie die eines Schraubstocks – ich wollte nicht, dass sie versehentlich verletzt wurde, wenn es losging und die Fäuste flogen.

»Das Einzige, was mir peinlich ist, ist wie dieser Mann sich fühlen sollte, wenn er dich nicht einmal um deine Hand bittet! Dich nicht einmal begleitet, wenn du es deinen Eltern erzählst! Das ist der peinliche Teil.« Seine Augen blitzten vor Zorn.

Bailey seufzte. »Nicht, dass dich das irgendwas angeht, aber er hat gewusst, dass ich es euch erzählen werde. Und«, sie machte eine Pause und seufzte abermals, »er hat um meine Hand angehalten.« Sie machte Anführungszeichen in der Luft und schürzte verzweifelt die Lippen.

Riordan ließ mein Hemd los und er und Nate traten dabei ein Stück zurück.

»Ist das wahr?«, fragte Riordan.

Ich streckte den Rücken durch, so gut es ging. »Das ist es. Ich könnte mir nichts Schöneres vorstellen, als Ihre Tochter zu heiraten.«

Als wäre irgendein Zauber gebrochen worden, klatsche Riordan in die Hände und verkündete: »Na also! Dann ist es geklärt!«

Nate schien misstrauisch zu sein, da er seine Schwester zuvor getroffen hatte und so weiter.

»Es ist definitiv *nicht* geklärt«, knurrte Bailey und machte einen letzten Versuch, Marks Griff zu entkommen. »Buffy, wenn du mich nicht loslässt, dann schwöre ich dir, dass ich mir einen von Fionas Pfennigabsätzen ausborgen und dich zum Schreien bringen werde – und nicht auf eine gute Art und Weise.« Sie riss sich schließlich los und stand da und sah uns alle in der Runde an. »Ich möchte euch nur dafür danken, dass ihr das zum demütigendsten Tag meines Lebens gemacht habt.« Sie drehte sich zu Nate und Riordan. »Geht nach Hause. Ihr habt genug getan.« Dann zu Mark: »Ich werde mal annehmen, dass du derjenige warst, der meinem Dad von Jake und mir erzählt hat.«

Er streckte die Hände zur Seite. »Er ist mein Chef. Und woher hätte ich wissen sollen, warum er danach fragt? Ich hab nicht gewusst, dass mein Arschloch von einem Bruder dich geschwängert hat!« Er warf mir einen bösen Blick zu.

»Herrgott, würden alle mal damit aufhören, das hinauszuposaunen?!«

»Ich hätte ihn auf der Stelle gefeuert, wenn er es mir nicht erzählt hätte«, sagte Riordan.

Bailey wirbelte herum. »Wieso bist du noch hier, Dad?«

»Sprich nicht so mit mir, junge Dame.«

»Bailey—«, versuchte Nate sich einzumischen.

»Nein! Jeder kümmert sich um seine eigenen Angelegenheiten. Zum letzten Mal!«, kreischte sie praktisch, und ich hatte genug. Ich würde sie da rausholen. Ich ging auf sie zu, als sich eine andere Stimme in das Handgemenge einmischte.

»Wer von Ihnen ist Mark Beckett?«

Wir drehten uns alle um und sahen eine Frau mit rötlichbraunen Haaren, die ein elegantes Businesskostüm trug. Sie hielt einen Briefumschlag in einer Hand und stand mit beiden Absätzen fest auf dem Schotterboden. Bailey ließ den Kopf vollkommen ergeben hängen und ich ging weiter zu ihr, um einen Arm um sie zu legen.

Die Neuankunft sah den Rest von uns erwartungsvoll an, bis Mark eine Hand hob. »Das bin ich.«

Sie marschierte durch die stille Menge zu ihm hinüber, ihr plötzliches Auftreten hatte den Rest von uns zum Schweigen gebracht. Sie hielt Mark den Umschlag hin und er nahm ihn und sah sie fragend an.

Die Frau sah ihm direkt in die Augen. »Mark Beckett, hiermit wird Ihnen mitgeteilt, dass Sie wegen gewaltsamer Körperverletzung angezeigt wurden. Sollte kein annehmbarer Vergleich zustande kommen, werden wir Sie außerdem wegen einer gesetzlichen Straftat anklagen.« Dann machte sie kehrt und schritt zur Baustellengrenze, wo sie sich auf den Sitz ihres Sedans fallen ließ und davonfuhr.

Alle starrten Mark stumm an. Er starrte nur den Briefumschlag an. Ich befürchtete, dass ich wusste, worum es dabei ging. Und das würde nicht nur Marks Leben versauen, sondern mit Sicherheit auch uns beide bei Bailey in Ungnade bringen.

Beschissener Anton.

Die ganze Gruppe saß um einen Stehtisch im Jake's, unserer Lieblingsbar. Wie der Name schon sagt, ist sie natürlich ein cooler Ort zum Abhängen – doch das ist nicht mein Verdienst, also fällt für mich dabei auch nichts ab.

An dem Blick, den Mark mir zugeworfen hatte, kurz nachdem er den verdammten Umschlag erhalten hatte, erkannte ich, dass wir der gleichen Meinung waren: Wir mussten alle anderen dazu bringen nach Hause zu gehen, und dann würden wir uns neu formieren, um uns zu zweit etwas einfallen zu lassen. Unser Plan ging jedoch den Bach hinunter – wie immer.

Der erste, der seine Nase hereinsteckte, war Nate, was nicht überraschend war. Dann Bailey, dann Riordan. Ihm folgten ein paar Bautruppmitglieder, und alle außer mir beharrten darauf, dass es sich dabei um ein großes Missverständnis handeln müsse. Es wurde viel durcheinandergeredet und Fragen wurden wie verdammte Konfetti herumgeschleudert, bis Marks Stimme sich über den Lärm erhob und allen sagte, sie sollten verdammt noch mal die Klappe halten.

Er teilte Trey die Aufgabe zu, den Tag mit der Mannschaft zu beenden, während der Rest von uns vereinbarte, sich in der Bar wieder zusammenzufinden. Ein taktischer Anruf bei Erin, Baileys Mom, und schon war Riordan ausgeladen. Er fuhr nach Hause und versprach, dass seine Angelegenheiten mit mir noch nicht abgeschlossen wären. Nate rief natürlich Laney an, die wiederum Fiona anrief, und dann überfiel das weibliche Kontingent Jake's. Es war ein regelrechtes Buhei.

Der einzige Vorteil war meiner Ansicht nach, dass der Rechtsstreit die Schwangerschaftsmeldung übertraf, daher einigten sich die Männer, vorläufig den Mund zu halten. Was Nate allerdings nicht daran hinderte, mich alle paar Minuten mit seinen Blicken zu durchbohren. Ich wusste, dass Bailey und ich nur wenige Stunden Gnadenfrist bekämen, aber die würde ich annehmen. Das Letzte, was wir jetzt gebrauchen konnten, war, dass Fiona und Laney ein babybefeuertes Chaos mitten im Jake's auslösten.

Ich konnte erkennen, wie Bailey sich vorübergehend entspannte, jetzt, wo ihr Fokus neu ausgerichtet war auf das Auffinden einer Lösung zu einem neuen Problem. Das würde jedoch nicht lange andauern, wenn sie erst einmal den Grund für Marks rechtliche Verwicklungen erfuhr. Jawohl, wir steckten bis zum Hals in der Scheiße und das Paddel hatte uns zu einem blutigen Matsch geschlagen.

»Na schön, da wir jetzt alle da sind, kannst du uns erzählen, worum es bei dem ganzen Mist geht?«, fragte Nate.

»Moment mal, wenn ihr beide hier seid, du und Laney, wo ist dann Rocco?« Ich war irgendwie stolz auf mich, dass ich sofort an das Wohlergehen des Kindes gedacht hatte. Ich schätzte, dass das für meine bevorstehende Vaterschaft Gutes verhieß.

Laney tat es ab. »Er ist bei Charlotte. Also, was ist los?«

Ich sah, wie die neben Mark sitzende Fiona an ihrer Lippe knabberte. Ich dachte mir, dass sie etwas wissen musste, angesichts dessen, dass sie mit Mark so gut wie zusammenwohnte und bestimmt seine misshandelte Hand nach deren Zusammentreffen mit Anton gesehen hatte.

Mark öffnete den Briefumschlag und las das Schreiben zum vermutlich zehnten Mal. Dann reichte er es mir. Er war scheinbar nicht in der Lage, die passenden Worte zu finden. Ich hatte es bereits einmal gelesen, musste aber trotzdem zusammenzucken, als ich es jetzt überflog.

»Also Mark hat diesen Typen gewissermaßen geschlagen – und der hat das übrigens auch vollkommen verdient – und jetzt verklagt ihn das Arschloch auf Schadenersatz. Wenn Mark sich nicht mit ihm einigt, dann wird der Mistkerl Strafanzeige erheben.«

Fragen kamen von allen Seiten.

»Was für eine Art von Schadenersatz?«, fragte Fiona.

»Wie viel? Moment mal, wann ist das passiert?«, schaltete Nate sich ein.

»Wer war dieses Arschloch und wieso wusste ich nichts davon?«, fragte Bailey.

Mark und ich sahen einander an und einigten uns stumm, die einfacheren Fragen zuerst zu beantworten – auch bekannt als jene Fragen, die nicht zu unserer Erdolchung führen würden.

Mark seufzte und erklärte: »Er will einen Ersatz des unmittelbaren Schadens durch Verlust des Eigentums, seelisches Leid und Einkommensverlust.«

»Was zum Teufel? Wer ist dieser Schlappschanz?«, ertönte eine Stimme hinter mir. Ich drehte mich um und entdeckte Gavin, der mit einem Bier in der Hand dastand.

»Wer hat dich denn eingeladen?«, fragte Mark.

Gavin zog einen Hocker heran und ignorierte die implizite Beleidigung.

»Trey hat angerufen. Ich wollte das nicht versäumen. Glückwunsch, übrigens.« Er grinste verschmitzt und reckte Bailey das Kinn entgegen. Ihr Gesicht nahm neunzehn verschiedenen Lilatöne an, als sie versuchte, cool zu bleiben und ihr Glas nicht in seinen Schädel zu bohren.

»Hä?«, sagte Laney und schaute von Gavin zu Bailey.

Ich mischte mich ein, wie verrückt auf Ablenkung sinnend. »Leider beträgt die Summe 50.000 Dollar.«

»Was zum Teufel?!«, riefen Nate und Gavin unisono aus.

Marks Stirn knallte auf den Tisch und Fiona rieb ihm den Rücken. »Es wird alles gut. Das ist alles ein Irrtum. Ich werde den Anwalt meines Dads anrufen und wir werden das klären.«

Seine gedämpfte Stimme ertönte unter dem Tisch. »Vielen Dank, Shortcake, aber ich glaube nicht, dass es so einfach wird.« Er hob den Kopf wieder und packte sein Bierglas mit beiden Händen. »Ich hab's getan. Ich habe den Typen geschlagen und es hat Zeugen gegeben.«

»Scheiße«, ertönte der Refrain rund um den Tisch.

»Aber diese Behauptungen müssen doch Bockmist sein«, beharrte Gavin. »Ich meine, wer erleidet ›seelisches Leid‹ durch einen Schlag? Ganz zu schweigen von dem anderen Zeug. Dieser Typ will dich nur abzocken.«

»Ich fürchte, dass es wahrscheinlich um mehr geht«, murmelte ich und zog dadurch Baileys Aufmerksamkeit auf mich.

»Mehr als um Geld, meinst du?«, fragte sie. »Was könnte es sonst noch sein?« Ihr Blick ging zwischen mir und Mark hin und her.

Mark schloss ein Auge, als wollte er sich vor dem Bevorstehenden schützen. »Äh, Stolz?«

Baileys Gesicht war ein Bild des Misstrauens, während sie sich auf ihrem Barhocker aufrichtete. »Ich werde das nur noch ein einziges Mal fragen und ich möchte eine ehrliche Antwort hören. Wen. Habt. Ihr. Geschlagen?«

Mark und ich sahen einander ein letztes Mal an, ehe wir damit rausrückten.

»Anton.«

Wilde Pferde

BAILEY

ARSCHFICKER ANTON. Nach dem erschrockenen Einatmen und darauffolgenden Fluchen Laneys und Fionas zu urteilen, würde ich sagen, dass wir uns alle einig waren, dass der Kerl definitiv eine Abreibung verdient hatte. Aber warum hatte das mein Freund tun müssen und warum musste er deswegen so tief in die Scheiße geraten? *Mark, du großer, dummer, wundervoller Ködel.* Hätte ich gewusst, was er anstellen würde – Mensch, ich hätte es wissen müssen –, dann hätte ich ihn gewarnt. Anton würde eine Demütigung niemals tatenlos hinnehmen.

»Wer zum Teufel ist Anton?«, fragte Gavin.

»Baileys Arschloch von einem Ex-Freund und der Grund, warum es Kondomfabriken gibt. Eigentlich sind die der Welt eine Entschuldigung dafür schuldig, dass sie bei dem nicht von vornherein eingeschritten sind«, erwiderte Fiona.

Ich legte meinen Kopf in meine Hände. Verdammt, ich war neuerdings die Ursache für einen Arsch voll Drama!

»Mark, ich kann nicht fassen, dass du ihn verprügelt hast«, klagte ich.

»Er hat ihn nicht verprügelt«, warf Jake ein. »Er hat ihm nur einmal ins Gesicht geschlagen – einmal. Und dann sind wir vielleicht auf seine Brille getreten.« Seine Stimme verstummte und sein Bierglas schien ganz plötzlich mega-faszinierend zu sein. Ich hätte es wissen müssen.

»Du warst auch dort?!«

»Ich berufe mich auf den Fünften, mit der Begründung, dass ich mich selbst belasten könnte.«

»Was zum Teufel habt ihr Beckett-Jungs bloß?«

Um die Wahrheit zu sagen, nichts. Absolut nichts. Ich spürte, wie mir die Tränen kamen und zwang die verdammten Hormone, mir ein paar Minuten Zeit zu lassen.

»Wenn mir *jemand* von diesem Arschloch erzählt hätte, dann hätte ich mich schon früher um ihn gekümmert«, bemerkte Nate spitz. »Wieso habe ich von diesem Kerl nichts gewusst?« Er schaute beinahe beleidigt drein.

Ich schüttelte nur den Kopf, denn ich konnte keine weiteren Emotionen mehr aushalten. »Laney kann es dir erzählen.« Ich blickte schnell zu ihr hin. »Ich entbinde dich von der Schweigepflicht nach dem Mädelsehrenkodex, oder wie immer das heißt. Gehe hin und tratsche«, sagte ich zu ihr.

Fiona nickte und Gavin trank sein Bier, während er den Brief der Rechtsanwältin über Jakes Schulter las.

»Also abgesehen von der Brille und vielleicht einem blauen Auge, was soll der Rest da? Ich meine, kannst du ihm nicht einfach einen Scheck in die Hand drücken und eine neue Brille und es genug sein lassen?«

Ich nahm einen Schluck von meiner Limo. »Ich habe so ein Gefühl, dass es nicht annähernd so einfach sein wird.« Verdammter Anton.

Fiona holte ihr Handy aus ihrer schicken Handtasche. »Ich

bin schon dran. Wir werden das Arschgesicht dazu bringen, dass er um Gnade fleht, wenn wir mit ihm fertig sind.«

»Danke, Shortcake – meine zarte Blume, du«, sagte Mark und küsste sie auf die Wange. Sie zwinkerte ihm zu und tippte auf ihrem Handy herum.

Bis es soweit war, dass Fiona und Mark die Telefongespräche mit dem Anwalt ihrer Familie beendet hatte, war ich erschöpft. Also tat ich etwas, dass ich später wahrscheinlich bereuen würde, und ließ mich von Jake nach Hause bringen. Meine Lider sanken herunter, sobald die Reifen auf dem Highway waren und ehe ich mich versah, wurde ich in mein Haus getragen. Getragen. So wie in: Der Mann hob mich in seine Arme wie ein übergroßes Kind und trug mich auf mein Zimmer.

»Jake«, versuchte ich zu protestieren, doch ich wurde zum Schweigen gebracht.

»Brauchst du noch etwas vor dem Schlafengehen? Etwas zu trinken vielleicht? Sollst du Vitamine nehmen?«

Ich lächelte ein wenig angesichts seiner Besorgnis. »Ich nehme Vitamine am Morgen. Mir geht es gut, aber ich muss mich fürs Bett schon noch fertigmachen.«

»Okay.« Er brachte mich ins Badezimmer und setzte mich ab. Ich sah erwartungsvoll zu ihm hoch. Er hielt meinem Blick einfach nur stand.

»Äh, Jake. Ich muss auf die Toilette und mir die Zähne putzen.«

»Hast du noch eine Zahnbürste?«

Ich musterte ihn misstrauisch, als er sich nicht von der Stelle rührte. »Wahrscheinlich eine in der Schublade. Bedien dich … wenn ich fertig bin«, gab ich ihm den Hinweis und wandte den Blick bedeutungsvoll in Richtung Tür.

»Macht mir nichts aus. Die Tür zur Toilette geht ja zu.« Er ging zur Ablage und fing an, die Schubladen zu öffnen.

»*Mir* macht es etwas aus.«

»Wieso?« Er sah sich zu mir um, als hätte ich ihm soeben erzählt, dass ich meine eigenen Haare esse.

»Ich möchte nicht, dass du hörst, wie ich pinkle.«

Er lachte und machte endlich eine rosafarbene Zahnbürste ausfindig. Es gab einen Grund, wieso sie sich noch immer in der Verpackung befand. Er riss sie auf. »He, Bailey, rate mal.«

»Was?«

»Jeder pinkelt.«

»Ich glaube, das heißt *Everybody Poops*«, sagte ich, das berühmte Buch zitierend.

»Ja, das auch. Rate mal, was noch.«

»Was?« Ich hatte schrecklich Angst zu fragen.

»Ich habe dich nackt gesehen, ich bin in dir drinnen gewesen und du bist mit meinem Kind schwanger. Ich glaube, ich kann mir die Zähne putzen, während du hinter einer geschlossenen Tür pinkelst.«

Na ja, da hatte er nicht ganz unrecht.

Ich schnaubte verächtlich, damit er wusste, dass ich ungehalten war, ließ ihn aber bleiben.

Als wir dann im Bett kuschelten, fiel mir ein, wie schön es war, diesen warmen Körper neben mir zu haben. Ich konnte nicht anders, ich vergrub mich wie ein Hamster oder so ein Erdmännchen. Sobald ich mich ausreichend an so viel von Jakes Körper geschmiegt hatte, wie ich erreichen konnte, verfiel ich in einen tiefen und geruhsamen Schlaf.

»Raus aus den Federn, Irin«, rief mich eine tiefe Stimme, als ich langsam zu Bewusstsein kam. Meine Nase zuckte, als Kaffeearoma meine Sinne streifte. Ahhh. Ich öffnete schließlich die Augen und beschloss an Ort und Stelle, dass ich in der Nähe dieses Mannes stets eine Kamera griffbereit haben sollte. Da stand Jake, nur mit Boxershorts bekleidet, mit zwei Kaffeetassen und einem irrsinnig süßen Lächeln. Seine dunklen Haare waren zerzaust und sein Gesicht von sexy Stoppeln überzogen. Ich sehnte mich danach, sie auf meiner Haut zu spüren.

Ich musste das Lächeln einfach erwidern. »Guten Morgen.« Ich streckte die Arme über dem Kopf aus. Ich hatte wie eine Tote geschlafen und den besten Nachtschlaf gehabt seit, na ja, möglicherweise ewig. Anscheinend ist es für gute Schlafgewohnheiten förderlich, wenn man einen Jake hat, auf dem man ruhen kann. Ich maunzte, als ich mich erneut streckte. »Wie spät ist es?«

»Neun Uhr dreißig.«

Ich schoss hoch im Bett, wodurch mein Magen sich sofort verdrehte und jeglicher Gedanke an Sexy-Kaffee-Borstige-Nacktheit augenblicklich verschwand.

»Sachte, schön langsam.« Jake versuchte, mich auf das Kissen zurück zu drücken, doch es war schon zu spät. Ich sprang aus dem Bett und rannte ins Badezimmer, wo ich den Inhalt meines Magens in der Toilette entsorgte. Schwangerschaften sind ja so glamourös.

Ich hörte, wie er die Becher auf den Waschtisch stellte, und spürte dann seine Hand auf meinem Rücken, wie sie kreisend über meiner Wirbelsäule streichelte. Das war ja so peinlich.

»Kann ich irgendetwas tun?«, fragte er.

»Wenn du mich entschwängern könntest, dann wäre das toll. Vielen Dank.«

Er lachte leise. »Kann ich *noch* irgendetwas für dich tun?«

»Wasser vielleicht? Ach, und könntest du den Kaffee wegbringen? Ich glaube leider, dass ich durch den Geruch wieder kotzen muss.«

Er küsste mich auf den Oberkopf und ließ mich in Frieden sterben, mit dem Gesicht in der Toilette.

Ich reinigte mich und putzte mir gerade die Zähne, als Jake mit einem Glas Wasser und ein paar Keksen zurückkehrte. Er hielt sie in die Höhe. »Ich dachte mir, die könnten vielleicht helfen.« Er zuckte mit den Schultern und ich wollte ihn umarmen.

Ich murmelte meinen Dank durch die Zahnbürste hindurch und spuckte und spülte dann. Ich fühlte mich ein wenig besser. »Ich muss zur Arbeit. Und solltest du nicht auch dort sein? Entweder das oder Mark helfen?«

Er neigte fragend den Kopf. »Äh, nein.«

Ich machte seinen Blick nach.

»Bailey, wir haben den Termin beim Arzt in dreißig Minuten.«

»Ach du Scheiße« Ich rannte herum und wusste nicht, was ich zuerst tun sollte.

Jake trat um mich herum und öffnete die Duschkabinentür. Er drehte den Hahn auf und verschwand dann im Schlafzimmer.

Richtig. Dusche.

Sollte ich die Tür zum Badezimmer absperren? Er musste sich ja auch erst fertigmachen. Doch dann würde er hereinkommen und mich durch die Duschkabinentür sehen. Warum in Gottes Namen hatte ich eine durchsichtige Tür und keine mit so verdammten Vorhängen?!

Scheiße. Was tat ich? Was taten *wir*? Oje!

Es blieb mir nichts anderes übrig, als mich auszuziehen und unter den pulsierenden Strahl heißen Wassers zu steigen. Verdammt, wie gut sich das anfühlte. Das Wasser prasselte auf mich herab, ich schloss die Augen und verlor mich für einen Moment darin. Ehe ich mich versah, wehte kühle Luft herein, als Jake die Duschkabinentür öffnete und ich quiekte – tatsächlich quiekte. Wisst ihr? Wie ein Ferkel.

»Was denn?«, fragte Jake so ruhig wie möglich und machte keinerlei Anstalten, etwas darüber zu tun über sein … irgendwas.

»Was tust du?«, flüsterte ich und versuchte mir noch immer

zu überlegen, wie ich zwei Möpse und ein Huhu mit nur zwei Händen bedecken konnte.

»Duschen. Wir müssen in zehn Minuten los.« Er fing an, sich seine muskulöse Brust mit einem Stück Seife zu schrubben.

Meine Knie drohten, mich im Stich zu lassen. Mir fiel ein, dass das Bedeckungsproblem, sollte ich tatsächlich einknicken und auf mein Gesicht fallen, gelöst wäre. Natürlich hätte ich dann eine Beule am Schädel und ich würde beide Hände zum Bedecken meines Hinterns benötigen.

»Keine Zeit verschwenden, Irin!«, sagte Jake, als er die Seife auf die Ablage legte und seine eingeseiften Hände an meinen Bauch führte, mich mit Seife überzog und mit seinen großen Händen nach hinten zu meinem Rücken kreiste. Er zog mich näher an sich, als er die Haut in meinem Kreuz streichelte und direkt zu meinem Hintern nach unten ging und beide Backen mit seinen Händen umfasste.

Ich vergaß, wieso es irgendein Problem darstellte, dass er mit mir unter der Dusche stand, als meine Arme sich um seine Taille bewegten und ich mich an ihn schmiegte. Ich konnte seinen harten Schwanz an meinem Bauch spüren, und ich habe vielleicht ein wenig gestöhnt.

»So gerne ich den ganzen Tag mit dir in dieser Dusche verbringen würde, aber wir müssen die Spielzeit für später aufheben.« Er wich zurück und setzte einen sanften – und bei Weitem zu kurzen – Kuss auf meine Lippen, ehe er sich rasch die Haare befeuchtete und wusch. Als ich wieder zu Sinnen kam, tat ich das Gleiche, und bald trockneten wir uns ab und warfen einander dabei heimliche Blicke zu.

Was waren das doch für große Schwierigkeiten, in denen ich da steckte.

»WENN SIE IHRE Füße einfach nur in die Steigbügel stellen, dann fangen wir gleich an.«

Das Einzige, das noch peinlicher ist, als »sie breitmachen« für einen Fremden in Handschuhen, ist, sie für einen attraktiven Fremden in Handschuhen »breitzumachen«. Fügt man seinen Gewissermaßen-festen-Freund / Babyvater dem Publikum hinzu, dann kommt man direkt von Peinlichkeit zur totalen Demütigung mit zusätzlichem *Ich-will-im-Boden-versinken-Effekt.*

Ich Idiotin – als ich den Termin bei Dr. Jamie Sutton vereinbart hatte, hatte ich angenommen, dass der liebe Herr Doktor eine Sie wäre. Ich hatte mich geirrt. Nicht nur, dass Dr. Sutton sehr männlich war, er war auch sehr heiß. Nicht ideal, das kann ich euch versichern.

Ich hatte Jakes Blutdruck praktisch beim Explodieren zugesehen, als Dr. Sutton ins Zimmer kam, und es gab kein Anzeichen dafür, dass er bald wieder sinken würde. Jedes Mal, wenn der Arzt mir eine Frage stellte, die etwas Persönliches hatte – und wollen wir mal ehrlich sein, alle waren was, was die Schwangerschaft betraf –, dann ächzte oder spottete Jake. Das wurde langsam ziemlich lächerlich. Ich musste allerdings zugeben, dass der Funken Eifersucht mich innerlich ein bisschen grinsen ließ.

Bisher hatten wir uns über Vitamine und Ernährung unterhalten und Dr. Sutton hatte allerlei Fragen zu meiner Krankengeschichte gestellt. Für die Anamnese waren meine Größe und mein Gewicht aufgenommen worden und meine Vitalwerte waren nun amtlich erfasst. Der Arzt hatte mich sogar beruhigt wegen meiner unüberlegten Nacht des Trinkens vor ein paar Wochen – ich ließ den Teil mit dem betrunkenen Simsen aus –, die mich rückblickend beinahe durchdrehen ließ. Er versicherte mir, dass das, vorausgesetzt ich wiederholte es nicht, kaum zu einem Problem werden würde.

Dann kam der Augenblick der Wahrheit. Oder in meinem

Fall der Beschämung. Ich rutschte mit dem Po so weit nach unten, wie ich es auf dem verdammten Tisch konnte, und stellte meine Füße in Socken in die verdammten Steigbügel. Meine Knie blieben jedoch zusammen und vollkommen von einem Tuch bedeckt. Jake knurrte und ich bemerkte aus dem Augenwinkel, dass der Arzt grinste, was er so gut wie möglich verbarg, indem er nach unten sah. Hmm. Vielleicht war Jake nicht der erste durchdrehende Vater, dem dieser Mann begegnet war.

»Und nun, *Bailey*, werden wir diese Untersuchung so rasch wie möglich hinter uns bringen, und dann können wir zu den Fragen weitergehen, die Sie vielleicht haben.« Mir entging die Betonung nicht, die er auf meinen Namen platzierte, was offensichtlich nicht als Beruhigung für mich, sondern meinem vor dem Mund schäumenden Helfer gedacht war.

Ich schloss die Augen und machte sie breit, damit der Arzt fortfahren konnte und das tat er mit großer Geschwindigkeit. Gott sei Dank. Als er fertig war, sagte er mir, ich solle den Tisch wieder hochrutschen, während das Tuch gerichtet wurde, sodass nur mein Bauch und der obere Rand meines Schambereichs entblößt war. Erst dann riskierte ich einen erneuten Blick zu Jake.

Seine Hände waren geballt und es war ein wenig Schweißglanz auf seiner Stirn. Ich musste mich sehr beherrschen, um nicht die Augen zu verdrehen. Dachte er, mir würde das Spaß machen? Dachte er wirklich, dass ich nach Hause gehen und Fiona und Laney anrufen und ihnen das erzählen würde? »He, Mädels, da ist dieser geile Arzt in der Innenstadt, der Beckenuntersuchungen macht – schnappt euch euer Spekulum und lasst uns hingehen!« Bei dem Gedanken murrte ich.

»Jake, Sie werden sich das aus der Nähe ansehen wollen.« Dr. Sutton unterbrach meine Gedanken. Er hielt eine Tube mit irgendwas in der Hand. »Ich werde dieses Gel auf Ihren Bauch auftragen und wir werden schauen, ob wir einen Herzschlag finden können. Es ist noch ein bisschen früh dafür – Sie sind erst in der neunten Woche –, aber vielleicht haben wir Glück.« Er fing an, meinen Bauch mit etwas einzuschmieren, dass sich wie Aloe vera anfühlte, und dann nahm er ein Instrument in die Hand, dass einer Art elektronischem Rasierer ähnelte. »Das ist ein Fetaldoppler«, erklärte er.

Ich spürte, wie Jake sich näherte, als Dr. Sutton mit dem Instrument über meinen Unterbauch fuhr, mit mehr Druck, als ich mir erwartet hatte. Alles, was ich hörte, war das Rauschen der daran hängenden Maschine. Dann, als der Arzt das Gerät zum tiefsten Teil meiner linken Seite hinunterführte, brach die Maschine in eine Reihe unglaublich schneller Schläge aus, fast wie das Trommeln der Hufe wilder Pferde. Der Arzt nickte.

Ich sah Jake an.

Sein Blick fand meinen und wir lächelten beide wie Idioten.

Häuslich steht mir ziemlich gut

JAKE

Ach du Scheiße.

Plötzlich vergaß ich den Rechtsstreit meines Bruders und den verdammt gut aussehenden Jungen, der mein Mädchen überall betatscht hatte, völlig. Stattdessen waren meine Ohren geflutet von dem Klang eines winzigen Herzens, das dahinraste. Mein Blick haftete auf Bailey, die so von Ehrfurcht erstarrt dreinsah, wie ich mich fühlte.

Wir bekamen ein Baby.

Und nach dem Ton zu urteilen, war er stark wie ein Stier.

»Soll der so schnell sein?«, fragte ich Dr. Prinz Charming.

Er nickte und lächelte. »Vollkommen normal. Fötale Herzfrequenzen sind viel schneller, als die Leute annehmen.«

»Wir müssen noch viel lernen«, sagte Bailey, die ihren noch flachen Bauch anstarrte. Der Arzt entfernte das Instrument und schaltete die Maschine aus. Im Zimmer war es plötzlich zu still. Ich wollte diesen Herzschlag in Dauerschleife haben, von diesem Moment an, bis das Kind geboren war.

»Ich werde Ihnen ein paar Bücher und Websites empfehlen, die Sie vielleicht hilfreich finden werden. Aber seien Sie gewarnt. Lesen Sie nicht zu viel – Sie würden sich nur verrückt machen.« Er lächelte.

Na ja, wenigstens den Teil hatte er richtig. Ich dachte an unseren elf-zehigen Außerirdischen und verdrängte den Gedanken gleich wieder.

»Fragen?« Der Arzt sah uns an. Keiner von uns antwortete. »Okay. Dann werde ich die Unterlagen vorbereiten und das mit den Überweisungen klären, während Sie ihren Bluttest machen. Hört sich das gut an?«

Wir nickten beide. Ich war mir sicher, dass wir später noch eine Million Fragen haben würden, doch im Augenblick war ich noch immer von diesem Klang verzehrt. Das Herz meines Babys. Das Herz *unseres* Babys. Verdammt, war das nicht etwas Besonderes?

Wir gingen noch rasch etwas essen, bevor wir beide in die Realität zurückkehren mussten. Es gab ein Blickestehlen über unsere Sandwiches hinweg, alles gefolgt von dämlichem Grinsen. Dafür, dass wir zwei Menschen waren, deren Aufgabe es nicht war, ein Baby zu haben, kamen wir ziemlich gut damit zurecht. Ich war mächtig beeindruckt von uns beiden.

Ich fuhr Bailey zu Marks Arbeitsstelle, wo wir ihren Wagen inmitten all des Dramas des vergangenen Tages hatten stehenlassen. Nach einem ausgedehnten Kuss fuhr sie davon und ich begab mich auf die Suche nach meinem kleinen Bruder.

»Nicht gut. Laut Anforderungen müssen die einen Dreiviertelzoll sein. Ihr werdet warten müssen, bis wir an welche rankommen«, sagte er zu einem Mitglied der Baumannschaft, als ich ihn endlich in einer Wohnung fand.

»He, Mann!«, rief ich.

»Helm!«, erwiderte er. »Wie oft muss ich dir das noch sagen? Ich hab so schon genug Schwierigkeiten, Schwachkopf.« Er deutete mir, ich solle das Gebäude verlassen, und folgte mir hinaus. Wir gingen zu meinem Truck, wo ich mich an die Tür lehnte und ihn ansah. Er hatte die Hände an den Hüften und seine Lippen waren zusammengepresst.

»Also gibt's Fortschritte bei der Anwältin?«

Er atmete laut aus. »Ja, wir haben für Montag ein Treffen mit Germaine und seiner Anwältin arrangiert, damit wir uns über den ›Vorfall‹ unterhalten können. In der Zwischenzeit sammelt mein Anwalt weitere Details, damit wir uns für die Vergleichsverhandlung vorbereiten können.«

»Scheiße. Das hört sich nicht gut an. Vergleich hört sich sehr nach ›kostspielig‹ an.«

»Er hofft darauf, dass sie keinen Grund für eine Klage haben.« Mark schüttelte den Kopf. »Doch ich weiß nicht, wie das möglich sein könnte. Fiona sagt aber, ich soll ihm vertrauen, also werde ich das vermutlich. Welche andere Möglichkeit habe ich denn?«

Ich steckte die Hände in die Taschen. »Ich fühl mich deswegen richtig beschissen, kleiner Bruder. Ich meine, es hätte jeder von uns sein können, der ihm diesen Schlag verpasst. Wenn ich mich nicht irre, war *ich* derjenige, der ihn bedroht hat.«

»Mach dir keine Sorgen deswegen.« Der mürrische Ausdruck wich aus Marks Gesicht und ein Lächeln deutete sich an. »Es hat sich gut angefühlt, diesem Saftsack ein wenig von dem zu verpassen, was er verdient hat.«

Ich lachte leise und nickte. »Kann ich irgendwas tun, um behilflich zu sein?«

Er zuckte mit den Schultern. »Eigentlich wäre Bailey vielleicht die Person, die am meisten helfen könnte, denn sie kennt diesen Saukerl am besten. Ich werde es euch wissen lassen.« Ich nickte abermals, war fest entschlossen zu helfen, wie es nur ging. Das war ich ihm schuldig, und noch verdammt viel mehr.

Ein bescheuertes Grinsen glitt plötzlich über Marks Gesicht.

»Weil wir grade von der werdenden Mutter sprechen, was zum Teufel, Mann? Noch nie was von einem Kondom gehört?«

»Hast du noch nie von den gefürchteten zwei Prozent gehört?« Ich deutete mit dem Daumen auf mich selbst.

»Das ist echt 'n scheiß Pech, großer Bruder. Wir Beckett-Jungs schwimmen grad nicht in gutem Karma.« Er schüttelte den Kopf.

»Ich weiß nicht, ob ich das so sagen würde.« Ich konnte mein Lächeln nicht verhindern, während ich in die Mittagssonne blinzelte.

»Aha, so ist das also, hm? Ich meine, ich hab ja gewusst, dass du auf Bailey stehst, aber ein Daddy sein? Das hätte ich nie vermutet.« Er rempelte ein wenig zu fest an meinen Arm. Ich tat so, als schmerzte es nicht.

»Ich bin so schockiert wie du. Ich komme gerade von einem Arzttermin – lass mich aber nicht von dem Arzt anfangen. Wir haben den Herzschlag des Babys gehört. Das war verdammt irre.«

»Na sieh dir nur mal dich an, großer Bruder. Wirst ganz häuslich und all das. Wie nimmt Bailey das alles auf? Ich meine, nimm's mir nicht übel, aber sie ist doch fast so mütterlich wie ein Kaktus.«

Ich verzog das Gesicht zu ihrer Verteidigung. »Ich glaube, noch ist es ihr nicht so ganz aufgegangen. Wir werden aber klarkommen.«

»Es stimmt also. Du hast sie wirklich gefragt, ob sie dich heiraten will.«

Ich wippte auf den Absätzen meiner Stiefel. »Jawohl. Kannst du dir das vorstellen?«

»Nicht einmal annähernd.« Er grinste.

»Ja, na ja, sie hat nein gesagt, ich muss also noch daran arbeiten.«

»Ach, das sollte ja lustig anzugucken sein.« Er warf den Kopf in den Nacken und lachte meckernd drauf los.

»He, du hast es Fiona nicht erzählt, oder?«

Noch immer meckernd antwortete er: »Nein, aber Nate kann vor Laney nichts geheim halten, und wenn's um sein Leben geht, die Zeit läuft also, Mann. Sag Bailey, sie soll sich ihre Lenden gürten. Der durchgedrehte weibliche Zug nähert sich dem Bahnhof, und er lässt sich nicht aufhalten.«

»Das habe ich mir schon gedacht.« Ich zuckte innerlich zusammen bei dem Gedanken, dass Fiona und Laney ihren stets liebenden Verstand verlieren könnten, wenn sie die Neuigkeiten hören. »Ich muss zur Arbeit rennen, aber halte mich auf dem Laufenden, was die Sache mit dem Rechtsanwalt angeht. Okay?«

»Geht klar. Danke«, sagte er und macht kehrt, um zum Gebäude zurückzugehen. Dann hielt er an und drehte sich um. »He, Bruder!«

»Was?« Ich öffnete meine Tür, blieb auf dem Fahrersitz sitzen und sah zu ihm hin.

»Glückwunsch!« Er wackelte mit den Augenbrauen wie ein Depp und lächelte auf seinem Weg zurück zur Wohnung.

Nachdem ich nach Hause gefahren war, um mir frische Kleidung anzuziehen, fuhr ich zum Haus der Vaughns, wo wir den Rest des Tages damit verbrachten, den zentralen Teil des Gartens fertigzustellen. Er sah fantastisch gut aus und würde den perfekten Ort für die Familienhochzeit im nächsten Sommer abgeben. Wir räumten die ganze Baustelle auf und beluden die Trucks, denn wir würden in der folgenden Woche unsere Aufmerksamkeit vorübergehend auf das McGuire-Projekt verlagern. Ich betete, die nächste Woche würde im Flug vergehen, damit ich in sichereres Fahrwasser und hoffentlich die Gesellschaft einer Kundin, die mich *nicht* zum Frühstück verspeisen wollte, zurückkehren konnte.

Ich fuhr zurück zum Haus meiner Mom, um mich zu säubern und ein paar Anrufe zu tätigen. Ich arbeitete daran, zwei weitere Klienten an Land zu ziehen, und Jax bombardierte mich ständig mit Nummern. Anscheinend hatte Mrs. Vaughn ein paar Freunde.

Meine Mutter war nicht zu Hause, aber sie hatte mir einen Zettel hinterlassen mit einem Schlaumeier-Kommentar zu meinem Aufenthaltsort in der vergangenen Nacht, zusammen mit ein paar nicht unerfreulichen Nachrichten über italienische Reste im Kühlschrank. Ich beendete meine Arbeit, während ich in eine käsige Lasagne biss, und machte dann Feierabend.

Jake: Hast du schon was zu Abend gegessen? Ich kann dir Lasagne mitbringen …

***Bailey:** Alles bestens. Hab schon gegessen.*

Ich wartete, dass sie fortfuhr, denn ich wollte keine voreiligen Schlüsse darüber ziehen, wo ich heute Nacht schlafen würde.

Nichts.

Jake: Also willst du heute Abend was unternehmen? Es ist immerhin Freitag. Ausgehtag?

***Bailey:** Ich denke, ich werde einfach nur früh schlafen gehen.*

Hmm. Ich wusste nicht, ob ich das für bare Münze nehmen oder etwas hineininterpretieren sollte. Ich entschied mich dafür, sie anzurufen.

»Hallo. Geht's dir gut?«, fragte ich, als sie abhob.

»Ja, bin nur müde. Du weißt schon.«

Nein, ich wusste es wirklich nicht.

»Okay. Willst du, dass ich dich in Frieden lasse, oder soll ich vorbeikommen?«

Es herrschte eine betretene Stille. Ich vermutete, dass das

meine Antwort war. Ich kapierte das nicht wirklich nach der letzten Nacht und heute Morgen – ganz zu schweigen von dem Herzschlag.

»Ich habe nur viel auf dem Herzen, Jake.«

Das war nie ein gutes Zeichen, wenn man es von einer Frau zu hören bekam. Es bedeutete normalerweise etwas in der Art von: »Ich muss dir etwas sagen und es wird dich ungefähr so sehr freuen wie heiße Soße auf deinem Lümmel.«

Ich musste mir in Erinnerung rufen, dass ich versprochen hatte, die Dinge fürs Erste langsam anzugehen. Ich atmete aus, zwang mich zu entspannen. »Okay. Kann ich dich morgen anrufen?«

Ich konnte die Erleichterung in ihrer Stimme hören. »Natürlich.«

»Sieh zu, dass du etwas Schlaf bekommst, Irin. Ich werde mich morgen wieder melden.«

»Gute Nacht, Jake.« Sie legte auf, doch nicht bevor sie die Zuneigung in ihrer Stimme verbergen konnte.

Ich wachte auf, als ich das Geräusch einer Kreischeule im Wohnzimmer hörte. Ich kletterte müde aus dem Bett und stolperte bei dem Versuch, die Tür zu erreichen, prompt über meine Schuhe. In Gedanken konnte ich meine Mutter sehen, wie sie mit einem Besen gegen den Vogel ankämpfte und die Federn dabei überallhin flogen. Ich rappelte mich vom Boden hoch, als die Tür aufschwang und ein Tornado aus bunter Seide und blonden Haaren mich angriff und wieder zu Boden stieß.

»O mein Gott! EIN BABY!!!«, kreischte Fiona mir ins Ohr, als ihre Arme sich zu einem Schwitzkasten verengten, der es mit Marks aufnehmen konnte.

Ich schien der einzige zu sein, dem bewusst war, dass ich

nur Boxershorts anhatte, als die Freundin meines Bruders sich an mich klebte und mit Küssen überschüttete.

»Du hast die Spermien eines olympischen Champions, mein Freund!«

Ich konnte einen Blick auf meine Mutter auf der Türschwelle erhaschen, ein breites Lächeln im Gesicht. »Ich habe versucht, sie aufzuhalten, aber, na ja …« Sie musste den Satz nicht beenden.

»Laney hat mich gleich am Morgen angerufen und wir haben beschlossen, uns aufzuteilen, um mehr Territorium abzudecken. Sie und Nate und Rocco sind zu Bailey rübergefahren, und ich bin gleich hierhergefahren, um dich und Kelly zu besuchen. Ich kann es nicht fassen!« Sie küsste mich diesmal auf die Wange und strahlte mich an.

»Äh, Fiona.«

»Ja, *Daddy*.« Okay, das war gar nicht seltsam. *Räusper*.

Ich schaute vielsagend auf die Lage unserer Körper auf dem Boden, und erst dann begriff sie das Ausmaß meiner Nacktheit und ihren Sitz auf mir.

Sie errötete und kletterte sofort von mir herunter, strich sich das Kleid glatt und trat zur Seite.

»Ich meine, was würde Mark davon halten?«, musste ich sie einfach necken, nachdem sie bei mir beinahe einen Herzanfall verursacht hatte.

Sie grinste höhnisch. »Den Mark brauchst du mir nicht einmal zu erwähnen. Für mich ist er gestorben.« Sie wandte sich kurz an meine Mom. »Tut mir leid, Kelly.« Meine Mutter tsste nur und schüttelte den Kopf, wobei sie ihr Grinsen aber beibehielt. »Er hat es seit Donnerstag gewusst und mir nichts gesagt – ich musste es von Laney erfahren! Wenigstens weiß Nate, wie man eine Frau richtig behandelt.« Dann beäugte sie mich. »Du solltest lieber keine Beziehungsratschläge von deinem Bruder annehmen, sonst wirst du rausgeworfen werden und auf deinem Hintern landen!«

»Werd's mir merken.« Ich stand auf und schlurfte zu meiner Kommode hinüber, um mir eine Hose zu holen, während sie sich wieder meiner Mom zuwandte.

»Wünscht du dir einen Jungen oder ein Mädchen?«, fragte Fiona meine Mom und ließ sie nicht einmal antworten, ehe sie fortfuhr. »Ich will unbedingt ein Mädchen. Denk doch nur – wir werden ihr allerlei niedliche Kleidung kaufen und sie zu Manis und Pedis bringen. Ach ja, und wir werden ihr beibringen, wo man Jungs hintreten muss, wenn sie sich danebenbenehmen. Das wird so toll!« Sie kreischte wieder.

»Mir ist es eigentlich egal, was es wird, so lange es gesund ist«, sagte meine Mom.

»Es ist ein Junge«, sagte ich ihnen.

Sie wandten mir ihre Blicke zu.

»Schätzchen, ich bin mir ziemlich sicher, dass es noch zu früh ist, um das festzustellen«, antwortete meine Mom. Fiona runzelte die Stirn.

»Ich sag es euch ja nur. Ach ja, und gesund ist er definitiv.«

Meine Mom lächelte nachgiebig.

»Wir waren gestern beim Arzt und haben den Herzschlag gehört«, erzählte ich ihnen, und unerklärlicherweise schwoll meine Brust vor Stolz.

»Ohhh«, erwiderten beide.

Ich fuhr fort und erzählte ihnen von dem Termin bei dem übertrieben gutaussehenden Arzt, wobei ich nicht erwähnte, wie sehr mir missfallen hatte, mitansehen zu müssen, wie er Bailey an irgendwelchen Stellen berührte. Sie hörten mit hingerissen zu und stellten einen Haufen Fragen, auf die ich alle keine Antworten wusste. Bailey und mir stand eine Menge Recherchearbeit bevor.

Fiona beschloss dann Bailey zu besuchen, bevor sie und meine Mom sich später wegen einer Cocktail-Party wieder treffen würden, bei der sie das Catering hatten. Ich duschte mich und ging in die Buchhandlung, die Liste mit dem empfohlenen Lesematerial in der Hand.

Ein riesiger Teil von mir wollte Fiona begleiten, denn ich wusste, dass all diese Aufmerksamkeit Bailey unangenehm sein musste, doch ich musste das große Ganze im Auge behalten. Eile mit Weile. Ich vermutete auch, dass es nicht schaden könnte, ein gut informierter Partner in Sachen Baby und verwandten Dingen zu sein. Also machte ich mich auf zur Buchhandlung.

Adam und Eva im Erklärungsnotstand

BAILEY

ICH SCHLOSS die Tür hinter Nate und Laney und lehnte mich dagegen. Es war erst Mittag und ich war bereits erschöpft. Sie hatten mir an diesem Morgen einen Überraschungsbesuch abgestattet – obwohl es nicht wirklich eine große Überraschung gewesen war. Nach der Nummer, die mein Papa am Donnerstag abgezogen hatte, wusste ich, dass es nur eine Frage der Zeit war, bis alle im Dreieck über den Braten in der Röhre informiert waren.

Fiona hatte auch kurz vorbeigeschaut, nur um mir ins Ohr zu kreischen und mich halb zu Tode zu quetschen. Dann sauste sie davon, angeblich um Nachforschungen anzustellen. Normalerweise würde man eine Freundin über so etwas Bizarres aushorchen, doch hier handelte es sich um Fiona, daher ließen wir es darauf beruhen.

Laney war ähnlich euphorisch wegen des Babys gewesen und Nate hatte mehr als einmal angeboten, Jake umzubringen und den Körper verschwinden zu lassen. Ich sagte ihm, er solle noch warten, und erklärte es damit, dass ich Jakes Verdienstmöglichkeiten beim Großziehen des Kindes nutzen wollte. Nate schien diese Antwort für akzeptabel zu halten. Was ich nicht sagte, war, dass ich wohl kaum Jakes Geld brauchte, sondern Jake selbst. Und dann war da natürlich noch das Baby. Was insgesamt alles schreckliche Gedanken auslöste. All das war der Grund, weshalb ich das mit Jake am Vorabend abgeblasen hatte.

Ich hatte Zeit zum Nachdenken gebraucht. Doch jedes Mal, wenn Jakes Gesicht in meinen Gedanken auftauchte, geriet ich total in Verzückung und war ganz scharf auf ihn. Ich schämte mich ein wenig für mich selbst, denn ich bin mir sicher, dass das kein geeignetes Verhalten für eine werdende Mutter ist. Doch dann habe ich einfach *Scheiß drauf* gesagt und mich ein oder zwei kleinen Kopfkino-Fantasien hingegeben. *Darf man batteriebetriebene Unterstützung benutzen, wenn man schwanger ist?* Man würde eigentlich meinen, dass die Vorstellung einer bevorstehenden Mutterschaft diese Stimmung abtöten würde, doch nein. Ich verbot mir noch, an das Endergebnis dieser Schwangerschaft zu denken. Ich befürchtete, ich könnte einen ausgewachsenen Angstanfall haben, wenn ich das tat, und darauf war ich nicht vorbereitet. Also waren mein Selfiestick und ich zu Bett gegangen und hatten uns ganz auf Jakes heißen Body konzentriert.

Da alle gegangen waren, debattierte ich auch mit mir, ob ich Jake anrufen sollte. Ich wusste, dass ich mir mein Miederhöschen anziehen und mich am Riemen reißen musste, um ein paar Entscheidungen zu treffen. Ehe ich zur Tür hinaustreten konnte, bekam ich jedoch eine SMS von niemand anderem als Wangenknochen selbst.

JAKE: Kann ich vorbeikommen? Ich habe etwas für dich.

• • •

Ich seufzte. Wie konnte ich nein sagen zu einem Gedankenleser, der Geschenke mitbrachte?

Bailey: *Klar. Du hast gerade die verrückte Bagage versäumt.*

Ich tippte auf Abschicken und bemerkte dann zu spät, wie unglaublich zweideutig sich das las. Scheiße. Ich ließ das Handy auf den Eingangstisch fallen, ehe er antworten konnte, und ging direkt unter die Dusche.

Zehn Minuten später tauchte ich sauber und angekleidet wieder auf und stieß auf Jake, der sich in seiner ganzen männlichen Schönheit auf meiner Couch fläzte. Eine große Plastiktüte ruhte auf seinem Schoß und er sah mich an, als würde er sich überlegen, welchen Teil von mir er zuerst vernaschen sollte. Meine Knie wurden ein bisschen weich und ich hielt mich an der Wand fest.

»Hallo, Jake«, sagte ich und wurde plötzlich schüchtern.

»Na«, erwiderte er, »da ich die Dusche verpasst habe, krieg ich wenigstens einen Kuss oder so?«

Ich hatte das Gefühl, das wäre eine Art Test, da ich bei den Dingen am Vorabend so vage geblieben war. Plötzlich hatte ich Flashbacks zur Hochzeitsnacht, als ich nicht gezögert hatte, ihn wie ein Kalb beim Rodeo festzunageln. Ich nahm meinen ganzen Mut zusammen und ging langsam auf die Couch zu auf eine, wie ich hoffte, sexy Art und Weise. Seine Pupillen weiteten sich und sein Kiefer zuckte, was ich als gutes Zeichen wertete.

Als ich ungefähr einen Fuß entfernt war, schleuderte er die Tüte von seinem Schoß und zog mich nach vorne, bis ich rittlings auf ihm saß. Ehe ich mich versah, waren seine Lippen auf meinen und ich schmolz in dem Kuss dahin, während er sich an den perfekten Winkel anpasste. Seine Zunge tauchte ein und ich zögerte nicht, ihr mit meiner zu begegnen, während ich ihm mit den Fingern durch sein dichtes Haar fuhr. Er zog mich fest an sich, damit ich den Beweis seiner Erregung unter mir spüren konnte. Ich stöhnte und strich mit meiner Zunge wieder gegen seine.

Er schmeckte nach Minze und einem Hauch Schokolade, und ich wollte ihn über eine riesengroße Schale Eiscreme kippen und mich darüber hermachen. Bei diesem bizarren Gedanken knurrte mein Magen laut. Wir wichen beide zurück, waren erschrocken.

»Das war nicht … das Baby …«, sagte er und verstummte.

Ich kniff peinlich berührt die Augen zu.

»Nein. Nicht das Baby. Ich vermute, dass ich vergessen habe, etwas zu essen«, gestand ich ihm und öffnete die Augen wieder.

Er bäumte sich auf und eine Falte bildete sich zwischen seinen Augenbrauen. »Du hast heute noch nichts gegessen?«

Ich schüttelte nur den Kopf. Er deutete mir, ich solle runter von seinem Schoß. Verdammt.

»Das war's. Ich werde dich jetzt zum Mittagessen ausführen und wir werden Lebensmittel einkaufen gehen«, verkündete er.

Mir gefiel diese Wendung der Ereignisse nicht. Ich wollte wieder zu dem Teil mit dem Küssen zurückkehren.

»Komm schon«, redete Jake mir zu, »Du hast gehört, was der Arzt gesagt hat – jede Menge Obst und Gemüse und magere Proteine.«

Das hörte sich im besten Fall unerfreulich an. »Ich dachte, ein Vorteil, wenn man einen Braten in der Röhre hat, ist, dass ich essen darf, was ich will. Du weißt schon, das Ganze mit den eingelegten Gurken und der Eiscreme.«

»Großstadtmythos. Hab grad was drüber gelesen. Für dich gibt's Broccoli und Griechischen Joghurt.«

Da rümpfte ich die Nase, doch er half mir einfach nur hoch

und hielt mir eine Hand entgegen. Ich versuchte noch eine kleine Taktik, indem ich fragte: »Was ist in der Tüte?«

»Ah!« Er lächelte und bückte sich, um sie aufzuheben. Ich warf einen Blick hinein und sie war voller Bücher. Okay. »Die Bücher, die der Arzt empfohlen hat«, half Jake nach.

Ich hatte irgendwie gehofft, es wäre Cheesecake, aber ich sah ihm ins Gesicht und er sah so selbstzufrieden drein. Ganz zu schweigen davon, dass es ziemlich lieb von ihm war, dass er losmarschiert war und diese Bücher gekauft hatte. Ich legte eine Hand auf meinen Bauch und benutzte die andere, um mich an Jake abzustützen, während ich ihm einen zarten Kuss gab.

»Lass uns die zum Mittagessen mitnehmen.«

»Das ergibt doch keinen Sinn«, sagte ich zum sechsten Mal in dreißig Minuten. »Dem Baby wächst eine Lunge und es fängt an zu atmen, aber es ertrinkt da drinnen nicht. Wie ist das möglich?« Ich sah zu Jake.

Seine dunklen Haare waren ein wirres Durcheinander. Wir waren von unserem Ausflug zurückgekehrt und er saß neben mir und las sein eigenes Buch, einen ähnlich perplexen Ausdruck im Gesicht. »Was ich gerade gelesen habe, wirst du erst gar nicht wissen wollen. Wenn ich dir was raten darf, dann lies *keine* Kapitel über die eigentliche Geburt.« Er fuhr sich wieder mit der Hand durch die Haare.

»Mach dir deswegen keine Sorgen«, antwortete ich und hob meine Wasserflasche, um noch einen kleinen Schluck zu nehmen – mir war befohlen worden, mehr zu trinken. »Ich werde mit dem Teppichmesser an die Kapitel rangehen.« Ich schloss mein Buch und versank wieder in der Couch. Das war schlimmer, als ich gedacht hatte. Ich konnte spüren, wie mein Blutdruck stieg.

Jake schloss sein Buch ebenfalls und drehte sich zu mir. »He, wir hängen da beide mit drin.«

»Prima, dann trägst du das Kind aus«, sagte ich mit Schmollmund.

»Wenn ich einen Weg finden könnte, das zu tun, dann würde ich es absolut machen.«

»Das sagst du nur, weil eben keine Möglichkeit besteht. Das ist, als würde ich mich anbieten, dir meine Niere zu spenden, obwohl ich weiß, dass wir nicht kompatibel sind.«

»Das ist überhaupt nicht wahr. Wenn ich das Kind für dich austragen könnte, dann würde ich es tun«, sagte er kategorisch. »Moment mal, wenn wir kompatibel wären, würdest du schon eine Niere für mich spenden, oder?«

»Na klar. Jederzeit«, sagte ich und machte ein Gesicht.

Er packte meine Hand und behielt sie im Blick. »Bailey, ich glaube, dass du nicht weißt, wie wichtig mir das ist.«

Ich war mir nicht sicher, ob er von mir oder dem Baby oder sogar über die verdammte Niere sprach.

»Ich werde jeden Schritt des Weges hier sein. Ich werde dich oder das Baby nicht im Stich lassen. Ich hoffe, du weißt das.«

Ich nickte nur. Ich wusste es sehr wohl.

»Ich werde kein Mann sein, der sich verpflichtet und dann abhaut. Ich weiß, wie es sich anfühlt, der Leidtragende in so einer Situation zu sein.« Sein Blick ging hoch zu meinen Augen. »Mein Dad war ein totales Arschloch. Ich weiß, dass du von Mark alles darüber gehört hat.« Ich nickte und er fuhr fort. »Aber Mark hat dir wahrscheinlich nicht erzählt, dass *ich* mich auch wie ein Arschloch benommen habe.«

Hä? Ich sah ihn fragend an.

»Erinnerst du dich, dass ich dir erzählt habe, dass ich gleich nach der Highschool zu den Marines gegangen bin? Das war ich, wie ich davongelaufen bin. Ich musste von meinem Dad wegkommen und ich habe es meiner Mom und meinem vierzehnjährigen Bruder überlassen, mit ihm klarzukommen. Und nicht nur das – sie mussten mit *allem* alleine klarkommen. Mit den Rechnungen, dem Haus, der Versicherung … mit allem. Und ich habe sie einfach sitzenlassen.«

»Jake«, warf ich ein, »du warst selbst noch ein Kind. Du hast das nicht absichtlich getan.«

»Mag sein, aber ich hätte schneller erwachsen werden und zurückkommen sollen. Ich werde niemals ungeschehen machen können, was ich getan habe.« Er sah mich ernst an. »Wenn ich dir also sage, dass ich für dich und dieses Kind da sein werde, dann werde ich *da* sein. Ich werde nicht fortgehen. Niemals.«

Ich wusste nicht, was ich sagen sollte, also zog ich ihn einfach an mich, umarmte ihn und hielt ihn fest. So blieben wir eine Weile.

Danach schien Jake sich ein wenig unbehaglich zu fühlen wegen seines Geständnisses, daher versuchte ich, die Stimmung aufzuheitern. Ich holte uns beiden einen Imbiss – einen gesunden (igitt) – und holte mir meinen Zeichenblock und meine Bleistifte.

»Seit ich dich kenne, brenne ich darauf, deine Wangenknochen zu zeichnen.« Ich lächelte und ließ mich wieder auf die Couch fallen.

Er grinste. »Welche Wangenknochen?«

»Das ist doch nicht dein Ernst. Hast du schon mal in den Spiegel geguckt? Du hast einen wunderschönen Knochenbau.«

Er zog eine Schnute. »Bezeichne mich nie wieder als wunderschön. Das ist einfach … falsch.«

»Pech. Und jetzt sitz still, damit ich die Umrisse erfassen kann.«

»Wirst du mich bitten, mich auszuziehen und einen riesengroßen Edelstein um den Hals zu tragen?«

Ich kicherte. »Nicht, wenn du dich benimmst und ein braver Junge bist.«

»Ich mag es nicht, ein braver Junge zu sein.« Er rückte ein

Stück näher und fuhr mit der Hand über mein nacktes Bein nach oben.

Ich gab ihr einen Klaps. »So sind wir überhaupt in diese Situation geraten, Hauptmann Spermienzahl. Also Platz jetzt.«

Er gab klein bei, doch erst nachdem seine Hand meinen Innenschenkel streifen und eine Gänsehaut bei mir erzeugen konnte. Ich skizzierte die Hauptumrisse seines Gesichts, ehe ich ihm erlaubte, mit seinem Lesen weiterzumachen. Ich versuchte, mich auf das Bild zu konzentrieren, während ich zwischen Jake und dem Papier hin und her sah. Doch das Kribbeln durch seine Berührung stellte sich als ziemliche Ablenkung heraus.

»Wow«, erklärte Jake eine halbe Stunde später, als ich ihm die fertige Skizze präsentierte. »Das ist wirklich gut.« Ich sprang von der Couch in dem Moment, als seine Hand hervorschoss, um mich zu packen. Es war zu spät und er klatschte mir auf den Po.

»Aua! Misshandlung!«, brüllte ich und konnte mein Lachen nicht unterdrücken.

Er schaffte es, beide Arme um mich zu legen und mich wieder nach unten zu ziehen, sodass ich auf seinem Schoß landete. »Wenn dir das gefallen hat, dann kann ich dir noch ein oder zwei Dinge zeigen«, neckte er mich.

Mein Inneres zog sich zusammen. Hmm, das war neu. Dem Anschein nach stellte sich mit der Schwangerschaft auch der eine oder andere Fetisch ein.

Mein Handy klingelte und unterbrach den Moment. Es lag am Couchtisch und ich warf einen Blick darauf und sah, dass es meine Mom war. Ich ächzte.

»Was ist?«, fragte Jake und schaute auf das Display. »Ach so.« Wir starrten es beide kurz an, während es klingelte. »Willst du nicht rangehen?«

Ich seufzte, tippte auf Annehmen und hob es an mein Ohr. »Hallo, Mom.«

»Hallo, Schätzchen. Wie fühlst du dich?«

Da ich noch immer auf Jakes harten Schenkeln saß, fühlte ich mich verdammt gut, aber ich nahm nicht an, dass sie das meinte.

»Mir geht's gut. Ab und zu ist mir ein bisschen übel und ich schlafe viel, aber es geht mir gut.«

»Meine Güte. *Mir* war ja so schlecht, sowohl mit dir als auch mit Nate. Man sagt aber, dass das ein Hinweis ist, dass das Kind gesund ist.«

Ich verzog das Gesicht und sah wieder zu Jake. Er fixierte meinen Hals und wollte sich nähern. Ich warf ihm einen strafenden Blick zu.

»Mom, ich bin mir ziemlich sicher, dass das eines dieser Dinge ist, die die Leute einem einreden, um einem das Leid etwas zu lindern. ›He, ich sehe, dass Ihre abgetrennten Gliedmaße schön bluten. Man sagt, je mehr es blutet, desto sauberer der Schnitt. Gut für Sie!‹«

Jake presste sein Gesicht an meinen Rücken und lachte leise.

»Bailey Cathleen! Ich schwöre, dass ich nicht weiß, von wem du erzogen wurdest.«

Ich antwortete mit einem Lachen, denn ich hatte immer Freude daran, meine Mom aufzuziehen.

»Jedenfalls wollte ich dich morgen zum Sonntagsessen einladen.« Ich hörte eine Stimme im Hintergrund und dann das Geräusch, als meine Mom das Telefon zudeckte. »Entschuldigung. Äh, was ich sagen wollte, ist: Könntest du bitte Jake morgen zum Essen mitbringen? Ich befürchte, dass das der einzige Weg ist, zu verhindern, dass dein Vater sich noch mal so wie auf der Baustelle benimmt.«

Ich sah wieder nach hinten zu Jake. Offensichtlich hatte er die Stimme meiner Mutter gehört, denn plötzlich sah er ernst drein.

»Du hast also davon gehört.« Nicht überraschend.

»Schätzchen, ich glaube, alle haben davon gehört. Ich habe keine Kontrolle über diesen Mann. Auf diese Weise kann ich es wenigstens ein bisschen in Grenzen halten. Was sagst du dazu?«

Ich lächelte Jake gequält an, als ich wieder in das Telefon sprach. »Haben wir denn überhaupt eine andere Wahl?«

»Äh, nein.«

Jake zuckte mit den Schultern. »Dann sicher. Jake und ich würden uns freuen, zum Abendessen zu euch zu kommen.«

»Wunderbar. Ach, und ich mache Schweinekottelets, bringt also euren Appetit mit!«

Ich würde wahrscheinlich eher mein Pepto mitbringen.

Ich würde gerne sagen, dass Jake und ich, nachdem ich das Gespräch mit meiner Mom beendet hatte, wie die Karnickel rammelten und die ganze Nacht damit verbrachten, uns gegenseitig zu verschlingen. Doch das wäre eine Lüge. Wir hatten dann doch nur Spaghetti und Salat und sahen uns einen Film im Fernsehen an. Korrektur: Jake sah sich einen Film im Fernsehen an. Ich bin prompt eingeschlafen und wurde, wieder einmal, von Jake zu Bett getragen. Diese Sache mit der Schwangerschaft trug so gar nichts zu meinem Sexualleben bei!

Der irische Pate

JAKE

Dieses Mal hatte ich vorausgedacht und eine Tasche gepackt, in der Hoffnung, ich würde die Nacht bei ihr verbringen. Mein Wunsch erfüllte sich, allerdings schlief mir die Bailey kurz nach Einbruch der Dunkelheit ein. Aber das war okay. Ich konnte trotzdem neben ihrem süßen, warmen Körper schlafen und beim Aufwachen ihr träges, schlaftrunkenes Lächeln sehen. Mittlerweile war ich der Meinung, keine Nacht mehr ohne sie sein zu können.

Ich brachte ihr Tee – da der Kaffee anscheinend out war – und etwas Toastbrot ans Bett, damit ihr hoffentlich nicht wieder übel wurde.

»Das ist wirklich aufmerksam von dir, Jake. Vielen Dank.« Sie war untypisch liebenswert und umgänglich. Ich dachte mir, dass die Frechheit wieder zurückkehren würde, sobald sie wieder auf den Beinen war.

Ich fühlte mich heute ein wenig unbeschwerter, da ich mein Verhalten in der Vergangenheit, was meine Familie betraf, und meine Gefühle darüber gebeichtet hatte. Ich wollte, dass Bailey verstand, woher ich kam, damit sie eher geneigt sein würde, mir und meinen Absichten zu vertrauen. Die Dinge besserten sich also. Ich dachte sogar daran, das Zusammenziehen-Thema erneut anzusprechen, weil der letzte Tag so gut verlaufen war.

Die einzigen Probleme, die auf meinen Gedanken lasteten, waren Marks Rechtsstreit und das bevorstehende Dinner mit Riordan Murphy. Ich hätte wahrscheinlich eine Lebensversicherung abschließen sollen, doch dafür war es ein bisschen zu spät.

Bailey verbrachte den Großteil des Vormittags beim Malen, während ich ein paar Wege erledigte. Auf dem Rückweg rief ich Mark an.

»Startklar für dein Treffen morgen?«

»Komme voran. He, wenn du schon dran bist, könntest du mir einen Gefallen tun?«

»Was du willst.«

»Ich habe eine Liste mit Zeugen von meinem Anwalt erhalten. Ich werde sie dir und Bailey mailen. Kannst du sie bitten, dass sie einen Blick drauf wirft und schaut, ob sie irgendwelche Namen erkennt? Es ist besser, so viele Informationen zu haben, wie man kriegen kann.«

»Na klar. Das ergibt Sinn. Ich bin jetzt auf dem Weg zurück zu ihrer Wohnung.«

»Ja, Mom hat gesagt, dass du nicht oft zu Hause geschlafen hast. Ich nehme an, die Dinge laufen besser?«, fragte Mark.

»Ich arbeite daran. Wir haben heute Abend ein Essen bei ihren Eltern.«

»Oh, Scheiße.«

»Ich weiß. Ich freue mich schon auf einen weiteren Streit mit ihrem Dad.« Ich schauderte innerlich bei dem Gedanken.

»Nein. Also ja, das wird ätzend. Aber mein ›Oh, Scheiße‹ war aus einem ganz anderen Grund. Iss das Essen nicht, Mann«, sagte Mark in kryptischem Tonfall.

»Was meinst du damit?« Was zum Teufel hatte er vor?

»Erin. Iss das nicht, was sie kocht. Es könnte dich umbringen.«

»Halt die Klappe, Arschloch. Du stellst mir nur 'ne Falle.« Er wollte zweifellos, dass ich mich blamiere. Als ob ich noch mehr Unannehmlichkeiten mit dem Murphy-Clan gebrauchen konnte.

»Sag nicht, ich hätte dich nicht gewarnt.« Er lachte und legte auf.

Was zum Teufel?

»O MEIN GOTT. Das ist unglaublich.« Bailey verzog das Gesicht und klatschte auf die Armlehne des Zweiersofas.

»Ashley, Hannah, Taylor, Michael – das sind alles Antons Groupies.«

Sie sah sich die Liste der Zeugen an, die Mark rübergeschickt hatte.

»Natürlich werden die für ihn Partei ergreifen. Die verehren ihn ja praktisch.« Schmollend warf sie ihr Handy hin.

»Moment mal, sind das Studierende oder sowas?«

»In gewisser Weise. Ich meine, einige von denen haben seine Gastvorträge besucht, aber sie folgen ihm buchstäblich überall hin, wie junge Hunde, die auf Reste warten.«

»Dann ist das doch großartig, oder nicht?«, fragte ich. Ich nahm ihr Handy und las die Liste selbst durch.

»Wie meinst du das?«

»Na ja, das macht sie zu voreingenommenen Zeugen. Ich glaube, das ist nicht zulässig.«

Ihre Miene erhellte sich. »Wir müssen definitiv Mark anrufen.«

»Toll, aber lass es uns auf dem Weg zu deinen Eltern machen. Ich möchte irgendwo anhalten und Blumen oder sowas kaufen. Auf keinen Fall werde ich mit leeren Händen erscheinen.«

»Ach, hast du etwa Angst vor meinen großen, bösen Eltern?« Sie lächelte verschmitzt.

»Ja, und ich fürchte nicht, es zuzugeben. Dein Vater wird mich entweder zum Eunuchen machen oder zu einem Duell herausfordern.« Ich stand auf und schnappte mir meine Schlüssel.

»Gott, er muss sich einfach raushalten«, murrte sie. »Ich kann ihm so schlecht die Stirn bieten.« Sie bückte sich, um sich die Schuhe anzuziehen.

»Ich glaube, das ist gar nicht wahr.« Ich blieb stehen und sah zu ihr hinunter.

Sie erwiderte meinen Blick, Verwirrung stand ihr auf die Stirn geschrieben.

»Du hättest dich am Donnerstag sehen sollen. Du warst ein Biest«, neckte ich sie.

Sie schlug mich mit einem Schuh.

»Nein, du bist ihm direkt ins Gesicht gesprungen und hast ihm gesagt, dass er sich um seine eigenen Angelegenheiten kümmern soll. Das war ziemlich geil.« Ich zuckte mit den Schultern.

Sie sah den Schuh an, als würde er ihrem Gedächtnis auf die Sprünge helfen. »Ha! Das hab ich irgendwie, nicht wahr?« Das schien ihr auch irgendwie die Augen geöffnet zu haben. Sie stand noch ein paar Sekunden still da, ehe sie sich ihren zweiten Schuh anzog und mir zur Tür hinaus folgte.

»Also Jake, wie hast du vor, meine Tochter und dieses Kind zu ernähren?«

Ein Stöhnen ging um den gesamten Tisch.

»Dad!«, warf Bailey ein, aber ich packte ihre Hand unter

dem Tisch, um sie vom Reden abzuhalten. Riordan hatte das Recht auf dieses Gespräch. Er beschützte seine Familie und ich respektierte das – ich respektierte es sehr.

»Nun, Sir, mein Unternehmen hier in Greensboro ist gerade in der Anfangsphase, aber meine Methoden sind gut etabliert und ich habe eine Partnerschaft mit einem angesehenen Betrieb.«

Er antwortete mit einem Ächzen und Laney mischte sich ein. Ja, die ganze Familie war eingeladen worden, meine Prüfung zu bezeugen, sogar Rocco. Er saß neben Riordan, stopfte sich den Mund mit Stullen voll und sang sich selbst etwas vor. »Erin, könntest du bitte die Kartoffeln herüberreichen?«

Die Schüssel wurde herumgereicht, bis sie Laney erreichte, die mir zuzwinkerte. »Riordan, möchtest du noch welche?« Ihre Taktik schlug fehl, aber ich wusste ihre Bemühungen zu schätzen.

»Wohnst du nicht bei deiner Mutter?« Riordan machte ein finsteres Gesicht.

Ich verschluckte mich beinahe an meinem Wasser. Ich hätte darauf vorbereitet sein müssen. Wieso hatte ich mir keine Notizzettel oder so etwas geschrieben?

»Das ist eine provisorische Lösung. Ich muss ein Einkommensmuster etablieren, ehe ich eine Hypothek bekommen kann. Ich habe einen Plan, Sir, das versichere ich Ihnen.«

»Dad, ich habe eine eigene Wohnung. Hast du das vergessen?«

»Und was ist mit Versicherungen? Haben Sie daran gedacht, Mr. Beckett?«, forderte Riordan mich wieder auf.

»Bailey hat die Versicherung von der Firma, Dad, wie du sehr wohl weißt«, sagte Nate, der selbst nach einer Stulle griff.

Alle schienen sich Kartoffeln und Stullen aufzuladen. Tatsächlich, als ich mich am Tisch umsah, wurde mir klar, dass ich der Einzige war, der sich eine Erwachsenenportion der Schweinekoteletts genommen hatte.

»Und da ist auch das Baby mitversichert«, fügte Bailey abschließend hinzu.

Ich wollte mich soeben zu Wort melden und von meiner eigenen Versicherung erzählen, als Erin sich einmischte. »Könnten wir uns bitte über etwas anderes unterhalten?«

»Ja, bitte«, erwiderten Bailey und Nate unisono.

»Ist es noch zu früh, um mit den Vorbereitungen für eine Storchenparty anzufangen?«, fragte Laney.

»Ooh, so aufregend! Ich wüsste nicht, weshalb wir das nicht tun sollten«, erwiderte Erin.

Bailey stellte einen Ellenbogen auf den Tisch und verdeckte sich die Augen. Sie sprach so, dass nur ich es hören konnte. »Sie werden mich da nicht rauslassen, oder?«

Ich lächelte und drückte die Hand, die ich unter dem Tisch immer noch hielt. »Sieht nicht gut aus. Wir müssen alle unser Kreuz tragen«, neckte ich sie. Sie drückte meine Hand – ein bisschen forsch meiner Meinung nach.

»Ich verstehe nicht, wieso ich der einzige Mensch in diesem Raum bin, der sich Gedanken macht!«, brüllte Riordan, der sofort von Erin beruhigt wurde. Er fuhr in ruhigerem Ton fort: »Was passiert, wenn das Baby kommt und Bailey beschließt, bei dem Kleinen zu Hause zu bleiben? Würdest du in der Lage sein, die Rechnungen zu bezahlen?«

Ich muss zugeben, darüber hatte ich nicht wirklich nachgedacht. Was, wenn Bailey bei unserem Kind zu Hause bleiben wollte? Was, wenn *ich* wollte, dass Bailey zu Hause bei unserem Kind blieb? Mensch, was, wenn Bailey wollte, dass *ich* zu Hause blieb?

»Dad, ich werde nicht zu Hause bleiben und Jake und ich werden für alles eine Lösung finden. Könnten wir einfach nur essen?«

Er gab ein missbilligendes Knurren von sich, aber Erin

tätschelte seine Hand und ich betrachtete das als mein Zeichen, reinzuhauen. Ich gabelte einen großen Bissen Schweinekotelett auf und führte es zwischen meine Lippen. Erst dann wurde mir klar, dass ich besser zuhören musste, wenn mein Bruder etwas sagte.

Nach etlichen Minuten des Kauens gelang es mir, das trockenste, härteste Stück Fleisch hinunterzuwürgen, das mir jemals untergekommen war. Dann trank ich mein Getränk auf Ex, stellte das Glas wieder ab und schnappte nach Luft. Ich glaube, es waren sogar Tränen in meinen Augen.

»Hier, nimm dir ein paar Kartoffeln«, sagte Bailey und hielt mir die Schüssel hin.

Ich sah mich am Tisch um und bemerkte, dass Nate, Laney und Bailey alle blöde grinsten. Scheißkerle!

»He, können wir auch ein Baby kriegen?«, fragte Rocco. Erin hielt sich vor Freude die Hand an die Brust, und Nate und Laney verging sofort das Lachen.

Dann war ich an der Reihe. Ich setzte mein strahlendstes verdammtes Lächeln auf. »Ja, wann *kriegt* ihr Leute denn jetzt ein Baby?«

Bailey machte gleich mit. »Ich finde, es wäre klasse, wenn wir sie zeitlich nahe beieinander kriegen würden. Meint ihr nicht auch, Leute?«

Subtile Handgesten wurden gewechselt und wir machten uns alle wieder an unser Essen. Gott sei Dank lastete fürs Erste der Druck nicht mehr auf mir.

»Es hätte vermutlich noch schlimmer kommen können«, scherzte Bailey und gesellte sich zu mir auf die Eingangsveranda, wo ich mich zum dringend notwendigen Luftschnappen begeben hatte. Ihr lächelndes Gesicht zu sehen war eigentlich alles, was ich brauchte, wurde mir dabei klar. Ich drehte mich zu ihr um, packte sie beiderseits der Taille und zog sie näher an mich. Ich fuhr mit den Händen an ihren Seiten auf und ab, während wir uns beide idiotisch anlächelten.

»Weißt du, du magst ja das irische Blut haben, aber ich bin das Glückskind.«

Sie rümpfte nur die Nase. »Wenn du meinst.« Sie war niedlich, wenn sie peinlich berührt war. »Ach, und weil wir von Blut reden. Mein Dad könnte immer noch auf dein Blut aus sein. Ich mein ja nur.«

Ich wich einen Hauch zurück aus falscher Entrüstung. »Wie soll das noch immer meine Schuld sein?«

»Äh, du hast mir irgendwie einen Braten in die Röhre geschoben«, neckte sie mich ebenfalls.

»Also ja«, ich tat so, als würde ich das abtun, »aber ich habe dir einen Antrag gemacht.«

»Nein, hast du nicht.« Sie sah mich mit finsterem Blick an. Der neckische Ton war verschwunden.

»Ich habe eine sehr spezifische Erinnerung daran, genau das getan zu haben.«

Sie versuchte sich loszureißen. »Du hast mir keinen Antrag gemacht, du hast mich herumkommandiert!«

»Ist das Gleiche.« Ich ließ sie nicht los.

»Eigentlich das genaue Gegenteil, Jake.« Sie sah mich an, als besäße ich den IQ eines Türknaufs.

»Na schön. Würdest du mich bitte heiraten?« Ich zwang mich, nicht die Augen zu verdrehen. Ja, rückblickend war mein Tonfall nicht ideal.

»Nein!« Sie riss sich los.

Ich ächzte frustriert. »Was willst du von mir?«

Sie machte sich nicht die Mühe zu antworten. Sie drehte sich um und ging wieder hinein, die Tür hinter sich zuschlagend.

»Sie will, dass du sie liebst«, ertönte eine tiefe Stimme von links.

Ich drehte mich um und sah Riordans massige Gestalt seitlich an der Veranda lehnen. Scheinbar hatte noch jemand frische Luft nötig gehabt.

Wie lange war er schon dort gewesen? Das war mehr als nur ein bisschen peinlich.

»Wie bitte?«, fragte ich, bevor ich seine Bemerkung sacken ließ. Dann: »Ach so.« Na prima.

»Tust du es?«, fragte er und seine Augen durchbohrten mich wie Dolche.

»Ja.« Es war die Wahrheit. So ein einfaches Wort, aber es drückte alles aus.

»Na dann hör auf, dich wie ein Idiot zu benehmen und sag es ihr.« Er drehte sich um und ging in den Garten.

Johnny am Arsch packen

BAILEY

ICH STOLZIERTE zu meinem alten Schlafzimmer. Ich war sowohl auf mich als auch auf Jake wütend. Immer wieder ließ ich mein Herz hoffen, dass er meine Gefühle erwiderte, doch ich sollte es besser wissen. Ich könnte einfach nicht mit ihm zusammen sein, wenn er es nur aus Pflichtgefühl und irgendeiner Suche nach Erlösung tat. Ich warf mich aufs Bett, so wie ich es in meiner missverstandenen Jugend tausende Male getan hatte. Ich schlug auf das Kissen ein. Ich musste ein paar schwerwiegende Entscheidungen treffen.

»Ich habe mich immer wieder in dich verliebt, seit deine megalangen Beine in diesen verdammten Strümpfen den Mittelgang der Kirche entlanggingen«, ertönte Jakes Stimme von der Tür.

Ich drehte mich um und sprang in die Sitzposition.

Was?

»Das ist wahr, und ich hätte es dir schon früher sagen

sollen.« Er machte einen Schritt auf mich zu, seine strahlenden Augen flehten mich an ihm zuzuhören. Ihm zu glauben.

Ich wusste nicht, ob ich mir das leisten konnte.

»Das ist lächerlich. Das war nicht einmal ich.« Auf keinen Fall würde ich zugeben, dass ich ähnlich beeindruckt gewesen war, als ich ihn auf dieser verdammten Hochzeit erspäht hatte.

»Was soll das heißen? Natürlich warst du das.« Verwirrung zeigte sich in seinen Zügen und er hielt abrupt an.

»Theoretisch sicher, aber das war alles auf Fiona zurückzuführen – das Kleid, die Haare, die *Strümpfe*. Alles.« Ich versuchte meinen Blick von ihm abzuwenden, doch ich konnte es nicht.

»Ach so. Ich verstehe. War es auch Fiona, die mir ins Ohr gestöhnt und gesagt hat, sie würde mich brauchen?« Seine Augen funkelten auch noch, verflixt noch mal.

Ich kämpfte gegen das Erröten, verlor aber. »Sei nicht lächerlich. Außerdem war das Sex. Das war Lust, keine Liebe.« Ich reckte das Kinn vor.

»Damals vielleicht nicht, aber jetzt schon.« Er kam noch einen Schritt näher.

»Ich habe eine Rolle gespielt. Ich gab vor, jemand zu sein, der ich nicht bin.« Scheiße.

Sein Rücken wurde gerade vor Anspannung und möglicherweise Zorn. »Was zum Teufel soll das bedeuten?«

»Männer wie du sehen mich nicht an, Jake.« Ich zuckte mit den Schultern. »An dem Abend war ich hübsch hergerichtet und spielte die Rolle eines Mädchens, dem ein Mann wie du hinterherschauen würde.« Er sah immer noch wütend drein – und verdutzt. Ich streckte die Arme zur Seite. »Du bis so weit aus meiner Liga, dass ich Tee-Ball und du in den Majors spielst. Kapierst du nicht? Ich bin ›eine von den Jungs‹- Bailey Murphy. Ich bin nichts Besonderes, und eines Tages wirst du das herausfinden.« Ein Schwall Tränen füllte meine Augen. Gottverdammte Hormone!

Er stutzte. »Ich weiß nicht, wie ich darauf antworten soll.«

Ich stand auf, denn ich war fest entschlossen, dass dieses Gespräch zu einem Ende führen musste. »Ich erwarte nicht wirklich, dass du das verstehst, aber vertrau mir einfach. Ich weiß, dass wir es verbockt haben, weil wir ein Baby da mit hineingezogen haben, aber wir werden dafür einfach eine Lösung unabhängig von unserer persönlichen Beziehung finden müssen.«

Er beugte sich vor, daher musste ich ihn ansehen. »Du meinst die, wo du dich weigerst, mit mir zusammen zu sein, obwohl ich dich liebe und ich mir ziemlich sicher bin, dass du mich liebst?«

Ich wimmerte und fiel beinahe auf das Bett zurück. Ich war so beschissen verliebt in ihn, dass ich nicht wusste, wie ich ohne ihn würde überleben können. Und der Gedanke, ihn ständig sehen zu müssen, wegen des Babys – Oje!

»Das habe ich mir gedacht.« Er nahm mein Gesicht in seine Hände.

»Sieh mich an und sage mir, dass du mich nicht liebst.«

Ich konnte es nicht. Wie denn nur?

»Warum lässt du mich dich nicht lieben?«, flehte Jake. »Ich werde nicht weggehen. Ich werde dich nicht verletzen. Ich bin keiner dieser anderen Menschen, die dir das Gefühl gegeben haben, dass du es nicht verdienst, genau so geliebt zu werden, wie du bist. Bitte glaube mir.«

Wie konnte er sich so sicher sein? Wie konnte ich es mir leisten, ihm zu glauben?

»Ich muss nachdenken«, flüsterte ich.

»Denken wird überbewertet.« Seine Hände bewegten sich langsam nach unten, um meinen Hals zu halten, während seine Daumen mein Kinn streiften.

Ich blinzelte und wehrte mich gegen das Verlangen, mich ihm zuzuneigen. »Ich kann nicht klar denken, wenn du in der Nähe bist.«

Er schmunzelte. »Ich werde das als etwas Positives werten.«

»Jake«, flehte ich.

»Vierundzwanzig Stunden«, antwortete er leise. »Das ist deine Gnadenfrist. Und dann werde ich kommen und dich holen, Irin.«

ICH LAG eine Weile auf meinem alten Bett und wog die Alternativen ab. Erstaunlicherweise ließen beide meine Elternteile mich in Ruhe, nur meine Mom steckte den Kopf durch die Tür, um mich zu fragen, ob ich etwas brauchte. Ich war mir ziemlich sicher, dass ich entweder einen Seelenklempner oder einen Schuss Tequila brauchte, doch weder das eine noch das andere war eine Option, leider. Ich war verwirrt und aufgewühlt und nichts fühlte sich richtig an. Ich hatte Angst, ich würde etwas Drastisches unternehmen müssen – etwas, dass ich mir nicht in einer Million Jahre vorgestellt hatte, tun zu müssen.

Ich wollte einen Mädelsabend einberufen.

Da Jake mir nur ein Vierundzwanzigstunden-Zeitfenster gegeben hatte, wurde ich von Fiona als Notfall deklariert. Sie wollte, dass wir zu ihr kommen, doch ich dachte mir, dass ich mit geringerer Wahrscheinlichkeit in Tränen aufgelöst sein würde, wenn wir einen öffentlichen Schauplatz wählten. Also schaute sie vorbei, um mich abzuholen, und wir trafen Laney im Gia zu Tapas und auf einen Drink. Weder Laney noch ich, weiß Gott, hatten viel zum Abendessen zu uns genommen.

Als die Mädels dann ihren Wein hatten und ich mein langweiliges Wasser, brachte ich sie auf den neuesten Stand der Entwicklungen. Ich war noch nicht weit mit meiner Geschichte, als Fiona auf ihrem Sitz in die Höhe schoss. »O mein Gott, du bist Baby.«

Äh, mir war durchaus bewusst, dass ich ein Baby bekommen würde.

Sie bemerkte meinen verwirrten Gesichtsausdruck und fuhr fort: »In *Dirty Dancing*. Du bist Baby und du glaubst Jake ist Johnny Castle!«

Laney hielt erschrocken die Luft an und nickte wie wild.

Ich sah sie nur wie eine völlige Idiotin an. Ich meine, natürlich hatte ich von dem Film gehört – wer nicht? Aber ich hatte ihn noch nie tatsächlich gesehen.

Fiona guckte mürrisch, sie war offensichtlich auf einer persönlichen Ebene beleidigt. »Okay, also da ist dieses Mädchen namens Baby«, setzte sie an und ich runzelte sofort die Stirn.

Laney mischte sich ein: »Ich weiß, ein gemeiner Spitzname, aber du müsstest den Film sehen, um ihn zu verstehen.«

Fiona fuhr unbekümmert fort: »Sie ist irgendwie ein langweiliges burschikoses Mädchen und sie hat diese glamouröse Mutter und Schwester – obwohl, ich muss ehrlich sein, ich fand, dass die Schwester irgendwie eine Krähe war.« Sie zeigte auf ihre Nase und zog eine Grimasse. »Jedenfalls verknallt Baby sich in Johnny, diesen echt geilen Tänzer-Typen, der glaubt, dass sie nur so ein Kleine-Schwester-Typ ist, der sich überall einmischt.«

Ich bereute in keinster Weise meine Entscheidung, diesen Film auszulassen. »Echt geilen Tänzer-Typen?« Ooookay.

»Nur, dass Baby ihm schließlich den Arsch rettet, indem sie sich freiwillig als seine Tanzpartnerin bei diesem großen Remmidemmi meldet – lange Geschichte. Der Punkt ist, dass er anfängt zu erkennen, wer sie innerlich ist und sich total in sie verknallt – und sie haben eine super-heiße Affäre. Zum Schluss bringt er alle dazu, sie mit seinen Augen zu sehen.«

Fiona und Laney seufzten beide, mir war eher zum Kotzen.

»Na jedenfalls«, fuhr Fiona fort, »meine Theorie passt nicht zu der ganzen Geschichte. Aber wie ich sagte, du glaubst, du wärst Baby und Johnny Castle würde dich niemals eines zweiten Blickes würdigen.«

Laney warf ein: »Aber du liegst vollkommen falsch. Jake weiß ganz genau, wer du bist, und das hat er fast ganz von Anfang an getan. Ich glaube, dass das vielleicht mehr mit dir zu tun hat, als mit ihm, wenn du glaubst, dass du irgendwie seiner nicht würdig bist.« Sie griff nach meiner Hand.

Na Scheiße.

»Und erinnerst du dich, wie er dich verfolgt hat – Ich weiß, dass wir uns schon einmal darüber unterhalten haben, aber er hat nicht damit aufgehört, als ihm dann bewusstwurde, dass du Sneaker den hohen Hacken vorziehst«, sagte Fiona.

»Das war wahrscheinlich nur so eine Männersache – alle Männer wollen haben, was sie nicht kriegen können. Sie betrachten es als Herausforderung. Und außerdem«, ich deutete auf meinen Bauch. »Habt ihr das Baby vergessen?«

»Egal«, fuhr Fiona fort. »Du musst einfach wie Baby sein. Dreh sexy Musik auf, pack Johnny am Arsch und sag ihm, was du empfindest!«

Was. Zum. Teufel.

Laney nickte. »Das war total geil. Ich fasse es nicht, dass du den noch nicht gesehen hast.«

Fiona fächerte sich Luft zu. »Im Ernst, du musst nur reinspringen und ihn dir holen, Mädel! Er liebt dich, du liebst ihn. Ende der Geschichte. Hol dir deinen Mann!«

Laney lachte und nickte. »Sie hat recht. Du verdienst es, glücklich zu sein, also hol dir was vom Glück.« Sie lächelte und drückte abermals meine Hand.

Ich atmete tief durch und sah sie beide wieder an. »Okay, ich mach's«, verkündete ich, und beide brachen in Gejauchze aus.

»Und jetzt zum nächsten Thema«, sagte ich. »Hat Mark auch von den Zeugen bei dem ganzen ›Vorfall‹ erzählt?«

Fiona stellte das Glas hin, dass es schepperte. »Ja! Und ich hab selbst auch ein wenig herumgewühlt. Ich bin mega vorbereitet für dieses Treffen morgen!«

»Wäre es hilfreich, wenn ich hinkäme, weil ich ja die Zeugen kenne?«

Sie griff nach meiner Hand. »Das wäre toll. Ich werde dir die Adresse simsen.«

Laney erklärte: »Ihr Leute werdet den Typen in den Arsch treten. Wieder einmal.« Wir kicherten alle gemeinsam und stürzten uns auf unser Essen.

Ich fühlte mich selbstsicher – sowohl wegen des Treffens als auch meiner weiteren Vorgehensweise bei Jake. Ich atmete erleichtert aus und spürte, wie sich eine Ruhe in mir ausbreitete. Dann legte ich eine Hand auf meinen Bauch und tat es dann noch einmal.

ICH WUSSTE, dass Jake später noch vorbeikommen würde – ich war schließlich vorgewarnt worden –, aber ich wollte nicht die Nerven oder meine Entschlossenheit verlieren, also beschloss ich, ihn gleich am Morgen aufzusuchen. Ich musste nur Fiona anrufen, denn sie hatte den Terminplan für alle in Jaxs' Firma. Nachdem sie mich anwies »es mir zu holen«, schickte sie mich in eine noble Gegend im Norden, wo Jake heute mit einem Projekt beginnen sollte. Ich wusste, dass das nicht sehr professionell war, aber ich hatte das Gefühl, dass ich ihn einfach sehen musste. Ich versprach mir selbst, diskret zu sein und nur ein kurzes Gespräch mit ihm zu führen. Wir konnten die Dinge dann genauer besprechen, wenn wir beide Feierabend hatten.

Ich sah seinen Truck zusammen mit zwei weiteren Fahrzeugen von Precision Landscaping und Lawncare entlang der Straße vor einem schönen Ziegelsteinhaus mit einem saftigen grünen Rasen parken. Was konnten diese Leute denn noch neugestalten lassen müssen? Das war das Vorstadtparadies –

alles was fehlte, war ein radikal unempfindlicher Gartenzwerg des Typs *Lawn Jockey.*

Ich parkte auf der gegenüberliegenden Straßenseite und ging die Einfahrt entlang, in der Hoffnung, Jake zu entdecken, ohne sonst jemanden auf meine Anwesenheit aufmerksam zu machen. Ohne Glück.

Als ich gerade mit mir debattierte, ob ich mich in den umzäunten Garten hineinlassen sollte, kam ein Mann durch das Tor. Ein Mann, den ich erkannte.

»He, Ollie! Was machst du denn hier?« Ollie machte die Buchhaltung in Fionas Büro und ich hatte ihn und Jax über Fiona ein bisschen kennengelernt. Er trug die typische Kluft aus Khaki-Hose, Pullunder und Krawatte. Er wirkte oft erschöpft, und heute war keine Ausnahme.

»Bailey, hallo! Wende nur grad wieder eine Krise ab. Ein typischer Tag im Leben eines Buchhalters«, scherzte er und richtete sich die Brille.

»Hast du Jake irgendwo gesehen?« Ich machte auf lässig, ich bezweifle aber, dass es mir gelang.

Er lächelte mich vielsagend an. Ach du lieber Herr Jesus. Wussten denn alle in dieser Stadt von der Frucht meiner verdammten Lenden? Ich schürzte die Lippen und machte mein bestes *Leg-dich-nicht-mit-mir-an-* Gesicht. »Hinten rum«, antwortete er rasch und eilte zu seinem Fahrzeug.

Ich ging zum Gartentor, öffnete es und brachte etwas, das wie ein guter Hektar saftigen Rasens und schönen Immergrüns aussah, zum Vorschein. Wow. Ich war dermaßen von meiner Umgebung gefangen, dass ich Jake zuerst nicht bemerkte. Oder die dunkelhaarige Frau, die sich auf seine verschwitzte, von einem T-Shirt umhüllte Brust pflasterte. Die Kinnlade fiel mir herunter, als ich sah, wie sie sich streckte und ihren Mund auf meinen verdammten Freund / Babyvater / Verlobten / Wen-kümmert's-verdammt-noch-mal-du-Miststück! setzte.

Ich hörte auf zu atmen. Das durfte doch nicht schon wieder passieren. Nein nein nein!

»Oh Scheiße«, ertönte eine Stimme hinter mir. Ein Mann, der ein T-Shirt von Precision trug, eilte an mir vorbei und hin zu den liederlichen, betrügerischen Schnepfen. »Jake!«, rief er, woraufhin die Frau rasch von Jake zurückwich. Der Teil meines Gehirns, der die Sprache steuerte, war vollkommen abgeschaltet. Der Teil, der die Bewegung steuerte, schaltete jedoch in einen hohen Gang, als Jakes Blick mich fand. Meinen Füßen wuchsen Flügel und sie liefen schneller, als sie es jemals in meinem Leben getan hatten. Ich schaffte es in Sekunden zu meinem Auto und verließ die Gegend mit quietschenden Reifen, bestimmt Schleuderspuren auf den perfekt asphaltierten Straßen des Vorstadtparadieses zurücklassend.

Ich parkte vor der Adresse, die Fiona mir gegeben hatte. Ich war zu früh dran für das Treffen, aber ich wusste nicht, wo ich sonst hinsollte. Ich wollte nicht, dass mir jemand dabei zusah, wie ich zusammenbrach.

Wie konnte er das tun, nach all dem, was er gesagt, was er versprochen hatte?

Und dann ließ ich die Szene noch einmal in meinem Kopf abspielen – als ob ich sie jemals löschen könnte – und etwas sprang mir ins Auge. Diese Frau berührte *ihn*. Diese Frau streckte sich, um *ihn* zu küssen. Jakes Hände waren an seinen Seiten.

Scheiße.

Ich meine, trotzdem, er hätte sie nicht an sich heranlassen sollen, aber *sie* war es gewesen – nicht er –, die angestiftet hatte, was immer sich dort abgespielt hatte. Und diese *Sie* war, das vermutete ich, die mega-reiche Klientin.

Ich weiß nicht, wieso ich das nicht von Anfang an erkannt

habe. Ich bin nicht blöd und Jake ist es auch nicht. Er würde das nicht wagen. Es wäre das Ende seiner Karriere.

Meine vorübergehende Erleichterung kam quietschend zum Stillstand. Moment mal. Was sagte das über mich – über uns – aus, dass mein erster Gedanke war, dass er niemals etwas täte, das sein Geschäft versaute? Wieso war mein erster Gedanke nicht, dass er niemals etwas tun würde, dass unsere frischgebackene Familie zerstören würde?

Ich wusste, was es aussagte, und es war nicht gut. Trotz meiner neuen Entschlossenheit, dass ich ihm und uns vertrauen würde, tat ich es nicht. Oder wollte es nicht tun.

Ich legte meine Stirn auf das Lenkrad und verharrte so, bis ich wusste, dass die Versammlung anfing und ich drinnen gebraucht wurde.

Was für ein Tritt in die Eier

JAKE

Wo zum Teufel blieb sie nur?!

Ich war auf der Suche nach Bailey wie ein Irrer überall herumgefahren und hatte null Glück gehabt. Ich war mir sicher, ich hatte ein Dutzend verschiedene Gesetze gebrochen bei meinem verrückten Zick-Zack-Treck quer durch die Stadt, doch ich erreichte nichts. Sie war nicht in ihrem Büro oder ihrer Wohnung, Nate hatte nichts von ihr gesehen oder von ihr gehört, und ich war sogar zusammengebrochen und hatte meine Mom bei meiner Suche angerufen. Nichts.

Ich dachte daran, Mark oder Fiona anzurufen, aber ich wusste, dass sie sich bei diesem Treffen mit den Anwälten und diesem Schwanzlutscher Anton befanden.

Moment! Das war's! Bailey war wahrscheinlich dort bei ihnen. Sie hatte die Informationen über die Zeugen, also würde sie sicher dort sein, um zu helfen. Ich rief Laney in einem allerletzten verzweifelten Versuch an. Sie bestätigte meine Vermutung und sagte mir sogar, wo das Büro des Anwalts lag. Ich gab die Adresse in mein Navi ein und düste los.

Wie hatte ich das passieren lassen? In Puncto Loyalität und Brauchbarkeit würde ich einen erbärmlich schwachen Ehemann oder Vater abgeben.

Der Tag hatte gut angefangen – außer, dass ich nicht bei meiner Frau im Bett aufgewacht war. Ich wusste, dass es eine Herausforderung sein würde, mit Tessa McGuire zu arbeiten, und dass wir uns gut organisiert und vorbereitet hatten. Wir würden einen geilen Job auf ihrem Besitz machen und ich würde niemals mit ihr allein sein. Offensichtlich ging der Plan schon innerhalb der ersten zwei Stunden den Bach hinunter.

Tom und Luis waren beide mit mir zusammen auf der Baustelle und wir hatten gerade vor, Grassoden zu entfernen, als Ollie mit ein paar Unterlagen vorbeikam, die ich unterschreiben musste. Tom und Luis müssen sich gedacht haben, dass ich bei Ollie in Sicherheit wäre, denn sie sind beide zu ihren Trucks gegangen und haben weiß der Teufel was getan. Ollie, der ebenfalls dachte, dass ich Rückendeckung hatte, machte sich davon, und ich schwöre, dass Tessa McGuire wie eine verdammte Schlange auf ihren Angriff gewartet haben musste. Kaum war das Tor zugefallen, hatte sie meine Intimzone eingenommen.

»Jake, ich hatte gehofft, dich kurz allein sprechen zu können«, sagte sie hinter mir. Ich erstarrte. Sie stellte sich vor mich und fuhr fort: »Es scheint, als hätte ich ein kleines Problem, und ich habe mir gedacht, du könntest mir dabei helfen.«

Ich sah mich um und suchte verzweifelt nach einem Weg, mich verdammt noch mal da rauszuholen. »Mrs. McGuire«, setzte ich an und sie unterbrach mich sofort.

»Tessa. Ich bin Tessa und du bist Jake. Schon vergessen?« Sie fuhr mit einem Finger über mein T-Shirt hinunter.

Scheiße.

»Mrs. McGuire«, betonte ich, »ich bin gerne bereit, bei allem zu helfen, was mit Ihrem Garten zu tun hat. Das ist alles.«

Sie legte beide Hände auf meine Brust und flüsterte: »Das genügt aber leider nicht … Jake.« Und sie beugte sich vor zu mir und küsste mich verflixt noch mal auf die Lippen.

»Jake!«, hörte ich Toms Stimme von der Zaunlinie aus rufen. Gott sei Dank. Tessa sprang zurück und ich stieß die Luft aus, die ich angehalten hatte. Ich drehte mich um, um mit Tom zu reden oder vielleicht ihn zu küssen, weil er eingeschritten war – alles! Und dann sah ich sie.

Bailey stand hinter Tom, den Mund weit offen. Ich konnte die Feuchtigkeit in ihren Augen bis dorthin, wo ich stand, erkennen. Wenn Enttäuschung und Liebeskummer einen Namen hatten, dann lautete er Irin. Sobald ich ihr in die Augen sah, nahm sie jedoch Reißaus.

Ich stotterte eine Entschuldigung, als ich ihr nachlief, doch ich kam zu spät. Sie raste die Straße in ihrem kleinen Coupé hinunter, weg von den McGuires und weg von mir.

Ich hätte Tessa McGuire in dem Moment in die Schranken weisen sollen, als sie an diesem ersten verdammten Tag ihre Hand auf meinen Arm gelegt hatte. Scheiß auf den Job. Scheiß auf das Geld. Was nutzte all das, wenn dafür die Liebe meines Lebens gezwungen wurde, so dreinzuschauen?

Liebe meines Lebens? Darauf könnt ihr eure Ärsche verwetten.

Ich hielt vor den Büros von Jefferson, Wheeler, and Schenk und parkte meinen Truck auf dem ersten Platz, den ich fand. Erst dann zögerte ich. Was würde ich tun? In das Treffen platzen und auf die Knie sinken? Das würde nur Bailey und alle anderen stocksauer machen. Ich ging auf dem Bürgersteig vor meinem Truck auf und ab und versuchte einen Plan zu entwerfen.

»Jake!«, hörte ich ein Kreischen.

Fiona.

»Du bist da! O mein Gott, wir haben's denen da drinnen ganz schön gezeigt – du hättest es sehen sollen!«, rief sie aufgeregt. Dann sah sie mein Gesicht und das Lachen verging ihr. »Scheiße! Ich wusste, mit Bailey stimmt was nicht. Was zum Teufel ist denn passiert?«

»Wo ist sie?« Ich wollte an Fiona vorbei, doch sie packte mich am Arm.

»Sie ist immer noch bei Mark drinnen. Ich bin nur herausgekommen, um etwas aus meinem Auto zu holen. Und jetzt erzähl mir: Was zum Teufel ist passiert?«

Ich versuchte nicht mehr, an ihr vorbeizukommen, und lehnte mich an meinen Truck. »Ich habe es verbockt.«

»Wie, du hast's verbockt?«

»Da ist diese verdammte Klientin, die mich anmacht.«

Ihre Hand ging an ihre Hüfte. »Tessa McGuire. Wir kennen uns. Ich wusste, dass sie schlechte Neuigkeiten bedeuten würde.« Sie schlug mir auf den Arm. »Was hast du getan?«

»Tessa hat mich irgendwie allein erwischt und mich geküsst.« Ich sah in den Himmel, konnte diesen Schlamassel immer noch nicht glauben.

»Dieses Miststück! Du hast sie doch nicht geküsst, oder? Und woher weiß Bailey schon davon, verdammt noch mal?«

»Nein, ich hab sie nicht geküsst. Ich hab kaum mitgekriegt, was vor sich ging. Sie hat mich geküsst und dann hab ich rübergeguckt und *direkt da* stand Bailey. Sie hat alles gesehen!«

»Oh Scheiße.«

»Ja. Scheiße. Aber das ist meine Schuld.«

Sie sah mich an, als hätte ich eine Schraube locker.

»Ich hätte es nie so weit kommen lassen dürfen. Ich wusste, dass diese Frau so etwas abziehen würde. Ich hatte solche

Angst den Job zu verlieren, dass ich Bailey, glaube ich, dadurch verloren habe.«

»Beruhige dich, mein hysterischer Freund. Du hast gar nichts verloren.« Diesmal tätschelte sie meinen Arm, anstatt darauf zu klatschen.

»Hat sie schlecht ausgesehen?«, wagte ich mich vor.

»Sie hat nicht gut ausgesehen.« Fiona verzog den Mund zur Seite. »Ich dachte, sie hätte Schwangerschaftsübelkeit oder sowas. Aber sie hat sich wie ein Champion für Mark eingesetzt.«

Verdammt. Nicht nur, dass ich ein beschissener Freund war, ich war auch ein beschissener Bruder. »Ihr habt den Fall also gewonnen.«

»Na ja, es hat eigentlich keinen Fall zu gewinnen gegeben. Es war nur ein Treffen. Aber wir haben diesen Schwanzlutscher wie die Wanze zerquetscht, die er ist, und er lässt die Anklage fallen.«

Ich lächelte zum ersten Mal seit Stunden. »Ja?«

»Jawohl. Wir werden dir später alles darüber erzählen. Im Moment hast du was zu erklären.« Sie deutete zur Tür, in der Bailey und Mark soeben auftauchten. Sie unterhielten sich miteinander und bemerkten mich erst, als sie ungefähr zehn Fuß entfernt waren. Sobald Bailey mich sah, drehte sie sich um und ging zurück zum Gebäude.

»Bailey, warte! Es tut mir so leid! Es war überhaupt nicht so, wie es ausgesehen hat!«

Das Lächeln, das Mark gezeigt hatte, verging ihm und er näherte sich mir. »Was zum Teufel hast du jetzt wieder angestellt?«

Fiona packte ihn am Arm. »Keine Sorge, mein ganzer Mann. Das war nur ein Missverständnis. Die werden das schon klären.«

Ich streifte beide und ging Bailey hinterher. Sie hatte beinahe die Doppeltüre des Gebäudes erreicht, als Anton durch die Tür herausplatzte und direkt auf sie zuging. »Du Miststück! Du musstest diese Rachenummer abziehen, nicht wahr? Mein Ruf wird ruiniert sein und du bist schuld daran!«

Er packte sie an beiden Schultern und schüttelte sie. »Dich aufs Kreuz zu legen war schon scheiße, du warst es nicht wert!« Das konnte doch nicht wahr sein, verdammt noch mal. Ich sprintete in die Richtung der beiden.

»Nimm deine verdammten Hände von ihr!«

Ich konnte Marks schwere Tritte auf dem Bürgersteig hinter mir hören.

»Halt dich da raus, Rasenmann!«, sagte Anton, während er Bailey stieß und sie rückwärts stolperte. Ich erreichte sie, als sie gerade die Balance verlor und dabei war, zu Boden zu gehen. Meine Arme fingen sie rechtzeitig ab und ich richtete sie wieder auf. Mark pflanzte sich vor Anton auf und Fiona war nicht weit entfernt.

»Wag es ja nicht, sie anzurühren, du Wichsfleck!« Der stammte von Fiona.

»Was wirst du tun? Mich noch mal schlagen?«, forderte Anton Mark heraus. Die Adern an Marks Hals quollen hervor.

»Nein, aber ich«, ertönte Baileys Stimme laut, bevor sie Anton Motherfucking Germaine direkt in die Eier trat.

Er ging schwer zu Boden und es entging mir nicht, dass seine neue Brille zuerst auf dem Bürgersteig auftraf.

»Na das war ja ein Spaß«, sagte Fiona Stunden später. Wir hatten uns alle in Baileys Wohnung versammelt, wo ich darauf bestanden hatte, dass sie sich ausruhte. Die ganze Aufregung des Tages musste sie gestresst haben, und wir wollten kein Risiko eingehen bei dem Baby.

»Ich muss sagen, dass Baileys Schlachtplan besser war als

meiner. Keine aufgesprungenen Handknöchel oder sichtbare Verletzungen am Opfer«, sagte Mark kichernd.

»Apropos«, sagte ich. »Wie zum Teufel ist es euch gelungen, diesem Arschloch nichts zahlen zu müssen?«

Mark und Fiona sahen einander an und lächelten. »Also, großer Bruder«, sagte Mark, »es hilft, wenn man eine Wahnsinnsfrau an seiner Seite hat.«

Marks Blick blieb auf Fiona gerichtet, aber meiner ging direkt zu der Zweiercouch, wo Bailey tief schlief.

Fiona tat es ab. »Das war gar nichts.«

Sie erklärten mir dann, dass Fiona sich ein wenig schlau gemacht und herausgefunden hatte, dass Antons kleine Galerie-Vernissage nicht gut gelaufen war. Überhaupt nicht. Um genau zu sein, es war kein einziges Gemälde verkauft worden. Die Galerie ließ ihn fallen und er war pleite. Es stellte sich heraus, dass sein kleiner Rechtsstreit nur der Aufbesserung seiner Finanzen dienen sollte. Er hatte seinem Anwalt vorlamentiert, dass er nicht schlafen könne, weil er solche Angst hätte, dass Mark hinter ihm her sein könnte, und er konnte keine weiteren Meisterwerke mehr schaffen, weil der Stress zu sehr auf ihm laste.

»Er wusste, dass das an sich wenig Aussicht auf Erfolg hatte, daher dachte er, er hätte noch ein Ass im Ärmel.«

»Die Brille? Die konnte nicht viel wert sein.«

»Nein, er hatte alles geplant«, fing Mark an und Fiona unterbrach ihn wie immer.

»Er hat seine ›Zeugen und Zeuginnen‹ dazu gebracht, schriftlich festzuhalten, dass er eines seiner Gemälde ›von unschätzbarem Wert‹ bei sich getragen hat, als Mark ihn schlug. Er hat das verdammte Ding sogar direkt dort am Konferenztisch vorgelegt. Mitten hindurch lief ein riesiger Riss.«

»Er hatte kein Gemälde bei sich!« Ich wurde laut und sah dann hinüber, um sicherzugehen, dass Bailey nicht aufgewacht war.

»Beruhige dich, Nick Cage, ich weiß«, konterte Fiona.

»Also wie habt ihr dann bewiesen, dass er gelogen hat?« Ich beruhigte mich.

»Ich habe uns eigene Zeugen besorgt.« Fiona rieb sich die Hände, à la *muhaha.* »Wie sich herausstellte, kamen die Teilnehmer einer Lehrveranstaltung zur Zeit der angeblichen Konfrontation gerade heraus.« Sie zwinkerte Mark zu.

Da war nichts Angebliches daran und das wussten wir alle. Er lachte.

»Ich musste nur herumfragen. Und zufälligerweise hat der Professor jener Klasse beobachtet, wie Anton gleich nach dem Vorfall mit seinen Groupies konferiert hat. Er hat sogar gehört, wie sie Pläne schmiedeten.«

»Donnerwetter. Das ist ein ziemlich glaubhafter Zeuge. Beeindruckend, Fiona.« Ich lächelte sie an und sie plusterte sich auf. Mann, mein Bruder hatte echt alle Hände voll zu tun.

Mark fuhr fort: »Also blieb, nachdem die Aussagen von Bailey und dem Professor Antons Zeugen diskreditierten – und somit auch das Gemälde ›von unschätzbarem Wert‹, für das er Schadenersatz forderte – eigentlich nichts übrig.«

Fiona warf ein: »Na ja, er hätte immer noch versuchen können, die Anklage wegen Körperverletzung durchzusetzen, aber der Idiot hatte nicht mal irgendwelche fotografischen Beweismittel.« Sie kicherte. »Du hättest seine Anwältin sehen sollen. Sie war echt mega-sauer.«

»Als Bailey und ich gingen, machte sie sich bereit, Antons Eier mit einem rostigen Löffel zu entfernen«, fügte Mark hinzu.

»Vermutlich hat Bailey den Job für sie zu Ende gebracht.« Ich lächelte.

Nachdem Mark und Fiona gegangen waren, rief ich Jax an, um zu erfahren, ob ich unseren Job bei den MacGuires vergeigt hatte.

»Na, wenn das nicht der Casanova des Dreiecks ist«, begrüßte er mich. Darüber konnte ich nicht lächeln. »Will dich nur verarschen, Mann.«

»Wahrscheinlich hab ich's verdient«, erwiderte ich.

»Keinesfalls. Ich vermute, du rufst wegen eines Lageberichts an.«

»Du vermutest richtig. Wie schlimm ist es, was ich verbockt habe?« Ich kniff die Augen mit den Fingern zusammen, während ich auf seine Antwort wartete.

»Ich sage nicht, dass du dich nicht redlich bemüht hast, aber es ist alles in bester Ordnung.«

»Hä?« Ich staunte in höchst eleganter Manier.

»Sieh mal, ich kenne Frauen wie Tessa McGuire. Sie will genauso wenig wie du, dass ihr Ehemann von ihren außerehelichen Aktivitäten erfährt. Ich habe ihr einfach einen höflichen Besuch abgestattet und sie darüber informiert, dass sie, falls sie nicht wolle, dass ihr Ehemann erfährt, dass sie dich anbaggert, sich für den Rest des Projekts lieber rarmachen und einen weiten Bogen um dich machen sollte. Soll heißen von der Größe eines Verfügungsverbotes.«

»Ach du heilige Scheiße. Und sie hat zugestimmt?«

»Mensch ja, sie hat zugestimmt. Sie versteht sich auf ihren Vorteil. Die Familie ihres Mannes ist stinkreich, und sie hat nicht immer so schicke teure Klamotten getragen. Sie hatte nämlich eine Schwäche für Brustwarzen-Pasties.«

Krass. Die blütenreine hochgeschlossene Tessa McGuire war mal eine verdammte Stripperin gewesen.

»Ich weiß nicht, wie du das machst, aber danke, dass du mir den Arsch gerettet hast«, sagte ich zu Jax.

»Kein Problem, Bruder. Nur ein Tag im Leben, weißt du.« Er lachte leise und ich war mir sicher, er lehnte sich in seinem Stuhl zurück und hatte die Füße auf dem Tisch – dazu ein unverrückbares, selbstzufriedenes Grinsen im Gesicht.

Leg den Vorschlaghammer weg und lass uns das wie Erwachsene klären

BAILEY

Als ich aufwachte, ruhte mein Kopf auf einer sehr harten, sehr warmen Brust. Wieder einmal. Ich stöhnte und streckte mich, woraufhin mein muskulöses Kissen sich bewegte und anspannte. Ein Blick nach oben zeigte mir Jake, der auf mich herunter starrte.

»Es tut mir so leid«, waren die ersten Worte aus seinem Mund.

Ich deutete ein Lächeln an, antwortete jedoch nicht auf seine Äußerung. »Wie spät ist es?«, fragte ich stattdessen.

Er sah auf sein Handy. »Zwei Uhr dreißig.«

Ich setzte mich auf und merkte, dass wir auf der Couch positioniert waren. Er muss mich verlegt haben, während ich schlief. »Mist. Ich muss zur Arbeit. Ich hab in letzter Zeit schon zu viel versäumt.«

»Du brauchst deine Ruhe. Wir wollen kein Risiko eingehen.«

Meine Lippen gingen wieder schräg nach oben. »Ich weiß.

Aber ich muss wirklich dort erscheinen. Und ich fühle mich gut.«

Er setzte sich neben mich und richtete sich auf. »Können wir uns zuerst noch unterhalten?«

»Jake, ich weiß, dass du mich nicht betrogen hast. Du hast nichts falsch gemacht, wirklich. Na gut, das nehme ich zurück. Es hätte mir nichts ausgemacht, wenn du mit diesem Miststück geschimpft hättest, aber ich verstehe schon. Du musst vorsichtig sein in deinem Geschäft.«

»Nein, das ist es ja gerade. Ich hätte dich und uns über das Geschäft stellen sollen. Und es tut mir ja so leid, dass ich das nicht getan habe.«

»Hast du doch, in gewisser Weise. Ich meine, wir würden auch irgendwie leiden, wenn du kein Einkommen hättest. Meinst du nicht auch?«

Er lachte freudlos. »Vermutlich, aber du weißt, was ich meine. Es tut mir wirklich leid. Ich habe dir gesagt, dass du mir vertrauen sollst, dass ich dich niemals im Stich lassen würde, und dann versage ich bei der ersten Gelegenheit.«

Ich griff nach seiner Hand und hielt sie in meiner. »Du hast mich nicht im Stich gelassen. Durch die ganze Sache ist mir erst bewusst geworden, dass ich meinen eigenen Weg finden muss, uns wirklich zu vertrauen. Um dem hier zu vertrauen.« Ich sah auf unsere verbundenen Hände und drückte noch einmal zu.

»Wie kann ich dafür sorgen, dass das auch geschieht? Denn für mich ist es wirklich notwendig, dass das geschieht. Ich liebe dich und ich möchte, dass wir eine Familie werden«, flehte er.

»Ich glaube, dass ich mir das alleine überlegen muss, Jake.«

»Irin …«

»Ich werfe dich nicht raus«, versicherte ich ihm. »Ich verspreche, mir größte Mühe zu geben, das zu reparieren, was in meinem Kopf vor sich geht.«

Er ließ meine Hand los, umschloss mein Gesicht mit seinen Handflächen und sah mir mit seinen blendenden haselnussbraunen Augen in meine. Dann neigte er sich zu mir und gab mir den süßesten Kuss. Er trieb mir die Tränen in die Augen und ich erwiderte den Kuss, denn ich wünschte mir nichts sehnlicher, als alles von mir diesem Mann zu geben. Doch zuerst hatte ich noch Arbeit zu erledigen.

Und ich wusste, wo ich anfangen musste.

»He, Dad«, sagte ich, als ich ins Büro spazierte. »Weiß Mom, dass du heute arbeitest?«, neckte ich ihn. Es war wohlbekannt, dass meine Mom nicht damit einverstanden war, dass ihr Ehemann so viel Zeit im Büro verbrachte. Sie gab seinen Arbeitsgepflogenheiten die Schuld für seinen Herzinfarkt im letzten Jahr. Ich persönlich gab die Schuld seiner früheren Gewohnheit, sich von Fastfood und chinesischem Essen zum Mitnehmen zu ernähren. Aber wer konnte ihm denn wirklich vorwerfen, dass er heimlich zum Drive-Thru fuhr, wo zu Hause doch nur Moms Gekochtes auf ihn wartete?

»Na ja, da du und Mark euch in der Stadt herumtreibt, muss einer doch arbeiten.« Er grinste mich an, damit ich wusste, dass er sich für die neckische Bemerkung revanchierte. »Ich habe gehört, dass Mark davongekommen ist, Gott sei Dank.«

Ich setzte mich ihm gegenüber. »Ja. Das ist eine riesige Erleichterung.«

»Na ja, manchmal verdient ein Mann eine ordentliche Tracht Prügel. Wenn er das nicht aushält, ist er kein richtiger Mann.«

»Noch so ein weiser irischer Spruch?«, fragte ich.

Er warf mir einen Blick zu. »Man muss nicht irisch sein, um den zu kennen. Das ist bloß eine Tatsache.«

Ich lächelte zurück. Ich liebte meinen Dad wirklich megamäßig.

»Also Dad, es gibt etwas, das ich mit dir besprechen muss«,

fing ich an und wappnete mich für das bevorstehende Gespräch.

»Wenn es um die Hochzeit mit diesem Jake geht, dann kennst du meine Gefühle bereits. Aber es könnte nicht schaden, wenn er mich förmlich um deine Hand bitten würde. Nicht, dass er dich verdient hätte.« Sein Blick ging wieder zu den Unterlagen auf seinem Tisch.

Ich verdrehte die Augen, als ich wusste, dass er nicht zu mir sah.

»Es geht nicht um Jake. Na ja, nicht direkt.«

Er sah wieder auf. »Worum geht es dann?«

Ich machte eine Pause und knabberte an meiner Lippe. Ich konnte das. Immerhin hatte ich ihm die Stirn geboten, als er seinen Wutausbruch auf der Baustelle gehabt hatte. Es war an der Zeit, erwachsen zu werden. Zeit, entschlossen zu handeln und die Kontrolle über meine eigene verdammte Zukunft zu übernehmen.

»Ich will die Firma nicht.« Scheiße, ich hatte es gesagt!

Er verlagerte den Kopf zur Seite, als wollte er sich in eine besserer Hörposition bringen. »Wie war das?«

Ich richtete mich gerade, setzte mich auf dem Stuhl auf. »Ich will Built by Murphy nicht. Ich möchte eine Künstlerin sein – eine richtige. Und ich möchte wieder Unterricht nehmen, wenn ich kann. So oder so, ich kann hier nicht mehr arbeiten und meine Tage mit Bauvorschriften und Raumplanung verbringen. Das bin einfach nicht ich«, sagte ich abschließend.

Er schwieg. Er starrte mich nur an.

Ich wand mich unter seiner Beobachtung. Dann fing ich an, die Nerven zu verlieren. »Ich meine, ich weiß, dass ich jetzt, wo das Baby unterwegs ist und so weiter, eine Versicherung und ein Einkommen brauchen werde, also ich rede von einer langfristigen Perspektive.«

»Ich verstehe«, sagte er. »Und wie lange genau denkst du schon so?«

Ich sah auf meine Hände hinab und murmelte: »Äh, seit ewig.«

Ich hörte ihn seufzen. Dann war da noch mehr Schweigen. Schließlich riskierte ich einen Blick hoch. Mein Dad hielt die Fingerkuppen aneinandergepresst und schaute mich an, nicht enttäuscht, sondern irgendwie anders. Ich könnte mich völlig irren, aber es sah fast nach Stolz aus.

»Warum hast du dann nichts gesagt?«

»Ich hatte Angst, ich würde dich enttäuschen – dir wehtun.«

»Ach, meine Bailey.« Seine Hände fielen wieder auf den Tisch und der Blick, mit dem er mich ansah, enthielt nur Liebe. Ich spürte, wie sich meine Augen mit Tränen füllten. Diese Hormone würden mich noch ins Grab bringen. Wie hielten Frauen das aus, ohne jemanden zu erstechen? »Alles, was ich immer wollte, war, dass du glücklich bist. Das musst du wissen.«

Ich nickte, denn ich wusste es sehr wohl.

»Klar, ich will, dass du und Nate euer Erbe kriegt, aber nicht um den Preis deiner eigenen Träume. Wenn du deinen eigenen Weg finden musst, werde ich nichts als stolz sein.«

Ich lächelte und er deutete mir, ich solle um den Tisch herumkommen und ihn umarmen. »Weißt du, was man sagt? ›Man muss selbst wachsen, egal wie groß der eigene Vater ist.‹«

Er musste da einfach einen hineinschummeln. Ich umarmte ihn fest und küsste ihn auf die Wange, eine völlig untypische Vorgehensweise für die alte Bailey. Aber mein Körper war übernommen worden von »Bailey dem Mädchen«, daher hatte ich wenig Kontrolle darüber.

Ich wich ein wenig zurück. »Ich weiß, dass ich noch Vieles zu lösen habe, aber ich bin dir für deine Unterstützung wirklich sehr dankbar, Dad.«

»Ich vertraue dir. Und ich bin mir sicher, obwohl es mich umbringt, das zu sagen: Jake wird behilflich sein.« Er drückte meine Arme.

Da musste ich ein wenig lächeln. »Wenn ich das mit ihm nicht total versaue.«

Mein Dad legte die Stirn in Falten. »Was meinst du damit? Der Junge ist doch halb verrückt vor Liebe zu dir.«

Ich machte große Augen. »Meinst du wirklich?«

»Ich weiß es. Er hat es mir sogar selbst gesagt.«

Ich musste schwer schlucken. »Aber was, wenn er mir das Herz bricht?«

»Na ja, ich vermute, Garantien gibt es im Leben nie, aber manchmal muss man einfach mit den Füßen voran hineinspringen. Sonst versäumt man die ganzen guten Dinge.« Er drückte wieder meine Arme. »Das kannst du mir glauben.«

»Ich muss mich also nur entscheiden ihm zu vertrauen – uns zu vertrauen – und auf das Beste hoffen.«

»Das wäre mein Ratschlag. Höre auf dein Herz, Bailey. ›Am Ende wird alles gut. Wenn es nicht gut ist, dann ist es nicht das Ende.‹«

Ich umarmte ihn abermals und lachte. »Du bist ein unerschöpflicher Quell der Weisheit, Dad.«

»Und dass du das ja nicht vergisst.«

Nach meiner wichtigen Unterhaltung mit Dad ging ich in mein Büro und nahm meine Eingangspost in Angriff, wobei ich ständig davon abgelenkt wurde, dass ich an Jake denken musste. Er simste mich gegen Arbeitsschluss an und fragte mich, ob er zurück zu seiner Mom fahren oder zu mir nach Hause kommen solle. Ich sagte ihm, er solle in die Wohnung kommen.

Es war an der Zeit, diese Sache ein für alle Mal zu finalisieren. Wenn ich das Risiko nicht einging und ihn nicht hereinließ, dann würde ich es ewig bereuen – das wusste ich instinktiv.

Doch Jake war nicht der Einzige, dem ich vertrauen musste.

Ich musste auch an mich selbst glauben. Baby oder nicht, ich verdiente es, geliebt zu werden. Und es war nicht die Aufgabe meines Herzens oder des Babys, Jake über die Mauer zu lassen. Die konnten ihre Strickleiter und den Vorschlaghammer weglegen. Ich würde diejenige sein, die mein in Gewebeklebeband gehülltes Herz nehmen und es selbst in Jakes Hände legen würde. Denn wenn er mich liebte, würde er nicht nur der Erste, sondern mit etwas Glück auch der Letzte sein. Und wie könnte ich eine solche Chance wegwerfen?

Als Jake dann an meine Tür klopfte, holte ich eine Tiefkühlpizza aus dem Ofen. *Kleine Schritte, Leute.* Ich legte sie auf das Schneidbrett und ging los, um ihn einzulassen. Er stand auf der Schwelle, bekleidet mit einem sauberen Thermoshirt und einer dunkelgrauen Cargo-Hose. Ich wollte ihn anstatt der Pizza verspeisen.

Ich sah ihm in die Augen und sah Beklommenheit. Ich musste diesen Scheiß ausmerzen, aber pronto, daher stellte ich mich auf die Zehenspitzen und setzte einen heißen Kuss auf seine Lippen. Er brauchte ungefähr ein Drittel einer Sekunde, um seine Arme um mich zu legen und die Kontrolle über den Kuss zu übernehmen. Ich spürte, wie er mich ein paar Schritte zurückdrängte, und dann hörte ich die Tür schließen. Ehe ich mich versah, drückte Jake mich an die Tür, wie er es so liebend gerne tut. Ich grinste gegen seine Lippen und er nützte die Gelegenheit, um mit seiner Zunge zwischen meine Zähne zu fahren. Meine Zunge erwiderte seine Striche und ich spürte, wie alles südlich der Grenze Feuer fing.

Ich griff nach seinen Haaren, drehte sie in meinen Fingern, während ich anfing, in seinen Mund zu keuchen. Heiliger Jesus, wenigstens einen Zweck erfüllten diese Hormone. Obwohl, jetzt mal abgesehen von den Schwangerschaftshormonen, Jake ja ganz von Anfang an so eine starke Wirkung auf mich gehabt hatte. In Gedanken reiste ich zurück zu unserer gemeinsamen Nacht und dann ging es mir auf. Mag sein, dass ich nicht Bailey

2.0 war, aber die reguläre Bailey war auch in diesem Hotel gewesen. Und Jake hatte sie haben wollen – hatte mich haben wollen. So, wie er es jetzt tat.

Mit einem Schwall Selbstbewusstsein und guter altmodischer Geilheit schob ich vorwärts, bis seine Kniekehlen die Sofaarmlehnen trafen und wir beide auf das Sofa purzelten. Ich zog am Saum seines Shirts, während er mit beiden Händen meinen Hintern packte. Sobald ich seine nackte Haut freigelegt hatte, führte ich meinen Mund hinunter und kostete. Ach Gott, er war so fest und heiß und seine Haut war salzig auf meiner Zunge.

Er ließ meinen Arsch gerade so lange los, dass er sich das Shirt komplett ausziehen konnte, und dann waren seine Hände wieder da, griffen hinten tief in meine Hose und meinen Oma-Schlüpfer – *ich weiß, aber verderbt mir nicht den Augenblick.* Ich widmete mich wieder meiner Sinneserkundung seiner Brust und seines Bauches, wobei ich die zum Nabel reichende Schamhaarlinie hinunter züngelte. Jake stöhnte und hob mich an meinen Pobacken hoch, sodass ich rittlings auf ihm saß. Er entfernte rasch mein Shirt und meinen BH und fing mit dem Knopf meiner Hose an, wurde dann aber von meinen Brüsten abgelenkt.

Er nahm eine stramme Spitze in den Mund und biss sachte in meinen hervortretenden Nippel. Ich stöhnte, wölbte meinen Rücken und betete still um mehr. Meine Brüste waren so verdammt empfindlich – ein weiterer Punkt, der an das Team Schwangerschaft ging. Er leckte die Stelle, in die er vorhin gebissen hatte, ehe er zu meiner anderen Brust weiterging.

An dieser Stelle hatte er dann meinen Reißverschluss nach unten gezogen und ich griff zwischen uns zu seinem. Ich erhob mich auf die Knie, um besser daranzukommen, und er nutzte die Gelegenheit, um mir die Hose und die Unterhose herunterzuziehen, mich verlagernd, damit er sie komplett entfernen konnte. Ich tat das Gleiche bei ihm und dann zog er mich wieder auf sich drauf. Beide waren wir nackt.

Er verschlang mich mit den Augen und ich kämpfte gegen das Erröten an. Ich verlor natürlich und mein ganzer Körper wurde rot. Jakes Augen waren verdunkelt vor Lust. Seine Hände streichelten mich sanft von der Spitze meiner Brüste hinunter zu meinen Knien, und sein Blick folgte seinen Händen die ganze Zeit. Ich fühlte mich … verehrt. Ich hatte das so noch nie erlebt.

Endlich trafen sich unsere Blicke wieder. »Du bist so verdammt schön, Irin.« Dann nahm er sich wieder meinen Mund.

Wir waren ein frenetisches Gemenge von Gliedmaßen und Mündern, und beide erkundeten wir jeden Quadratzoll des Körpers des anderen. Irgendwann stand Jake da, mit mir wie ein Klammeraffe um ihn gewickelt, und schritt ins Schlafzimmer, wo er mich auf das Bett deponierte. Er fuhr fort, indem er auf mich kletterte und meine Handgelenke mit einer Hand über meinem Kopf hielt, während die andere zwischen uns fuhr, um meinen Kitzler zu suchen. Er umkreiste ihn mit dem Daumen, während sein Mund meine Brüste reizte. Ich wand mich unter ihm, aber sein Griff war fest, also war ich mit von der Partie.

Er drang mit einem Finger in mich ein und ich konnte ihn an meiner Brust stöhnen hören. »Du bist so feucht.«

Natürlich war ich das! Wusste er denn nicht, was er mit mir machte? Sogar Königin Elisabeth würde ihn mittlerweile anbetteln, dass er sie nimmt!

»Jake«, bettelte ich.

Er benutzte seine Finger und seinen Daumen, um mich zur Ekstase hochzuschaukeln, und ich kam mit einem Geräusch zum Höhepunkt, das mein nächstes Treffen mit Mrs. Kwon, da war ich mir sicher, ein bisschen peinlich machen würde. Ich keuchte, als ich mich von meinem Orgasmus erholte, und Jake ließ endlich meine Hände los. Sofort wickelte ich meine Arme um ihn und hielt ihn an mich gepresst.

»Bailey«, sagte er seufzend, und ich konnte es spüren. Ich konnte alles in seinem Herzen spüren bei diesem einen Wort. Er liebte mich.

Ich genoss diesen Augenblick ungefähr fünf Sekunden lang, ehe ich seinen Hintern mit beiden Händen packte und uns umdrehte. Er lachte leise und ließ mich aufsitzen, während sein steifer Schwanz zwischen meinen Falten lag. Mein Blick ging schnell zu seinen Augen. Wie hatte ich das bloß falsch interpretieren können?

Er öffnete den Mund, um etwas zu sagen, und ließ dann den Kopf zurück auf das Kissen fallen und lachte wieder leise. »Ich wollte dir gerade sagen, dass ich kein Kondom dabeihabe.«

Ich kicherte vor Erleichterung. »Der Schaden ist leider schon geschehen.« Ich schüttelte den Kopf. »Du wirst einfach ohne weitermachen müssen.« Sein Blick wurde wieder träge und er packte seinen Schwanz und erlaubte mir, mich darauf abzusenken. Ich schwöre, dass ich seine Augen nach hinten rollen sah, als er bei der Empfindung stöhnte. Dann übernahm er die vollständige Kontrolle und ich ließ ihn. Er stieß in mich hinein und ich kam ihm bei jedem Stoß entgegen, warf den Kopf zurück, wenn er genau den richtigen Punkt traf.

Wir waren beide schweißnass und außer Atem, als er uns umdrehte und weiter in mich hineinstieß, sich auf mir niederließ und meine Knie hochzog. Ich wickelte meine Beine um ihn und schmolz total dahin.

Sein Kiefer spannte sich an und seine Stöße waren stark, und ich befand mich gerade an der Schwelle zu einem weiteren Orgasmus, als er den Kopf senkte und mich in den Hals biss. Das war's. Stecht mich mit einer Gabel an – ich bin durch. Ich kam zu einem weiteren hohen Schrei. Mir war es schnurzpiepegal, wie laut ich war. Jake ritt mich, während ich auf der Welle meines Orgasmus trieb, und dann spürte ich, wie er sich in mir befreite und an meinem Hals ächzte, als er losließ.

Als er dann schließlich aufhörte, sich zu bewegen, wollte ich am liebsten lachen. Alle Emotionen trafen mich auf einmal, die herausragende war jedoch Freude. Ich hatte gerade zum ersten Mal in meinem Leben geliebt. *Wir* hatten uns geliebt. Und nichts, was ich jemals erlebt hatte, kam dem gleich.

Ich hob Jakes Kopf von seiner Ruhestelle in meiner Halsbeuge und sah ihm in die Augen. Ich strich mit den Fingern über seine irren Wangenknochen und setzte einen sanften Kuss auf seinen Mund, ehe ich meinen Kopf wieder zurückfallen ließ. »Ich liebe dich, Jake Beckett«, flüsterte ich schließlich.

Er ließ sofort seine Stirn an meine Brust sinken. »Gott sei Dank.«

Bekenntnisse eines burschikosen Mädchens

JAKE

IHRE ZUNGE SCHAUTE HERAUS, um den letzten Tropfen Eiscreme einzufangen. Jawohl, wir hatten Pizza und Eiscreme zum Mittagessen. Dr. Hübscher Junge würde wahrscheinlich nicht einverstanden sein, doch das war mir scheißegal.

»Also«, sagte Bailey, stellte ihre Schüssel ab und nahm sich ein Deko-Kissen, dass sie sich auf den Schoß klemmte, »es gibt ein paar Dinge, die du wissen solltest, bevor du dich fest an mich bindest.«

Ich lächelte. Es gab nichts, was sie mir sagen konnte, was mich an dieser Stelle hätte abschrecken können. Ich rückte näher an sie heran auf der Couch, packte ihre Füße und legte sie auf meinen Schoß. Ich hatte dieses überwältigende Verlangen, meine Hände immer auf einem Teil von ihr zu haben.

»Ich meine das jetzt ernst«, schimpfte sie. Ich organisierte meine Gesichtszüge dementsprechend. »Trotz des Eindrucks, den ich vielleicht ein oder zweimal hinterlassen habe, bin ich nicht wirklich ein *Mädchen*«, sagte sie.

Da ich über jede Menge Beweise verfügte, dass das Gegenteil der Fall war, zog ich nur meine Augenbrauen hoch und warf ihr einen scherzhaft fragenden Blick zu. Marks Bemerkung von vor Wochen schob sich in mein Bewusstsein, während ich darauf wartete, dass sie fortfuhr.

»Was ich meine, ist, die Hochzeit und die Schwangerschaft – die lassen mich total mädchenhaft erscheinen, doch das bin ich entschieden *nicht*.« Sie deutete hinunter auf das Captain-America-T-Shirt und die Trainingshose, die sie anhatte. »Ich trage lässige Kleidung, ich trage kein Make-up, ich trinke Bier.« Sie fing an, Dinge an den Fingern abzuzählen. »Ich ziehe Football jeder Art von Weibersendung vor, ich mag keinen Salat und ich kichere nicht. Niemals.«

Ich lächelte sie nur wieder doof an. »Also das ist gut, denn ich mag es zufälligerweise, so leicht ranzukommen, wie bei deiner Trainingshose, Make-up oder Kichern sind mir scheißegal und ich bevorzuge auch Bier und Football. Das Einzige, womit du bei mir allerdings nicht durchkommst, ist der Salat.« Ich zeigte ostentativ auf ihren Bauch.

»Ach, da ist noch sowas. Ich kann mit Kindern gar nicht umgehen. Es wird an dir liegen, dieses Kind am Leben zu erhalten.«

»Kein Problem«, erwiderte ich. »Aber ich glaube, du könntest noch einmal überrascht über dich selbst sein.« Ich ließ meine Hand ihr Bein zu meinem Lieblingsort auf dieser Erde hochwandern.

Sie schlug nach mir, aber sie tat es lächelnd.

»Und ich mache mein Bett nicht – niemals.« Sie kniff die Augenbrauen zusammen und fuhr fort: »Eigentlich weiß ich nicht, wie relevant das ist. Ich kenne nicht sehr viele Frauen, die ihre Betten machen – mit der Ausnahme von Fiona. Ich vermute, obszöne Waldkreaturen kommen und bringen ihr Zimmer in Ordnung und spannen jeden Morgen ihr Laken.«

Darüber lachte ich laut.

»Es geht noch weiter«, gestand sie und hielt dann inne.

»Red weiter«, ermunterte ich sie und drückte ihre Beine.

»Ich rülpse«, sagte sie. »Und ich furze.« Sie hielt sich die Augen zu.

Ich versuchte wie verrückt, nicht zu lachen. Ich zog ihr die Hand von den Augen und neigte mich flüsternd zu ihr. »Weißt du was? Ich auch.« Sie verzog einen Mundwinkel. »Bailey, das tut jeder. So lange du das nicht direkt *auf* mir machst, ist, glaube ich, alles Paletti zwischen uns.« Ich grinste sie an.

Sie grinste zurück. Und dann holte ich ihr noch eine Schüssel Eiscreme.

Es WAR ein verdammt langer Tag und wir sind beide kurz nach dem Abendessen in ihrem Bett eingeschlafen. Wir hatten keinen weiteren Sex, aber das war okay. Wir hatten noch jede Menge Nächte vor uns. Wir nahmen allerdings gemeinsam eine Dusche am Morgen, um es wieder wettzumachen, und ich wollte darauf bestehen, dass wir von da an jeden Morgen so beginnen würden.

Es gab kein weiteres offizielles Gerede darüber, dass ich bei ihr einziehen würde, aber ich dachte mir, das wäre nach der vorangegangenen Nacht selbstverständlich. Ich wollte nicht ohne sie an meiner Seite schlafen, und Bailey schien genauso zu empfinden.

Wir gaben uns bei unseren Fahrzeugen einen Abschiedskuss wie ein ganz normales häusliches kleines Paar, und ich musste auf meiner Fahrt in die Arbeit einfach grinsen. Das heißt, bis ich vor dem Haus der McGuires vorfuhr. Anspannung machte sich in meinem Magen breit, aber ich verdrängte sie. Ich hatte einen Job zu erledigen und eine Familie zu ernähren. Ich würde mir dabei weder von Tessa McGuire noch sonst jemanden in die Quere kommen lassen.

Ich öffnete das Tor zum Garten hinter dem Haus und sah drei Mitglieder meiner Mannschaft, die bereits auspackten. Ein Blick durch den Garten und über die Terrasse ergab absolut kein Anzeichen die kleine Dämonin. Ich spürte, wie ich mich entspannte. Jax hatte sich wirklich für mich eingesetzt und zu ihr durchgedrungen, Gott segne ihn. Ich gesellte mich zur Mannschaft und machte mich an die Arbeit.

Als ich an diesem Abend zu Bailey zurückkehrte, gepackte Tasche in der Hand – ich wollte meine Absicht jetzt nicht mehr verbergen – war ich überrascht, sie am Küchentisch mit Rocco vorzufinden. Ich ging hin und sie stand auf, um mir einen Kuss zu geben, wobei sie meine Überraschung bemerkte.

»Nate und Laney mussten beide länger arbeiten, also habe ich mich freiwillig bereiterklärt, mit Rocco abzuhängen«, erklärte sie.

Ich hob die Augenbrauen und sie sah mich finster an. Darüber musste ich dann lachen.

»Lass mich dich nicht genauso behandeln müssen wie deinen blöden Bruder«, schimpfte sie.

»Meine Mom hat gesagt, dass es nicht nett ist, wenn man Leute blöd nennt«, sagte Rocco.

Ich versteckte mein Lachen.

Bailey setzte sich wieder hin. »Sie hat absolut recht. Ich hätte das nicht über Mark sagen sollen.« Sie zeigte mir hinter Roccos Rücken den Finger.

Noch immer lächelnd fragte ich: »Woran arbeitet ihr Leute?«

Rocco sah zu mir auf. »Tante Bailey bringt mir das Malen bei.«

Ich beugte mich hinüber und sah mehrere bemalte Blätter Papier neben Farbtuben, die den Raum zwischen Bailey und Rocco übersäten.

»Wow, hast du ein Glück. Weißt du, dass deine Tante eine sagenhafte Künstlerin ist?«

»Ich weiß das«, erwiderte er. »Sie wird eines Tages berühmt

sein, und dann kann ich sagen, dass sie mir beigebracht hat, wie man coole Bilder malt.« Er nickte und streckte zur Konzentration die Zunge seitlich aus dem Mund.

Ich sah Bailey an, doch ihre Aufmerksamkeit konzentrierte sich ganz auf ihren Neffen. »Das machst du super«, sagte sie und zeigte auf einen Teil, den er gerade gemalt hatte. »Du hast ganz richtig begriffen, was ich dir vorhin erklärt habe, Kumpel.«

Ich beugte mich hinab, küsste Bailey auf den Kopf und ging mich dann duschen. Als ich zwanzig Minuten später herauskam, hatte die Szene sich sehr verändert. Rocco stand mitten in der Küche, die Arme verschränkt.

»Weil es schon fast Zeit zum Abendessen ist«, sagte Bailey, die eigenen Arme ebenfalls verschränkt.

»Aber du hast mir jeden Tag Pop-Tarts erlaubt, als du in meinem Haus gewohnt hast«, schmollte er. »Du hast nur gesagt, ich soll's keinem erzählen. Und ich verspreche, dass ich es dieses Mal auch keinem erzählen werde.«

Bailey warf mir einen Blick zu, der stumm versprach, dass ich heute Nach allein schlafen würde, sollte ich es wagen, darüber zu lachen.

»Das mag ja sein, aber die Antwort lautet trotzdem nein.«

»Du warst letztes Mal viel lustiger.«

»Rocco«, warf ich ein, doch Bailey winkte mich fort.

»Es tut mir leid, wenn du hier keinen Spaß hast, aber ich werde nicht zulassen, dass du dein Abendessen ruinierst, und das ist mein letztes Wort.« Sie drehte sich zur Theke, wo sie bei der Vorbereitung besagten Abendessens gewesen war.

»Ich hab nicht gesagt, dass ich *gar keinen* Spaß gehabt habe«, murmelte Rocco und ging wieder zu dem Tisch, wo die gemalten Bilder lagen.

Aus dem Augenwinkel sah ich Bailey verschmitzt lächeln. Ich ging zu ihr und wickelte meine Arme von hinten um sie.

»Schau mal einer an, wie stur du sein kannst. Das ist total geil«, neckte ich sie.

»Das nennt sich schwanger sein … glaube ich.« Sie machte eine Pause und zuckte dann mit den Schultern. »Auf jeden Fall dachte ich mir, die Übung kann nicht schaden.«

»Also ich bin schon mal«, ich machte eine Pause und küsste sie auf den Nacken – sie erschauderte, als ich fortfuhr, »verdammt beeindruckt.«

Sie drehte sich in meinen Armen um. »Vielleicht sollte ich mal ausprobieren, dich herumzukommandieren.« Sie zog eine Augenbraue hoch und grinste unverschämt.

»Jawohl, Ma'am.« Ich beugte mich vor und gab ihr einen ordentlichen Kuss. Na ja, so gut es halt ging mit einem Sechsjährigen im Raum. Aber vermutlich mussten wir uns daran wohl gewöhnen.

Ich konnte es kaum erwarten.

Wiedergutmachung

JAKE

»HAST DU ’NE MINUTE?«

»Für dich? Alle Zeit der Welt.« Meine Mom lächelte zu mir hoch und klopfte auf den Stuhl neben ihr. Ihre dunklen Haare waren in lange Wellen gelegt und Augen von derselben Farbe wie meine strahlten mich an.

Ich setzte mich und beugte mich vor, die Ellenbogen auf den Knien. Ich sah sie von der Seite an und atmete tief aus.

Sie lachte leise und verdiente sich ein schelmisches Funkeln.

»Jake«, ermunterte sie mich, ein vielsagendes Grinsen im Gesicht.

Ich atmete tief durch. »Ich muss mich bei dir entschuldigen.«

Ihr Kopf neigte sich stark.

»Und wie.«

Das war nicht das, was sie von mir zu hören gedacht hatte. Das wusste ich, aber ich musste es ihr jetzt erzählen. Vorher.

Sie schüttelte den Kopf, war noch immer verwirrt. »Was meinst du damit?«

»Ich hätte nie weggehen sollen. Ich bin egoistisch und feige gewesen und habe einfach falschgelegen. Und es tut mir so leid, Mom.«

Sie legte ihre Hand auf meinen Arm. »Jake, Schätzchen, ich bin mir nicht sicher, dass ich verstehe, wovon du redest.«

Ich warf ihr wieder einen schnellen Blick zu. »Nach der Highschool. Als ich dich und Mark habe sitzenlassen.«

Es dämmerte ihr und aus ihrem verwirrten Ausdruck wurde ein trauriger. Mist, diesen Blick kannte ich gut und ich hasste es, ihn bei ihr zu sehen. Den hatte sie oft gehabt, als Mark und ich aufwuchsen. Als das Arschloch bei uns wohnte. Und ich wusste, dass ich die Ursache für einen Großteil ihres Leidens gewesen war, wenn auch nicht direkt.

»Jake«, setzte sie an, doch ich unterbrach sie.

»Nein, Mom. Diese Entschuldigung ist längst überfällig und du verdienst sie. Wenn ich geblieben wäre, hätte ich mir einen Job suchen und dir helfen können. Ich hätte Mark helfen können – ihn irgendwo aufs College geschickt. Und ich weiß nicht, vielleicht hätte ich den Alten Herrn dazu gebracht, früher zu gehen, als er es getan hat. Ich habe dich im Stich gelassen und ich möchte, dass du weißt, dass ich es wiedergutmachen möchte.«

»Du weißt, dass es nicht in der Verantwortung des Kindes liegt, sich um den Elternteil zu kümmern.« Sie rieb meinen Arm, um mir Trost zu spenden, den ich nicht verdiente.

Ich nickte. »Das tue ich, aber unsere Situation war anders.« Ich wollte sie nicht an die Jahre erinnern, in denen sie Depressionen gehabt hatte, insbesondere da das Leben jetzt so viel fröhlicher für sie war. Doch das hätte mich noch viel mehr dazu zwingen müssen zu bleiben.

Sie schüttelte nur den Kopf. »Jake, glaubst du, dass ich wollte, dass du bleibst?«

Ich sah sie scharf an. Ich verstand ihre Frage nicht.

Sie lächelte. »Ich meine, natürlich liebe ich es – und liebe es noch immer –, wenn du zu Hause bist, aber ich wollte, dass du dir deinen eigenen Weg im Leben suchst. Wenn du geblieben wärst, wärst du verbittert und zornig geworden.«

Ich schnaubte. Sie hatte nicht unrecht.

»Dein Vater«, fing sie an und pausierte dann. »Dein Vater konnte einem sehr gut das Gefühl geben, niemals gut genug zu sein. Dass man niemals gut genug sein *würde*. Keine Mutter will, dass ihr Kind das erlebt. Kein Elternteil sollte jemals wollen, dass das eigene Kind das erlebt. Ich hätte damals für dich kämpfen sollen, doch das habe ich nicht getan.« Sie zuckte traurig mit den Schultern.

Ich schüttelte den Kopf. Sie versuchte, mich aus der Verantwortung zu nehmen. Aber es ist nicht ihre Schuld gewesen. Sie hatte damals nicht das Zeug dazu, für sich selbst zu kämpfen, geschweige denn für jemand anderes. »Bitte nicht. Ich habe es dir niemals vorgeworfen, keine Sekunde lang. Ich hätte bleiben und dafür sorgen können, dass es funktioniert. Oder zumindest hätte ich früher zurückkommen können.«

»Ich habe mich für dich gefreut, als du gegangen bist. Ich wollte, dass du die Gelegenheit bekommst, frei und selbständig zu sein.« Sie deutete mit beiden Händen auf mich. »Und sieh dir doch nur an, was aus dir geworden ist.«

Ich lachte hell auf. »Du bist bloß voreingenommen. Und ich möchte es bei dir trotzdem wiedergutmachen, so wie ich nur kann.«

»Ich bin nicht voreingenommen.« Sie drückte meinen Arm. »Na ja, nicht sehr. Du bist ein guter Mann, Jake. Du bist jetzt hier, und das ist das, was zählt. Wenn du das Gefühl hast, es gibt etwas, für das du Buße tun musst, dann sei einfach der wunderbare Vater und Ehemann, der du, wie ich weiß, sein wirst. Das ist mehr als genug.« Sie deutete zur Tür des

Gerichtsgebäudes, wo das schönste Mädchen auf der Welt stand und sich umschaute.

Nach mir.

Das ließ ich in meiner Brust schön tief einsinken.

Ich nahm Baileys Anblick vom Kopf bis zu den Füßen in mir auf. Schnörkelloses elfenbeinfarbenes Strickkleid, hellbraune Schuhe. Nichts übertrieben Auffälliges, sondern absolut perfekt. Ihr Haar hing herunter und ihre blauen Augen fanden schließlich meine, als ich aufstand. Sie trat vor und ich ging und verringerte den uns trennenden Abstand.

»He, Irin.« Mein Blick nahm Notiz von jedem Detail und erreichte schließlich ihre Lippen, an denen ich hängenblieb und die ich mit meinen bedeckte. Sie lächelte an meinem Mund.

»Ich kann nicht glauben, dass wir das tun«, sagte sie, als sie dann zurückwich.

»Du solltest es aber glauben.«

»Du siehst wunderschön aus«, sagte meine Mutter zu ihr.

Bailey sah verlegen zu Boden. »Meinst du?« Sie strich sich sanft über ihr kleines Babybäuchlein. »Ich komme mir vor, als würde ich heimlich Schmuggelware in diesem Kleid einführen.«

Darüber musste meine Mutter lachen und ich legte meine Hand auf Baileys. »Du siehst perfekt aus.«

»Ich habe mir schon überlegt, ob ich mich in letzter Minute umziehen und eine Schwangerschaftsjeans und einen Pullover anziehen soll, aber was soll's – man heiratet doch nur einmal, stimmt's?«

Verdammt richtig.

Mir wäre es egal gewesen, wenn sie in einem Flanellpyjama erschienen wäre. Es war schließlich nicht leicht gewesen, sie soweit zu bringen. Sie hatte darauf beharrt, dass es genügte, zusammen zu wohnen, aber ich wollte, dass sie mir gehörte. Für immer. Also hatte ich sie mürbe gemacht und sie dazu gebracht zuzustimmen, meine Frau zu werden.

Meine Frau. Verrückt.

Dadurch hatte ich mich bei ihrem Vater soweit eingeschmeichelt, dass er mir keine schlimmen Dinge mehr antun wollte. Das betrachtete ich als großen Sieg.

Und da ich mich durchgesetzt hatte und Bailey zugestimmt hatte, mich als ihren Mühlstein um den Hals zu tolerieren, hatte ich den Rest ihr überlassen. Sie wählte eine sehr einfache Zeremonie im Gerichtsgebäude, nur mit unseren Eltern. Sie sagte, dass sie keinen Raum voller Freunde und Familie bräuchte, wenn sie sich mir versprach. Nur die Menschen, die uns in diese Welt gesetzt hatten und den kleinen, den wir auch in dieser Welt willkommen heißen würden.

Natürlich hatte das den anderen allen nicht gefallen. Fiona und Laney hatten sie angebettelt und ihr zugeredet, Mark und Nate hatten beide protestiert, und eine lange Liste anderer Menschen hatten ihre bescheidene Meinung beigesteuert. Aber im Endeffekt kriegte mein stures Mädchen, was sie sich wünschte, und nichts freute mich so sehr, wie es ihr auch zu geben. Seht mich an. Langsam wurde ich richtig gut darin.

»Liebes, du hast deine Handtasche vergessen.« Erin tauchte neben Bailey auf und reichte ihr eine kleine glitzernde Handtasche. Bailey knurrte.

»Ich habe ihr gesagt, dass ich das verdammte Ding nicht haben will.« Ich musste nicht nachfragen, wer mit *ihr* gemeint war.

»Gut, dann werde ich sie für dich halten und du kriegst sie wieder, wenn wir auf der Party eintreffen«, erwiderte Erin.

Wir hatten es zwar geschafft, alle dazu zu überreden, dem Gerichtsgebäude fernzubleiben, aber auf keinen Fall ließen sie uns heiraten, ohne wenigstens irgendeine Art der Begleitfeier. Fiona und Laney hatten also all ihre hochzeitsbedingte Bitterkeit in die Planung einer »Party danach« in Erin und Riordans Haus gelenkt. Ungezwungen, so wie mein Mädchen, aber alle, die hingehen wollten, würden die Gelegenheit erhalten mit uns zu feiern, und Bailey würde während des Ganzen bei Verstand bleiben. Es war eine Win-Win-Situation.

Riordan zog Bailey zur Seite und meine Mom nutzte die Gelegenheit, mir meine Krawatte zu richten und mich zu umarmen. Als ich zurücktrat, sah ich sie absichtlich lange an, damit sie alles fühlen konnte, was sie wissen sollte. »Danke, Mom.«

»Sehr gerne, mein Schatz.« Sie lächelte.

»Na, dann lasst uns diese Show mal auf die Bühne bringen!«, dröhnte Riordan, und es entging meiner Aufmerksamkeit nicht, dass er sich eine Träne aus dem Auge wischte. Bailey hielt seine andere Hand und wir gingen alle zu den Amtszimmern, wo Bailey Murphy, das Mädchen, dass ich nie kommen sah, versprechen würde, mich zu einem Ehemann, Vater und den glücklichsten Mistkerl zu machen, den es jemals gegeben hat.

Epilog

BAILEY

Drei Monate später

»Du erwartest doch nicht ernsthaft, dass ich das esse?«

Fiona nickte nur und reichte mir einen Löffel.

»Nur, weil sich die Schwangerschaftsübelkeit gelegt hat, bedeutet das nicht, dass ich nicht alles hier vollkotzen werde«, informierte ich sie.

Sie verzog das Gesicht. »Derb. Musst du so reden?«

»Pardon, aber wieso bin ich hier die Derbe? Du hast mir gerade ein Büffet aus Windeln mit geschmolzenen Schokoriegeln, die wie echte Kacke aussehen, vorgesetzt.« Ich deutete auf das unglaublich versaute Babyparty-»Spiel«, an dem Fiona mich zu partizipieren überreden wollte.

»Du bist der Ehrengast – du musst die Spiele spielen!«, beharrte sie.

Bis dahin hatte ich schon tolerieren müssen, dass alle Teilnehmer raten mussten, wie dick ich war, ich hatte Apfelsaft aus einer Babyflasche getrunken und ich hatte jedem in dem verdammten Restaurant erlauben müssen, meinen Bauch zu reiben, als Glücksbringer. Ich benahm mich bereits verdammt nett, wenn ihr mich fragt.

Doch bei »Benenne die Kacke« war bei mir Schluss. Ich hatte Gerüchte über ein Spiel gehört, das »Tauchen nach Nippeln« hieß, das als Nächstes drankommen sollte. Ich vermutete, dass das zumindest eine Unterhaltung für die Jungs sein würde.

Jungs, fragt ihr? Ach ja. Dies war eine gemischte Babyparty. Ich konnte es nicht fassen, dass Laney und Fiona alle Jungs dazu überredet hatten, zu diesem Remmidemmi zu kommen. Nicht, dass Jake und ich den Gedanken und all den Aufwand nicht zu schätzen wussten – das taten wir wirklich, aber es war nicht nötig. Überhaupt nicht. Dennoch hatte ich versucht, positiv daranzugehen. Bis zu der Kacke. Irgendwo musste ich doch die Grenze ziehen.

»Na schön«, sagte Fiona und nahm schließlich ihr Tablett mit dem Scheißekonfekt mit.

Es war mir ein klein wenig unangenehm. Fiona hatte sich in den letzten paar Monaten in mehrerlei Hinsicht wirklich für mich eingesetzt. Zusätzlich zur Organisation der Babyparty hatte sie meinen Vorrat an »Dessous« komplett überholt – man erklärte mir, dass man das nicht Unterwäsche nannte, wenn es mehr als zehn Dollar kostet. Ich freute mich auf die Zeit, wenn ich über meinen Bauch drüber schauen und die Höschen tatsächlich sehen konnte, die sie für mich gekauft hatte. Aber Jake versicherte mir, dass sie geil aussahen, also war ich zufrieden. Bei Tangas war bei mir jedoch Schluss.

Als ob das noch nicht genug wäre, tätigte sie ein paar Anrufe in meinem Namen und ich hatte ein bevorstehendes Interview mit dem MFA-Board an der Kunsthochschule. Wie sich herausstellte, hatte Antons Arroganz und sein generelles

Wichsertum beim Vorstand seinen Charme verloren und seine Meinung war nicht mehr willkommen.

Ich glaube, wir waren alle mehr als nur ein bisschen erfreut darüber, dass Anton endlich die reale Erfahrung des »hungerleidenden Künstlers« machte, wie er sie für mich vorgesehen hatte. Laney sagte, sie rechnete damit, ihn in sechs Monaten bei Starbucks arbeiten zu sehen. Ich dachte mir, dass sie wahrscheinlich nicht unrecht hatte.

Auf jeden Fall hatte sich Fiona für mich wirklich über alle Erwartungen ins Zeug gelegt. Ich wusste ja von Geschichten aus der Vergangenheit, dass sie gerne die gute Fee spielte – ihre Worte, nicht meine – und ich war nun anscheinend eines der glücklichen Patenkinder oder so etwas in der Art. In welchem Verhältnis auch immer wir zueinander standen, ich war jedenfalls sehr dankbar dafür, eine so großzügige Freundin zu haben.

Was die Kunstschule betraf, da wusste ich nicht, in welche Richtung ich tendieren würde, wenn ich tatsächlich hineinkam, aber allein schon die Gelegenheit zu bekommen war aufregend. Wie bei allem anderen auch, würden Jake und ich uns schon eine Lösung einfallen lassen.

Laney näherte sich, lachend. »Keine Sorge wegen Fiona. Ich habe ihr gesagt, dass keiner den Scheiß würde essen wollen.« Ich lachte über ihre Bemerkung und sie legte einen Arm um mich. »Ich kann es immer noch nicht fassen, dass du und Jake ein Baby bekommt. Ich meine, ich weiß, dass ich es mittlerweile kapiert haben sollte, aber ich denke, ich stehe noch unter Schock.«

Ich rieb meinen ständig wachsenden Bauch, in dem Dexter ruhte. Ja, wir nannten das Baby Dexter. Wir kannten das Geschlecht noch immer nicht mit Sicherheit, aber die Neigung des Kindes, mich scharf in jedes Organ zu treten, hatte dazu geführt, dass wir dem kleinen Racker als Spitznamen den Namen eines Serienmörders gegeben hatten. *Was denn? Seht mich nicht so an.*

»Dann sind wir schon zwei«, sagte ich zu Laney und legte meinen Kopf zur Seite gedreht auf ihrer Schulter ab. Ich wurde täglich besser in diesem schmalzigen Mädchengetue.

Da kam Gavin gerade anspaziert. »Habe ich da was von Nippeltauchen gehört?« Er rieb sich die Hände, seine braunen Haare ein wirres Durcheinander und ein schelmisches Grinsen fest im Gesicht verankert.

Laney sah ihn an und schüttelte den Kopf. »Ich glaube nicht, dass es das bedeutet, wofür du es hältst, Gav.« Sie klopfte ihm auf die Schulter.

Wir lachten beide über seine geknickte Miene. »Verdammt. Egal, ich bin jedenfalls hergeschickt worden, um dir zu sagen, dass es Zeit ist, die Geschenke aufzumachen.«

Ich sah Laney voller Panik an. Sie wusste, dass ich nicht jemand war, der es genoss, im Mittelpunkt der Aufmerksamkeit zu stehen. Sie griff nach meiner Hand und zog mich zu dem Tisch, wo Jake saß und sich mit Kelly unterhielt.

»Es wird alles gut. Jake wird machen, dass es okay ist«, sagte sie.

Und ich wusste, dass sie recht hatte. Er machte alles okay. Er hatte gerade mich *kapiert*. Ich entspannte mich, als ich mich zu meinem Stuhl begab.

»He, Irin.« Jake neigte sich zu mir und küsste mich, als ich mich setzte. »Unterhältst du dich gut?«

Ich starrte ihn böse an. »Ha ha.«

»Die gute Nachricht ist, dass wir, wie ich gehört habe, nur eine Babyparty bekommen, egal wie viele Kinder wir dann noch haben werden.«

Hatte ich gesagt, dass er mich kapierte? Diese Aussage würde ich gerne zurückziehen.

Er lachte nur leise über meine Miene und küsste mich noch einmal.

»Zuerst kommen die Karten dran und dann die eingepackten Geschenke«, verkündete Fiona, die jeglichen Groll nach dem Scheiße-Spiel anscheinend vergessen hatte, fröhlich. Sie reichte Jake einen kleinen Stapel Karten, die an ihre Adresse geschickt worden waren. Das mussten die Leute sein, die nicht hatten kommen können, obwohl ich mir nicht vorstellen konnte, dass wir auch nur eine weitere Person hätten in den Raum hineinquetschen können.

Wir belegten einen halbprivaten Speiseraum im Gia. Ich konnte es nicht fassen, dass die Besitzer uns erlaubten, mit all den Spielen und dem Lärm weiterzumachen, aber Fiona hatte so eine Art, die Menschen zu fast allem zu überreden.

Jake machte sich daran, den ersten Umschlag zu öffnen. Er zog eine Karte heraus und ein Scheck fiel mit heraus und landete auf dem Tisch. Ich wollte ihn gerade nehmen und diskret verstecken, als ich die Summe las, die darauf stand. WZT?

Jake las die Karte für sich und sah mich dann lächelnd an. Ich schob den Scheck hinüber, damit er ihn sehen konnte. Seine Augen wurden groß. Glücklicherweise schien noch niemand so recht aufzupassen.

Er war von Mr. und Mrs. Vaughn. Das war das nette ältere Ehepaar, das Jakes Firma auf eine Erfolgsstufe gehoben hatte, mit der er niemals gerechnet hatte. Sie waren seine ersten Kunden in Greensboro gewesen und hatten ihn daraufhin so ziemlich allen, die sie kannten, empfohlen. Wir waren sogar zur Hochzeit ihrer Tochter im kommenden Sommer eingeladen.

Jake reichte mir die Karte.

Sehr geehrte Frau Beckett,

sehr geehrter Herr Beckett,

ich hoffe, dass dieses Schreiben Sie alle drei gesund und wohlauf vorfindet. Ein Baby ist eine solche Freude und ein Segen, einer, den Sie hoffentlich in Ehren halten werden.

Ich glaube, ich habe Ihnen das nie erzählt, Mr. Beckett, aber unser

Schatz Sophia wurde adoptiert. Mr. Vaughn und ich hatten nie die Gelegenheit, ein eigenes Kind zu haben, daher haben wir uns selbst darum gekümmert, uns stattdessen eine Familie zu suchen.

Während Sie vielleicht nicht nach Ihrer suchen mussten, freut es mich unendlich zu sehen, wie Sie sich ihrer angenommen haben, nachdem sie Sie gefunden hat.

Wir wünschen Ihnen nur das Beste in allen Dingen,
Michael und Emilia Vaughn

Ich sah zu Jake auf und dann wieder den Scheck an.

»Ach du Scheiße. Du musst ein mordsguter Landschaftsplaner sein.«

Jake sah mich ebenfalls an und wir brachen beide in Gelächter aus.

Er steckte den Scheck zur sicheren Aufbewahrung in seine Brieftasche und wir machten weiter mit dem Auspacken der Geschenke.

Ich achtete darauf, schön brav Oh und Ah zu sagen und ich musst mir sogar eingestehen, dass das meiste von dem Zeug wirklich ziemlich niedlich war. Jake wiederum schwärmte bei allem, was Batterien enthielt. Es wurde viel geplappert, während wir die einzelnen Geschenke auspackten.

Fiona stellte klar, dass sie bei ihrer Farbwahl nicht eingeschränkt hatte sein wollen, denn wir hatten beschlossen, das Geschlecht für eine spätere Überraschung geheim zu halten – obwohl Jake absolut überzeugt davon war, dass es ein Junge war. Laney gab Baby-Tipps zur Verwendung jedes praktischen Gegenstandes, den wir erhielten, denn sie sprach aus Erfahrung. Und mein Dad verkündete den Anwesenden, dass das Baby einen irischen Namen erhalten würde.

Er hatte nicht unrecht. Wir verrieten nur niemanden, welchen wir gewählt hatten. Und in Wahrheit war der Ursprung des von uns gewählten Namens für mich von besonders derer Bedeutung und ich wollte ihn mit niemanden teilen außer Jake. Das war einer der Gründe, weshalb wir das Baby immer als Dexter bezeichneten.

Sobald sich der Babybauch bemerkbar gemacht hatte, hatte Jake sich darauf verlegt, mit dem Baby zu sprechen, und sein Kopf ruhte dabei meist auf meinem Schoß. Er erzählte dann von mir und machte Witze über Dinge, die ich tolerierte, und solche, die ich nicht tolerieren wollte (»Du wirst dein Bett nie machen müssen, aber du wirst die Tür schließen müssen, wenn du pinkelst«) und er machte unserem Baby Versprechen – solche über Liebe und Loyalität und, dass man sein Wort hielt.

Und dann, eines Tages, hatte er in der Tür unseres Schlafzimmers gestanden, wo ich geruht hatte. Zuerst hatte ich ihn nicht einmal bemerkt, doch als ich es dann tat, musste ich zweimal hinsehen. Niemand in meinem ganzen Leben hatte mich jemals so angesehen, wie Jake mich in dem Moment ansah. Nicht einmal annähernd. Als Jake mich in der ersten Nacht, in der wir uns begegnet waren, angestarrt hatte, war ich erstaunt gewesen, die Empfängerin eines so intensiven Blicks zu sein. Doch der konnte diesem nicht das Wasser reichen. Jake sah mich an, als wäre ich … alles.

Und da wusste ich ohne Zweifel, dass es überhaupt nicht um das Baby ging. Es ging um mich, Bailey Murphy mit den aufgeschundenen Knien und der bissigen Art – und dem weichen Herzen. Für einen Augenblick blieb mir die Luft weg und dann kam Jake herüber zum Bett, kletterte darauf und legte sein Ohr an meinen größer gewordenen Bauch. Aber er sah mich an, als er anfing zu summen. Ich brauchte eine Minute, bis ich das Lied erkannte, und als ich es dann tat, lächelte ich.

Und obwohl ich den Ton nicht mal halten könnte, sollte mein Leben davon abhängen, fing ich doch an mitzusingen bei dem alten Lied von Loggins und Messina über die Liebe eines Mannes zu seiner Frau und dem Sohn, den sie erwarten. Wir lächelten einander wie die Idioten an, als wir den Refrain erreichten und Jake das Singen übernahm und mich daran erinnerte, wieso ich dieses Lied so sehr mochte. Er hatte eine überraschend gute Stimme. Noch so ein gutes Gen, bei dem ich die Daumen hielt, dass es sich an den kleinen Dexter vererben würde.

Aber er würde überhaupt nicht nach Dexter benannt werden. Er würde Danny sein. So wie im Lied. Und falls Jake sich irrte und das Kind ein Mädchen wurde, dann fand ich, dass Dani auch prima funktionieren würde.

»Brita, wenn es ein Mädchen wird«, verkündete mein Vater. Ich brachte es nicht übers Herz ihm zu sagen, dass wir unser Kind nicht nach einem Wasserfilter benennen würden. »Cullen, wenn es ein Junge ist.« Ja, es fehlte die Zeit, um einem Mann über sechzig die Vampirkultur zu erklären. Ich murmelte Jake nur zu, dass er den panischen Ausdruck in seinem Gesicht ablegen konnte, und dann machten wir weiter mit dem Auspacken der Geschenke.

Ehe wir uns versahen, war das letzte Geschenk ausgepackt und herumgereicht worden, und ich konnte mich zurücklehnen und mein Getränk genießen – dieses Mal aus einem Glas, keiner Babyflasche. Ich war ein wenig überrascht, dass in keiner der Schachteln ein Gecko oder ähnliches Reptil gewesen ist. Wie es schien, hatte man mir vergeben, dass ich Pickles in die Familie eingeführt hatte – entweder das, oder Laney wartete nur, bis das Baby geboren war, und tauchte dann mit einem bei mir auf.

Ich wollte gerade zum sechsten Mal zur Toilette gehen, als ich spürte, wie sich jemand von der Seite näherte. Ich sah auf und entdeckte eine rothaarige Frau, die mir irgendwie bekannt vorkam.

Sie schien sich eine Spur unwohl zu fühlen. »Hallo«, begrüßte sie Jake und mich. »Ich weiß nicht, ob Sie sich an mich erinnern können. Emerson Scott? Wir haben uns –«

Ich unterbrach sie. »Antons Anwältin. Ich erinnere mich.«

Sie verzog das Gesicht. »Ja. Es tut mir leid, wenn ich störe.« Sie deutete hinter sich in den Hauptbereich des Restaurants. »Ich war beim Mittagessen mit einer Freundin und habe Sie hier gesehen. Ich bin der Ansicht, dass ich mich bei Ihnen entschuldigen muss.«

Jake reichte ihr die Hand. »Jake Beckett.«

Sie nahm sie und fuhr fort: »Es freut mich, Sie kennenzulernen, Mr. Beckett. Und wie es scheint, sind Glückwünsche angebracht.« Sie deutete auf den Wasserball unter meinem Shirt.

»Danke«, sagte ich noch ein wenig argwöhnisch.

»Ich werde Sie nicht länger aufhalten«, sagte Emerson und glättete den Rock ihres Kostüms. »Ich wollte Ihnen nur meine Kontaktdaten geben, falls Mr. Germaine noch einmal versuchen sollte, Sie zu belästigen. Ich habe gesehen, wie er Sie gestoßen hat, Ms. Murphy. Vor meinem Gebäude.«

Jake und ich nickten beide und sein Mund spannte sich an bei der Erinnerung.

»Ich habe nicht gewusst, was für ein unehrlicher Stinkstiefel er ist, als ich ihn als Klienten angenommen habe. Ich vertrete normalerweise keine Fälle von Körperverletzung. Vermutlich weiß ich jetzt, wieso.« Sie schüttelte den Kopf zu sich selbst. »Jedenfalls glaube ich nicht, dass er noch einmal so dumm sein wird, einen von Ihnen erneut zu belästigen, sollte er es aber doch tun, bitte zögern Sie nicht, mich anzurufen.« Sie hielt uns ihre Visitenkarte hin.

»Danke«, sagte ich zu ihr und nahm die Karte entgegen. So wie ich das sah, war das Ausmaß von Antons Blödheit grenzenlos, daher hob ich diese Karte sicher verwahrt auf.

Sie lächelte, entspannte sich dem Anschein nach endlich, und das machte ihren Gesichtsausdruck heiterer. Das Geräusch ihres Handys, das in ihrer Handtasche klingelte, ließ ihr das Lächeln im nächsten Augenblick jedoch wieder vergehen. »Würden Sie mich entschuldigen?«

Jake und ich nickten und sie eilte in eine Ecke des Raumes, wo sie rasch ihr Handy an ihr Ohr führte.

»Wer im Namen der heiligen Pornosammlungen war das?«

Ich drehte mich um und entdeckte Gavin, der auf der anderen Seite des Tisches stand und dem der Sabber praktisch vom Kinn tropfte.

Ich lachte. »Denk nicht mal dran, Sohn. Sie spielt in einer völlig anderen Liga.«

Gavins Blick blieb an die Rothaarige geheftet. Kurz war ich besorgt, er könnte aufgehört haben zu atmen.

»Ich würde vermuten, dass sie gute fünf oder sechs Jahre älter ist als du, Junior. Quäl dich nicht«, fügte Jake hinzu.

Gavin murmelte nur irgendwas über resolute ältere Frauen mit jüngeren Liebhabern und spazierte davon.

»Müssen wir uns deswegen Sorgen machen?«, fragte ich Jake.

»Ach nee.« Er schüttelte den Kopf. »Sollen Laney und Nate sich wegen ihm sorgen. Wir haben unseren eigenen Unruhestifter, um den wir uns kümmern müssen.« Er fuhr sanft mit der Hand über meinen Bauch. Das Kind trat ihn als Antwort.

»Aua«, sagte ich lachend. »Weißt du, es ist gut, dass ich dich so saumäßig liebe, sonst müsste ich dich umbringen, weil du mir das antust.« Ich zeigte auf meine hervorstehenden Eingeweide, als das Baby einen Fuß in meine Rippen bohrte.

Jake beugte sich hinab und flüsterte meinem Bauch zu. »Deine Mom sagt solche Dinge gerne, aber sie meint sie nicht so. Sie musste ein paar Frösche küssen, bevor sie ihren Prinzen gefunden hat – die haben sie mürrisch gemacht.«

Ich schnaubte und gab ihm einen Klaps auf den Hinterkopf. Daraufhin lächelte er nur noch stärker.

»Prinz, hätt'ste wohl gern«, sagte ich, küsste aber trotzdem die Stelle, auf die ich ihn geklatscht hatte. »Ich muss zugeben, dieses Sich-Verlieben ist nichts für schwache Nerven«, gestand ich.

»Na ja«, sagte Jake, dann hob er sein Gesicht auf meine Ebene und gab mir einen ausgedehnten Kuss. »Die gute Nachricht ist, dass du dich nie wieder verlieben musst. Du gehörst mir und ich teile nicht gerne.«

»Das ist mir aufgefallen«, sagte ich und erwiderte den Kuss.

Doch Jake hatte in beiderlei Hinsicht unrecht. Es würde nicht das letzte Mal sein, dass ich mein Herz verschenkte, und er würde bald lernen, wie man teilte. Denn drei Monate später, als der Arzt ein schreiendes Bündel blanker Wut auf meine Brust legte, verliebte ich mich abermals. Natürlich war es in ein Mädchen.

Ein weiterer Beweis, dass Gott einen echt schrägen Sinn für Humor hat.

Über den Autor

Die Erfolgsautorin Sylvie Stewart, bei *USA Today* auf der Bestsellerliste, liebt schlechte Witze, geile Happy-End-Geschichten, Country-Musik und Stinktierbabys – nur vielleicht nicht alles auf einmal. Die meisten ihrer heißen Liebeskomödien spielen in North Carolina, auch bekannt als der beste Bundesstaat überhaupt, und sie hat eine Schwäche für die Umarmungen ihrer Kinder und richtig amüsante Gespräche mit ihrem Göttergatten. Sie flucht auch wie ein Seemann, scheint sich deswegen aber nicht zu einem schlechten Gewissen durchringen zu können. Wenn ihr kluge Südstaatenmädchen und scharfe Arbeitertypen mögt und gerne prustend mitlacht mit Figuren, die sich wie eure besten Freunde anfühlen, dann ist Sylvie die Richtige für euch.

sylvie@sylviestewartauthor.com
www.sylviestewartauthor.com

facebook.com/SylvieStewartAuthor
twitter.com/sylvie_stewart_
instagram.com/sylvie.stewart.romance
bookbub.com/authors/sylvie-stewart

Danke, und lasst mal von euch hören!

Vielen herzlichen Dank, dass ihr *Das Glückskind* gelesen habt. Ich hoffe, Bailey und Jakes Geschichte hat euch gefallen! Wenn ja, dann würde ich mich über eine Bewertung sehr freuen!

- Bezüglich meiner neuen Übersetzungen bleibt ihr auf dem Laufenden, wenn ihr euch für meinen deutschen Newsletter anmeldet: https://bit.ly/deutschen_nl
- Treten Sie meiner deutschen Facebook-Gruppe bei und erhalten Sie Vorabinformationen und Updates: https://www.facebook.com/groups/351129636474303
- Oder ihr besucht meine Website unter: https://www.sylviestewartauthor.com/deutschen-ubersetzungen

Nochmals vielen Dank!

XOXO,

Sylvie

Bücher von Sylvie Stewart

Werke von Sylvie Stewart mit deutschen Übersetzungen

E-Book und Taschenbuch (Bei Kindle Unlimited Mitgliedschaft kostenlos)

2022

The Fix / **Die Baustelle** (*Carolina Connections* #1)

The Spark / **Der Funke** (*Carolina Connections* #2)

The Game **/ Das Spiel** (*Carolina Connections* Book 4)

The Way You Are **/ So wie du bist** (*Carolina Connections* Book 5)

The Runaround / ***Ausflüchte*** (*Carolina Connections* Book 6)

The Nerd Next Door / TBD (*Carolina Kisses,* Book 1)

New Jerk in Town / TBD (*Carolina Kisses,* Book 2)

The Last Good Liar / TBD (*Carolina Kisses,* Book 3)

2023

Between a Rock and a Royal / TBD (*Kings of Carolina* #1)

Blue Bloods and Backroads / TBD (*Kings of Carolina* #2)

Stealing Kisses With a King / TBD (*Kings of Carolina* #3)

Game Changer / TBD

Then Again / TBD

About That / TBD

Full-On Clinger / TBD

Booby Trapped / TBD

Nuts About You / TBD

Sylvie sagt:

Zurück auf dem Boden mit *The Lucky One (Das Glückskind)*

Hallo, ihr fabelhaften Leser! Hier ist der Teil wo ich weiterplappern darf, ohne dass es redigiert oder gefiltert wird, also schnappt euch euren Wein und lasst uns plaudern…

Alsoooo, was trinkt ihr grad?… Okay, gut, ich leg ja schon los.

Ach, Bailey. Das ist das Erste, was aus meinem Mund kommt, wann immer ich zu *The Lucky One* befragt werde. Ich würde sie am liebsten ganz fest drücken und sie gleichzeitig ohrfeigen! Sie steht sich die meiste Zeit selbst im Weg, aber ich hab's total kapiert. Sie ist wie die meisten von uns.

Als ich mit dieser Serie anfing, wusste ich, dass es ein burschikoses Mädchen in einem der Bücher geben musste. Ich bin selbst immer zur Hälfte ein Wildfang gewesen, und obwohl ich nicht mehr gerne mit Insekten spiele oder mich im Erdreich wälze, glaube ich, dass das eher eine Frage des Alters, nicht der Veranlagung ist. Mittlerweile würde ich ungefähr dreißig Minuten benötigen, um nach dem Herumrollen im Matsch wieder hochzukommen. Und Insekten? Äh, nein danke. Außer, dass ich Grillen schon regelmäßig in der der Hand habe – darüber gleich mehr. Ich liebe es, dass Bailey Trainingsshorts und T-Shirt und kein Make-up trägt. Und dass Jake von ihrer natürlichen Schönheit so fasziniert ist. Ach, Jake. Ich stelle mir vor, dass Jake auch das Fehlen von Make-up oder einem Sinn für Mode bei mir mega-anziehend findet. *zwinker

Die Familie spielt eine große Rolle in der gesamten Serie der Carolina Connections, sei es in der Gestalt von Blutsverwandten oder jener Familie, die wir mit engen Freunden bilden. Über die Beziehung von Bailey und Mark will ich manchmal weinen, denn ich habe das Gefühl, dass Mark Baileys Rettungsanker ist, und mir gefällt sehr, dass sie so einen hat. Sie lassen keinen Quatsch zu. Aber es ist ihre Beziehung zu ihrem Vater, die mich *wirklich* zum Weinen bringt. Das hat einfach etwas, ein irischer Vater und die Liebe seines Lebens – seine Tochter. Und wie Jake und Kelly sich miteinander verhalten ist einfach so kostbar. Aber diese engen Beziehungen können auch mit Bedingungen verknüpft sein, auch wenn wir einige davon selbst festlegen.

Die Macht des Glaubens! Kann man an sich selbst so sehr glauben, dass man noch einmal Liebeskummer riskieren würde, indem man sein Herz und sein Vertrauen in die Hände eines anderen Menschen legt? Keine einfache Aufgabe, doch zum Schluss ist es die Sache wert. Ich wusste, dass Bailey damit Schwierigkeiten haben würde, aber sie hat sich durchgekämpft – und auch Jake tat das! Ich liebe die zwei als Paar. Und natürlich musste ich das Baby hinzufügen, um Bailey sauer zu machen. Ich wusste jedoch, dass sie damit klarkommen würde.

Das Baby. Okay, also es hat Spaß gemacht, eine Frau zu nehmen, die viel lieber ein Kerl wäre, und sie schwanger sein zu lassen. (Wow – ich fühle mich so mächtig!) Ich habe schon das Gefühl, dass es Baileys Entwicklung mehr Tiefgang hinzugefügt hat. Aber ich glaube, Jake habe ich wirklich Freude gemacht. Er hatte so sehr gegen die Reue anzukämpfen und ich wollte, dass er seine große Chance bekommt, sich die Zukunft nicht von der Vergangenheit bestimmen lassen zu müssen. Er brauchte eine Gelegenheit zur Wiedergutmachung und ich mochte ihn irgendwie, also gab ich sie ihm.

Pickles. Ich fing mit dem Schreiben dieses Buches ungefähr zu der Zeit an, als unsere Kinder uns überredeten, ihnen eine Echse zu kaufen. Nach mehrmaligem Versprechen, sie zu füttern und zu pflegen und nach ihr sauberzumachen, gaben wir schließlich nach und kauften eine Bartagame (kein Gecko wie Pickles, aber so ähnlich). Da meine Jungs eine Echse hatten, dachte ich mir, Rocco würde auch eine brauchen. Ach, das bringt mich wieder zu den Grillen. Ratet mal, wer die Echse füttert, sie versorgt und nach ihr saubermacht. Jawohl. Ihr habt es erraten. Mein Mann will sich ihr nicht einmal nähern (*unanständige Flüche einfügen).

Danny's Song (auch bekannt als mein Lieblingssong auf dieser Welt). Ich bin echt deprimiert und finde, es ist Scheibenkleister, dass es so viel kostet, Liedertexte zitieren zu dürfen. Ich hätte glatt das ganze Lied abgedruckt. Stattdessen werdet ihr halt im Kopf singen müssen, so wie ich. Ich schwöre, dass es da oben in Dauerschleife läuft.

Gärtnern. Ich habe einen schwarzen Daumen. Na ja, im Prinzip bin ich einfach nur faul. Ich fange jede Saison mit dem Aussäen von Samen und dem Anpflanzen von lieben kleinen Pflänzchen im Garten an, stelle mir dabei eine große Ernte von gesundem Obst und Gemüse vor, das ich dann täglich konsumieren würde, und bin so stolz auf mich selbst, weil ich nicht nur meinen Körper gut behandle, sondern auch von den Früchten der Erde lebe wie so eine verdammte frühe amerikanische Siedlerin! Und dann, nach ungefähr drei Wochen, vergesse ich das Gießen. Und ich *nehme* mir stets *vor* Dünger zu kaufen – manchmal tue ich es sogar, doch dann steht er da in seinem Behälter und wartet auf einen Tag, an dem es draußen nicht so verdammt heiß ist. Die Unkrautpflanzen nehmen überhand und ich reiße hin und wieder welche aus, aber die Population scheint über Nacht zu explodieren und das Unkraut überwuchert den ganzen Garten. Außer die Gurken, denn diese Dreckstücke wollen einfach nicht eingehen, egal was ich tue – oder nicht tue. Und dann kommt das Ungeziefer. Und meine Pflanzen produzieren sowieso nicht viel (mit Ausnahme der verdammten Gurken), also denke ich mir, dass die Insekten sie mehr brauchen als ich. Ich meine, ich bin die Einzige in der Familie, die Gurken überhaupt mag, und ich brauche ja nicht mehr als ein paar. Wenn die Saison zu Ende geht, pflücke ich dann die letzten wenigen Basilikumstängel und tue so, als würde ich ihn verwenden, bevor die Fröste kommen und alles braun wird. Also was, werdet ihr jetzt fragen, ist der Zweck dieser Dissertation über meine gärtnerischen Fähigkeiten? Eigentlich gibt es keinen Grund. Ich wünschte nur, ich wüsste, was ich tue, so wie Jake. Ach! Und ich will unbedingt diesen Garten haben, den er für die Vaughns geschaffen hat! Aber dann müsste ich ihn engagieren, dass er ihn ohne Hemd pflegt, damit er schön bleibt … ihr könnt gerne herkommen und mit mir gemeinsam zusehen. Ich hätte auch Popcorn hier für uns.

Schwangerschaft. Ich persönlich habe meinen Bauch geliebt, als ich schwanger war. Dieses Ding war beeindruckend – und RIESIG, da ich Zwillinge bekam. Ich konnte jemanden umwerfen, indem ich mich einfach umdrehte. Aber ja, eine Schwangerschaft kann auch super- krass und super-angsteinflößend sein. Ich bin froh, dass Jake auf den ganzen Vorgang so abgefahren ist. Denn Bailey hatte das definitiv nötig.

Wenn ihr es noch nicht getan habt, dann solltet ihr definitiv herkommen und Greensboro besuchen. Ihr könntet bei Freeman's zu Abend essen und Poolbillard im Jake's spielen oder ein Bier im M'coul's trinken. Und ihr könntet im Park nahe Baileys Wohnung joggen gehen. Diese Orte existieren im wirklichen Leben, also kommt nur her nach North Carolina!

XOXO,
Sylvie

Alle Details zu Sylvies Neuerscheinungen und Projekte erhalten Sie, wenn sie ihren deutschen Newsletter *abonnieren!*
https://bit.ly/deutschen_nl

Ein Auszug aus Das Spiel

Gegensätze ziehen sich an, heißt es. Vielleicht könnte das mal einer Emerson Scott sagen.

GAVIN:

Ich wollte nie etwas anderes tun, als Baseball spielen. Dann leistete ich mir eine Dummheit, der Traum platzte, und ich dachte, dass ich mich danach nie wieder fangen würde. Doch dann gab man mir die Chance, ein Nachwuchsphänomen zu coachen, und da bin ich nun mit vollem Einsatz dabei. Die Tatsache, dass ich auf seine mega-heiße Schwester stehe, versüßt mir den Deal. Emerson mag ja zugeknöpft wie eine Schulbibliothekarin sein, aber ich spiele unter Druck immer am besten … und ich bringe *immer* volle Power.

EMERSON:

Volle Konzentration. Immer alles unter Kontrolle haben. Das sind zwei Grundregeln meines ausgetüftelten Erfolgskonzeptes. Nicht vorgesehen war, dass ich die Aufpasserin für meinen kleinen Bruder spielen sollte. Aber ich kann mich Jay zuliebe anpassen; wegen einer kleinen

Abweichung werde ich nicht gleich das Ziel aus den Augen verlieren. Jammerschade, dass Jays heißer junger Baseballcoach sich einen Dreck um meine Pläne schert. Er hat ja auch einen – und ich komme darin vor. Mag sein, dass Gavin Monroe das Zeug zum Profi hat, dieses Spiel wird der Junge aber keinesfalls gewinnen.

EMERSON

Ich schenkte mir ein Glas Sauvignon Blanc ein und wollte mich gerade in meine Aufgabe vertiefen, als mein Telefon klingelte und eine unbekannte Nummer aus der Gegend anzeigte. Da ich befürchtete, es könnte mit einem meiner Fälle zu tun haben, nahm ich das Risiko auf mich und hob ab.

»Hallo?«

»Ach, hallo«, sagte eine mir vage bekannte männliche Stimme am anderen Ende. »Emmy?«

Mein Puls schaltete automatisch einen Gang höher, was mich so erschreckte, dass ich völlig vergaß, den Anrufer bezüglich meines eigentlichen Namens zu korrigieren. Stattdessen antwortete ich lahm: »Ja?« Als hätte ich nicht haargenau gewusst, wer da am anderen Ende der Leitung war. Ich schlug die Hand vors Gesicht und wartete.

»Gavin Monroe hier«, sagte er. Und als ich nicht antwortete, da ich immer noch mit meiner eigenen Blödheit beschäftigt war, fügte er hinzu: »Von heute.«

Ich musste mich zusammenreißen. »Ja, hallo. Wie geht es dir?«

»Prima. Wie geht's dir?«

Offensichtlich blickte ich da irgendwie nicht durch. Ich stellte das Weinglas auf den Tresen und atmete ein.

»Großartig«, erwiderte ich. »Äh, habe ich vergessen, etwas

zu unterschreiben?« Dann kam es mir. »Ach so! Die Zahlung. Hatte ich komplett vergessen. Du wartest wahrscheinlich darauf, dass ich mich einlogge und bezahle. Tut mir fürchterlich leid.«

Er kicherte. »Nein. Nein, darum geht es nicht.«

»Ach so.« Ich atmete aus.

»Ich rufe eigentlich an, weil ich fragen wollte, ob du nächstes Wochenende Zeit für ein Abendessen mit mir hättest.«

Hä? »Ist das so eine Art Elterneinführung oder sowas?«

»Äh, nicht direkt.« Er schien zu zögern und fuhr erst dann fort. »Es ist mehr wie so ein Date.«

»Ach. In echt?« Ich konnte nicht anders. Es war mir einfach rausgerutscht und meine schlechten Manieren beschämten mich.

»Na ja, nach deiner Reaktion zu urteilen bin ich mir nicht mehr so sicher.« Er lachte bescheiden. »Ich vermute mal, dass ich dich überrumpelt habe.«

»Das kannst du laut sagen. Es ist nur so … « Es ist nur so, dass du quasi minderjährig bist?

»Du isst nichts? Bist du ein halber Cyborg? Scheiße, ich laufe immer den Halbmenschen nach.«

Das brachte mich zum Lächeln. Ich nahm das Weinglas wieder in die Hand und machte einen Schluck, den Rücken an den Tresen lehnend, während ich antwortete. »Nein, ich esse schon. Und ich bin menschlich, nur um das festzuhalten.«

»Okay. Toll! Wie klingt Freitag?« Wow, schüchtern war der nicht, was? Aber ich musste diese Sache beenden.

»Gavin, ich fühle mich wirklich geschmeichelt, aber ich halte das für keine gute Idee.«

»Ach so. Tut mir leid. Ich hatte nicht wirklich den Draht gekriegt, dass du und Ponch zusammen seid.«

»Ponch? Äh, nein. Sicher nicht.« Ich versuchte nicht einmal, es zu erklären, denn das hätte die ganze Nacht gedauert.

»Gut zu wissen. Also warum dann nicht? Ich bin ein

Mensch, du bist ein Mensch … was könnte man sich noch wünschen?« Ich konnte das Grinsen in seiner Stimme hören.

Es platzte aus mir heraus: »Wie alt bist du?« Wieder diese einwandfreien Manieren.

»Hat dir niemand gesagt, dass es nicht höflich ist, jemanden nach seinem Alter zu fragen?« Da war wieder dieses hörbare Grinsen.

»Nicht, wenn es als Straftat angesehen werden könnte, mit einer Person auszugehen.«

»Aua.«

Ich ging zur Couch und machte es mir bequem. »Also?«

»Wie wär's, wenn ich einfach nur sage, dass ich alt genug bin, und ich werde dich auch nicht fragen, wie alt du bist?«, erwiderte er.

»Das musst du nicht. Ich bin neunundzwanzig. Und ich vermute, das ist ungefähr zwei Präsidentschafts-Legislaturperioden älter als du.«

»Ach bitte, ich kann nichts dafür, dass ich keine Falten habe. Was soll ich sagen? Ich lege großen Wert auf Sonnencreme.«

Ich zog ein Deko-Kissen auf meinen Schoß. »Also du bist wie alt? Du bist eigentlich sechzig, hast aber die Haut eines Zwanzigjährigen?«

»Ich werde das Geheimnis mit ins Grab nehmen. Also, was sagst du? Italienisch? Griechisch? Steakhouse? Du suchst aus.«

Dieser Kerl … dieser *Junge*, rief ich mir in Erinnerung.

»Du bist sehr nett, und ich erkenne, dass du unterhaltsam bist, aber ich bin momentan nicht in der Lage, mit jemandem auszugehen. Selbst wenn du nicht dreißig Jahre älter wärst als ich«, fügte ich hinzu, um die Zurückweisung abzuschwächen.

»Ah, ich verstehe. Du trauerst immer noch deinem Schwarm Buzz Hader nach. Wieso bin ich dem Typen immer unterlegen?«

»Leider nein. Obwohl ich gehört habe, er soll eine richtig gute Partie sein. Es ist nämlich so, dass sich bei mir die Arbeit auftürmt und die Freizeit, die ich noch habe, versuche ich mit Jay zu verbringen. Ich bin mir sicher, dass du das verstehst.«

Er bestätigte nicht, dass er irgendetwas verstand. Stattdessen wechselte er komplett das Thema. »Da fällt mir gerade ein: Ich wollte dich etwas fragen. Heißt er wirklich Jupiter?«

»So schockierend sich das anhört, aber ja. Aber du hast schließlich mit unserer Mutter gesprochen, also.«

»Stimmt. Also wie bist du dann zu einem normalen Namen gekommen? Oder ist Emmy die Kurzform von Emulsion oder sowas?«

Wieder korrigierte ich ihn nicht. Was war bloß mit mir los? Außer meiner Mom nannte mich niemand Emmy. Niemand. Wieso gefiel mir dann der Klang so, wenn dieser Irgendwer es zu mir sagte?

»Nein. Mein Dad hat mir den Namen gegeben. Es ist ein Name in der Familie.« Deswegen und auch, weil er insgeheim einen Jungen wollte, wie ich glaube. Den Teil fügte ich nicht hinzu. Stattdessen faltete ich meine Füße unter meinen Po und nahm noch einen Schluck Wein.

»Und er hat verloren, als es um den Namen für Jay ging?«

»Nein. Unterschiedliche Väter. Jay ist mein Halbbruder.«

»Aha, ich verstehe. Halbbruder, aber ganzer Mensch? Ich frage nur, denn so wie er wirft, würde es mich nicht wundern, wenn er zur Hälfte eine Maschine wäre.«

Ich spürte, wie meine Lippen sich zu einem Lächeln hochzogen. »Ich werde es ihm ausrichten. Ehrlich, ich weiß nicht, wo er sein athletisches Können herhat. Sein Papa ist nicht gerade der sportliche Typ.«

»Das ist einfach erklärt. Von den Baseball-Göttern«, erklärte Gavin lakonisch.

»Ach nein? Wieso bist du dir da so sicher?«

»Weil sie mir auch dieses Geschenk gemacht haben.«

Da konnte ich mein Loslachen nicht mehr zurückhalten. »Ach ja? Sind wir nicht ein wenig von uns eingenommen?

Wenn du so toll bist, wieso spielst du dann nicht in den großen Ligen?«

»Wer sagt denn, dass ich das nicht getan habe? Es gibt nicht mehr viele Sechzigjährige, die noch spielen.«

Es gibt auch nicht viele Sechzigjährige mit so einem Arsch, wollte ich sagen. Da bemerkte ich, dass ich tatsächlich das Kissen auf meinem Schoß streichelte. O Gott. Ich warf das Kissen zu Boden und schlug mir wieder mit der Hand ins Gesicht, als er fortfuhr.

»Also hast du dir das mit dem Date jetzt anders überlegt?«

Ich musste das beenden. »Nein, leider muss ich mich an den Gameplan halten. Aber danke für die Einladung. Es hat Spaß gemacht, mit dir zu reden.«

»Stell dir nur vor, wie viel mehr Spaß es machen würde, mit mir zu essen.«

Ich schüttelte den Kopf, dass er so hartnäckig war. »Das werde ich meiner Fantasie überlassen müssen.«

»Tu das.« Igitt. Wieso hatte ich Vorstellungen im Kopf, die sehr wenig mit einem Abendessen zu tun hatten? Emerson, du Idiotin – hör sofort auf!

Daraufhin war es ungemütlich still. Zum ersten Mal in unserem Gespräch.

»Also okay. Äh, vermutlich werden wir uns irgendwo wieder begegnen«, sagte er schließlich.

»Vermutlich.« Ich wollte nicht auflegen.

»Träum' was Schönes, Emmy.«

Ich hörte, wie die Verbindung abgebrochen wurde. Schöne Träume in der Tat. Ich hob das Deko-Kissen wieder auf und vergrub mein Gesicht darin.

www.ingramcontent.com/pod-product-compliance
Lightning Source LLC
Chambersburg PA
CBHW070821190726
48292CB00006B/2080
* 9 7 8 1 9 4 7 8 5 3 3 8 6 *